Jürgen Seibold

Endlich Richtfest

Jürgen Seibold

Endlich Richtfest

Ein Remstal-Krimi

Silberburg-Verlag

Jürgen Seibold, 1960 geboren und mit Frau und Kindern im Rems-Murr-Kreis zu Hause, ist gelernter Journalist, arbeitet als Buchautor, Musik- und Filmkritiker und betreibt eine Firma für Internet-Dienstleistungen.

Sie können alles …
außer Schwäbisch?

Kein Problem: Die hochdeutsche „Synchronspur" finden Sie unter www.juergen.seibold.de/endlich

1. Auflage 2008

Lektorat: Michael Raffel, Tübingen.
Umschlaggestaltung: Wager ! Kommunikation, Altenriet.
Druck: CPI books, Leck.
Printed in Germany.

ISBN 978-3-87407-799-6

Besuchen Sie uns im Internet
und entdecken Sie die Vielfalt unseres Verlagsprogramms:
www.silberburg.de

Prolog

Mittwoch, 17.30 Uhr

Herbert Meier, die Bank im Nacken und den Einzugstermin fest im Blick, war zunächst zufrieden mit dem, was er sah. Er lugte durch die Fenster, an denen noch die Etiketten des Herstellers klebten. Und alles zusammengenommen konnte er sagen: Der Estrich war sauber gegossen, es waren keine Fußabdrücke zu sehen und auch die Isolierung zu den Mauern hin schien tadellos ausgeführt zu sein.

Das Küchenfenster, die raumhohen Glaselemente im Wohnzimmer – überall boten sich ihm Einblicke in den Rohbau, die seinen Optimismus nährten. Herbert Meier war zufrieden. Es war nun die dritte Woche im April, und der mit den Käufern seiner Eigentumswohnung vereinbarte Umzugstermin Mitte August stellte ganz offenbar kein Problem mehr dar.

Als er durch das Schlafzimmerfenster ins Innere des Hauses schaute, sah alles wieder ganz anders und viel weniger gut aus. Auf dem Boden lag eine leblose Gestalt. Zu sehen war nur der locker sitzende Overall, in der rechten Hand hielt die Person eine Kelle, wie man sie zum Abziehen einer glatten Bodenfläche benutzt. Das Gesicht war allerdings nicht zu sehen: Knapp oberhalb der Schultern begann die glatte Fläche des Estrichs, aus der nur der Hinterkopf ragte.

Bleich und mit zitternden Fingern wählte Herbert Meier auf seinem Handy die Nummer des Notrufs.

Mittwoch, 18.00 Uhr

Kriminalhauptkommissar Rainer Ernst hatte seinen Dienstwagen noch nicht abgestellt, da fiel ihm schon Frieder Rau auf, der Chef der Spurensicherung. Ungewohnt beschwingt kam ihm Rau entgegen, wippte locker über die Holzbohlen, die als Zugang zur Baustelle dienten, und grinste breit.

»Du scheinst dich ja heute prächtig zu amüsieren«, meinte Ernst leicht genervt.

Sein wöchentlicher Abend mit den Freizeitvolleyballern von Althütte würde wegen der Leiche auf dieser Baustelle platzen – und dabei hatte er in den vergangenen beiden Wochen mit seinem platzierten Aufschlag und zwei, drei gelungenen Aktionen in der Feldabwehr durchaus einen guten Eindruck bei seiner neuen Mannschaft hinterlassen.

Rau stutzte kurz, dann erhellte ein versöhnliches Lächeln sein Gesicht, als würde ihm eben erst etwas Nettes einfallen. »Komm einfach mit«, sagte er zu Ernst, drehte um und ging dem Kollegen voraus auf die Baustelle.

Zwei Beamte vom zuständigen Revier markierten mit Absperrbändern ein weites Areal rund um den Rohbau, Raus Kollegen waren in den üblichen weißen Overalls und mit allerlei Gerät dabei, Spuren zu sichern. Zielstrebig balancierte Rau über einige Schalbretter, die auf dem noch nicht ganz ausgehärteten Estrich einen Weg bildeten, und Ernst folgte ihm gespannt.

Auf der Fläche, die mit Schotter bedeckt war und vermutlich später als Terrasse dienen sollte, stand ein Mann mittleren Alters, der jeden ihrer Schritte sorgenvoll beobachtete und sich immer wieder nervös durchs Haar fuhr.

Schließlich standen Rau und Ernst in dem Raum, der später einmal das Schlafzimmer des Neubaus werden sollte. Vor ihnen lag die … Leiche.

»Ich würde mir wünschen, du wärst etwas später losgefahren«, meinte Rau leichthin und lachte heiser auf. »Dann hätte ich dich noch rechtzeitig angerufen und du hättest dir den Weg sparen können.«

Ernst taxierte die leblose Gestalt und wusste, was Rau meinte. Der »Tote« war aus Kunststoff. Eine Schaufensterpuppe, gekleidet wie ein Bauarbeiter, und der Kopf der Figur steckte im Estrich. Drum herum war der Boden geradezu liebevoll geglättet worden.

Die erste Woche im Mai

Mittwoch, 18.30 Uhr

»Nein, aber jetzt mal im Ernst ...« Kriminalhauptkommissar Schneider stutzte kurz, schaute ein wenig entschuldigend zu seinem Kollegen hinüber und kicherte leise. Ernst seufzte, wenn auch lächelnd: Seit dem »Mordfall« in dem Neubaugebiet in Haubersbronn schüttete sich die Kripo nicht nur in Schorndorf aus vor Lachen, wann immer die Rede auf die Schaufensterpuppe kam und darauf, dass Ernst aus dem Feierabend zum – na ja – »Tatort« gehetzt war. Und Ernst, der meist besonders herzlich mitlachte, freute sich fast, auf diese Weise zum festen Bestandteil eines neuen Flurfunk-Klassikers geworden zu sein. Eben gerade war er gemeinsam mit seinem Vorgesetzten in der Neuen Straße unterwegs, nachdem sie sich auf dem Marktplatz ein Eis geholt hatten.

»Nein, aber wirklich ...«, fuhr Schneider schließlich fort und leckte an seinem Eis. »Wer kommt in einer schwäbischen Stadt wie Schorndorf darauf, seine Wirtschaft nach einem afrikanischen Tier zu benennen?«

»Keine Ahnung«, murmelte Ernst, biss ein Stück von seiner Waffel ab und zuckte mit den Schultern. »Aber das hieß auf jeden Fall schon so, als noch eine typisch schwäbische Wirtschaft drin war.«

»Töröö!«, alberte Schneider, winkelte den linken Arm an und versuchte, den rechten Arm durch die Lücke zwischen Arm und Kinn durchzuschieben. Das ging schief, und das Schokoladeneis hinterließ einen dunklen Fleck auf dem hellen Jackett-Ärmel. »Scheiße!«

Ernst grinste und schaute noch einmal zu dem Gasthausschild zurück. Die Schriftzüge »Gasthaus« und »Elefanten« waren verwittert, aber das Wappentier selbst leuchtete golden und wie blank poliert in der Abendsonne. Ernst stolperte, schaute kurz ärgerlich auf den unebenen Straßenbelag vor sich und deutete dann zu einer Seitengasse hinüber. »Dort müssen wir runter.«

Schneider nickte und rieb an seinem Ärmel herum.

»Ich verspreche Ihnen: Sie haben noch nie zuvor so gute Kutteln gegessen, ehrlich!«

Schneider schaute Ernst an, und es schien ein leidender Zug um seinen Mund zu spielen.

»Was ist?«, fragte Ernst. »Mögen Sie keine Kutteln? Wissen Sie überhaupt, was ...«

Mit einer knappen Geste brachte Schneider den Kollegen zum Schweigen.

»Doch, doch, ich weiß schon, was das ist. Und meine Großmutter hat das immer gerne für mich gemacht.« Er machte eine kurze Pause, während sie um die Straßenecke bogen. »Sie schnitt das Zeug in eine Art größere Karos, kochte es dann weich, und dazu gab es eine etwas tomatige Soße. Na ja, gemocht habe ich das nie so richtig – aber sie war halt meine Großmutter, und die Erinnerung hübscht das dann mit den Jahren schon ein wenig auf.«

»Oh«, sagte Ernst und schaute auf den Boden vor sich. »Mit solchen Kutteln kann Ihnen hier, glaube ich, niemand dienen.«

»Nicht? Warum?«

»Na ja, bei uns werden die Kutteln in dünne Streifen geschnitten, stark angebraten und schließlich in einer Bratensoße weichgekocht, die je nach Vorliebe des Kochs auch mal säuerlich ausfallen kann.«

»Ach?«, fragte Schneider interessiert nach. »Und was gibt es dazu?«

»Bei mir daheim immer breite Nudeln«, meinte Ernst. »Aber im Gasthaus bekommen Sie in der Regel Bratkartoffeln als Beilage.«

»Das klingt doch nicht schlecht«, antwortete Schneider, und er schien fast ein wenig aufzuatmen. »Ist es da vorne?« Er deutete auf eine kleine Gastwirtschaft, vor der auf einem ebenfalls nicht großen Platz einige noch zusammengeklappte Holzstühle für die wärmeren Abende bereitgestellt waren.

»Ja«, bestätigte Ernst und nickte zu dem Gebäude hin, das mit seinen Butzenscheiben im Erdgeschoss und den kleinen Fenstern und hölzernen Klappläden in den Etagen darüber fast vollkommen hinter wucherndem Wein verschwand. »Mal sehen, ob wir noch einen Platz bekommen. Da ist meistens nicht mehr viel frei.«

Mittwoch, 21.30 Uhr

Mit ausgeschalteten Scheinwerfern rollte der silbergraue Wagen langsam über den Feldweg und kam auf der Wiese hinter einem Rohbau zum Stehen. Eine schlanke Gestalt stieg aus, sah sich nach allen Richtungen um, steckte sich etwas Werkzeug in die Jacke und zerrte einen länglichen Gegenstand vom Rücksitz.

Der Himmel war bewölkt und das Licht der Straßenlaternen reichte nicht bis zu dem Wagen, aber was die Gestalt nun durchs Dunkel schleppte, erinnerte an den Unterkörper und die Beine eines Menschen. Allerdings standen die Beine starr ab und bewegten sich nicht: Es war die untere Hälfte einer Schaufensterpuppe.

Das Klirren von Glas schnitt durch den Abend. Die Gestalt blieb still an der eingeschlagenen Türscheibe hocken und horchte.

Nach einer kleinen Weile erhob sie sich und trug die halbe Puppe in den Rohbau. Bald darauf kam sie wieder zum Wagen zurück, zog den armlosen Oberkörper von der Rückbank, begutachtete kurz das Loch im Bereich der Brust, klemmte sich die beiden Arme der Puppe und ein Stück Holz unter und schlüpfte wieder durch die Tür.

Mittwoch, 21.45 Uhr

Ernst reichte der Bedienung gerade seinen leeren Teller, als er bemerkte, dass sein Chef wieder in die Gaststube zurückkam und ratlos an den Tisch trat.

»Was ist denn?«

»Tja, sieht so aus, als müssten wir doch noch einmal kurz ins Revier – und es wäre dann auch eher dringend.«

»Was …?«, stutzte Ernst nur kurz, dann fiel ihm lachend ein, was vermutlich Schneiders Problem war. »Kamen Sie nicht in die Toilette hinein?«

»Nein. Zugeschlossen …«

»Kein Problem, kommen Sie.« Ernst führte Schneider an der Theke vorbei zu zwei Klingelknöpfen rechts der Ausgangstür. Dann drückte er die Klingel neben dem Schild »Herren«.

»So, Herr Schneider. Nun ist offen.«

Schneiders ratloser Blick brachte Ernst erneut zum Lachen. Er verabschiedete sich von der Bedienung und schob den Kollegen hinaus den Flur.

»Die Toilettentüren hier sind verschlossen und können mit den Klingelknöpfen geöffnet werden, die ich Ihnen gerade gezeigt habe. Vermutlich will der Wirt damit ›Fremdpinkler‹ draußen halten. Da nimmt er es meines Erachtens doch etwas zu genau mit seinem Slogan ›echt schwäbisch‹. Und wenn Sie mögen, dürfen Sie darüber sogar als Badener gerne lachen …«

Das tat Schneider noch, als er wieder aus der Toilette kam und die beiden Kommissare auf die dunkle Hetzelgasse hinaus traten.

»Was geht Ihnen eigentlich heute so im Kopf herum?«, fragte Ernst, während sie auf dem Weg zum Polizeigebäude zwischen den dicht zusammenstehenden Häusern der Altstadt hindurch dem Bahnhof zustrebten. »Sie wirken irgendwie richtig aufgekratzt.«

»Ach, eigentlich …«, meinte Schneider nur und brach mitten im Satz ab. Wortlos gingen die beiden Männer weiter, schlenderten die Kirchgasse entlang und erreichten schließlich einen kleinen Platz, von dem aus es rechts zum Marktplatz und geradeaus zum Bahnhof ging.

Rechter Hand ragte ein riesiger Kran hinter einem Bauzaun hervor und erhob sich weit über die Dächer der Schorndorfer Innenstadt. Linker Hand war durch die Tür einer kleinen Kneipe Gitarrenmusik zu hören. Schneider blieb stehen und betrachtete seinen Kollegen Ernst, der seine Hände tief in den Manteltaschen vergraben hatte und nicht gleich bemerkte, dass er allein auf den Rand der Rosenstraße zuging, die sie auf ihrem Weg hinüber zur Bahnunterführung überqueren mussten.

»Herr Ernst?«

Ernst stockte, schaute sich verblüfft um und sah Schneider fragend an.

»Haben Sie noch eine halbe Stunde? Ich würde Sie gerne da drüben« – er nickte zu der Kneipe hinüber, aus der die Musik drang – »noch auf ein Gläschen einladen.«

Ernst wirkte etwas unschlüssig.

»Sie wollten doch wissen, warum ich so aufgekratzt wirke.«

»Stimmt. Na ja, warum nicht.« Ernst zuckte mit den Schultern und die beiden Kommissare gingen den Gitarrenklängen entgegen.

Die Kneipe sah gemütlich aus. In einer Ecke standen zwei Männer um die 40 und machten Musik. Der eine sang und spielte Gitarre, der andere steigerte sich mit einer Querflöte gerade in ein Solo hinein. Am Tisch neben der kleinen, improvisierten Bühne saßen einige Frauen und Männer im selben Alter und wippten im Takt mit.

Schneider und Ernst suchten sich einen Tisch am anderen Ende, kurz darauf standen zwei Gläser mit italienischem Tafelwein vor ihnen auf dem Tisch und Schneider begann zu erzählen.

»Wir wohnen doch seit vergangenem Jahr in diesem Haus in Urbach.«

Ernst nickte nur, stieß kurz mit Schneider an und trank einen Schluck. Die beiden Musiker spielten gerade einen Oldie von Simon & Garfunkel und Ernst fühlte sich angenehm an alte Lagerfeuer-Zeiten erinnert.

»Uns gefällt es da ganz gut«, fuhr Schneider fort. »Die Siedlung ist prima, das Haus ist schön, hat ein bisschen Garten, aber nicht zu viel – da würden auch Kinder ganz gut passen.«

Ernst horchte auf: »Kinder? Werden Sie Vater?«

Schneider winkte ab: »Nein, nein«, und lachte kurz. »Nicht, dass ich wüsste. Ich wollte Ihnen nur beschreiben, wie sehr uns dieses Haus gefällt.«

»Gut, und?«

»Nun müssen wir leider ausziehen. Die Eigentümer kommen aus dem Ausland zurück, die waren für ihre Firma in Asien und werden künftig wieder am Stammsitz in Stuttgart arbeiten. Da wollen sie natürlich wieder in ihr Haus einziehen – und wir haben in unserem Mietvertrag auch eine entsprechende Klausel drin.«

»Oh, Mist. Wie eilig ist es denn?«

»Na, es geht noch. Bis Ende nächsten Jahres müssen wir raus, und etwas früher wäre für unsere Vermieter noch besser – aber das muss man mal abwarten.«

»Was haben Sie nun vor?«

»Nachdem ich Ihnen vorhin so von dem Haus vorgeschwärmt habe, werden Sie sich denken können, dass wir lieber nicht auf eine Wohnung umsteigen wollen. Aber wieder ein Haus mieten und dann wieder ausziehen müssen – das ist auch nicht der wahre Jakob. Also wollen wir …«

»Bauen?«, fragte Ernst. »Na, da wünsche ich viel Spaß.«

»Warum das denn? Haben Sie denn mal schlechte Erfahrungen gemacht?«

»Nein, ich nicht. Ich wohne ja in einer Wohnung im Haus meiner Eltern in Ebni, und da war nur das Übliche herzurichten: Tapeten, Boden – das konnte ich selbst machen. Aber man hört so dies und das.«

»Geredet wird immer viel, gejammert auch. Und wenn mal was schiefgegangen ist, muss es ja nicht jeden anderen auch betreffen. Mit einigen Leuten habe ich bisher schon gesprochen, vor allem mit Baufirmen, die schlüsselfertig anbieten, und dann noch mit ein, zwei Architekten – das klingt alles ganz vernünftig. Wissen Sie: Da gehen meine Frau und ich Schritt für Schritt ran, und auf mich wirkt das ganze Thema bisher nicht so wahnsinnig kompliziert. Da sind ja auch reichlich Fachleute zugange, und die bauen schließlich nicht zum ersten Mal ein Haus.«

»Ich würde nicht bauen wollen, ganz ehrlich. Das wäre mir zu stressig, und zu teuer obendrein.«

»Na, das Finanzielle haben wir schon im Griff. Wir haben ein bisschen was auf der hohen Kante, und in unserem Beruf sind ja immerhin das Gehalt und die Stellung sicher. Das honorieren die Banken schon, hatte ich den Eindruck in den paar Gesprächen, die wir bisher geführt haben.«

»Ich wünsche Ihnen natürlich viel Glück, keine Frage.« Die beiden Männer prosteten sich erneut zu, und Ernst fügte hinzu: »Sie wollen also bauen, und was steht da nun als Nächstes an?«

Zu den beiden Musikern in der Ecke hatten sich inzwischen eine blonde Sängerin und ein Mann mit einer elektrisch verstärkten Geige gestellt. Der Gitarrist stimmte einen aktuellen Pop-Hit an.

»Als Nächstes«, grinste Schneider, »sollten wir noch einmal zwei Gläser Wein bestellen, was meinen Sie?«

Schneiders Berichte von den ersten Kontakten mit der Welt der Bauunternehmer und einige Anekdoten, die Ernst zum Thema Bauen zwischen Kaisersbach und Schorndorf aufgeschnappt hatte, brachten ein launiges Gespräch in Gang. Die kleine Band in der Ecke verbreitete gute Stimmung. Und der würzige Rotwein brachte die beiden Kommissare schließlich auf eine ganz vernünftige Idee: Schneider würde sich von seiner Frau mit dem Auto abholen lassen, und Ernst, der ihn heute früh in Urbach abgeholt hatte, würde einen Freund in der Schillerstraße anrufen und fragen, ob er dort übernachten könne.

Mittwoch, 22.30 Uhr

Wie ein Schatten huschte die Gestalt wieder aus dem Rohbau hervor und sah sich erneut vorsichtig um. Leises Fluchen war zu hören, dann saugte die Gestalt am rechten Zeigefinger und beäugte die geschwollene Stelle, an der der Hammer den Finger getroffen hatte.

Kurz darauf schloss sich die Tür des Wagens wieder und beim dritten Versuch sprang der Motor an. Langsam rollte das Auto auf den Feldweg zurück und verschwand in Richtung Ortsausgang. Als der Wagen auf die Hauptstraße einbog und auf Urbach zuhielt, schälten die Scheinwerfer eines vorüberfahrenden Transporters einen VW Passat älteren Baujahrs aus dem Dunkel des Abends.

Die Gestalt am Steuer gab Gas, und noch bis hinter den Uferbäumen des Bärenbachs, den die Straße auf halbem Weg nach Urbach überquerte, schleuderten die verschmutzten Reifen des Passat Dreckbatzen auf die Straße hinaus.

Mittwoch, 22.30 Uhr

»Tolle Idee«, maulte Sybille Schneider und schaltete einen Gang hoch. »Du gehst mit deinem Kollegen einen trinken und ich darf dich abholen und dafür meinen Besuch allein bei uns sitzen lassen.«

»Du lässt Besuch bei uns allein im Haus?«, fragte Schneider und klang dabei fast ein wenig erschrocken. »Wer ist es denn?«

»Eine ganz liebe Freundin von mir, die du noch nicht getroffen hast. Und« – sie hatte Schneiders Unterton wohl herausgehört – »du musst dir keine Sorgen machen um deine Modellautos. Sie klaut nicht.«

»Das wollte ich ihr auch gar nicht unterstellen.« Außerdem hatte Schneider die wertvollsten Modelle in der Vitrine in seinem Büro.

»Warum hast du dir eigentlich kein Taxi genommen? Oder einen deiner Uniformierten? Die fahren doch ohnehin die ganze Zeit mit ihren Autos kreuz und quer durch die Gegend – da hätte dich doch einer mitnehmen können.«

»Aber Schatz, ist es denn wirklich sooo schlimm, dass ich lieber neben dir sitze?« Sein Charme, so schien es Schneider, hatte durch den Wein ein wenig gelitten.

»Ja, ja, ›Schatz‹ … grütz' hier nicht so rum. Das kann ich im Moment echt nicht haben. Außerdem wäre es mir am liebsten, du sagst jetzt erst einmal gar nichts mehr. Du stinkst nach Wein wie ein alter Korken, und ich habe keine Lust, wegen dir mit offenen Fenstern zu fahren.«

Verstohlen schaute Schneider zu seiner Frau hinüber. Im diffusen Licht der Straßenlaternen gefiel sie ihm sehr gut mit ihrem markanten Profil, der etwas groß geratenen Nase und den glatten, zum akkuraten Pony gestutzten Haaren. Der Gesichtsausdruck machte Schneider allerdings klar, dass er seine Liebe heute wohl nur platonisch würde ausleben können: Frau Schneider war sauer, und das bekam ihrer gemeinsamen Freizeit selten gut.

Es bekam auch ihrem Fahrstil nicht: Als sie noch immer wütend und völlig in Gedanken in Urbach die Hauptstraße entlangflitzte, auf den Ortsausgang in Richtung Plüderhausen zu, und erst im letzten Moment die Verkehrsinsel bemerkte, an der sie zu ihrem Haus abbiegen mussten, riss Frau Schneider spontan das Lenkrad nach links und bog mit quietschenden Reifen in die Seitenstraße ein. Ein alter, silbergrauer Passat, der von Plüderhausen herkam, konnte den Zusammenprall nur mit einer Vollbremsung vermeiden. Das Tönen seiner Hupe war in der sonst recht stillen Nacht gut zu hören, doch da bog Frau Schneider schon ungerührt in den Wielandweg ein.

Kurz darauf stand der Wagen neben Schneiders gelbem Porsche in der Garagenzufahrt, und von der Haustür her kam eine jung und sportlich wirkende Frau die Treppe herunter auf sie zu. Sie trug einen weiten Mantel, den sie nicht geschlossen hatte. Darunter wehte ab und zu ein buntes Stück Stoff hervor.

»Namaste«, sagte sie mit umwerfendem Lächeln, als sie vor Schneider stand, und legte vor ihrer Brust die Handflächen aneinander. Seine Frau machte die beiden bekannt: »Das ist Sonja, wir haben uns in Stuttgart getroffen, während dieses Indien-Seminars, von dem ich dir erzählt habe.«

Oh ja, Indien ... Schneider erinnerte sich. Räucherstäbchen und Sitarmusik konnten anstrengend sein nach einem Tag im Kommissariat.

»Mein Chef«, plauderte Sonja fröhlich auf Schneider ein und deutete auf den Porsche, »fährt auch so einen, sogar in derselben Farbe.«

»Ach?«, machte Schneider interessiert, aber die Frau hatte ihre Bemerkung offenbar nur als Smalltalk eingestreut und begann sich nun zu verabschieden. »Ich habe noch ein gutes Stück zu fahren«, meinte sie und stieg in ihren Wagen, der am Straßenrand geparkt war.

Als Schneider seiner Frau oben die Haustür öffnete, fiel ihm auf, dass sich ihre Stimmung deutlich gebessert hatte und in ihren Augen ein leichter Glanz zu sehen war. Vielleicht würde er dieser Sonja heute noch dankbar sein.

Donnerstag, 8.30 Uhr

»Guten Morgen!«

Kriminalhauptkommissar Klaus Schneider betrat das Büro seines Kollegen schwungvoll, auch wenn Bartstoppeln und dunkelgraue Augenringe seinem dynamischen Auftritt widersprachen.

»Mmh ...«

Kriminalhauptkommissar Rainer Ernst hing sichtlich müde in seinem Bürostuhl und hielt sich mit beiden Händen eine dampfende Kaffeetasse an den Mund.

»Na, noch müde?«, fragte Schneider nach. »So spät ist es doch gestern gar nicht geworden.«

»Für Sie vielleicht nicht ...« Ernst klang mürrisch, aber das schien nicht auf Schneider gemünzt zu sein. »Mein Kumpel hatte noch Lust zu reden. Und zu trinken hatte er auch noch was im Haus.«

»Oh ... tut mir leid. Dann wollen wir mal hoffen, dass in nächster Zeit keine neue Kundschaft ansteht, oder?«

»Das ohnehin, würde ich sagen.« Ernst versuchte ein Grinsen. Der Versuch scheiterte kläglich.

»Morgen!«, schallte es von der Tür her. Claus Nerdhaas stand dort und schaute geradezu unverschämt munter ins Zimmer. »Habt ihr schon gehört? Wir haben eine neue ›Leiche‹ aus Plastik.«

Ernst verdrehte die Augen, Schneider blickte grinsend auf den Kollegen hinunter.

»In einem, nein, auf einem Rohbau in Plüderhausen haben ihn die Handwerker heute früh gefunden«, fuhr Nerdhaas fort. »Und ich muss schon sagen: Dieser Typ, der die Schaufensterpuppen platziert, hat echt einen Schuss!«

»Warum das denn?«, fragte Schneider.

»Na ja: Erst gipst er eine Figur im Boden ein, und jetzt hatte er sich offenbar einen Dachdecker als Opfer vorgestellt.«

»Das war Estrich, kein Gips«, versetzte Schneider.

Nerdhaas zog die Augenbrauen hoch und schaute fragend zu Ernst, doch der winkte nur müde ab.

»Und was hat unser geheimnisvoller Täter diesmal mit der Puppe angestellt?«, hakte Schneider nach.

»Der ist rein in den Rohbau und irgendwie aufs Dach. Dann hat er die Puppe neben einer Dachgaube mit beiden Füßen festgenagelt – und schließlich mit einem kurzen Stück Balken durch die Brust an der Gaube fixiert.«

»Meine Güte, da hat aber einer Probleme ...«

»Sieht so aus. Na ja, die Kollegen vom Revier unten sind inzwischen draußen und sehen sich die Inszenierung vor Ort an. Wollt ihr auch rausfahren?«

»Nein, danke«, murrte Ernst und deutete auf einige Ordner mit der Aufschrift »SoKo Wieslauf«, die im Wandregal neben ihm standen. »Mir reicht der Rest Schreibkram, den wir noch fürs Gericht vorbereiten müssen. Da sind wohl noch Fragen aufgetaucht, und ich wühle mich noch einmal durch die Akten vom vergangenen Jahr. Und Schaufensterpuppen sind ja nicht unbedingt unser Ressort.«

»Außerdem«, brummte Schneider, »finde ich die Kombination von Schaufensterpuppen und Rohbauten ziemlich geschmacklos. Als hätten wir hier in der Gegend noch nicht genug mit Leichen und Zement zu tun gehabt.«

Nerdhaas, der auf ein so ernstes Thema am frühen Morgen noch keine Lust hatte, verabschiedete sich hastig und ging in sein Büro zurück.

Die zweite Woche im Mai

Montag, 12.00 Uhr

Als Schneider seine Kaffeetasse in den Aufenthaltsraum bringen wollte, kam ihm auf dem Flur Rainer Ernst mit einem fremden Mann entgegen. Aus der Gewohnheit des Ermittlers heraus taxierte Schneider den Fremden unauffällig: etwa 1,80 Meter groß, dunkle Haare mit grauen Strähnen, und über der Jeans wölbte sich das weit geschnittene Sweatshirt über einen Bauch. Der machte ihm offenbar zu schaffen: Vom Treppensteigen in den dritten Stock schnaufte der Mann noch, und sein Gesicht war etwas gerötet.

Ernst plauderte fröhlich mit ihm, Schneider schnappte etwas auf, was ganz allgemein mit der Arbeit der Kripo zu tun hatte. Bevor die beiden ihn erreicht hatten, schlüpfte Schneider schnell in den Aufenthaltsraum – er hatte keine Zeit mehr für ein längeres Gespräch.

Er stellte die Tasse auf der Spüle ab und hörte, wie hinter ihm Ernst ins Zimmer kam.

»Herr Schneider?«, flüsterte er. »Hätten Sie kurz Zeit?«

»Oh, nein, tut mir leid, das ist ganz schlecht im Moment. Worum geht's denn?«

»Draußen ist ein Journalist, der an einem Krimi arbeitet. Das wird sein erster, und er nimmt es wohl recht genau. Unsere Pressestelle in Waiblingen hat ihn an mich verwiesen, jetzt erkläre ich ihm ein bisschen, wie wir arbeiten und so. Macht Spaß, aber ich dachte, Sie als Chef der Außenstelle könnten vielleicht …«

»Nein, Herr Ernst, auf keinen Fall. Ich muss dringend weg. Mit meiner Frau will ich mir in Fellbach die Ausstellung mit den Fertighäusern ansehen, um Ideen zu sammeln für unsere eigenen Pläne. Und meine Frau wird immer ganz wuschig, wenn ich nicht pünktlich bin. Das würde ich mir heute gerne ersparen.«

»Das verstehe ich natürlich«, lachte Ernst und wandte sich zum Gehen.

»Ach, Herr Ernst?«

»Ja?«

»Worüber will er denn schreiben? Ich meine: Hat er schon verraten, worum es in diesem Krimi gehen soll?«

»Ja, stellen Sie sich vor: über den Mord in Kallental im vergangenen Herbst. Sehr frei interpretiert natürlich, das ist ja auch vor Gericht noch gar nicht abgeschlossen.«

»Ach, du meine Güte! Na, dann viel Spaß noch – und lassen Sie sich nicht allzu viel Internes aus der Nase ziehen, ja?«

»Keine Sorge.«

Als Ernst zurück auf den Flur huschte, hörte Schneider das Auslösergeräusch einer digitalen Kamera. Der werdende Krimiautor fotografierte offenbar den Flur der Kripo-Etage. Seufzend wartete Schneider, bis er die Tür von Ernsts Büro ins Schloss schnappen hörte, dann holte er schnell seine Jacke und eilte hinunter zum Parkplatz.

Mittwoch, 2.30 Uhr

»Ich muss euch warnen«, sagte Frieder Rau und fasste Ernst, der zusammen mit Schneider auf die Baugrube zuhielt, am Arm. »Das ist eine ziemliche Sauerei da unten.«

Vor den beiden Kommissaren gähnte ein Loch im Boden, das etwa 15 auf 15 Meter maß. Die Kollegen hatten am Straßenrand und auf den links und rechts benachbarten Grundstücken Scheinwerfer aufgestellt, die beinahe die ganze Grube ausleuchteten. Hinten, am Abhang eines doppelt mannshohen Dreckhaufens, mühte sich ein Polizist, einen weiteren Strahler im Boden zu befestigen. Er steckte bis zu den Waden mit seiner Uniformhose im Dreck und fluchte unablässig vor sich hin.

Schneider sah sich um. Von ihrer näheren Umgebung abgesehen, lag das ganze Baugebiet still da. Noch keines der

Häuser war fertig, überall standen Rohbauten, Bauwagen und Klohäuschen herum, einige Grundstücke schienen noch unberührt, Material aller Art stapelte sich und an den Kränen hingen Zementmischer und große Kunststoffwannen.

Im Vergleich zu den anderen Baustellen, wo offenbar großzügige Bürogebäude und Hallen entstanden, war hier ein etwas kleineres Haus geplant, ein Wohnhaus, vielleicht für ein oder zwei Familien. Auch auf zwei, drei anderen Parzellen schien etwas in dieser Art geplant zu sein, insgesamt aber handelte es sich hier um ein Gewerbegebiet.

Das passte ganz gut, denn das Gebiet lag zwischen B 29 und der früheren, direkt an der Rems entlangverlaufenden Bundesstraße; im Westen wurde es von einigen Firmengebäuden begrenzt, im Osten lag noch ein Streifen freies Gelände und dahinter zwei Schulen und ein Supermarkt. Das alles hatte ihm Ernst auf der Herfahrt geschildert, und er hatte auch darauf hingewiesen, dass die Straße, über die sie das neue Baugebiet erreichten, nach Paul Strähle benannt war, einem berühmten Sohn der Stadt, der von 1921 an von Stuttgart aus Linienflüge angeboten hatte.

Das Baugebiet lag abgelegen genug, um erst gar nicht nach Zeugen für die Ereignisse dieser Nacht suchen zu müssen. Zumal in der Nachbarschaft – Firmen, Schulen, Supermarkt – wohl seit gestern Abend niemand mehr anwesend war, von einem gelegentlich patrouillierenden Wachdienst vielleicht einmal abgesehen.

Ein paar Meter neben der Grube drängelten sich trotz der nachtschlafenden Zeit einige Menschen. Ein Streifenbeamter befragte einen Mann in Jeans und Windjacke, der scheinbar schneller erzählte, als der Beamte in seinen Notizblock kritzeln konnte. Neben ihm standen zwei weitere Männer, die wie Kollegen des ersten aussahen und dem Gespräch aufmerksam zuhörten. Weiter hinten auf der Straße sah Schneider einige Fahrzeuge herankommen: eine bunte Mischung aus kleinen Transportern, einem Jeep, einem alten Kleinwagen, einer Limousine und einem Van.

Die Wände der Grube sahen recht glatt aus, und man konnte da und dort noch Spuren der Baggerschaufel erkennen. An drei Seiten war der blanke Erdboden zu sehen, an einigen Stellen mit roter Farbe markiert. Zur Straße hin war die steile Böschung mit Holzbohlen bewehrt, die von langen Metallpfosten gehalten wurden.

Am Rand der Baugrube lehnte eine grobe Holzleiter und Schneider und Ernst kletterten daran hinunter. Der Boden der Grube war ziemlich eben, und der größte Teil der Fläche war mit Kies bedeckt. An einer Ecke zur Straßenseite hin klaffte ein weiteres Loch, hier hatte der Bagger wohl noch zu arbeiten.

Nicht weit entfernt von diesem Schacht lag der Tote, oder besser: das, was von ihm übrig war.

Sehen konnten Schneider und Ernst nur den Unterkörper und ein kleines Stück vom Bauch. Demnach lag der Tote auf dem Rücken und wies auf den sichtbaren Teilen seines Körpers auf den ersten Blick keine Verletzungen auf.

Das war auch nicht nötig: Der obere Teil des Mannes steckte in den Trümmern eines Betonrohres, das ursprünglich wohl einen halben Meter lang gewesen war und vielleicht einen Durchmesser von 1,20 Meter gehabt hatte. Ein paar andere solcher Betonteile hatten die Kommissare am Rand des Bauplatzes nebeneinander im Dreck liegen sehen.

Tief eingetaucht in das zertrümmerte Betonelement ruhte die stählerne Schaufel eines Baggers, der oben am Rand der Grube stand.

An den Beinen und am Unterkörper waren Spritzer von Blut und anderen Flüssigkeiten auf der Kleidung des Toten zu erkennen. Auch auf dem Boden waren Flecken sichtbar. Manches davon war schon ein wenig in den Untergrund eingesickert, hier und da hatten sich kleine Pfützen gebildet, aus denen kleinere Dreckbatzen ragten, die vermutlich von der herabstoßenden Baggerschaufel gefallen waren.

Schneider musterte die unappetitliche Szenerie genau, dann hob er den Blick: Fast gespenstisch hob sich über ihm die Silhouette des Baggers gegen den Nachthimmel ab.

»Was ist das denn für ein schräger Fall?«, murmelte Kriminalhauptkommissar Rainer Ernst und sah zwischen dem Bagger und der Schaufel hin und her.

»Tja, und ist es überhaupt ein Fall?«, fügte Kriminalhauptkommissar Klaus Schneider hinzu. »Woher wissen wir denn, dass das kein Unfall war?« Damit wandte er sich an Rau, der mit ihnen in die Grube hinuntergestiegen war und nun neben den beiden stand.

»Wir haben da vorne«, Rau deutete auf eine Stelle, die mit Kies bedeckt war, »Fußspuren und ein paar andere Kleinigkeiten gefunden, die ich für Zeichen einer Auseinandersetzung halten würde. Von dort drüben bis hier zum Fundort der Leiche haben wir außerdem Abdrücke von mindestens drei Paar Schuhen gefunden. An den Hydraulikleitungen oben im Baggerarm wurde herumgefummelt. Außerdem scheint es mir auch nicht so wahnsinnig üblich, dass sich einer nachts auf einer Baustelle herumtreibt und womöglich mit dem Bagger hantiert. Na ja, und schließlich hat uns ein Kollege oder Bekannter des Toten angerufen, und der hat gleich auf Mord getippt.«

»Aha, und warum das?«

»Mit dem werdet ihr ja gleich auch selbst noch reden, aber ganz offensichtlich ist es derzeit in der Baubranche ein wenig unruhig.«

»Wegen der Geschichten mit den Schaufensterpuppen?«

»Auch, aber es scheint noch mehr Witzbolde zu geben, die sich seit einiger Zeit auf Baustellen und in Baufirmen schlechte Scherze erlauben. Aber das lasst ihr euch mal am besten direkt von dem Mann erzählen. Der steht dort oben und erzählt Maigerle gerade, was er zu berichten weiß.«

Alexander Maigerle – Ernst erinnerte sich an den Kollegen, der aus Grunbach stammte, einem der Ortsteile von Remshalden, und dort noch immer im Haus der Eltern wohnte. Maigerle war ein netter Kerl, meistens freundlich, auch nachts nicht leicht von seiner guten Laune abzubringen – nur eines machte ihm zu schaffen: Seinen Dienst verrichtete er als Polizeihauptmeister im Revier Schorndorf und wäre doch viel lieber Teil der Kripo. Ernst wusste gar nicht so recht, warum das bisher nicht geklappt hatte: Maigerle war nicht auf den Kopf gefallen, und sobald im Ermittlungsdienst ein etwas kniffligerer Fall zu lösen war, verbiss er sich begeistert in die Angelegenheit, bis er der Sache auf den Grund gegangen war.

Seine Spürnase hatte ihm unter den Revierkollegen inzwischen den Spitznamen »Maigretle« eingebracht, eine gutmütig gemeinte Veräppelung, die zwischen seinem wirklichen Namen und dem des berühmten französischen Roman-Kommissars vermittelte. Maigerle nahm den Kollegen den Spaß nicht übel, aber ein wenig schmerzlich wirkte sein Lächeln über diesen Running Gag schon. Ernst nahm sich vor, mal mit Schneider über den Kollegen zu reden – vielleicht konnten sie ja die Augen offenhalten, falls bei der Kripo mal ein Platz frei würde, der für Maigerle passen könnte.

Mittwoch, 2.40 Uhr

Der an einigen Stellen zerbeulte Wagen stand im Schatten des Waldes. Er war durch das Gewerbegebiet Steinwasen im Schorndorfer Westen gekurvt, hatte dann auf einer Brücke die Bundesstraße überquert, war ins Ramsbachtal und nach der Gaststätte und den letzten Häusern dort in den Wald hineingefahren. Die Schranke, die den Forstweg schützen sollte, fehlte noch immer, und so rumpelte der Wagen unter den Bäumen hindurch, bog am Obelisken ab und hielt sich auf dem Weg, der in Richtung Schornbach verlief. Am Steuer saß ein tief in Gedanken versunkener Fahrer, der natürlich wusste, wie die Flur- und Waldstücke um ihn herum hießen. Doch an Kohlhau, Roter Rain oder Triebschlag verschwendete er keinen Gedanken – etwas anderes ging ihm im Kopf herum.

Nach einer Weile hatte der Mann bemerkt, wo genau er sich befand und dass er sich mittlerweile dem Waldspielplatz Jägergarten näherte, der südlich von Mannshaupten lag, einem kleinen Weiler oberhalb des Schorndorfer Stadtteils Schornbach, und ein beliebtes Ausflugsziel war.

Um dem Spielplatz, der etwa 100 Meter entfernt lag und von hier aus wegen Büschen und Bäumen nicht zu sehen war, nicht zu nahe zu kommen, hatte er seinen Wagen nach rechts in einen kleinen Fahrweg gesteuert, der halb zugewuchert auf ein verwittertes Holztor zuführte. Dann hatte er den Zündschlüssel umgedreht. Bald war nur noch das Knacken des Motors zu hören, der in der kühlen Nacht allmählich an Temperatur verlor.

Der Mann seufzte, griff in das Handschuhfach und holte eine Stofftasche hervor, aus der er langsam eine Pistole zog. Die Waffe fühlte sich kalt an, und selbst in dem dunklen Innenraum wirkte das Schwarz ihres Metalls noch bedrohlich.

Der Mann wog die Waffe in den Händen, betrachtete sie nachdenklich. Geladen war sie, das hatte er überprüft, als er zu Hause losgefahren war. Vor nicht einmal zwei Stunden war das, und doch hatte sich seither alles verändert. Selbst der gestrige Abend, den er so trübsinnig und hoffnungslos verbracht hatte wie viele andere zuvor, war nun eine Erinnerung an eine bessere Zeit. Aber er hatte schon zu viele Erinnerungen, die er kaum ertragen konnte.

Der Mann packte die Waffe fest mit der rechten Hand und führte sie an seine Schläfe. Unter dem Druck des Pistolenlaufes spürte er seinen Puls. Er drückte fester, sein Zeigefinger begann zu zittern und tausend Bilder fuhren ihm durch den Kopf.

Als er die Hand wieder sinken ließ, liefen ihm Tränen über das Gesicht. »Nicht einmal das«, dachte er, »bringst du richtig zu Ende.«

Mittwoch, 2.45 Uhr

»Herr Maigerle?«

Der uniformierte Beamte fuhr herum und lächelte kurz, als er Ernst erkannte. Er grüßte die beiden Kripo-Kommissare und stellte ihnen den Mann vor, mit dem er sich unterhalten hatte.

»Das ist Herr Vollmer, Roland Vollmer. Er hat die Leiche gefunden und hat uns dann gleich gerufen. Seine Personalien habe ich, und er hat mir gerade erzählt, wie er den Toten fand – und warum er um diese Uhrzeit überhaupt hier war.«

»Prima, Herr Maigerle«, nickte Schneider ihm anerkennend zu, dann wandte er sich an Vollmer. »Und? Sagen Sie es uns auch noch einmal kurz, bitte? Was suchten Sie um diese Zeit hier auf der Baustelle?«

»Na ja«, brummte Vollmer. »Ich habe hier nach dem Rechten geschaut. Ich hatte heute Nacht gewissermaßen Streife.« Er lächelte unsicher zu Maigerle hinüber, der das aber mit einem strengen Blick quittierte.

»Streife?«, fasste Schneider nach. »Wieso denn Streife?«

»Nun, in letzter Zeit ...« Vollmer ließ den Satz unvollendet in der Luft hängen und schaute über Schneiders Schulter hinweg. Schneider und Ernst drehten sich um, vor ihnen stand ein Koloss von einem Mann: etwa zwei Meter groß, mit breitem Kreuz, mürrischem Gesichtsausdruck und grob geschätzt 40 Kilo Übergewicht.

»Frogat Se doch lieber glei mi«, knurrte der Fremde und tippte sich mit dem Zeigefinger an den abgewetzten braunen Cordhut. »Haber isch mei Name, Willi Haber.«

»Ja, und?«, versetzte Schneider lauernd und fixierte den Mann ungnädig.

»Dr Vollmer isch oiner von meine Bauleiter, ond dr Knaur, der do dronta onter derra Schaufel liegt, hot von meine Bauschtella meischtens dr Dreck weggfahra.«

»Woher wissen Sie, wer da unten liegt?«, fragte Ernst.

»Dr Vollmer hot mi agrufa, no ben i glei los ond ben hergfahra. Mir sen jo em Moment praktisch dauernd en ›Bereitschaft‹.«

Seitlich hinter Haber hatte sich Staatsanwalt Kurt Feulner aufgebaut. Schneider hatte ihn bemerkt und kurz angesehen, aber Feulner winkte mit einer kleinen Geste ab und bedeutete dem Kommissar, einfach fortzufahren, als sei er gar nicht hier. Haber hatte nichts davon mitbekommen.

»Herr Vollmer redet von Streife, Sie von Bereitschaft …«, fuhr Ernst fort. »Vielleicht erklären Sie mir nun endlich mal, was hier eigentlich los ist.«

»Ganz oifach«, antwortete Haber. »Seit a paar Wocha hen älle Baufirma en onsrer Gegend Probleme mit irgendoim Obekannta, der sich an Maschina, Werkzeug ond so zom Schaffa macht. Do werdat Radmuttra losgschraubt, do verschwendat Werkzeug-Kischta, ond sogar an oim von dena blaue Klohäusla isch dreht worda. Des kann Ihne allerdings der Vollmer am beschte vrzähla.« Habers Lachen polterte tief und rau aus seinem riesigen Brustkorb herauf.

Vollmer blickte zu Boden.

»Und, Herr Vollmer?«, fragte Schneider.

»Dieser Arsch hat sich am Unterbau eines der Klos zu schaffen gemacht, was man der Toilette nicht ansehen konnte. Eine der Stützen war irgendwie präpariert. Na ja, ich bin rein. Und als ich fertig war und aufstehen wollte, ist diese eine Stütze gebrochen, das Häusle kippte nach hinten und ich mit ihm …«

»Den hättet Se säha solla, wie der do rauskrabbelt isch. Ond no woiß der doch echt nix Bessers, als sich mit der ganza Sauerei ens Gschäftsauto zom Setza – des schtenkt heit no!« Haber lachte nicht mehr, und Vollmer schwankte offensichtlich, ob er seinem Chef wegen der Anekdote böse sein oder sich wegen des verdreckten Firmenautos schuldig fühlen sollte.

»Nun gut …«, versuchte Schneider zum Thema zurückzukommen. »Und was dürfen wir nun unter ›Streife‹ verstehen?«

»Meine Leut ond a paar von andre Firma fahret seit a paar Nächt die gängige Bauschtella ab, guckat sich om und hoffat, dass se den Schlamper verwischat.«

»Und dann, Herr Haber?«, war plötzlich die Stimme von Feulner zu hören. Haber fuhr herum, sah Feulner und wirkte sofort ein paar Zentimeter kleiner.

»Ah, dr Herr Feulner! Jetzat!« Haber streckte die Hand aus, aber Feulner ließ beide Hände in den Manteltaschen.

»Was hätten Sie oder Ihre Leute denn gemacht, wenn Sie den Unbekannten gestellt hätten? Selbstjustiz ist keine gute Idee, das sollten Sie wissen, Herr Haber.«

»Ja noi … also … mir …«

Habers Selbstsicherheit war wie weggeblasen, während Feulner ihn kalt im Visier behielt. Schließlich gestattete sich Feulner doch noch ein dünnes Lächeln, hielt Haber die rechte Hand hin und sagte: »Sie können gerne nach Hause, Herr Haber. Wir wissen, wo wir Sie finden, falls wir noch Fragen haben.«

Eilig verabschiedete sich Haber von Feulner und den anderen. Er stieg in einen bulligen Jeep, der mitten auf der Straße abgestellt war, wendete hastig und fuhr schnell in die Dunkelheit davon.

»Sie scheinen Herrn Haber zu kennen?«, fragte Schneider.

»Kann man sagen«, grinste Feulner. »Er hat unser Haus gebaut, und er hat sich mir gegenüber nicht immer so verhalten, als wüsste er, was ich von Beruf bin.«

Ernst und Schneider sahen Feulner fragend an.

»Mal ehrlich: Würden Sie einem Bauherrn gegenüber gewisse, sagen wir: steuerliche Einsparmöglichkeiten andeuten, wenn Sie wüssten, dass er Staatsanwalt ist?«

Maigerle prustete los, und auch die beiden Kommissare konnten sich ein Lächeln nicht verkneifen. Feulner grinste ebenfalls: »Haber ist ein grober Klotz, ziemlich geldgierig, bauernschlau und rücksichtslos – aber sonst kein übler Kerl, glaube ich.«

Während Schneider noch darüber nachdachte, was nach dieser Aufzählung denn mit »sonst« gemeint sein konnte, nahm Ernst das Gespräch mit Roland Vollmer wieder auf.

»Woher wussten Sie denn, dass dort unten Herr Knaur liegt? Wir waren gerade unten, und mit einem Blick in sein Gesicht ist es da nicht getan.«

»Das wusste ich nicht«, antwortete Vollmer. »Ich habe nur gemeldet, dass da einer tot liegt. Ich kam hier auf meiner Runde vorbei und sah, dass der Baggerarm in die Grube hinunterreichte.«

»Ach, und das ist ungewöhnlich?«

»Natürlich. Normalerweise wird ein Bagger abends immer so abgestellt, dass die Schaufel direkt vor dem Bagger auf dem Boden abgelegt ist.«

»Aha.«

»Sonst wäre mir ja gar nichts aufgefallen – in die Grube hinunter sehe ich ja vom Auto aus nicht. Als ich ausgestiegen bin, habe ich die Beine aus der Röhre ragen sehen, bin dann noch in die Grube runter, habe aber nichts angefasst. Tja, und dann kamen Ihre Kollegen, und die haben wohl eine Brieftasche bei dem Toten gefunden.«

Ernst schaute zu Maigerle hinüber, der nickte: »Ja. Der Tote liegt ja mit dem Unterkörper außerhalb dieser zerschlagenen Betonröhre, und in der Gesäßtasche seiner Hose steckte die Brieftasche, mit Ausweis, Führerschein und so weiter.«

»Und als mich Ihr Kollege hier fragte, ob ich den Sepp kenne, konnte ich ja schlecht nein sagen.«

»Sepp?«, schaltete sich Schneider ein.

»Ja, Sepp Knaur, der Tote«, erklärte Maigerle. »Eigentlich Josef. 42 Jahre alt und Chef der Firma Weinmann. Die haben ihr Büro und die Erddeponie an der B 29 zwischen Plüderhausen und Waldhausen. Der macht hier in der Gegend für die meisten Baufirmen den Aushub, und Knaur ist trotz seiner Anfang 40 noch so ein Chef vom alten Schlag: sitzt am liebsten selbst auf dem Bagger oder fährt den Dreck weg.

Natürlich hat er noch Mitarbeiter, aber baggern darf meistens nur er. Das kann er auch echt gut.« Ernst räusperte sich, Maigerle schaute kurz zu ihm hinüber, dann fiel der Groschen. »Ja, klar: konnte er. Ich habe ihn um ein paar Ecken herum ein bisschen gekannt, da fällt das Umschalten nicht gleich so leicht.«

»Hier kennt irgendwie jeder jeden – das habe ich inzwischen schon gelernt«, sagte Schneider leichthin. Ernst sah ihn irritiert an, aber Schneider beschwichtigte ihn sofort: »Das war nicht böse gemeint, Herr Ernst, wirklich.«

Aus den Augenwinkeln bemerkte Schneider den Pathologen Dr. Thomann, den er von seinem ersten Mordfall her kannte. Thomann kletterte gerade auf der Leiter aus der Grube heraus und wischte sich, oben angekommen, eifrig die Hände an den Seiten seiner Hose ab. »Seltsam«, ging es Schneider durch den Kopf, »wieder dasselbe Team – als gäbe es hier nur diese Leute.«

»Wissen Sie«, fuhr währenddessen Maigerle fort, »meine Eltern haben vor ein paar Jahren einen Anbau an ihr Haus drüben in Grunbach machen lassen, und weil das Gebäude in den Hang reingebaut ist, fällt da natürlich ordentlich Aushub an. Na ja, den hat die Firma Weinmann weggefahren, und Knaur hatte gebaggert. Hat er übrigens gut gemacht, das war damals recht knifflig, so direkt am Haus und an der Mauer zum Nachbarn rüber.«

»Schon gut, Herr Maigerle, danke«, schnitt ihm Schneider leidlich freundlich das Wort ab. »Wissen Sie sonst noch etwas über diesen Knaur, was uns weiterhelfen könnte?«

»Hm, wie soll ich sagen … Mir kam er damals nicht so besonders nett vor. Der war schon auch mal patzig und behandelte die Leute gerne etwas von oben herab – so, als hätte nur er Ahnung und sonst keiner. Aber vielleicht habe ich das auch in den falschen Hals gekriegt damals.«

»Nein, nein, Herr Maigerle«, schaltete sich Vollmer ein. »Der Sepp hatte schon seine Macken. Und die Dreckfahrer sind ohnehin nicht die Beliebtesten in der Baubranche. Da geht es ziemlich ruppig zu, gerade auch zwischen Konkurrenten.«

»Wollen Sie etwas Bestimmtes andeuten?«, fasste Ernst nach.

»Es gibt da einen Spruch: Auf dem Bau sind alle kleine Gauner – nur nicht die Aushubleute. Das sind große.«

»Und, ist was dran an diesem Spruch?«

»Na ja, das ist, wie gesagt, nur ein Spruch – ganz so schlimm geht es auf dem Bau auch nicht zu. Aber die Aushubunternehmer sind nicht unbedingt zimperlich. Wenn da einer im fremden Revier wildert, kann der Platzhirsch schon ungemütlich werden. Das sind meistens recht handfeste Burschen, die nicht unbedingt viel Wert auf lange Diskussionen legen, wenn Sie verstehen, was ich meine.«

»Ja, ich verstehe. Und welchen Konkurrenten von Knaur haben Sie da im Sinn?«

»Konkurrenten ... Ich weiß gar nicht, ob man das wirklich so nennen kann. Als echtes Aushubunternehmen ist Knaur beziehungsweise seine Firma Weinmann in Schorndorf ohne Konkurrenz. Aber Landschaftsgärtner fahren schon mal ein paar Lastwagen voll Erde fort – das summiert sich dann, da kann einer wie der Sepp durchaus mal ausrasten, weil ihm Geld entgeht.«

»Namen, bitte.«

»Namen? Nein, ich weiß von keinem konkreten Fall. Ich erzähle Ihnen nur, was ich so grundsätzlich beobachte. Da müssen Sie dann wirklich meinen Chef fragen. Sie können ihm ja sagen, dass Sie, falls er nichts erzählt, zum nächsten Gespräch den Herrn Feulner mitbringen.« Vollmer grinste breit, Staatsanwalt Feulner stand an der Kante zur Grube und sah hinunter, er hatte die Bemerkung offenbar nicht mitbekommen.

Schneider sah Vollmer nachdenklich an. »Warum haben Sie eigentlich gleich auf Mord getippt? Unser Kollege deutete vorher an, dass Sie davon gleich ausgegangen seien.«

»Glauben Sie, dass sich ein alter Hase wie Sepp Knaur nachts unter seine Baggerschaufel stellt, bis sie ihn erschlägt?

Außerdem habe ich die Schäden oben an den Hydraulikleitungen gesehen – da hat sich wohl einer dran zu schaffen gemacht. Der Sepp war das wohl nicht selbst, würde ich sagen. Und dann ist mir gleich aufgefallen, dass der Kies auf dem Boden an ein paar Stellen etwas aufgewühlt aussieht, als habe dort ein Kampf stattgefunden.«

»Sie sagen das so bestimmt. Der Kies kann doch auch so hingeschüttet worden sein, oder?«

»Nein, kann er nicht. Sepp arbeitete sehr genau, und wenn er den Kies hinschob, zog er ihn auch gleich glatt. Der war ja hier fast fertig. Sehen Sie …« – Vollmer führte die Kommissare näher an den Bagger und deutete zu dem tieferen Loch in der Ecke der Grube hinunter – »… hier muss er nur noch den Schacht für den Abfluss fertig machen. Ein paar Mal mit der Schaufel rein, dann die Betonringe für den Schacht setzen, den Rest des Loches mit Füllmaterial verdichten und dann nur noch etwas Kies auf dem Boden der Grube verteilen. Da wäre Sepp nach zwei, drei Stunden hier fertig gewesen und wäre gleich zur nächsten Baustelle gefahren. Die ist gleich dort drüben, drei Grundstücke weiter. Insgesamt hatte er, soweit ich das weiß, hier aktuell etwa noch ein halbes Dutzend Baugruben zu machen, ungefähr die Hälfte für uns und zwei, drei für den Praatz. Das ist der größte Konkurrent von Herrn Haber hier in der Gegend.«

»Gab das nicht Ärger, wenn Knaur für beide Konkurrenten arbeitete?«

»Nein, nicht soweit ich weiß. Sie müssen das so sehen: Knaur war nicht auf uns angewiesen, aber wir auf ihn – damit haben sich halt alle arrangiert, auch Haber und Praatz. Selbst wenn wir einen anderen gefunden hätten, der für uns den Aushub macht: Irgendwohin muss er den Dreck ja kippen – und wenn die Fahrt zu weit ist, lohnt es sich nicht mehr. Also hätte Knaur wieder daran verdient, indem er die andere Aushubfirma auf seine Deponie gelassen hätte.«

»Geld wie Dreck …«, dachte Schneider. »Nun weiß ich auch, woher diese Redewendung stammt.«

Mittwoch, 11.00 Uhr

Kriminalhauptkommissar Klaus Schneider notierte sich noch zwei Fragen für die gleich anstehende erste Besprechung der Sonderkommission. »SoKo Baugrube« war der Name für die Ermittlungsgruppe; das hatten sie bereits am frühen Vormittag im Büro von Rolf Binnig, dem Leitenden Kriminaldirektor in Waiblingen, entschieden.

Eine knappe halbe Stunde waren sie zusammengesessen: Binnig, Schneider, dazu Markus Berner von der Pressestelle und sein Chef Frank Herrmann. Die Kollegin der beiden hatte so lange im Büro die Stellung gehalten – mit dem undankbaren Auftrag, anrufende Journalisten noch ein Weilchen hinzuhalten. Der Einzige, der während der Besprechung angerufen hatte, war erstaunlicherweise dieser Journalist gewesen, der für seinen Krimi recherchierte und noch ein paar Detailfragen hatte. Von dem Toten in der Baugrube hatte er noch nichts gewusst.

Binnig hatte das Gespräch gewohnt zügig vorangetrieben und war mit seinen Mitarbeitern die Besetzung der SoKo durchgegangen. Und als Schneider schließlich in der Tiefgarage in seinen Sportwagen gestiegen war, hatte er noch immer den Kopf darüber geschüttelt, wie effektiv Binnig eine solche Konferenz organisieren und durchziehen konnte.

Hier, im SoKo-Raum im Hochparterre des Schorndorfer Polizeireviers, würde es nun etwas gemächlicher zugehen. Schneider musste die bisherigen Informationen sammeln, erste Ansätze für die Ermittlungen finden und die Aufgaben verteilen. Das tat er am liebsten im Zusammenspiel mit seinen Leuten – eine Art des Teamworks, mit dem er schon in Karlsruhe gut gefahren war. Nur brauchte er dazu den Respekt seiner Mitarbeiter, und sie mussten wissen, dass sich hinter seiner rauen, manchmal etwas pampigen Art durchaus ein netter Kerl verbarg. Das hatte in Schorndorf seine Zeit gebraucht.

»Hallo, Herr Schneider.«

Kriminalhauptkommissar Rainer Ernst kam zur Tür herein und legte eine Mappe mit Unterlagen auf den Platz neben Schneider.

»Tja, wir sind die Ersten, Herr Ernst.«

»Kein Fehler, finde ich. Können denn alle kommen?«

»Ja, hier müsste es gleich voll werden. Übrigens ist meine Frau von dem Fall nicht gerade begeistert.«

»Ach, wieso das denn? Betrifft er sie denn?«

»Allerdings«, grinste Schneider. »Wir wollten doch am Montag diese Fertighäuser besichtigen, Sie erinnern sich?« Ernst nickte. »Die haben montags und dienstags aber leider geschlossen – heute wäre geöffnet …«

»Das ist natürlich Pech«, lachte Ernst. »Dann hoffen wir mal für Sie, dass die Häuser der Ausstellung noch ein Weilchen stehen.«

»Hier geht es ja lustig zu!« Polizeihauptmeister Maigerle kam in den Raum, begrüßte die beiden Kommissare, danach kamen die anderen, und innerhalb von zwei Minuten waren die zu einem Rechteck zusammengeschobenen Tische voll besetzt. Schneider schaute in die Runde und sah neben den Schorndorfer Kollegen, die ihm inzwischen ohnehin alle vertraut waren, auch andere, die er größtenteils noch von der Sonderkommission im vergangenen Herbst her kannte.

Für den Innendienst, der alle Fäden der verschiedenen Ermittlungen zusammenhalten, zwischendurch auch Staatsanwaltschaft oder Polizei-Pressestelle auf dem Laufenden halten und obendrein noch die ungeliebte Aktenarbeit erledigen musste, waren diesmal Manfred Dettwar und Folker Hallmy von der Schorndorfer Kripo und die Waiblinger Kollegen Heydrun Miller und Wilfried Rosen eingeteilt. Sie wurden unterstützt von Claus Nerdhaas, dem Internet-Spezialisten der Kripo Schorndorf: Er sollte wie gewöhnlich vor allem Online-Recherchen betreiben.

Die Ermittlungen vor Ort sollten Kommissar Ernst, Henning Brams und Jutta Kerzlinger von der Schorndorfer Kripo, dazu Alexander Maigerle vom Ermittlungsdienst im

Schorndorfer Revier und schließlich Florian Schöll von der Kripo Waiblingen übernehmen – und auch SoKo-Chef Klaus Schneider würde es sich wieder nicht nehmen lassen, entgegen aller Gepflogenheiten draußen mitzuarbeiten. Das Polizeiteam rundeten schließlich Frieder Rau, der Chef der Spurensicherung, sowie die Schreibkräfte Sabine Mayer und Ulla Häußermann von der Schorndorfer Kripo ab.

Als Staatsanwalt war erneut Kurt Feulner zuständig, und auch der Gerichtsmediziner war, wie Schneider und Ernst schon seit vergangener Nacht wussten, ein alter Bekannter: Dr. Ludwig Thomann. Zu ihnen hatten sich außerdem Frank Herrmann und Markus Berner von der Waiblinger Polizeipressestelle gesellt.

»Tja, die Herrschaften«, machte der Pathologe den Anfang mit seinem Bericht, »die Todesursache ist diesmal recht klar, würde ich sagen: Die auf ihn stürzende Baggerschaufel hat unserem Opfer nicht gutgetan. Ob vorher an Kopf oder Oberkörper schon Verletzungen entstanden sind, also ob es zum Beispiel zu einem Kampf unter der Baggerschaufel gekommen war, kann ich natürlich zum jetzigen Zeitpunkt noch nicht sagen. Die obere Hälfte des toten Herrn Knaur wurde komplett zerdrückt. Über ihm fand sich ein Gewirr aus Betonstücken und dem Stahlgeflecht, das im Beton eingegossen war. Da werden wir während der Obduktion sehr genau hinsehen müssen – Ihnen wiederum würde ich genau das nicht empfehlen, das dürfte diesmal etwas weniger schön werden. Deshalb schlage ich vor, dass Sie alle sich diese Obduktion als Termin ersparen – wir werden in der Pathologie wohl eher …«, er lachte kurz auf, »… eher Kleinarbeit verrichten müssen.«

Jutta Kerzlinger war blass geworden. Der neben ihr sitzende Henning Brams, der selbst nun ebenfalls etwas ungesund aussah, schob ihr ein Pfefferminz-Bonbon zu.

»Wann dürfte der Mann etwa gestorben sein?«, fragte Schneider.

»Meine jetzige Schätzung deutet auf eine Zeit zwischen 22 und 23 Uhr – das ist natürlich nur mal vorläufig. Die Blut-

und Gewebespritzer, die wir aus seinen Kleidern und aus dem Dreck auf der Baustelle isolieren konnten, müssen wir noch genauer untersuchen. Nachdem wir den wegen der defekten Hydraulik ›lahmen‹ Baggerarm samt Schaufel mit Hilfe eines zweiten Baggers nach oben gehoben und am Rand der Grube abgelegt hatten, haben wir auch noch verglichen, wie sich die Reste von Knaurs oberer Hälfte direkt unter der Schaufel und dem Beton und am Rand – also mal mit mehr und mal mit weniger Kontakt zur Außenluft – entwickelt haben, wie tief die Flüssigkeiten schon ins Erdreich eingesickert sind und so weiter. Also: 22 bis 23 Uhr dürfte es wahrscheinlich ganz gut treffen.«

Jutta Kerzlinger konzentrierte sich ganz auf ihr Atmen und versuchte so, die aufsteigende Übelkeit in den Griff zu bekommen. Thomann lehnte sich entspannt zurück und wies auf seinen Nebensitzer Frieder Rau.

»Sie sehen ja an der Wand Fotos vom Fundort der Leiche«, sagte Rau und deutete auf die hinter Schneider, Ernst und Feulner an der Wand angebrachte weiße Magnettafel, »und eine kleine Skizze, damit Sie sich das alles auch im Zusammenhang mit der Umgebung einigermaßen vorstellen können. Das Baugebiet – für alle, die nicht mit draußen waren – ist eine Erweiterung des Gewerbegebiets Steinwasen. Da wird auf neuen Straßenschildern wieder Platz für die Namen verdienter Schorndorfer Bürger geschaffen. Unsere Baustelle lag hier« – er deutete auf einen Plan des Baugebiets. »Diese Straße wird mal Wilhelm-Zobel-Straße heißen. Wer das war, müsste ich allerdings nachlesen.«

Schneider winkte ab, und Rau fuhr grinsend fort.

»Der Tote lag in einer Ecke der Baugrube zur Straße hin. Den Bauplänen zufolge sollen dort die verschiedenen Hausanschlüsse angebracht werden – und auch der Kontrollschacht für das Abwasser kommt dorthin. Den hätte der Bagger nun wohl als Nächstes ausgehoben, deshalb stand der Bagger dort auch schon, und die Betonringe waren ebenfalls schon angeliefert. Der Motor des Baggers wurde gestern in der Nacht offenbar noch gestartet, und an den Hydraulikleitungen des Baggerarms hat sich jemand zu schaffen gemacht. Daraus würde ich mir Folgendes zusammenreimen …«

Rau schaute sich kurz um, alle Anwesenden hörten ihm gespannt zu. Rau lächelte und fuhr fort. »Erstens: Jemand hat den Bagger gestartet und hat den Baggerarm über die Grube hängen lassen – normalerweise steht ein Bagger abends immer so, dass seine Schaufel auf dem Boden liegt. Zweitens: Jemand hat sich an den Hydraulikleitungen zu schaffen gemacht und so den Baggerarm gewissermaßen lahmgelegt. Damit wäre der Arm einfach ›kraftlos‹ nach unten gesaust und hätte den Betonring zerschlagen.«

»Und drittens?«, fasste Schneider nach, als Rau nicht fortfuhr und stattdessen in seinen Notizen blätterte.

»Drittens? Ich habe für euch kein ›drittens‹. Für mich passen ›erstens‹ und ›zweitens‹ schon nicht richtig zusammen. Wie kommt zum Beispiel der Tote in den Betonring? Und so eine Baggerschaufel sieht ja wahnsinnig schwer aus – aber reicht das Gewicht tatsächlich, um den Betonring zu zerschlagen, der mit einem Stahlgeflecht durchzogen und deshalb ziemlich stabil ist? Und reicht das Gewicht dann noch, um gleich auch noch den halb darin liegenden Knaur zu zerdrücken? Und überhaupt: Warum liegen alle Betonringe oben am Rand der Baustelle – und nur der eine liegt unten? Und dann noch auf der Seite und nicht mit der Öffnung nach oben, wie er später für den Schacht gesetzt werden muss? Aber egal: Ich muss euch ja auch noch Arbeit übrig lassen, gell?«

Die Kollegen schienen wieder etwas entspannter zu werden, zwei schmunzelten sogar und auch Kerzlinger und Brams hatten wieder eine etwas kräftigere Gesichtsfarbe.

»Aber es gibt noch ein paar Kleinigkeiten zur Baugrube«, fügte Rau hinzu, als er offenbar endlich den richtigen Notizzettel hervorgeblättert hatte. »Wir haben unten auf dem Boden der Grube Fußspuren von drei Paar Schuhen gefunden. Eine Spur konnten wir dem Toten zuordnen, die zweite diesem

Bauleiter Vollmer. Zur dritten Spur haben wir noch niemanden. Der Witz an der Sache ist: Eigentlich sind sich alle drei Spuren sehr ähnlich, das scheinen fast dieselben Schuhe gewesen zu sein: so Sicherheitsschuhe, wie sie auf dem Bau üblich sind, mit groben Sohlen und verstärktem Oberleder oder wie das in diesem Fall heißt – da bin ich kein Fachmann.«

»Woher wissen Sie dann, dass es drei verschiedene Spuren waren?«

»Vorne im Kies gab es Spuren wie von einem Kampf, da waren die Steinchen an einigen Stellen zur Seite gedrückt, dann wieder wie aufgepflügt – typisch für eine Auseinandersetzung. Mehr ist auf dem Teil des Grubenbodens, der bereits mit Kies aufgeschüttet ist, nicht herauszufinden. Nehmen wir mal an, Vollmer war es nicht, der mit Knaur gekämpft hat, dann fehlt uns eine Person.«

»Und falls es doch Vollmer war?«

»War er nicht«, schaltete sich Alexander Maigerle ein. »Vollmer war bis etwa ein Uhr bei sich zu Hause, was seine Frau bestätigt hat. Um ein Uhr dreißig traf er sich in der Maschinenhalle von Haber & Sohn mit einem Kollegen, der bis dahin ›auf Streife‹ war, wie sie das nennen. Dann ist er losgefahren und kam schließlich hier vorbei.«

»Danke, Herr Maigerle«, nickte ihm Rau zu. »Aber auch ohne Vollmers Alibi hätten wir eine dritte Person gebraucht, um diese Art von Spuren zu verursachen.«

Rau stand auf, ging zur Wandtafel und deutete auf eine Skizze, die einen vergrößerten Ausschnitt der Baugrube zeigte: mit dem Fundort der Leiche und einigen eingezeichneten Fußabdrücken.

»Diese Spuren müssen mindestens drei Personen gemacht haben. Schauen Sie: hier, hier und hier« – er tippte nacheinander entsprechende Stellen auf der Skizze an – »das sind Abdrücke, die lassen sich nicht auf zwei Leute reduzieren, ohne dass sich einer von denen dabei das Bein bricht.«

Einige Kollegen grinsten, und Rau fügte trocken hinzu: »Obwohl ... Wenn Knaur noch hätte laufen können, nachdem ihn die Schaufel so zugerichtet hatte, wäre es schon möglich gewesen ...«

Thomann lachte schallend, und auch die meisten anderen in der Runde konnten sich zumindest ein breites Grinsen nicht verkneifen. Nur Staatsanwalt Feulner fand es nicht lustig und blickte streng um sich: »Ich darf doch wirklich bitten!«

Jutta Kerzlinger sprang auf und eilte zur Tür. Ernst sah ihren Nebensitzer Brams fragend an, aber der zuckte nur mit den Schultern.

Mittwoch, 11.30 Uhr

»Bevor wir nun die Ansätze für unsere Arbeit durchsprechen«, zog Schneider die Aufmerksamkeit der Anwesenden auf sich, »möchte ich Ihnen kurz den Grund nennen, warum Herr Maigerle zu unserer SoKo gehört. Sie wissen sicher alle von den beiden Schaufensterpuppen, die auf Baustellen in der Umgebung gefunden wurden. Herr Ernst und ich sehen die Möglichkeit, dass diese beiden ... na ja, sagen wir: Streiche in Verbindung mit unserem Fall stehen. Herr Maigerle, wenn Sie uns zunächst einfach mal erzählen, was Sie bisher zu den Schaufensterpuppen herausgefunden haben?«

Maigerle nickte und ging zur Wandtafel, wo er zwei großformatige Fotos aufhängte. »Die erste Puppe wurde vor genau drei Wochen in Haubersbronn entdeckt. Der Bauherr hatte nach seinem Häuschen geschaut und durch die geschlossenen Fenster sah er eine offenbar menschliche Figur, die leblos auf dem Estrich im Schlafzimmer kauerte. Das ging zunächst mal als Mord oder Unfall beim Notruf ein, Herr Ernst kann Ihnen das bestätigen.«

»Ja, schon gut«, sagte Ernst mit etwas säuerlicher Miene, allerdings brachte ihn das gutmütige Grinsen rundum schnell selbst zum Lächeln. »Von mir aus hätte auch unter der Baggerschaufel eine Puppe liegen können, ehrlich!«

»Das war leider nicht der Fall. Aber vor einer Woche, auf einer Baustelle im Hölderlinweg in Plüderhausen, wurde noch einmal eine Plastikfigur gefunden. Die Einzelheiten müssten Sie alle in groben Zügen kennen.« Maigerle schaute sich um, alle Anwesenden nickten. »Ich habe nun versucht, Ähnlichkeiten der beiden Fälle zu finden. Klar, das Auffälligste: Beide Figuren waren wie Bauarbeiter gekleidet, beide wurden auf einer Baustelle gefunden und beide waren mit einigem Aufwand in ihrer Position drapiert. Auf mich wirkt das noch immer wie eine Inszenierung. Wie ein ... na ja: wie ein Ritualmord. Nur dass halt niemand dabei getötet wurde.«

»Wie meinen Sie das mit dem Ritual?«, fragte Feulner dazwischen. »Ich habe mir Ihre Berichte natürlich durchgesehen, aber ein ›Ritual‹ ... Geht das nicht ein bisschen weit?«

»Ich finde nicht, Herr Feulner. Nehmen Sie den ersten Fall. Da kniet eine Schaufensterpuppe auf dem Estrich, der noch nicht ausgetrocknet ist, und steckt den Kopf in die Estrichmasse – auf mich wirkt das, als würde hier eine Puppe regelrecht hingerichtet, stellvertretend für einen Estrichleger und passend zum Gewerk. Oder der zweite Fall: Da steht eine Plastikfigur auf dem Dach, angezogen und ausgestattet wie ein Zimmermann, mit Nägeln durch die Füße auf dem Dach festgezimmert und schließlich mit einem Pfahl durch ein Loch in der Brust an einer Dachgaube befestigt. Mit einer richtigen Leiche stelle ich mir das schon extrem gruselig vor.«

»Meine Güte«, murmelte Feulner erschrocken. »Mit den Füßen festgenagelt? Aber ein religiöses Symbol müssen wir hier nicht befürchten, oder?«

»Sie meinen wegen Ostern? Karfreitag, Kreuzigung und so? Nein, das ist ja in diesem Jahr auch schon vorbei. Das waren eher praktische Gründe, würde ich sagen. Die Figur hätte sonst einfach runterrutschen können, zumindest, bis der Pfahl richtig angebracht war.«

»Leute, eine Bitte«, meldete sich Pressesprecher Herrmann zu Wort. »Keiner sagt einen Ton über diese Nägel im Fuß, ja? Nicht, dass mir mein ›Freund‹ Hasselmann in seinem Blatt mit den großen Buchstaben irgendwelche mystischen Thriller-Fantasien um die Ohren haut. Ich habe keine Lust, solchem Bockmist tagelang hinterherzurennen und die ganzen Falschmeldungen wieder einzufangen und richtigzustellen.«

»Hasselmann?«, fragte Schneider. »Bleiben Sie mir bloß mit diesem Schmierenreporter weg! Hat der nicht auch diesen ganzen Mist aufgerührt, als wir im vergangenen Jahr in Kallental ermittelt haben?«

Herrmann nickte.

»Na«, versicherte ihm Schneider, »ich glaube, an Ihre Bitte halten wir uns alle liebend gern, nicht wahr?«

Zustimmendes Gemurmel kam von allen Plätzen, und auch Feulner, den Herrmanns Einwurf noch mehr beunruhigt hatte, begann sich wieder zu entspannen.

»Gut«, sagte Feulner. »Dann gehen wir also von einem wie auch immer gearteten, aber nicht religiös motivierten Ritual aus.«

»Ich bin nun kein Psychologe«, fuhr Maigerle fort, »aber nach allem, was ich dazu gelesen habe, scheint ein Ritual in einem Trauma oder sonst wie prägenden Erlebnis des Täters begründet zu sein – und es scheint für den Täter in sich so schlüssig zu wirken, dass er gar nicht von dem Muster, von den Details und Symbolen, die das Ritual ausmachen, abweichen kann. Seine fixe Idee, wenn ich das mal so sagen darf, zwingt ihn praktisch, möglichst genau das zu tun, was er sich selbst in dieser fixen Idee vorschreibt.«

»Und? Das heißt?«, hakte Schneider nach.

»Puppen, die als Handwerker angezogen sind – damit könnten in Wirklichkeit Handwerker gemeint sein. Dass sie passend zu ihrer Arbeit inszeniert werden, könnte darauf hindeuten, dass der Täter genau mit diesem Berufsstand oder mit der Ausübung des jeweiligen Berufs in der Vergangenheit ein schwerwiegendes Problem hatte.«

»Das grenzt unsere Verdächtigen ja schon mächtig ein – nämlich auf alle, die jemals ein Haus gebaut, renoviert oder umgebaut haben.«

Alle drehten sich zu Manfred Dettwar um, der gerade gesprochen hatte, aber Dettwar grinste nicht, sondern erwiderte die Blicke der Kollegen mit ernster Miene.

»Wir haben vor vier Jahren selbst gebaut, ein kleines Häuschen in Buhlbronn, nichts Aufregendes. Und nach allem, was ich so gehört habe, hatten wir mit unserer Baufirma und mit unseren Handwerkern noch ein Riesenglück. Und trotzdem hätte mir damals der eine oder andere Handwerker oder Bauarbeiter nicht nachts an einer dunklen Stelle begegnen dürfen. Wisst ihr: Wenn einer baut, hat er für Mord in jedem Zimmer ein Motiv.«

Nerdhaas lachte kurz. Als er aber merkte, dass das außer ihm niemand witzig fand, räusperte er sich und schwieg.

»Also hätten wir den Täter, der für den Unfug mit den Puppen verantwortlich ist, unter Bauherren zu suchen?« Schneider fand die Logik schlüssig, aber er fühlte sich nicht sehr behaglich dabei, wie sich die Fragen und die Überlegungen entwickelten. Sollten er und seine Frau sich wirklich auf einen Hausbau einlassen, wenn das solche Spuren bei den Betroffenen hinterlassen konnte? »Und wie passt da unser echter Toter ins Bild?«

»Nun ja«, meinte Feulner. »Auch der kam ja auf einer Baustelle um, auch da handelt es sich um einen Mann, der mit dem Bau eines Hauses zu tun hatte. Dieselbe Branche, warum nicht auch derselbe Kreis von Verdächtigen?«

»Schon«, sinnierte Ernst. »Aber warum nun plötzlich keine Puppe mehr?«

Jutta Kerzlinger kam wieder zur Tür herein und setzte sich vorsichtig hin. In einer Hand hielt sie ein Päckchen Papiertaschentücher.

Maigerle ergriff wieder das Wort: »Von einem Kollegen, der mit mir einen Lehrgang besucht hat, weiß ich von einer Mordserie irgendwo im Rheinland vor ein paar Jahren – ich weiß nicht mehr, ob in Krefeld, Düsseldorf oder Mönchengladbach. Da ging es zunächst auch mit Schaufensterpuppen los, die wurden kopflos und mit Kunstblut beschmiert aufgefunden. Und schließlich gab es dann auch eine echte Leiche.«

»Jetzt, wo Sie es sagen: Wurden ›unsere‹ Puppen auch mit Kunstblut oder Farbe beschmiert?«

»Nein. Aber es könnte ja sein, dass unser Täter mit den Figuren geübt hat – und sich nun an ›richtige‹ Morde traut. Und ›Kunst‹ ist auch noch ein Stichwort: Mich haben die beiden als Bauarbeiter inszenierten Schaufensterfiguren ziemlich schnell an eine Kunst-Installation erinnert. So in der Art wie Schweinehälften mit elektronischer Musik, aus Ton und halbverbranntem Holz geformte Körperteile – da gibt es ja die seltsamsten Motive.«

»Also ein Bildhauer, der unglücklich mit seinem Hausbau ist, wenn ich das mal richtig zusammenfasse?«, fragte Feulner dazwischen, und sein ätzender Ton verriet schon, was er von Maigerles Idee hielt.

»Nein, nein, Herr Feulner«, schaltete sich Frieder Rau ein. »Diese Schaufensterpuppen und die Art, wie sie platziert waren, wirken auch auf mich irgendwie künstlerisch. Das würde ich nicht so unbedingt ausschließen wollen.«

»Hm«, machte Schneider. »Aber sieht der Todesfall mit der Baggerschaufel für eine Inszenierung – wenn wir dabei mal bleiben wollen – nicht zu sehr nach einem Unfall aus? Ein Zufall etwa der Art: Die Hydraulik am Bagger ist sabotiert, danach fällt der Arm runter und unten steht unglücklicherweise ein Mann, der dann von der Schaufel erschlagen wird. Hätten wir nicht die Spuren eines Streits auf dem Boden gefunden, könnte es genauso gut auch ein Unfall gewesen sein. Mit Sabotage zwar, aber doch ein Unfall. Eine richtige Inszenierung scheint mir das eher nicht zu sein.«

»Immerhin lag der tote Knaur in einer Betonröhre, die natürlich schon zu seinem Beruf als Baggerfahrer und Aushubunternehmer passt«, gab Maigerle zu bedenken.

»Da haben Sie Recht. Bleibt die Frage, die auch Herr Rau schon angesprochen hat: Wie kommt Knaur da rein? Freiwillig wird er sich kaum in die Röhre gelegt haben.«

»Stimmt«, nickte Maigerle. »Aber wenn wir den Vergleich mit den Baustellen-›Scherzen‹ anstellen, haben wir schon auch einige Gemeinsamkeiten. Also: Zunächst einmal wurden beide Schaufensterpuppen an einem Mittwoch platziert oder entdeckt – auch der tote Sepp Knaur wurde an einem Mittwoch gefunden. Vielleicht ist dieser Mittwoch eine Spur, weil er auf das Trauma hinweist, von dem ich vorhin erzählte. Als Tag an sich würde ich als Täter lieber auf den Freitag gehen, wo am Bau früher Feierabend gemacht wird. Oder auf Samstag oder Sonntag, wo gar nicht oder kaum gearbeitet wird. Der Mittwoch bringt dem Täter in dieser Hinsicht keine Vorteile.«

»Okay. Was verbindet die drei Fälle noch?«, hakte Feulner nach.

»Alles hat sich im näheren Umkreis von Schorndorf ereignet, und alles spielte sich auf Baustellen ab. Außerdem wissen wir ja, dass auch in Baufirmen hier in der Gegend in der vergangenen Zeit Unfug getrieben wurde. Wenn der Mord und die Puppen-Inszenierungen nichts miteinander zu tun hätten, müssten wir daraus schließen, dass gleichzeitig und unabhängig voneinander in derselben Gegend mehrere Leute ihre Probleme mit der Baubranche ausleben würden. Das kommt mir eher unwahrscheinlich vor.«

»Wie auch immer«, meldete sich Schneider zu Wort. »Wir rechnen nun einfach mal damit, dass alles zusammenhängt – immerhin bringt uns das mehr Ansätze für unsere Ermittlungen. Ich schlage vor, wir finden raus, welche Baustellen, Baufirmen und Handwerker sonst noch von irgendwelchen Streichen betroffen sind. Dann versuchen wir Gemeinsamkeiten zu finden: An welchen Bauprojekten haben diese Firmen gemeinsam gearbeitet? Sind die miteinander in irgendeinem Verein, beziehen sie Materialien aus derselben Quelle, haben sie womöglich dieselben Bauherren mit

Mängeln oder schlechtem Service vor den Kopf gestoßen? Solche Dinge eben, da sind Sie alle nun erst einmal ausreichend mit Arbeit eingedeckt. Herr Ernst und ich lassen uns jetzt am besten von Herrn Maigerle noch einmal alles zeigen und erzählen, was er zu den Schaufensterfiguren herausgefunden hat. Dann sehen wir weiter.«

»Und am Nachmittag kommt ihr bitte auch noch kurz zu mir«, warf Frieder Rau ein. »Die Figuren von Herrn Maigerle habe ich zu mir nach Waiblingen bringen lassen. Wir haben uns die beiden Puppen noch einmal näher angesehen, und ich hätte euch da auch noch zwei, drei Sätze dazu zu sagen. Gerade auch im Hinblick auf Maigerles Verdacht mit den Bildhauern.«

Mittwoch, 12.00 Uhr

»Schauen Sie, hier zum Beispiel.«

Polizeihauptmeister Alexander Maigerle saß vor seinem Bildschirm, hinter ihm hatten sich Klaus Schneider und Rainer Ernst aufgebaut. Maigerle hatte ein Portal für Online-Versteigerungen aufgerufen, das auch die beiden Kollegen kannten, und hatte dort die Suchbegriffe »Schaufensterpuppe« und »Schaufensterfigur« eingegeben. Gut 30 Angebote waren aufgelistet, und Maigerle wechselte in eine Ansicht, die mehr die Bilder in den Mittelpunkt stellte.

»Na ja«, meinte Schneider. »32 Angebote sind ja nun nicht die Welt, oder?«

»Klar, das ist weniger, als Sie hier zu vielen anderen Produkten finden. Aber von den 32 hier auf dieser Seite – warten Sie, ich schau mal nach … läuft das jüngste Angebot nur noch dreieinhalb Tage. Und es kommen immer wieder neue Angebote rein, das werden monatlich wahrscheinlich an die 100 oder 120 Puppen sein. Außerdem haben wir keine Ahnung, wann dieser Typ seine Puppen gekauft hat – das kann ja durchaus schon ein Jahr oder länger her sein. Und schließlich gibt es hier noch weiterführende Links zu Online-Shops und auch zu ganz herkömmlichen Läden, die solche Figuren anbieten. Ich tüftle ja ganz gern an solchen Sachen herum, aber das sah für mich als Ansatz für Ermittlungen nicht sehr vielversprechend aus.«

»Wie sieht es denn mit Kaufhäusern hier in der Gegend aus?«

»Hm, unser größtes hier in Schorndorf hat nicht so einen wahnsinnigen Durchsatz an Figuren. Außerdem passt das Modell nicht.«

»Das Modell? Wie meinen Sie das?«

»Es gibt unzählige verschiedene Arten von Schaufensterpuppen. Es gibt verschiedene Hersteller, unterschiedliche Körpermaße – so etwas eben. Und die Figuren haben irgendwo ein Etikett vom Hersteller, am Hintern zum Beispiel.«

»Wie schön ...«, seufzte Schneider.

»Unser Gesuchter hat die Etiketten zwar abgekratzt, aber am Hintern der zweiten Puppe waren noch Reste des Papiers zu sehen – meiner Meinung nach passt das am besten zu einem Hersteller namens Rijtmans. Diese Firma sitzt in London, ist wohl ziemlich nobel, und die ›Mannequins‹, wie dort die Figuren genannt werden, sind entsprechend teuer. Rijtmans hat für Deutschland, Österreich und die Schweiz nur einen Importeur, und bei uns in der Gegend bezieht vor allem das Kaufhaus Bleule Puppen von dort. Deren Zentrale ist ja in Stuttgart.«

»Und, was haben Ihnen die Leute von Bleule dazu erzählt?«

»Glauben Sie, ich hatte Zeit, da einfach mal hinzufahren und nachzufragen? Schauen Sie mal zu dem Stapel da auf meinem Schreibtisch: Das sind alles aktuelle Vorgänge. Und solange nur Schaufensterpuppen ›ermordet‹ worden waren, war diese schräge Serie auch nicht unbedingt wichtiger als geklaute Musikinstrumente und nachts abmontierte Autoräder. Da muss schon mehr passieren, dass mir mein Chef den Schreibtisch leeren lässt.«

Ernst hatte Maigerle während seines Monologs beobachtet und musste lächeln: Der Kollege hatte Feuer, das stand fest. »Ist das der Grund, warum Sie unbedingt zur Kripo wollen, Herr Maigerle? Dass Sie sich mal richtig auf einen Fall konzentrieren können?«

Maigerle schaute überrascht zu Ernst: »So, hat sich das herumgesprochen?« Ernst nickte und grinste weiter.

»Na ja, stimmt schon: Schlecht wär's nicht, und wenn mal Not am Mann ist, dürfen Sie mich gerne bitten. Aber bis dahin …«

»Bis dahin helfen Sie uns einfach«, warf Schneider ein. »Durch die Geschichte mit den Schaufensterpuppen sind Sie ja eh schon im Thema, und an der Baugrube mit dem echten Toten waren Sie auch. Erzählen Sie uns jetzt einfach mal, was Sie sonst noch herausgefunden haben.«

»Wo waren wir? Ach so: Bleule. Am Telefon habe ich zwar nachgefragt, aber das klang nicht so, als könnte daraus eine Spur werden.«

»Können Sie uns da einen Kontakt machen? Ich glaube, ich fahr mal hin.«

»Dann sollten Sie sich auch den Deko-Fundus von Bleule ansehen. Die haben in Tamm bei Ludwigsburg ein großes Lager, und dort können Privatleute ausgemusterte Figuren kaufen.«

»Gut, danke für den Tipp.«

»So, zurück zu den Puppen. Die andere, also der ›Bauarbeiter‹ im Estrich, konnte ich keinem Hersteller zuordnen. Ich habe die Modelle in unserem Schorndorfer Kaufhaus gesehen – ›unsere‹ stammt nicht von dort, sieht aber auch recht hochwertig aus.«

»Sagen Sie mal, Herr Maigerle«, fragte Ernst dazwischen. »Habt ihr im Revier nicht auch so eine Puppe?«

»Doch, haben wir. Unsere ›Personalverstärkung‹ … Der stammt übrigens aus dem Schorndorfer Kaufhaus, hatte dort ausgedient, ist aber ganz anders aufgebaut. Der hat Gelenke, die man sieht und die ihn natürlich etwas beweglicher machen. Unsere beiden Puppen von den Baustellen sind steif oder höchstens an Schulter und Handgelenk ein bisschen drehbar.«

»Und wie zieht man einer so steifen Puppe Arbeitskleidung an?«

»Oder aus«, lachte Maigerle und deutete auf die letzte Puppe in der Liste des Auktionsportals: »Sie bieten hier auf eine besonders weibliche Schaufensterfigur«, stand passenderweise unter einem der Bilder. »Das wäre eine gute Frage für Ihren Besuch bei Bleule.«

Mittwoch, 12.30 Uhr

Schneider und Ernst waren noch kurz in ihren Büros gewesen und gingen nun miteinander plaudernd die Treppe hinunter und traten hinaus auf den Hinterhof des Polizeigebäudes. Rechts, neben dem Handlauf der Treppe, die zu einem Gang und weiter hinten zum SoKo-Raum führte, stand Dr. Thomann und rauchte eine Zigarette. Er schaltete gerade sein Handy aus und steckte es in sein Jackett.

Schneider und Ernst gingen zu ihm hinüber.

»Na, Dr. Thomann?«, meinte Schneider und nickte dem Gerichtsmediziner freundlich zu. »Ich dachte, Sie wären schon lange auf dem Weg nach Stuttgart, zur Obduktion.«

»Nein, damit lassen wir uns noch ein wenig Zeit. Den Termin haben wir heute auf den späteren Nachmittag gelegt. Wir wollen kurz vor fünf anfangen. Übrigens hat mich Herr Maigerle gefragt, ob er dabei sein könne. Haben Sie da irgendwelche Einwände?«

»Nein«, schüttelte Schneider den Kopf. »Sie hatten uns ja geraten, nicht dabei zu sein – und den Rat nehme ich gerne an. Das muss ich, glaube ich, nicht gesehen haben.«

»Ja, und was wir herausfinden, erfahren Sie ja auch so. Herrn Feulner und Herrn Rau konnte ich auch schon überzeugen, dass sie sich den Termin schenken.«

»Aber Maigerle will unbedingt?«

»Ja, ich hatte den Eindruck. Schauen wir einfach mal, wie stark sein Magen ist. Ich bin schon gespannt – der Kollege macht einen ziemlich aufgeweckten Eindruck.«

»Das finden wir auch.«

Die drei Männer standen stumm nebeneinander, und Thomann zog noch einmal an seiner Zigarette, bevor er sie auf den Boden schnippte und die Kippe austrat.

»Sie rauchen?«, fragte Schneider. »Ich habe Sie bisher noch nie mit Zigarette gesehen.«

»Seit ein paar Wochen.«

»Sie als Arzt?«, grinste Schneider.

»Na ja, als Pathologe muss ich es meinen ›Patienten‹ ja nicht mehr ausreden. Zumindest in dieser Hinsicht muss ich kein schlechtes Gewissen haben. Aber ich rauche ohnehin nur, wenn es sich gerade ergibt oder wenn ich ein paar Telefonate führen muss wie die gerade eben.«

»Ärger?«

»Ja, immer wieder mal. Ich habe gehört, Sie wollen bauen?«

Schneider seufzte. »Das muss wohl irgendwo in der Zeitung gestanden haben.«

»Nein, nein. Flurfunk genügt. Aber ich wollte Sie auch nicht aufziehen damit: Ich baue selbst – und allmählich reicht es mir. Zum Glück geht dieses Riesenprojekt nun allmählich zu Ende. Wir wollen in zwei Wochen Richtfest feiern, das ist schon ein richtiges Etappenziel.«

»Das ist ja interessant«, meinte Schneider. »Vielleicht können wir uns mal zusammensetzen, und ich lasse mir von Ihnen ein paar Tipps geben?«

»Damit Sie Fehler vermeiden, die ich gemacht habe?« Schneider wollte schon widersprechen, aber Thomann legte ihm nur die Hand auf den Arm. »Glauben Sie mir: Ich habe reichlich Fehler gemacht. Und wenn Sie alle meine Fehler vermeiden, machen Sie selbst noch genügend andere. Das scheint der Normalfall zu sein.«

»Sie machen mir ja richtig Mut!«, lachte Schneider bitter. »Aber wir müssen jetzt. Ich habe oben in den Unterlagen Ihre Handynummer – vielleicht können wir uns ja wirklich mal verabreden.«

Mittwoch, 13.00 Uhr

»Ja, bitte?«

Die Frau stand abwartend in der Eingangstür ihres Hauses im Hölderlinweg in Plüderhausen und wischte sich noch einmal mit den feuchten Händen über die Schürze.

»Hauptkommissar Klaus Schneider, Kripo Schorndorf«, stellte sich Schneider vor. »Ich würde Ihnen gern ein paar Fragen stellen, wenn Sie kurz Zeit haben.«

»Kommen Sie doch rein.« Hildegard Meiring, Ende 40, verheiratet, drei Kinder, lotste Schneider durch die Wohnung bis an einen großen, ovalen Holztisch im Erker des Wohnzimmers. Der Erker bot durch einige raumhohe Fenstereelemente einen weiten Blick nach Norden und Nordwesten, wo Felder und Wiesen zu sehen waren, weiter hinten einige Häuser und dahinter Obstwiesen, die sich einen Hang hinaufzogen. Wenn er sich richtig an seine bisherigen Spaziergänge erinnerte, musste das der Hügel sein, der sich im Nordosten von Urbach zwischen die Täler von Wieslauf und Bärenbach schob.

Besonders wichtig an dieser Aussicht war für Schneider, dass der Rohbau, in dem vor genau einer Woche eine Schaufensterpuppe als Dachdecker ausstaffiert und quasi rituell »hingerichtet« worden war, gut zu sehen war. Jenseits eines Ackers und rund 50, 60 Meter entfernt.

Dahinter befanden sich einige weitere Baustellen, die Plüderhausen entlang des Hölderlinwegs und seiner Anbindung an die Jakob-Schüle-Straße, die Hauptstraße Richtung Urbach, um eine Häuserreihe erweiterten. Bis auf das letzte Gebäude in der Reihe waren alle Häuser schon mit Ziegeln eingedeckt. Der Unbekannte – eigenartig: Aus irgendeinem Grund ging Schneider fest von einem männlichen »Witzbold« aus – hatte an der Stelle seiner ... Installation sogar ein paar Dachziegel entfernen müssen, um die Schaufensterpuppe mit den Füßen festnageln zu können.

»Geht es um diese Geschichte mit der Schaufensterpuppe?«, fragte Frau Meiring schließlich. Sie hatte eine Kanne aus der Küche geholt und stellte nun gerade zwei Tassen vor Schneider und sich auf den Tisch. »Sie trinken doch einen mit? Ich habe ihn erst vorhin überbrüht.«

»Tja, ich ...«, zögerte Schneider, aber Frau Meiring beruhigte ihn sofort: »Das ist Schonkaffee, koffeinfrei. Den können Sie um diese Uhrzeit ruhig noch trinken!«

Schneider versuchte, nicht beleidigt auszusehen: Wirkte er so alt, dass ihm kurz nach Mittag nur noch Schonkaffee empfohlen wurde?

»Was wollen Sie denn wissen, Herr Kommissar?« Frau Meiring ließ ihrem Besuch gar nicht erst Zeit, sich zu entscheiden. »Milch? Zucker? Oder vielleicht doch lieber Süßstoff?«

Dieses Gespräch, fand Schneider, nahm eindeutig nicht die erwünschte Richtung. Verstohlen zupfte er sein Hemd vorne etwas aus der Hose, damit es den Bund leicht überdecken konnte. Dann setzte er sich etwas aufrechter hin und sah Frau Meiring fest an: »Was können Sie mir denn von dem Abend erzählen, als diese Puppe dort drüben auf dem Dach befestigt wurde?«

»Nichts«, sagte Frau Meiring leichthin. »Wir haben es erst am nächsten Tag erfahren. Da sahen wir vom Frühstückstisch aus Polizei an der Baustelle, und später traf ich Frau Müller zufällig auf der Straße – das ist die Frau des Fensterbauers, der direkt gegenüber der Baustelle, die Sie meinen, seine Halle stehen hat. Die hatte wohl von Ihren Kollegen etwas aufgeschnappt, und dann sah sie auch, wie die Puppe von der Baustelle getragen wurde. Komische Sache, das, finden Sie nicht auch?«

»Allerdings. Aber ich finde es auch seltsam, dass Sie nichts davon mitbekommen haben.«

»Warum?«

»Na ja, die Puppe wurde auf dem Dach festgenagelt, und das war sicherlich am späten Abend. Das ist doch weithin zu hören.«

»Gehört haben wir das schon, wenn auch nicht unbedingt darauf geachtet. Wissen Sie, da drüben wird ja nun schon eine ganze Zeitlang gebaut, da stumpfen Sie zwangsläufig ab – und sind nicht einmal böse darüber.«

»Aber abends? So spät? Es muss ja schon dunkel gewesen sein, denn gesehen wurde scheinbar niemand.«

»Bei Ihnen in der Nähe wird kein Haus gebaut, stimmt's? Darauf sollten Sie heute Abend ruhig mal anstoßen. Diese Zumutung kann sich einer, der nicht betroffen ist, wahrscheinlich gar nicht vorstellen.«

»Aber es sind doch nachts keine Handwerker auf den Baustellen, Frau Meiring, ich bitte Sie!«

»Handwerker? Nein, natürlich nicht. Die sind meistens nicht so sehr das Problem. Die kommen morgens gegen sieben, machen meistens ordentlich Mittag und sind abends gegen fünf oder sechs wieder weg. Nein, ich meine die Bauherren: Was glauben Sie, wie viel die Leute heute selbst machen, wo alles so teuer geworden ist? Und alle haben natürlich nur abends oder am Wochenende Zeit für ihre Eigenleistungen. Also hämmert es und sägt es und was sonst noch alles immer wieder mal abends oder am frühen Samstag oder sonntags ab acht oder neun Uhr. Das geht praktisch die ganze Woche hindurch so.«

»Aber wenn Sie das stört, können Sie doch die Polizei rufen. Das ist doch Ruhestörung.«

»Ruhestörung ... Mein lieber Herr Kommissar: Da könnte ich jeden zweiten Tag anrufen, und solche Beschwerden sind sicherlich nicht die beste Grundlage für eine spätere gute Nachbarschaft, meinen Sie nicht auch? Also hält man das halt aus und hofft, dass die Häuser bald fertig sind. Dann ist es ja auch überstanden. Und bis dahin hört man weg, so gut es geht.«

»Das ist schlecht, zumindest für uns von der Polizei.«

»Aber nicht zu ändern. Und das werden Ihnen die anderen Nachbarn wahrscheinlich ähnlich erzählen – ich nehme an, Sie machen da jetzt Ihre Runde?«

»Das habe ich vor, ja.«

»Na dann viel Glück, aber allzu viel erwarten sollten Sie nicht. Auch nicht von den Müllers: Deren Firmenhalle steht gewissermaßen mit der Rückseite zu den Baustellen – das schirmt die Familie eher von allem ab, als dass sie da etwas mitbekommen würden.«

Mittwoch, 13.15 Uhr

Hauptkommissar Ernst verließ die B 29 an der Ausfahrt vor Waldhausen und bog von der Plüderhäuser Straße gleich wieder scharf nach rechts ab. Ein Hauch von der Kläranlage gegenüber überzeugte ihn, die Lüftung im Wagen abzustellen, danach fuhr er langsam auf einer immer schmutziger werdenden kleinen Straße direkt am Rand der B 29 entlang ein kleines Stück zurück in Richtung Plüderhausen.

Schon nach weniger als 300 Metern hatte er die Erddeponie der Firma Weinmann erreicht. Ernst hatte immer gedacht, dass Erddeponien grundsätzlich in abgelegenen Klingen oder am Ende von schroffen Tälern platziert seien. So jedenfalls hatte er es bisher immer erlebt. Hier aber war die Deponie auf offener Fläche angelegt und zog sich von der Bundesstraße bis zum Waldrand in Richtung Süden. Wegen der unterschiedlich hoch aufgeschütteten Erdhügel konnte er nicht das ganze Gelände einsehen, aber es schien ihm, dass der – von ihm aus gesehen – hintere Zaun nicht gerade, sondern in eigenartigen Knicken verlief. Vielleicht verlief dort die Gemarkungsgrenze zwischen Waldhausen und Plüderhausen und damit zugleich auch die Grenze zwischen dem Rems-Murr- und dem Ostalbkreis.

Links der Zufahrt zur Deponie war nichts zu sehen, weil hohe Dreckberge die Sicht versperrten. Das immerhin musste dem Bauernhof, den Ernst beim Abbiegen gesehen hatte und der von hier aus gesehen hinter dem Erdwall lag, nützen: als Sicht- und Lärmschutz vor der Bundesstraße.

Das Tor in der gut mannshohen Geländeumzäunung vor ihm stand offen, und direkt dahinter stellte er seinen Wagen vor einer Baracke ab, die hier wohl als Büro diente. Zwei Standard-Bürocontainer waren nebeneinandergestellt und mit Zwischentüren verbunden. Hinter einem Fenster sah er eine junge Frau über einen Schreibtisch gebeugt.

Auf sein Klopfen hin regte sich nichts, also öffnete er die Eingangstür und trat ein. Die Frau am Schreibtisch sah auf und musterte ihn.

»Hauptkommissar Rainer Ernst«, begann er. »Ich arbeite für die Kripo in Schorndorf.« Das war wohl schon zu viel gewesen. Die Frau, die ihn schon von Anfang an aus rot unterlaufenen Augen angesehen hatte, wurde von einem leichten Schütteln erfasst und senkte ihren Blick wieder auf die Schreibtischplatte.

Vor ihr lagen wild verstreut die unterschiedlichsten Unterlagen, einige mit amtlich wirkenden Stempeln, andere mit Kaffeeflecken versehen. Auf dem Boden lagen zwei, drei Aktenordner teilweise übereinander, halb geöffnet und mit einigen geknickten Blättern – sie wirkten, als seien sie vom Tisch gefallen oder, und das vermutete Ernst eher, als hätte sie jemand aus Wut oder Schmerz vom Tisch gefegt.

»Darf ich mich setzen?«, fragte Ernst nach einer Weile. Auf ein kaum merkliches Nicken der Frau hin zog er einen Stuhl zu sich heran und nahm Platz.

Ernst wartete und beobachtete die Frau, die nicht weiter auf ihn zu achten schien. Im Sitzen sah sie eher klein aus, schlank, aber durchaus sehenswert gerundet. Den Kopf hatte sie gesenkt, deshalb hing ihr das schulterlange schwarze Haar von beiden Seiten ins Gesicht. Was dazwischen zu sehen war, wirkte hübsch, wenn auch momentan etwas verquollen. Sie schien nicht geschminkt zu sein, jedenfalls verwischten ihre Tränen kein Make-up.

Als sie plötzlich den Kopf hob und Ernst direkt ansah, überraschte sie ihn in seinen Betrachtungen. Er musste ein selten dämliches Gesicht gemacht haben, denn über das Gesicht der Frau huschte ein schmerzliches Lächeln.

»Was wollen Sie denn wissen?« Ihre Stimme, eher leise und irgendwie rau und rauchig, ging ihm durch Mark und Bein.

»Es geht um Herrn Knaur, die Kollegen haben Ihnen sicherlich schon Bescheid gesagt?«

»Ja, gleich heute früh. Seither habe ich hier, ehrlich gesagt, nicht mehr viel zustande gebracht. So« – sie deutete fahrig auf ihren Schreibtisch und den Boden daneben – »sieht es hier normalerweise nicht aus.«

»Sie sind Frau Weinmann? Marina Weinmann?« Die Kollegen vom Revier hatten Ernst auf die Konstellation hingewiesen, dass die Tochter des früheren Besitzers hier im Büro arbeitete.

Sie nickte.

»Und Herr Knaur war Ihr Chef?«

»Ja und nein. Er hat die Firma geleitet, aber früher gehörte sie meinem Vater, und der hat sie sozusagen uns beiden vererbt. Sepp, also Herr Knaur, war schon zu Lebzeiten meines Vaters hier der wichtigste Mann. Und als er bereit war, den Betrieb zu übernehmen, wurde er Chef und mein Vater setzte sich zur Ruhe, so gut das einer wie er halt konnte. Dann wurde er krank, starb … Na ja, Sepp und ich waren schon zuvor ein Paar – da hat das ganz gut gepasst, und das Erbe wurde, zumindest was die Erddeponie und die Aushubfirma anging, von meinem Vater auf uns beide geschrieben.«

»Nicht nur auf Sie als Tochter?«

»Nein. Meinem Vater war sehr wichtig, dass die Firma weiterhin besteht, und ohne Sepp konnte er sich das nicht vorstellen. Ganz ehrlich: Mir geht das jetzt nicht anders. Wir haben nicht schlecht verdient, aber wenn ich nun einen Fahrer bezahlen muss, der so gut ist wie Sepp, der auch mit dem Bagger umgehen kann und der natürlich jede Überstunde bezahlt bekommen möchte ... Keine Ahnung, ob das gutgeht. Darüber muss ich noch nachdenken.«

»Und was passiert nun mit dem Teil der Firma, den Herr Knaur geerbt hatte?« Ernst bereute die Frage fast, denn Marina Weinmann zuckte zusammen. »Entschuldigen Sie, wenn ich das schon heute fragen muss, aber wir ...«

»Schon gut«, sagte sie. »Sie tun auch nur Ihren Job. Und ich will ja auch, dass Sie ihn tun: Das Schwein, das mir Sepp genommen hat, müssen Sie unbedingt finden!«

»Warum sind Sie sich so sicher, dass es kein Unfall war?«

»So blöd würde sich Sepp nie anstellen! Der ist doch nicht von gestern und lässt sich von seiner eigenen Baggerschaufel erschlagen. Wie stellen Sie sich das vor?« Immer lauter war ihre Stimme geworden, und zum Schluss hatte sich etwas Schrilles in ihren Tonfall geschlichen.

»Schade«, dachte Ernst, »das Rauchige fand ich besser.« Doch schon rief er sich in Gedanken zur Ordnung: Er war nicht hier, um eine Frau kennenzulernen.

»Haben Sie denn jemanden im Verdacht? Hatte Herr Knaur Feinde oder hatte er zuletzt ernsthaft Streit mit jemandem?«

»Ach, in unserer Branche gibt es immer wieder mal Reibereien. Das ist überall auf dem Bau so, und anscheinend geht es noch etwas strammer zu, wenn Aushub im Spiel ist. Keine Ahnung, warum das so ist. Manche Bauherren flippen fast aus, wenn sie von uns ein Angebot bekommen. Für ein mittelgroßes Ein- oder Zweifamilienhaus fallen schnell mal 300 Kubikmeter Aushub an, gerne auch mehr. Wenn der weggefahren werden muss, kommen da ruckzuck einige Tausend Euro zusammen – und das sind vermutlich Kosten, die keiner so richtig auf dem Zettel hat. Und wir dürfen die Laune der Leute dann ausbaden.«

»Hat sich denn jemand so sehr beschwert in letzter Zeit, dass man sich Sorgen machen musste?«

»Nein, nur das Übliche. Die meisten versuchen dann irgendwie, den Aushub anderswo loszuwerden und landen am Ende doch wieder bei uns, wenn sie sich etwas beruhigt haben.«

»Gab es Konkurrenten, die Schwierigkeiten machten?«

»Nein, es gab und gibt überhaupt keine Konkurrenten. Ein paar Landschaftsgärtner, klar, aber die können gar nicht die großen Mengen Aushub annehmen, die wir umschlagen. Uns tut das nicht weh, also gab es auch keine Probleme.«

»Herr Vollmer meinte aber heute Nacht, dass Herr Knaur das nicht immer so sportlich genommen hätte.«

»Vollmer? Ist das dieser Bauleiter, der beim dicken Baulöwen arbeitet?«

»Bei wem?«

»Na ja, der ist in der Baufirma von Willi Haber angestellt. Und weil der Haber sich seit ein paar Jahren den Markt rund um Schorndorf nur noch mit der Praatzbau teilen muss, ist das in der Branche der Running Gag: Haber ist der dicke Baulöwe, und Praatz der dünne.«

»Gut, dann weiß ich das jetzt auch. Aber die Frage war: Gab es Streit mit Konkurrenten oder meinetwegen mit einem dieser Landschaftsgärtner?«

»Ja, immer wieder einmal. Aber ich kann mir nicht vorstellen, dass das zu Sepps Tod geführt haben kann. Wissen Sie: Diese Landschaftsgärtner sind auch nicht gerade Waisenknaben, und dafür legen die auch nicht jedes Wort auf die Goldwaage.«

»Sie wissen also von keinem, der Herrn Knaur so sehr gehasst haben könnte, dass er ihn am liebsten tot sehen würde?«

»Nein.«

Ernst sah Marina Weinmann noch kurz an, dann erhob er sich und wandte sich zum Ausgang. In der Tür drehte er sich noch einmal um.

»Entschuldigen Sie, wenn ich noch einmal damit anfange: Aber was passiert denn nun mit dem Teil Ihrer Firma, der Herrn Knaur gehört? Fällt das an Sie?«

»Keine Ahnung.« Die Frau zuckte mit den Schultern. Dann runzelte sie die Stirn und schien Ernst mit ihren Blicken fast zu durchbohren: »Halten Sie mich für verdächtig?«

Ernst stemmte seine Fäuste in die Jackentasche und versuchte ihrem Blick nicht auszuweichen. Dann wurden ihre Augen wieder feucht, und sie drehte sich auf ihrem Bürostuhl kopfschüttelnd weg. Ernst sah auf seine Schuhspitzen und wartete kurz. Es war kein Schluchzen zu hören, nur die Federung des Bürostuhls knarzte leise. Schließlich fasste er sich ein Herz: »Können Sie mir bitte antworten? Auch wenn es Ihnen schwerfällt …«

»Ich habe keine Ahnung, was Sepp wem vermacht hat«, murmelte Marina Weinmann mit brüchiger Stimme. Ernst konnte sie nur mit Mühe verstehen. »Und wie mein Vater das in seinem Testament geregelt hatte, weiß ich nicht mehr.« Sie drehte sich um und sah Ernst an: »Aber ich werde nachsehen und gebe Ihnen dann Bescheid.«

Ernst wollte gerade erleichtert lächeln und ihr mit einem freundlichen Nicken für Ihre Bereitschaft danken, da fügte sie kalt hinzu: »Wenn Sie dann nun bitte endlich gehen könnten.«

Mittwoch, 14.15 Uhr

»Und? Schon jemanden verhaftet?«

Frieder Rau, Leiter der Spurensicherung, hatte Ernst und Schneider nach Waiblingen gebeten, um mit ihnen das durchzusprechen, was bisher schon an Spuren an den Schaufensterpuppen festgestellt worden war. Er lehnte am Metallrahmen einer Glastür im zweiten Stock, als die beiden Kommissare den Flur entlangkamen, in dem die große Haupttreppe das Bild bestimmte.

Die Polizeidirektion in Waiblingen hatte die Adresse Alter Postplatz 20. Das allerdings legte die örtlichen Gegebenheiten eher großzügig aus: Die Waiblinger selbst verbanden nach den Presseberichten der vergangenen Monate eher die neue Einkaufsmeile an der Querspange mit dem Alten Postplatz, sicherlich auch noch die Kreissparkasse und das Landratsamt, die den ansonsten von der Straße dominierten Platz einrahmten. Das Gebäude der Polizeidirektion dagegen war nach hinten gerückt, noch hinter die Villa Roller mit dem darin untergebrachten Jugendhaus. Sie grenzte nirgendwo mehr an den Alten Postplatz oder an die gleichnamige Straße – eher lag sie an der alten Bundesstraße, die von der Talaue heraufkam und danach in einem sanften Bogen um den Friedhof herum nach Fellbach führte.

Aber letztlich war die Anschrift auch gleichgültig: Jeder in Waiblingen und Umgebung wusste, wo das markante Gebäude mit einem mehrstöckigen U in Richtung Westen und einem nach Osten hin anschließenden Vorbau lag und was es beherbergte.

Im zweiten Obergeschoss, wo Rau und seine Kollegen ihre Büros hatten, war vor allem Kriminalpolizei untergebracht. Der Rest der Kripo teilte sich die Etage darunter mit der kleinen Kantine und der Verkehrspolizei. In der dritten Etage war der Stab der Direktion untergebracht, auch das Büro von Rolf Binnig, dem Leitenden Kriminaldirektor und Chef der Polizeidirektion.

Rau jedenfalls wirkte gut gelaunt, obwohl ein lockerer Spruch allein noch nicht viel über seine Stimmung aussagte. Er begrüßte die beiden Kollegen mit Handschlag und führte sie dann in einen eher karg möblierten Raum. Zwei Tische waren zusammengeschoben worden und auf der so entstandenen Fläche lagen zwei Schaufensterpuppen: eine auf dem Rücken, eine auf der Vorderseite.

»Also, die Herrschaften«, begann Rau und bugsierte Ernst und Schneider so in den Raum, dass sie die auf der Vorderseite liegende Puppe gut sehen konnten. Sie war mit einem karierten Hemd und einer Latzhose bekleidet. Rau packte die Puppe und legte sie auf die Seite, an der Latzhose wurden Knieschoner aus Kunststoff sichtbar.

»Wir vermuten ja alle, dass dieser Clown, der die Figuren auf den Baustellen platziert, ein echtes Problem hat. Aber er hat ganz offensichtlich auch Ahnung von der Materie. Schaut mal her …«

Das hatten Ernst und Schneider ohnehin schon getan, denn der Puppe fehlte der Vorderteil des Kopfes.

»Also, noch einmal zur Erinnerung: Diese Puppe steckte sozusagen bis an die Ohren im Estrich und kniete auf dem noch recht weichen Untergrund. Nun ist so eine Estrich-Schicht nicht so furchtbar dick. Wenn Sie sich in einem Rohbau den blanken Betonboden vorstellen, dann werden darauf zum Beispiel die Rohre für die Heizung verlegt. Dazwischen wird Dämmmaterial eingepasst und darüber kommt eine Folie, die das Ganze abdichtet. Und schließlich wird der Estrich daraufgegossen und glattgestrichen. Da kommt nicht so wahnsinnig viel zusammen, vielleicht vier oder fünf Zentimeter für den Estrich und sechs bis sieben Zentimeter für die Dämmung – da passt ein Gesicht oder ein Plastikkopf nicht ganz rein.«

Ernst nickte, Schneider hörte aufmerksam zu.

»Also hat unser Freund das Gesicht dieser Puppe vorne ein Stückchen abgeschnitten oder abgesägt – es sieht auf jeden Fall so aus, als hätte er das Vorderteil des Kopfes mit ordentlichem Werkzeug entfernt. Und da wir am Fundort keine Plastikstückchen oder ähnliche Reste finden konnten, dürfte er die Puppe schon entsprechend präpariert zur Baustelle gebracht haben. Das heißt: Der Typ muss wissen, wie tief er im Estrich und in der Dämmung nach unten buddeln kann, bevor er auf den nackten Betonboden kommt.«

»Der ist also aus der Branche, meinen Sie?«

»Nicht unbedingt, Herr Schneider. Sie wollen bauen, wie ich gehört habe.« Schneider stutzte und sah zu Ernst hinüber, der zuckte nur mit den Schultern. »Wenn Sie mit Ihrem Häuschen so weit sind, werden Sie solche Maße wie die Höhe des Estrichs wahrscheinlich auch kennen. Es könnte also ein Fachmann sein, es könnte ein Bauherr sein. Aber schauen Sie mal hier ...«

Rau deutete auf die Kante, an der das Gesicht der Figur entfernt worden war. »Das ist nicht einfach mal schnell abgeflext oder abgezwickt worden. Da hat sich einer hinterher richtig Mühe gegeben, die entstandene Kante auch noch zu bearbeiten. Da wurde gefeilt und begradigt. Das ist ja vielleicht nur ein Klischee, aber zu so einem Perfektionisten fällt mir als möglicher Beruf nicht gleich als Erstes ein Bauarbeiter ein. Und noch etwas.« Rau drehte die Figur auf den Rücken.

»Diese Latzhose und das Hemd wurden der Puppe sehr sorgfältig übergezogen, alle Verschlüsse und alle Knöpfe sind zu, und in der Seitentasche steckte eine kleine Wasserwaage. Ich glaube nicht, dass die Estrich-Leute mit solchem Spielzeug arbeiten, aber als Symbol trifft das den Berufsstand wahrscheinlich ganz gut. Die Abziehkelle dagegen, die in der rechten Hand der Puppe befestigt war, sieht für mich schon realistisch aus.«

»Gibt es irgendwelche Hinweise, die uns weiterhelfen?«, fragte Ernst.

»Da sind wir noch dran, und auch eure Leute können da noch ein paar Details abklopfen. Aber da sieht nichts nach etwas so Besonderem aus, das man wirklich jemand Bestimmtem zuordnen könnte. Klar scheint für mich nur, dass die Kelle in der Hand der Puppe auch tatsächlich dazu benutzt wurde, den aufgegrabenen Estrich um den Kopf herum wieder glattzuziehen. Wir haben entsprechende Reste auf der Metallfläche gefunden.«

»Ist das also eher eine Sackgasse?«

»Na, immerhin haben wir ein paar Fingerzeige für das Täterprofil: Er staffiert die Puppen geradezu liebevoll aus, drapiert sie dramatisch und gibt sich auch mit Details Mühe, die ja zunächst keiner sieht.«

»Welche denn?«

»Ich meine das Gesicht. Hätte er nicht einfach der Puppe so viel vom Kopf abschneiden können, dass er sie oben auf den Estrich legen kann, meinetwegen ein wenig hineingedrückt – das hätte auf den ersten, flüchtigen Blick denselben Eindruck gemacht. Nein, der macht sich mehr Mühe, nimmt sich mehr Zeit, geht damit auch ein größeres Risiko ein, gräbt im Estrich rum, reißt ein Stück Folie und etwas Dämmmaterial heraus, um alles möglichst lebensecht hinzubekommen – und dann glättet er den Estrich drumherum, als wäre nichts geschehen.«

»Müsste das also jemand sein, der ein Faible für die optische Wirkung hat? Ein Architekt zum Beispiel oder meinetwegen ein Künstler?«

»Ja, würde ich sagen. Deshalb finde ich auch Maigerles Idee mit dem Bildhauer gar nicht so verkehrt. Und noch etwas: Heute Nacht hatte ich nach eurem Gespräch noch kurz Gelegenheit, mit diesem Bauleiter Vollmer zu reden. Ich habe ihn gefragt, wie lange denn der Estrich die Bedingungen bietet, die unser seltsamer Freund brauchte. Also: dass der Estrich schon fest genug ist, so dass man auf Schalbrettern drüberlaufen kann, aber noch feucht oder locker genug, dass man ein Loch buddeln und hinterher wieder glattstreichen kann. Vollmer meinte, nach ein bis drei Tagen, je nach Witterung, würde das passen. Und das Zeitfenster für den Witzbold wäre sicherlich nicht größer als ein, zwei Tage.«

»Der musste also diese Baustellen kennen oder beobachtet haben.«

»Ja«, murmelte Rau. »Und er musste sich mit den Eigenschaften von Estrich beschäftigt haben. Das, vermute ich, geht über das Grundwissen eines einfachen Bauherrn dann doch hinaus.«

Mittwoch, 15.00 Uhr

Als Schneider und Ernst in den Besprechungsraum hetzten, hatten schon alle Platz genommen und Alexander Maigerle berichtete den anderen, was er den beiden Kommissaren bereits erzählt hatte. An den Tischen saß der Innendienst der SoKo, auch die Außenermittler waren da. Im Vergleich zu heute Vormittag fehlten allerdings der Staatsanwalt, der Gerichtsmediziner und Frieder Rau, der mit seinen Leuten noch einmal die Baugrube untersuchen wollte.

»Tut uns leid«, stieß Schneider hervor. »Wir waren gerade noch bei Rau in Waiblingen. Dort unten sind ja inzwischen unsere Schaufensterpuppen, und Rau hatte ein paar interessante Details für uns.«

Ernst schmunzelte: Dass Schneider »unten« sagte, wenn er Waiblingen meinte, zeigte, dass er sich schon sehr gut in Schorndorf eingelebt hatte. Denn Schorndorf lag laut Lexikon zwar nur 26 Meter höher – aber die Rems floss eben in Richtung Waiblingen, und damit lag die Kreisstadt nun mal »unten«.

Schneider fasste kurz zusammen, was sie von Rau erfahren hatten. Danach erzählte er von seinem Gespräch mit den Anwohnern jener Baustelle, auf der die zweite Puppe platziert worden war. Und schließlich berichtete Ernst von Marina Weinmann und den geschäftlichen Verhältnissen der Aushubfirma.

»Was haben wir denn sonst?« Schneider schaute auffordernd in die Runde.

»Wir haben was«, meldete sich Jutta Kerzlinger zu Wort und hielt einen Notizblock hoch.

»Ah, Frau Kerzlinger. Geht es Ihnen denn wieder besser?«

»Na ja, es geht. Ich hoffe, wir haben diesmal nicht wieder so … mitreißende Details über den Zustand unserer Leiche.«

»Willst du Fotos sehen?«, neckte Claus Nerdhaas sie gutmütig.

»Wartet kurz«, warf Henning Brams ein und grub in seiner Jackentasche. »Ich lege nur schon mal die Pfefferminz-Bonbons bereit.«

Jutta Kerzlinger grinste und drohte Nerdhaas spielerisch mit dem Zeigefinger. Dann fuhr sie fort: »Alexander … also

Kollege Maigerle hatte schon ermittelt, dass diese Schaufensterpuppen mit richtig professionellen Klamotten und Schuhen ausgestattet waren – und dass im gesamten Gebiet des Stuttgarter Regierungspräsidiums keine Meldungen über gestohlene Arbeitskleidung vorliegen. Herr Maigerle ist mit seinen Recherchen drei Monate zurückgegangen, hoffentlich reicht das – denn das war schon eine ziemliche Fleißarbeit.«

»Ja, ja, wird schon reichen«, winkte Schneider ab. »Zunächst auf jeden Fall.«

»Herr Brams und ich sind dann mal rausgefahren und haben einen kleineren Bauunternehmer befragt, den ich privat kenne. Wir wollten wissen, ob es für diese Kleidung und für die Schuhe besondere Läden gibt. Es gibt ja das Branchenverzeichnis, aber wir wollten halt gleich wissen, bei welchen der dort aufgeführten Händler die Arbeiter oder ihre Vorgesetzten selbst üblicherweise einkaufen.«

»Die Baufirmen«, fuhr Henning Brams fort, »bestellen inzwischen das meiste am Telefon und bekommen es per Post oder über den Lieferservice des jeweiligen Händlers, ein paar fahren auch direkt zu den Händlern hin. Internet ist zwar möglich und von allen wichtigen Händlern eingerichtet – aber irgendwie scheinen die Leute auf dem Bau davon bisher noch nicht so wahnsinnig viel zu halten. Eine der führenden Firmen hier in der Gegend sitzt seit Mitte der 70er-Jahre in Fellbach. Mit den Leuten von deren Versand hat sich Kollege Nerdhaas kurzgeschlossen. Claus, magst du erzählen?«

Nerdhaas zuckte mit den Schultern: »Fehlanzeige, leider. Unter den registrierten Kunden fand sich für dieses und das vorige Jahr niemand, der irgendwie auffällig wirkte. Das waren Stammkunden aus der ganzen Umgebung, und auch die Neukunden waren Baufirmen, Handwerker und so weiter. Kein neuer Ansatz also, aber das war, ehrlich gesagt, sowieso ein Schuss ins Blaue.«

»Tja«, seufzte Schneider, »das wäre auch zu schön gewesen.«

»Nur langsam«, warf Jutta Kerzlinger ein. »Wir haben noch einen Versuch.«

»Ach?«

»Wir werden nach Schlichten hinauffahren. Sie kennen das Dorf ja.«

»Allerdings«, stöhnte Schneider und musste an den Mordfall vom vergangenen Jahr denken, in dem ein Häuschen in Schlichten eine Rolle gespielt hatte. »Was ist denn nun schon wieder in Schlichten?«

»Nichts Schlimmes, keine Sorge. Aber dort oben gibt es auch einen Händler für Berufsbekleidung. Wir haben uns für nachher angemeldet und wollen mal sehen, ob wir dort auf etwas stoßen. Nerdhaas will auch mitgehen – vielleicht muss er den Leuten im Laden ja auf die Sprünge helfen, wie sie ihre Daten am besten durchforsten können.«

»Welche Daten?«

»Heute läuft jeder Verkauf über eine Registrierkasse, die meist an ein Programm angeschlossen ist, das die Warenwirtschaft des Ladens steuert – also Lagerbestände, Neubestellungen und all das. Dort wollen wir mit dem Ladeninhaber in den Verkaufsdaten wühlen, ob wir auf irgendetwas Eigenartiges stoßen, das uns weiterhilft.«

»Na, dann viel Glück. Haben wir sonst noch etwas?«

»Ja. Wir haben uns ein wenig umgehört wegen des Baggers«, schaltete sich Manfred Dettwar ein. »Tut mir leid, Jutta, aber ganz ohne Details wird es nun wohl nicht abgehen.«

Jutta Kerzlinger griff nach den Bonbons, die noch immer vor Brams auf dem Tisch lagen, und bediente sich.

»Frieder Rau hat uns noch einmal alle Infos gegeben, die mit dem Betonring, der Schaufel und so weiter zu tun haben. Daraus müsste sich – und da sind wir uns mit Frieder Rau absolut einig – folgender Ablauf ergeben: Zuerst wurde der Motor des Baggers gestartet. Ob man dafür einen Schlüssel braucht oder ob man das kurzschließen kann wie in einem Pkw, weiß ich jetzt gar nicht. Da müsste ich Rau noch einmal fragen. Auf jeden Fall muss der Täter sich mit so etwas auskennen, und das spricht wieder für jemanden, der aus dem Baugewerbe stammt oder sehr eng mit dem Gewerbe zu tun hat. Außerdem stelle ich mir jemanden vor, der gewohnt ist, ordentlich Hand anzulegen: Diese Hydraulikleitungen zu beschädigen ist kein Pappenstiel. Und Rau ist sich übrigens sicher, dass diese Leitungen erst sabotiert wurden, als Knaur schon tot unter der Schaufel lag.«

»Warum das denn?«

»Rau hat ein bisschen herumtelefoniert und nachgerechnet. Er glaubt, dass allein das Gewicht der Baggerschaufel und des Baggerarms nicht ausgereicht hätten, aus dem Betonring und aus Knaur einen solchen Matsch zu machen.«

Schneider schaute kurz zu Jutta Kerzlinger hinüber: Sie hielt sich sehr wacker und kaute konzentriert auf ihrem Bonbon herum.

»Und wie, glaubt Rau, ging das dann vor sich?«

»Er tippt darauf, dass jemand den Baggerarm mit Absicht auf den Betonring und auf Knaur gesteuert hat. Also käme zu dem Gewicht auch noch die Wucht der Baggerhydraulik dazu. Das müsste für den Zustand unserer Leiche gereicht haben.«

»Und die Leitungen hat er hinterher manipuliert, damit es für uns nach einem Unglücksfall aussieht? Nach einer tragischen Folge einer Sabotage-Aktion?«

Dettwar zuckte mit den Schultern. »Könnte doch sein. Diese Sabotage würde außerdem zu dem Typen passen, der schon vorher Unfug angestellt hat.«

»Dann könnte das also einer sein, der einen Mord diesem Witzbold unterschieben will, weil er sich an dessen Serie mit Sabotage-Aktionen hängt? Oder es könnte der Puppen-Freak sein, der nun einen echten Menschen rituell hinrichtet? Oder alle könnten ein und dieselbe Person sein. Auf jeden Fall stelle ich es mir sehr umständlich vor, jemanden mit einer Baggerschaufel zu erschlagen. Da fallen mir spontan einige Wege ein, die viel leichter und mit viel weniger Aufwand umgesetzt werden könnten.«

»Mit den Schaufensterpuppen hat er es sich ja auch nicht gerade leicht gemacht.«

»Falls wir vom selben Täter reden.«

»Ja, falls. Vielleicht kam es aber auch bei der Baggerschaufel auf irgendein bestimmtes Symbol an, auf ein Ritual, das irgendeine Bedeutung hat, die wir bisher noch nicht verstehen.«

»Hm, vielleicht. Immerhin: Bagger und Betonring haben tatsächlich beide mit Knaurs Beruf zu tun.«

Mittwoch, 16.00 Uhr

Der Mann schloss das Fenster und zog die Vorhänge zu. In dem alten Gemäuer konnte er den Verkehr auf der Winterbacher Straße, die direkt vor der Haustür vorbeiführte, durch die dünne Verglasung hören – nun immerhin etwas gedämpft. Am Vormittag hatte er den Wagen in der Garage gewaschen, mit Eimer und Lappen, und hatte gemurrt wie eh und je, weil ihn mit einem so schmutzigen Auto keine Waschanlage einfahren ließ.

Es war eng gewesen in der Garage, und immer wieder hatte er sich mit dem Dreckwasser auch selbst eingesaut, was er mit mühsam unterdrückten Flüchen quittiert hatte.

Danach war er den ganzen Tag durch die Wiesen gestromert, die sich südwestlich von Weiler ausbreiteten. Und gerade eben hatte er Brot und Wurst eingekauft und dabei das nichtssagende Geplauder der Verkäuferinnen über sich ergehen lassen. Natürlich kannten sie ihn, natürlich wollten sie mit ihm reden – aber dazu war er heute einfach zu müde.

Im Halbdunkel des Schlafzimmers legte er sich angezogen aufs Bett und starrte gegen die Wand. Gedanken an die vergangene Nacht gingen ihm durch den Kopf und wollten sich nicht beiseiteschieben lassen. Obwohl ihm den Tag über fast die Augen zugefallen waren, dauerte es fast eine Stunde, bis er endlich in einen unruhigen Schlaf sank.

Als Brams, Kerzlinger und Nerdhaas den Laden betraten, schaute ein junger Mann auf, der neben einem anderen am Tresen stand und in einem Aktenordner blätterte.

»Sind Sie die Herrschaften von der Kripo?«, fragte er. Die drei nickten. »Mein Name ist Werner Sperber, ich bin hier der Geschäftsführer. Kommen Sie am besten mit nach hinten in mein Büro. Da können wir die Daten ungestört durchsehen. Kann ich zur Sicherheit noch kurz Ihren Ausweis …« Im Reflex hatten die drei ihre Ausweise gezückt und hielten sie Sperber hin. »Gut, danke. Nicht, dass ich noch Probleme mit dem Datenschutz bekomme.« Er lachte nervös, führte die drei Besucher in sein Büro und schloss die Tür.

Er hatte Besucherstühle und Kaffee bereitgestellt und schob sich nun hinter seinen Schreibtisch, während sich die Polizisten gegenüber hinsetzten, wo sie den Bildschirm nicht einsehen konnten.

»So, nach was suchen wir denn?«, fragte Sperber und fuhr den Rechner aus dem Ruhezustand hoch.

»Wir suchen nach einem Kunden, der bei Ihnen in den vergangenen ein, zwei Jahren eingekauft hat«, begann Brams.

»Na«, lachte Sperber, »da haben wir allerdings einige – zum Glück.«

»Schon klar, aber wir suchen jemanden, der gleichzeitig verschiedene Arten von Kleidung gekauft hat.«

»Auch das klingt nicht so, als ließe es sich so wahnsinnig eng eingrenzen.«

»Der Einkauf«, warf Jutta Kerzlinger ein, »umfasste zum Beispiel Arbeitskleidung von Zimmerleuten und andere Bauarbeiter-Latzhosen.«

»Ach so … Sie meinen Zunftkleidung?«

»Zunftkleidung?«

»Ja, die Zimmerleute tragen ganz bestimmte Arbeitskleidung. Das sind meist schwarze Hosen aus grobem Cord, vorne mit zwei senkrechten Reißverschlüssen, mit denen man einen breiten Hosenlatz aufmachen kann.«

Kerzlinger grinste.

»Nein, nein, das ist kein Spaß – da sind die Zimmerleute ganz eigen. Die ziehen nicht freiwillig eine gewöhnliche Latzhose an, das können Sie mir glauben. Und oben haben sie dann über einem Arbeitshemd meistens noch die passende Weste an: wieder schwarzer, grober Cord, zwei Knopfreihen, tiefer Halsausschnitt und ärmellos. Das haben Sie bestimmt schon mal irgendwo gesehen.«

»Und in Kombination mit der Latzhose?«

»Ja, da lässt sich wahrscheinlich etwas finden. Aber wissen Sie: Latzhose ist ein weites Feld. Haben Sie denn irgendeine besondere Latzhose im Sinn?«

»Wie: eine besondere Latzhose?«

»Na ja, welche Farbe? Irgendein Innungszeichen drauf? Oder meinetwegen gepolstert an den Knien.«

»Ja«, meinte Brams, »gepolstert an den Knien. Die hatte so eine Art Aufsatz vorne an den Knien.«

»Sah der Aufsatz aus wie Kunststoff?« Brams nickte. »Gut, dann suchen wir also Latzhosen für Estrichleger.«

Brams und Kerzlinger sahen sich erstaunt an.

»Ach, ich sehe schon: Ich liege richtig, ja? Also schauen wir mal …«

Nerdhaas sah, wie Sperbers Finger über die Tastatur flogen, und hörte, wie sich der Mann fix durch sein Programm klickte. Also war seine Hilfe hier nicht nötig: Sperber war offensichtlich fit im Umgang mit seiner Soft- und Hardware. Nerdhaas lehnte sich zurück und ließ seine Blicke im Büro umherschweifen.

»So, nun haben wir alle Einkäufe aufgelistet, die sowohl Zunftkleidung als auch Latzhosen für Estrichleger beinhalten. Brauchen Sie wirklich die ganze Liste?«

»Oh, sind es denn so viele Einträge?«

»Ja, schon.«

»Gut, dann drucken Sie uns die Liste bitte aus.«

»Okay. Sie gehen ja vertraulich damit um, oder? Ich meine, das sind Geschäftsdaten und wir …«

»Natürlich«, schnitt ihm Brams das Wort ab. »Wir ermitteln hier in einem Mordfall, und zu nichts anderem werden wir Ihren Ausdruck verwenden.«

»Gut.« Der Laserdrucker spuckte die ersten Seiten aus, und Kerzlinger schwante, womit der Innendienst die nächsten Stunden verbringen würde.

»Warten Sie mal«, sagte Sperber plötzlich, und die Kripo-Beamten horchten auf. »Halten Sie denn auch Mitarbeiter von Baufirmen und so weiter für verdächtig?«

»Erst einmal ja«, sagte Kerzlinger und blickte Sperber fragend an. »Warum?«

»Na ja, die Bestellungen hier sind fast alle von Stammkunden. Größere Firmen, die Zimmerleute angestellt haben und außerdem noch Maurer. Hier zum Beispiel: ein Familienbetrieb, in dem der Seniorchef gelernter Maurer ist, der Juniorchef gelernter Zimmermann – und die arbeiten als Bauträger.«

»Und die sind aus Schorndorf?«

»Nein, die haben ihren Sitz zwischen Backnang und Marbach – wir haben nicht nur Kunden aus der näheren Umgebung.«

»Aha, und?«

»Wenn das Stammkunden sind und wir ja auch wissen, warum sie die beiden verschiedenen Arten von Kleidungsstücken einkaufen: Ist das dann für Sie wirklich noch ein nützlicher Hinweis?«

»Nachgehen müssen wir wohl allem, fürchte ich«, seufzte Kerzlinger und warf einen Blick auf die Blätter, die sich im Ausgabeschacht des Druckers sammelten.

»Schon, aber wahrscheinlicher wäre doch jemand, bei dem sich ein solcher Einkauf nicht schon aus der Firmenstruktur erklärt, oder?«

»Das stimmt. Haben Sie denn da jemanden?«

»Schauen wir mal kurz nach.« Sperber scrollte auf der Liste nach unten, las, überflog, scrollte schneller, blieb wieder an einem Eintrag hängen und scrollte dann erneut weiter. Schließlich las er einen Abschnitt genauer. »Hier haben wir was.«

Kerzlinger griff nach den Ausdrucken. »Und, wo kann ich es auf der Liste finden?«

»Moment ... Seite ... sechs, der dritte Eintrag.«

Jutta Kerzlinger las die Liste, konnte aber mit den Bezeichnungen und Artikelnummern nicht viel anfangen. Sperber erklärte ihr die einzelnen Punkte: »Eine Zunftweste, eine Zunfthose, eine Latzhose für Estrichleger, eine grüne Latzhose, wie sie Landschaftsgärtner gerne nehmen, und hier eine weitere Latzhose mit einem Innungszeichen für Installateure drauf. Dazu noch Arbeitshemden und Sicherheitsschuhe. Und alles in Standardgrößen.«

Kerzlinger machte sich entsprechende Notizen auf der Liste.

»Und?«, fragte Sperber nach. »Klingt ganz so, als würde es passen, oder? Außerdem war das keiner unserer Stammkunden.«

»Ist das der einzige Eintrag dieser Art, der nicht auf eine Baufirma hindeutet?«

»Moment, ich schaue die Liste noch kurz bis zum Schluss durch ... Ja, das ist der einzige.«

Brams schaute Jutta Kerzlinger über die Schulter: »Das war wohl ein Großeinkauf, was? Insgesamt sind das mit Hemden und Schuhen und diesem ›Zunft‹-Outfit genug Klamotten für vier Schaufensterpuppen.«

»Schaufensterpuppen?«, fragte Sperber. »Hatten Sie vorhin nicht von einem Mordfall gesprochen? Hat denn dieser Scherzkeks, der die Figuren auf den Baustellen inszeniert, mit Ihrem Mordfall zu tun?«

Brams hätte sich auf die Zunge beißen können, und auch die Kollegen sahen ihn genervt an.

»Das war nur so dahergesagt«, warf Nerdhaas ein, aber Sperber grinste nur.

»Ist ja auch egal«, sagte Jutta Kerzlinger. »Wer hat das denn nun gekauft? Vielleicht ist das ja unser Mann – oder unsere Frau, wer weiß.«

»Tja, da muss ich passen«, zuckte Sperber mit den Schultern.

»Warum das denn?«

»Das war ein Barverkauf. Der Kunde kam hier in den Laden und zahlte bar, also nicht mit einer Kreditkarte – also haben wir keine Kundendaten.«

»Na, prima. Aber an einen solchen Verkauf können Sie sich doch sicher erinnern, oder?«

»Ich glaube, Sie haben eine falsche Vorstellung davon, was hier täglich so alles rausgeht. Außerdem liegt der Verkauf schon fast ein Jahr zurück – ich selbst war da im Urlaub.«

Sperber wechselte in ein anderes Programm und klickte sich durch einen Kalender. »Ja, wie ich vermutet habe: Die Verkäuferin, die damals während meines Urlaubs den Laden machte, ist nicht mehr bei uns beschäftigt. Wollte sich wohl verbessern.«

»Haben Sie ihre Adresse? Vielleicht kann sie sich ja noch erinnern.«

»Klar, die Adresse kann ich Ihnen kurz ausdrucken. Aber allzu viele Hoffnungen sollten Sie sich da wirklich nicht machen.«

»Keine Bange, machen wir uns auch nicht«, murmelte Brams frustriert.

Mittwoch, 16.30 Uhr

Schneider ging am Haupteingang des Kaufhauses Bleule vorbei Richtung Eingang für Mitarbeiter ein paar Meter weiter links. Hier am Stuttgarter Marktplatz war der Stammsitz von Bleule, und hier hoffte er zu erfahren, wie leicht oder wie schwer jemand an eine oder mehrere Schaufensterpuppen kommen konnte.

Dunkler, weniger einladend als das mit viel Glas gestaltete Kundenportal, fast ein wenig abweisend duckte sich die

Öffnung in der hohen Fassade des Kaufhauses. Schneider trat ein und folgte einer breiten Treppe nach unten. Er passierte drei nebeneinander platzierte Metallgestelle, in denen wahrscheinlich Detektoren für irgendwelche Diebstahlsicherungen eingebaut waren. Durch raumhohe Spiegelwände wirkte der Gang hier weniger drückend, links waren Markennamen aufgedruckt, von denen Schneider die meisten kannte. »Ernst«, dachte er bei sich, »würde sich hier vermutlich nicht allzu sehr zu Hause fühlen.«

Durch eine weitere Reihe von hüfthohen Schranken hindurch erreichte er eine glasverkleidete Pforte, in der zwei Männer in dunklen Anzügen standen.

»Ja, bitte?«

Er nannte seinen Namen, erwähnte seine Verabredung für elf Uhr und begann, eine Besucherliste auszufüllen.

»Wenn Sie sich bitte noch fünf Minuten gedulden könnten? Herr Goodman ist dann gleich für Sie da.«

Noch bevor Schneider etwas antworten konnte, war der Mann bereits wieder von der Glasscheibe zurückgetreten und wühlte geschäftig in irgendwelchen Unterlagen. Die Uhr im Flur zeigte 11.06 Uhr an – ob die fünf Minuten Wartezeit eine kleine Retourkutsche für seine eigene Verspätung waren?

Fünf Minuten später – Schneider hatte gerade seinen Besucherausweis bekommen, den er umständlich an seinem Jackett befestigte – kam ein Mann aus einem der Gänge hervor, die in den Empfangsbereich mündeten. Er war etwa 1,90 Meter groß, schlank, elegant gekleidet und schaffte das Kunststück, gewissermaßen auf Schneider zuzuschweben und dabei doch einen zupackenden, zielstrebigen Eindruck zu machen.

»Goodman, guten Tag!«

Schneider schüttelte ihm die Hand. Über Garth Goodmans auffallend gut geschnittenes Gesicht huschte ein freundliches Lächeln. »Nein«, dachte Schneider, »die fünf Minuten konnten keine Retourkutsche sein.«

»Wenn Sie mir bitte folgen würden?«

Und schon ging es hinein in den Bauch des Kaufhauses Bleule. Es sah hier nicht viel anders aus als hinter den Kulissen vieler anderer Firmen, nur schienen die Gänge und Treppen und Abzweige noch etwas verwirrender als sonst angelegt.

»Ach, wissen Sie«, plauderte Goodman und lachte dabei, »ich muss schon auch manchmal aufpassen, dass ich mich nicht verlaufe.«

Schneider musste vor allem aufpassen, dass er Schritt hielt. Er war selbst kein Zwerg, aber dieser Goodman federte mit einer Leichtigkeit die Flure entlang, dass zum Joggen nicht mehr viel fehlte.

Ein paar Treppen und Ecken weiter standen sie plötzlich vor einer Tür, die sich zu einer Art großem Abstellraum öffnete. Goodman winkte Schneider, der drei, vier Schritte hinter ihn zurückgefallen war, freundlich heran und betrat mit ihm den Raum. Vor Schneiders Augen drängten und stapelten sich Schaufensterpuppen – in der rechten Hälfte die weiblichen, in der linken die männlichen.

»Ist das Ihr Lager?«, fragte Schneider, doch Goodman schüttelte nur sanft tadelnd den Kopf.

»Das Lager haben wir in Tamm. Hier stehen nur einige Figuren, die wir zusätzlich zu unserem Bestand verfügbar haben möchten. Es sind nicht viele, aber ich kann Ihnen an diesen Beispielen mal zeigen, was es so an verschiedenen Figurentypen gibt.«

Schneider nickte ihm ermunternd zu und folgte ihm tiefer zwischen die Regale.

»Sehen Sie hier.« Goodman deutete auf einige kopflose Schaufensterpuppen. »Diese Figuren sind für den Stammbereich gedacht.«

»Stammbereich?«, fragte Schneider nach.

»Sie und ich«, meinte Goodman, nachdem er Schneider mit einem geübten Seitenblick taxiert hatte, »zählen zum Stammbereich.«

Schneider nickte und versuchte sich die Befriedigung darüber nicht anmerken zu lassen, dass sich Goodman mit Schneider in eine Liga einsortiert hatte.

»Dann sehen Sie hier Figuren, die sehr viel naturalistischer wirken und auch mehr sexy sind – das sind die Figuren für den Wäschebereich. Und in der Sportabteilung«, Goodman ging weiter nach hinten ans Regal und deutete auf eine halb verdeckte Frauenpuppe, »setzen wir die Schwimmerinnen ein.«

»Schwimmerinnen?«, entfuhr es Schneider. »Warum Schwimmerinnen?«

»Schauen Sie, hier: Diese Figuren haben im Gegensatz zu den anderen ausgeprägte Bauchmuskeln.«

Schneider war platt. Offenbar musste er mit Rau noch ein längeres Gespräch führen, um herauszufinden, welche Art von Schaufensterpuppen auf den Baustellen verwendet worden war.

»Sind diese Puppen eigentlich schwer?«

Goodman fixierte Schneider und erklärte dann nachsichtig: »Wir sagen Figuren, nicht Puppen. Wissen Sie: Puppen sind, womit die kleinen Mädchen spielen. Das hier sind Figuren.«

»Oh, entschuldigen Sie, das wusste ich nicht.«

»Kein Problem. Jede Branche hat eben so ihre Fachbegriffe.«

»Tja, wieder was dazugelernt.«

»Sie können gleich noch etwas lernen«, grinste Goodman und führte Schneider aus dem Raum und gegenüber in eine Art Werkstatt. Drei Frauen und ein Mann waren damit beschäftigt, Figuren zu dekorieren, die auf kleinen Wagen standen.

Goodman bugsierte Schneider zwischen ihnen hindurch zu einer mit weißen Stoffbeuteln verhangenen Schaufensterfigur.

»Das hier ist einer unserer Schläppies.«

Sein Blick machte deutlich, dass es sich dabei um einen kleinen Schatz der Deko-Abteilung handelte.

»Ich weiß nicht, warum sie so heißen«, fuhr er fort, »aber das sind die hochwertigsten Figuren, die wir einsetzen.«

»Was heißt denn hochwertig, ich meine: Was kostet so eine Pu-, so eine Figur?«

»Das ist ganz unterschiedlich. Im Stammbereich setzen wir Figuren ein, die zwischen 600 und 800 Euro liegen, einige gibt es ab 500 Euro, und natürlich geht das dann entsprechend nach oben. Am teuersten sind die hier, die Schläppies.«

Behutsam zupfte Goodman die Stoffbeutel von Kopf und Händen, dabei nahm er einen fast zärtlichen Gesichtsausdruck an. Schneider fiel die elegante Handhaltung der Figur auf, und sachte tastete er mit den Fingerspitzen über den Handrücken und die Wangen der Kunststofffigur. Es fiel ihm nicht gleich auf, aber dann spürte er den eisigen Blick seines Gesprächspartners auf sich ruhen – und auch im Rest des Raums hatte sich gespannte Stille ausgebreitet.

»Wir arbeiten an diesen Figuren grundsätzlich mit Handschuhen«, versetzte Goodman und war dabei sichtlich um Contenance bemüht.

Schneiders Hand zuckte zurück, und er räusperte sich verlegen. Goodman führte ihn zurück auf den Flur. Aus den Augenwinkeln konnte der Kommissar noch sehen, wie zwei der Frauen in der Werkstatt zu dem »Schläppie« eilten, um etwaige Spuren des tapsigen Besuchers wieder zu beseitigen.

»Das tut mir übrigens leid«, setzte Schneider kleinlaut an, aber Goodman ging nicht darauf ein. Er marschierte voran, und plötzlich waren sie in einem der Verkaufsräume. Zehn Minuten lang ging es hin und her, und überall standen Schaufensterfiguren. Mit Kopf und ohne, mit eleganter Handhaltung und ohne – Dutzende, Hunderte. Es nahm kein Ende.

»Da haben Sie ja nicht gerade wenige Figuren«, meinte Schneider nach einer Weile.

»Nein, das sind schon einige«, gab Goodman lächelnd zu. Schneiders Fauxpas schien verziehen. »Und wir lassen die Figuren ja auch nicht allzu lange stehen.«

»Nein?«, versetzte Schneider.

»Nein. Inzwischen sind zum Beispiel die Hungernden wieder aus der Mode, etwas normalere Proportionen sind gefragt. Da müssen wir mitgehen, manchmal auch selbst den Trend machen. Also heißt das: alte Figuren raus, neue rein.«

»Und was passiert mit den alten Figuren?«

»Die kommen raus nach Tamm, dort werden sie dann verkauft, wenn sie jemand haben will.«

»Und wer will so etwas?«

»Das ist ganz verschieden. Wenn wir mit den Figuren durch sind, können sie in anderen Geschäften durchaus noch ein paar Jahre gute Dienste leisten. Und dann gibt es immer wieder auch Privatleute, die sich solche Figuren holen. Als Gag oder was weiß ich, warum. Da müssten Sie in Tamm nachfragen.«

»Aber ich habe das schon richtig rausgehört: Es sind nicht nur zwei oder drei Figuren, die da in einem Jahr verkauft werden, oder?«

»Nein, das sind schon deutlich mehr. Und ich glaube auch nicht, dass sich die Kollegen in Tamm jeden merken, der da mal eine oder zwei Figuren kauft.«

»Das hatte ich befürchtet.«

Mittwoch, 16.45 Uhr

»Also gut, Herr Maigerle«, sagte Dr. Thomann und ging vor dem Polizeibeamten her auf die Räume im Stuttgarter Robert-Bosch-Krankenhaus zu, in denen nun die Obduktion des toten Aushubunternehmers stattfinden würde.

»Ich hatte Ihnen und Ihren Kollegen ja dringend abgeraten, sich das hier zuzumuten, aber wenn Sie unbedingt möchten …«

»Wissen Sie, Herr Dr. Thomann, normalerweise habe ich nicht die Gelegenheit, eine Obduktion zu beobachten. Fahrraddiebe und Einbrecher werden für gewöhnlich nicht hier zerlegt.« Er lachte ein wenig.

»Ah, Sie haben Humor«, grinste Dr. Thomann. »Gut. Den werden Sie brauchen können.«

Inzwischen hatten sie einen Vorraum erreicht, durch dessen Tür Maigerle einen hellen und hell gekachelten Raum mit großen Waschbecken an einer Wand sehen konnte.

»Ziehen Sie die bitte an«, sagte Dr. Thomann und hielt Maigerle zwei blaue Plastiktüten hin. »Das sind Schuhschoner.«

Maigerle nickte und zog sich die beiden Tüten über die Schuhe.

»Aber geschont werden soll damit der Fußboden«, fuhr Dr. Thomann ungerührt fort. »Straßenstaub würde hier auf dem frisch gewischten Boden nur unschöne Schlieren hinterlassen.«

Maigerle nickte wieder, er schien ganz beflissen.

»Sie wissen, Herr Maigerle, warum hier ständig aufgewischt wird?«

Maigerle hüstelte. Ja, das konnte er sich denken. Thomann wandte sich dem benachbarten Raum zu und betrat ihn mit einem Grinsen.

»Hallo, Herr Krüger«, begrüßte er einen Mann, der bereits an einem metallenen Tisch stand, auf dem der tote Knaur lag.

Krüger nickte Thomann zu, und hinter Thomann und Maigerle betraten zwei weitere Männer den Raum. Thomann drehte sich um und stellte Maigerle die beiden kurz vor: »Das sind meine Kollegen, Herr Müller und Herr DeLaJaune, die sich Herrn Knaur gemeinsam mit mir nun genauer ansehen werden.«

Maigerle nickte allen zu, keiner der Männer machte Anstalten, ihm die Hand zu geben. Statt dessen zupften sie sich ihre Handschuhe zurecht und traten an den Tisch, auf dem Knaur lag.

Der Tote war nackt bis hinauf zur Hüfte – die Hose, die Unterhose und die Strümpfe lagen auf dem zweiten Tisch.

»Respekt, Herr Krüger«, sagte Dr. Thomann und nickte zu den Kleidern hinüber. »Das haben Sie ja wirklich so penibel gemacht, wie es unter den gegebenen Umständen möglich war.«

»Pfff«, zischte Krüger freudlos. »Ich bin nur froh, dass Sie uns nicht jeden Tag eine solche Restesuppe bringen.«

Maigerle schluckte, und er wusste, dass Dr. Thomann vorhin recht gehabt hatte: Hier würde er all seinen Humor brauchen.

»Wir konnten diesmal auch nicht das ganze Programm durchziehen. Das CT haben wir zwar gemacht, aber das war eine ziemliche Fitzelei.«

»Echt?«, staunte Thomann. »Sie haben von diesem Toten hier eine Tomographie geschafft? Respekt!«

»Der Bestatter hat ganze Arbeit geleistet«, plauderte Kübler ungerührt weiter. »Da konnten wir auch den zerdrückten Oberkörper dank der Leichenhülle ganz passabel bewegen. Wir haben uns halt noch ein paar Leute geholt, die uns halfen, den Oberkörper in die Röhre zu bugsieren. Aber das ging dann schon.«

Thomann ließ sich einige Ausdrucke der Computertomographie zeigen und kehrte dann an den Sektionstisch zurück.

»Das haben Sie prima gemacht, vielen Dank.« Thomann beugte sich über die zerquetschte obere Hälfte des toten Sepp Knaur. »Haben wir denn einen 3D-Scan von ihm?« Er deutete auf ein Gestänge über dem Sektionstisch, an dem unter anderem Scheinwerfer und Spiegel befestigt waren. Maigerle hatte von Kollegen gehört, dass das Robert-Bosch-Krankenhaus damit dreidimensionale Scans von Leichen machte und dass dadurch die Mühe entfiel, Leichen noch einmal aus ihren Gräbern zu holen, wenn nachträglich noch Fragen zum Zustand eines Toten auftauchten.

»Nein. Wir haben uns gedacht, dass er obenrum ja nicht mehr so wahnsinnig dreidimensional ist – und der Unterkörper ist für Sie, glaube ich, etwas weniger interessant.« Thomann nickte. »Deshalb haben wir einige Fotoserien geschossen.«

»Da haben Sie recht. Fotos werden wir gleich auch noch einige machen. Außerdem werden wir uns wohl auch noch nach seinem Begräbnis daran erinnern können, dass er oben herum etwas … na ja … derangiert wirkte.«

Er sah sich im Raum um. »Herr Krüger, machen Sie doch die Kleider da drüben bitte für die Spurensicherung in Waiblingen fertig. Herr Rau ist sonst ja meistens hier im Raum mit dabei, aber das hat er sich diesmal erspart. Da kann ich ihn gut verstehen.«

»Ich auch«, lachte Krüger auf und ging an den zweiten Tisch hinüber, um mit seinen behandschuhten Händen die Kleidungsstücke behutsam in einen Plastiksack zu packen.

»So, dann wollen wir dem Toten mal ins Auge blicken.«

Thomann drehte sich um, und Maigerle war tatsächlich so blass, wie er erwartet hatte.

»Kommen Sie ruhig etwas näher«, sagte er jovial. »Da hinten malen Sie sich das Ganze doch nur grausiger aus, als es wirklich ist.«

Damit nahm er sich ein Messer mit blauem Griff und einer etwa acht Zentimeter langen Klinge aus einer metallisch glänzenden Schale. Der ihm gegenüberstehende zweite Pathologe hob ein Diktiergerät hoch und sah Thomann fragend an. Der nickte nur, und schon begann sein Kollege medizinische Fachbegriffe in das Mikrofon des Geräts zu murmeln.

»Da können Sie mal sehen, Herr Maigerle, was eine menschliche Haut für ein tolles Material darstellt«, sagte Thomann dann und ließ den Polizisten den Oberkörper der Leiche begutachten. Tatsächlich war Maigerle überrascht: Er hatte einen wahren Brei aus Fleisch- und Knochenstückchen erwartet – aber der Körper war tatsächlich noch mit Haut bedeckt, obwohl er völlig zerquetscht war.

»Also«, erklärte Thomann: »Knaur lag auf dem Rücken, als ihn die Baggerschaufel traf. Das heißt, aus seiner Sicht kam der Schlag von vorn. Das Ganze ist auf den größten Teil der Hautfläche geprallt, also ein stumpfer Schlag. Die Tomographie-Aufnahmen zeigen schon, dass an den Organen und den Rippen nicht mehr viel heil geblieben ist – aber die Haut hat gehalten. Ist das nicht ein Ding?«

Maigerle nickte, aber so richtig konnte er die Begeisterung des Pathologen nicht teilen.

»Nur an ein paar Stellen ist sie verletzt. Dort sind wohl scharfe Kanten des zerbrochenen Betons eingedrungen – hier an dieser Stelle kann man ein solches Bröckchen sogar noch sehen. Auch das Stahlgeflecht des Betonrings hat sich etwas mit eingedrückt. Am Schädel sieht es ähnlich aus: Die Kopfhaut ist nur an ein paar Stellen gerissen – sehen Sie, Herr Maigerle? Hier zum Beispiel, wo kleine Bruchstücke des Schädelknochens nach außen gedrückt wurden.«

Maigerle sah es und schluckte.

»Durch die Wucht der Schaufel platzte der Schädel gewissermaßen zur Seite hin auf, weil er ja platt zusammengedrückt wurde. So, als würden Sie auf eine Orange treten – nur dass eine Orangenschale nicht so viel aushält wie die dehnbare Kopfhaut.«

Thomann war ganz in seinem Element und schwärmte weiter von den Details menschlicher Körpervorzüge, ohne zu merken, wie Maigerle allmählich eine immer käsigere Gesichtsfarbe aufwies.

»Aber sehen Sie, Herr Maigerle: So gut die Haut auch mitgespielt hat – der Tote kann mit dem bloßen Augenschein nicht mehr zweifelsfrei identifiziert werden.« Er deutete mit der Spitze des Messers auf einen schmalen unförmigen Schlitz in der Kopfhaut, der den Blick auf ein grausiges Durcheinander aus Blut und hellen Knochen- oder Knorpelstückchen freigab. »Hier wären zum Beispiel normalerweise die Zähne – aber mit einer Zahnanalyse kommen wir in diesem Fall nicht weiter. Ich fürchte fast, wir müssen den

Ausweispapieren des Toten glauben.« Thomann fixierte seinen Gast: »Oder?«

»Und wenn es nun gar nicht Knaur wäre und wir können es nicht nachweisen?«, fragte Maigerle abwesend, während er sich zwischendurch einen unverfänglichen Blick zu einem der Fenster hinaus gönnte.

»Aber, aber … jetzt enttäuschen Sie mich etwas, Herr Maigerle. Wir nehmen natürlich eine DNA-Probe und vergleichen das mit dem Material, das Ihre Kollegen inzwischen in Knaurs Wohnung gesichert haben. Haare im Kamm und so etwas – Sie wissen schon.«

»Ja.« Offenbar hatte ihn Thomann getestet, und er hatte nicht bestanden.

»Der Laie denkt nun natürlich, dass wir hier Probleme haben, noch irgendwelche Spuren zu sichern, weil ja Gesicht, Hals und Oberkörper völlig zerquetscht sind – und vermutlich dachte das auch der Mann, der den Bagger gefahren hat. Denn ich wäre nicht überrascht, wenn Knaur zu dem Zeitpunkt, als ihn die Schaufel traf, schon tot dagelegen hätte.«

Maigerle horchte auf. »Aber wie wollen Sie das denn nachweisen? Dass Knaur überall Druckstellen hat, ist ja klar – müsste das nicht ältere Spuren dieser Art verwischen?«

»Druckstellen«, lachte Thomann auf, und auch seine Kollegen grinsten. »Das haben Sie schön gesagt – ich sehe schon: Sie bekommen langsam Ihren Humor wieder zurück. Aber zu Ihrer Frage: nein.«

Mit schnellen Schnitten öffnete Thomann die Haut des Oberkörpers und klappte die geteilten Hautlappen vorsichtig zur Seite. Der dritte Pathologe, der inzwischen mit einem Fotoapparat bewaffnet ebenfalls an den Tisch getreten war, schoss eine ganze Serie von Bildern und konzentrierte sich dabei auf das zerdrückte Fleisch, das nun zum Vorschein kam.

»Ganz wie erwartet«, sagte Thomann und deutete auf einige dunkle Flecken, die zu sehen waren. »Wir haben hier einige Hämatome, aber nicht ganz so viele, wie wir hätten, wenn der Bagger den lebenden Knaur erschlagen hätte. Ich tippe auf etwa fünf Minuten, die der Mann schon tot war, bevor er zerquetscht wurde.«

»Aha«, machte Maigerle, der nun allmählich besser mit dem Anblick der Leiche zurechtkam. »Und woraus schließen Sie das?«

»Wenn Sie sterben, stoppt Ihr Blutkreislauf nicht sofort – und entsprechend ist abhängig vom Abstand zu Ihrem Todeszeitpunkt mehr oder weniger Blut in Ihrem Körper unterwegs. Hätte Knaur noch gelebt – hätte er also zum Beispiel bewusstlos in der Betonröhre gelegen – wären diese Einblutungen hier im Gewebe viel stärker. Wäre er schon eine halbe Stunde lang tot gewesen, würde man deutlich weniger sehen.«

»Verstehe.«

»Außerdem gibt es hier ein paar Hämatome, die vom Bild abweichen, die ich von einem flächigen Aufprall erwarte. Natürlich nicht mehr so toll sichtbar, da überlagern die Einblutungen wegen der Baggerschaufel das meiste – aber trotzdem …«

»Und was sagt Ihnen das?«

»Dass auf den Mann vor seinem Tod eingeschlagen wurde. Herr Rau hatte ja schon von Spuren gesprochen, die auf einen Kampf hindeuten – hier haben wir weitere.«

»Und jetzt?«

»Jetzt sehen wir uns den Kopf genauer an.«

Maigerle schluckte. Inzwischen hatte einer von Thomanns Kollegen einige Bröckchen einer harten grauen Masse aus den zerquetschten Resten von Knaurs Gesicht gezupft. Das waren vermutlich Krümel des Betonrings, der vom Bagger mit Knaur zusammen zermalmt worden war.

»Und hier haben wir schon die eigentliche Todesursache«, sagte Thomann und deutete triumphierend auf eine Stelle, die vermutlich früher einmal die Schläfe dargestellt hatte. Für Maigerle sah hier allerdings alles recht gleich aus: ein platt gedrückter, geborstener Schädel, über dem sich die an einigen Stellen verletzte Kopfhaut spannte.

»Diese eine Stelle passt weder zum Baggeraufprall noch zu einem der Betonstückchen oder zum Stahlgeflecht.«

Der fotografierende Kollege reichte Thomann den Fotoapparat über den Tisch: Er hatte auf dem Display schon ein Bild des Schädels ausgewählt.

»Aha, dachte ich mir«, sagte Thomann und zeigte auch Maigerle das Bild: »An dieser Stelle sehen Sie schon vor der kleinen Säuberung durch meinen Kollegen kein Betonstückchen, also stammt die Wunde von etwas anderem.« Er gab den Fotoapparat zurück und beugte sich wieder über die Stelle, die sein Interesse geweckt hatte. Schließlich richtete er sich auf und sah Maigerle an.

»Tja, da werde ich wieder einen meiner Standardsätze los.«

»Welchen?«

»Wurde erschlagen mit einem stumpfen Gegenstand.«

Maigerle lächelte.

»Na ja«, sagte Thomann und wandte sich wieder dem Leichnam zu, »ich muss zugeben: Allzu stumpf war der Gegenstand nicht. Wir haben hier eine Verletzung im Schädelknochen, die zum Beispiel ... auf einer Baustelle, lassen Sie mich nachdenken ... ja: zum Beispiel von der Breitseite eines Hammers oder vom Rücken einer großen Rohrzange oder etwas in der Art herrühren könnte. Warten Sie mal kurz.«

Damit setzte er das Messer an der Kopfhaut an und legte den Schädelknochen frei. Der war fürchterlich zugerichtet, aufgesplittert, zerdrückt ... Maigerle konnte nirgendwo mehr eine Stelle erkennen, an der er Spuren hätte ausmachen können. Thomann dagegen wirkte sehr zufrieden.

»Ja, so weit liegen wir wohl richtig: Ein Stein fällt aus – keine Spuren von Abrieb zu sehen. Holz fällt aus – das wäre zu weich gewesen. Aber eine Rohrzange würde prima passen. Natürlich auch jedes andere Stück Metall, das nicht zu scharfkantig und nicht zu spitz ist.« Er grub mit dem Messer in der Stelle herum.

»Das ist ja interessant«, sagte der Gerichtsmediziner, hob ganz vorsichtig einen kleinen Partikel aus der Masse, legte das winzige Stückchen auf einer Schale ab und reichte diese einem seiner beiden Kollegen. Der machte sich sofort mit einem kleinen Pinsel daran zu schaffen. Schließlich reichte er Thomann die Schale mit dem gereinigten Fundstück zurück, und Thomann lachte triumphierend.

»Ha!«, machte er, »Haben wir dich!«

Maigerle sah verständnislos drein, und als Thomann das bemerkte, erklärte er: »Schauen Sie, Herr Maigerle, wir haben hier ein winziges Teilchen gefunden, das meiner Meinung nach eine Farbabsplitterung darstellt. Etwas verschmiert, aber ich würde sagen: ursprünglich gelb.«

»Farbe? Gelbe Farbe? Aber eine Rohrzange – um Ihr Beispiel zu nehmen – ist doch nicht lackiert. Das ist doch blankes Metall.«

»Tja, ist das nicht ein schönes Rätsel für Sie?« Thomann grinste zufrieden. Es war eindeutig, dass er nicht die Absicht hatte, dieses Rätsel für Maigerle und seine Kollegen zu lösen. »Da kommen Sie und Ihre Kollegen ins Spiel, das ist nicht mehr mein Bereich. Wir treffen uns dann hier wieder, wenn Sie ein neues Opfer zu bieten haben.«

»Oh, nein, danke«, versetzte Maigerle und strebte dem Ausgang zu. »Das muss nicht unbedingt sein.«

Als er im Vorraum die blauen Plastiktüten von seinen Schuhen zerrte, hörte er hinter sich das kehlige Lachen von Dr. Thomann.

»Meinetwegen«, dachte Maigerle. Sein Humor war für heute erschöpft.

Mittwoch, 17.00 Uhr

Nerdhaas hatte sich in seinem Büro gleich wieder an die Arbeit gemacht, und Kerzlinger und Brams gingen zu Fuß in die Stadt. Ursula Pfefferkorn wohnte in der Hinteren Höllgasse. Das war nur ein paar Meter vom Marktplatz entfernt, und den erreichte man vom Polizeigebäude an der Grabenstraße zu Fuß in nur wenigen Minuten.

Die beiden Kripobeamten umkurvten die Baustelle, auf der an der Stelle des alten Postturms ein neues Hochhaus emporwachsen sollte, und bogen gleich danach in die schmale Gasse ein. Anders als in der parallel verlaufenden Höllgasse – die nichts mit der Hölle zu tun hatte, sondern wegen der für frühere Verhältnisse relativ breiten Straßenfläche einfach nur als besonders »helle Gasse« gegolten hatte – standen die Fassaden in der Hinteren Höllgasse dicht an dicht. Der schmale Durchlass wirkte recht romantisch, aber eben auch etwas düster. Brams fiel ein, dass er während einer Stadtführung mal erfahren hatte, dass diese Gasse früher einmal die »spanische Küste« genannt worden war – allerdings hatte er vergessen, aus welchem Grund.

Die Klingel mit der Aufschrift »Pfefferkorn« sah nicht besonders neu aus, und draußen auf der Gasse war auch kein Klingelton zu hören. Dennoch regte sich kurz darauf etwas im Haus, und schließlich öffnete eine etwas füllige Frau in den Fünfzigern.

»Ja?«

Brams und Kerzlinger stellten sich vor, und die Frau führte sie in ein etwas eng wirkendes Wohnzimmer, von dem aus mehrere kleinere Fenster zur Hinteren Höllgasse hinausgingen.

»Und welche Fragen haben Sie nun an mich?«

»Wir haben Ihre Adresse von Herrn Sperber bekommen.«

»Ach. Hat er sich über mich beschwert?«

»Nein«, meinte Jutta Kerzlinger. »Er sagte nur, dass Sie sich wohl hätten beruflich verbessern wollen und deshalb gekündigt hätten.«

»Blödmann«, entfuhr es Frau Pfefferkorn. »Entschuldigen Sie, aber Sperber lebt nur für seinen Laden. Das kann er ja gerne so halten, aber er behandelt alle seine Mitarbeiter so, als müssten sie ebenfalls nur für den Laden leben. Na ja, und als ich erfahren habe, dass eine Bekannte von mir eine Verkäuferin für ihre Boutique hier in der Innenstadt sucht, habe ich mich um die Stelle beworben. Das hat geklappt, und mir geht's prima damit. Jetzt brauche ich kein Auto mehr – das habe ich verkauft und bin von dem Geld in Urlaub gefahren. Das hat auch mal gutgetan und wäre sonst nicht drin gewesen. So dicke habe ich es leider momentan nicht.«

Jutta Kerzlinger schaute sich unauffällig um: Der kleine Raum war heimelig eingerichtet – aber wenn man genauer hinsah, fiel auf, dass hier billige Möbel und alte Accessoires geschickt kombiniert worden waren. Dafür musste man ein Händchen haben, Kerzlinger hatte es leider nicht.

»Die Boutique hat heute zu, sonst hätten Sie mich gar nicht zu Hause angetroffen.«

»Wir interessieren uns für einen ganz bestimmten Einkauf Anfang Juni vergangenen Jahres.«

»Sehr witzig«, lachte die Frau freudlos auf. »Sie haben keine Ahnung, was da oben in Schlichten so alles an einem Tag über den Tresen geht, oder?«

»Aber vielleicht versuchen Sie sich doch zu erinnern. Die Kombination der Kleidungsstücke war eigenartig.«

»Eigenartig? Wie meinen Sie das?«

»Da kam jemand in den Laden und kaufte, warten Sie …« Brams zog einen Zettel aus der Tasche und las ab: »Eine Zunftweste für Zimmerleute, eine Zunfthose, eine Latzhose für Estrichleger, eine grüne Latzhose, wie sie Landschaftsgärtner gerne nehmen, und eine Latzhose mit einem Innungszeichen für Installateure drauf. Dazu Arbeitshemden und Sicherheitsschuhe. Jeweils in Standardgrößen.«

»Ach, den meinen Sie.«

»Sie erinnern sich?«

»Ja, das war ein seltsamer Typ.«

»Wieso seltsam?«

»Also … Wann sagten Sie, sei das gewesen? Anfang Juni?« Brams nickte. »Tja, den Termin hätte ich nicht mehr gewusst.«

»Ihr Chef sagte, er sei damals im Urlaub gewesen.«

»Ja, das kann hinkommen. Da betrat also ein neuer Kunde unseren Laden, sah sich um und fragte mich dann, wo er dies und das finden könne. Es war sonst gerade niemand da, also konnte ich mir Zeit nehmen, ihm alles rauszusuchen. Hemden, Schuhe und so, das war alles ganz normal. Dann wollte er Zunftkleidung für Zimmerleute und fragte, was denn Estrichleger für gewöhnlich zur Arbeit anziehen würden. Ich habe ihm dann ein paar Bundhosen und ein paar Latzhosen gezeigt und habe ihm erklärt, dass die vorne an den Knien gepolstert und seit einiger Zeit auch mit Aufsätzen aus Kunststoff ausgestattet sind – da haben Sie ja sonst ruckzuck Löcher in den Hosen, wenn Sie ständig auf dem rauen Estrich herumrutschen.«

»Und Sie haben sich gewundert, dass er für Estrichleger und Zimmerleute einkauft?«

»Nein, nicht mal so sehr. Das Beste kam erst noch. Er wollte dann noch eine weitere Latzhose haben, wie sie Installateure tragen – er sagte, glaube ich, Flaschner, das hören unsere Kunden aus dieser Branche inzwischen nicht mehr so gerne.«

»Jetzt fallen Ihnen aber viele Details ein«, wunderte sich Jutta Kerzlinger, während sich Brams schon wieder fleißig Notizen machte.

»Ja, wie gesagt: Das war ein richtig seltsamer Typ. Jetzt kommt's: Schließlich fragte er noch nach einer Latzhose für Glaser. Wissen Sie, die tragen oft Hosen mit einem ganz besonderen Grün. Mir fällt der Name dafür jetzt gerade nicht ein, aber das ist ganz was Spezielles. Das trägt nun nicht jeder Glaser, klar, aber diesem Mann war es offenbar schon wichtig, dass das seine Richtigkeit hat.«

»Aha. Und?«

»Latzhosen für Glaser hatten wir aber an dem Tag nicht da. Das wird nicht mehr so wahnsinnig oft gekauft, und man hat ja auch nicht unbegrenzt Platz im Laden und im Lager. Ich habe ihm also angeboten, dass ich diese Glaserhose für ihn bestelle. Das kostet nichts extra, und er hätte sie am nächsten Tag abholen können. Aber das wollte er nicht. Das wollte er auf keinen Fall. Ich hatte den Eindruck, dass er es vielleicht wegen der Fahrt nach Schlichten hinauf nicht wollte oder sonst einen triftigen Grund hatte. War ja auch egal.«

»Und?« Brams wurde die Geschichte nun doch ein wenig zu ausführlich, und sein Notizblock ging zur Neige.

»Also fragte mich der Mann, was wir denn sonst an grünen Latzhosen dahätten.«

»Ach, und das fanden Sie so ungewöhnlich?«

»Ja, klar. Stellen Sie sich vor: Erst löchert er mich, welche Arbeiter welche Klamotten anhaben. Dann kauft er die passenden Kleider, obwohl er nicht so aussah, als hätte er eine Firma, die in all diesen Branchen tätig ist. Und dann nimmt er, weil gerade keine Glaserhose da ist, einfach eine Latzhose für Landschaftsgärtner – nur weil die auch grün aussieht. Ist das nicht seltsam?«

»Apropos«, warf Jutta Kerzlinger ein. »Wie sah er denn aus?«

»Hm …«, sinnierte Ursula Pfefferkorn. »Er war eher jung, also vielleicht so um die 30. Eher schlank, nicht gerade klein. Gekleidet war er eher lässig, würde ich sagen. Jeans, Turnschuhe, Poloshirt – diese Art. Seine Hände sind mir noch aufgefallen: Auf mich wirkten sie eher feingliedrig, nicht diese Arbeiterhände, wie man sie sonst bei Bauarbeitern sieht. Und trotzdem war die Haut über den Knöcheln aufgeschabt, und er hatte stumpfe Fingernägel.«

»Das wissen Sie aber noch genau!«, staunte Brams.

»Ja, das ist so ein Fimmel von mir. Hände faszinieren mich einfach. Ihre zum Beispiel …« Sie deutete auf Brams' rechte Hand, die mit dem Stift eilig über den Notizblock huschte.

»Sie haben den Mann nicht gekannt?«, fragte Brams schnell dazwischen. Die Frage war nicht besonders geistreich, aber Brams hatte offenbar nur schnell etwas sagen wollen. Jutta Kerzlinger grinste.

»Nein, woher auch?«

Brams zuckte mit den Schultern.

»Diese verschrammten Finger …«, fuhr Frau Pfefferkorn fort. »Meine Bekannte, der die Boutique gehört, in der ich arbeite … Die hat im Frühjahr einen Workshop in Winnenden mitgemacht. Da hat so ein Bildhauer sein Atelier in einer Ziegelei. Und deren Finger haben nach dem Workshop ähnlich ramponiert ausgesehen.«

Brams hatte mit dem Schreiben aufgehört und starrte Frau Pfefferkorn verblüfft an.

»Ist was?«, fragte sie.

»Nein, nein«, sagte Jutta Kerzlinger zu ihr und tippte Brams auf den Notizblock. »Schreib ruhig fertig, wir gehen dann.«

Mittwoch, 17.45 Uhr

Die Fahrt durch Ludwigsburg hindurch war eine Katastrophe gewesen, aber nun war es fast geschafft. Nachdem die B 27 die Autobahn unterquert hatte, war der Verkehr schon etwas erträglicher geworden. Und als Kommissar Ernst nun von der Bundesstraße abbog, in weitem Bogen zur Frankfurter Straße geleitet wurde und gleich nach der großen Kreuzung ein großes Autohaus passierte, hatte er sein Ziel erreicht.

»Deko-Fundus« stand in knalligen Buchstaben auf der weißen Hallenwand, doch unten auf der in ein gläsernes Treppenhaus führenden Eingangstür klebte ein Zettel: »Wir haben unseren Eingang verlegt.« Gezeigt wurde die Rückseite des Gebäudes, also tigerte Ernst los. Die Halle erwies sich als ärgerlich groß, und der starke Wind, der plötzlich über den Hof fegte, machte mit seinen Haaren mehr, als zehn Finger wieder richten konnten.

Ein Zettel auf der Rückseite der Halle verwies ihn noch eine Ecke weiter. Und als er schließlich dort angekommen war, erkannte er: Er war offenbar eine Hofeinfahrt zu früh eingebogen. Der Zugang zum »Deko-Fundus« sah beinahe schäbig aus: Eine kleine Stiege führte hoch zu einer rot lackierten Metalltür.

Dahinter allerdings machte der »Fundus« mehr her. Vom Halleninneren war ein kleiner Verkaufsraum abgeteilt, in dem sich allerlei Krimskrams stapelte, den Dekorateure für ihre Arbeit brauchen konnten. In der Mitte des kreativ wirkenden Durcheinanders standen einige Schaufensterpuppen.

Gleich vorne stand ein männliches Modell, weiß lackiert und ohne Perücke, mit nur einem gut sitzenden Arm, aber dafür günstig zu haben. Die Gruppe weiter hinten war bunt gemischt. Um eine schwarzhaarige, etwas eigenwillige Schönheit mit ungewöhnlich geschnittenem Gesicht drängelten sich ein hellbraun lackierter Musterknabe mit dunklen Haaren, zwei unterschiedlich proportionierte junge Damen und ein paar kopflose Figuren.

An der schmucklosen Ladentheke, die links von der Eingangstür montiert war, stand eine Frau und schaute auf ihre Armbanduhr.

»Sind Sie Herr Ernst?«, fragte sie. »Wir schließen um 18 Uhr, und gerade heute sollte ich halbwegs pünktlich wegkommen.«

Ihr Ton war nicht unfreundlich, aber Ernst verspürte plötzlich den Drang, sich etwas zu beeilen. Frau Eckes war die Chefin des Fundus, und sie führte Ernst durch eine Tür in den größeren Teil der Halle. Regale reichten hier bis hoch unter die Decke und die Fachböden waren vollgestopft mit Stoffen, Kübeln, Möbeln und schwer definierbaren Accessoires aller Art.

Schließlich erreichten sie einen Gang, der offenbar als Lager für Schaufensterfiguren diente. Einige Einzelteile lagen in einer Gitterbox kreuz und quer übereinander, gegenüber standen mehrere Figuren dicht an dicht in mannshohen Rollwagen.

Die Szenerie wirkte irgendwie gruselig auf Ernst. Die nackten Gestalten blickten starr, jede auf einen anderen Punkt in der Ferne und jede mit einer anderen Körperhaltung. Die »Dame« rechts vorn schien ganz verzückt über ihren linken Oberarm zu streicheln – was auch deshalb eigenartig aussah, weil ihr irgendein Witzbold ein abgebrochenes Fingerglied mit Klebeband in die Armbeuge gehängt hatte. Ihre Nachbarin schien wie festgefroren in einem geheimnisvollen Tanz und hielt die Arme über dem Kopf verschränkt, während hinter den beiden Figuren eine dritte betont lässig in einer Verstrebung des Regals hing und streng zur Seite blickte.

»Sind männliche Figuren eigentlich sehr selten?«, fragte Ernst schließlich, weil er um sich herum vorwiegend weibliche Schaufensterpuppen sah.

»Nein, eigentlich nicht«, antwortete Frau Eckes. »Mir ist allerdings auch gerade aufgefallen, dass wir im Moment kaum Männer dahaben. Wir brauchen insgesamt natürlich mehr Mädchen, aber richtig selten sind männliche Figuren auch bei uns nicht. Vorne im Verkaufsraum konnten Sie ja zwei Männer sehen.«

»Schade. Unser Fall hat mit zwei männlichen Figuren zu tun – ich hatte schon gehofft, dass man sich an den Käufer von seltenen Exemplaren vielleicht eher erinnern kann.«

»Glauben Sie denn, der Mann, den Sie suchen, hat seine Figuren bei uns gekauft?«

»Na ja, zunächst wissen wir noch nicht einmal sicher, ob es sich um einen Mann handelt. Und dann die Schaufensterpuppen ... Ein Kollege hat Reste eines Etiketts gefunden, und er tippte deshalb in einem Fall auf einen Hersteller namens ...« – Ernst zog einen Zettel aus der Gesäßtasche – »... namens Rijtmans.«

»Stimmt, von denen beziehen wir einige unserer wertvolleren Figuren.«

»Deshalb bin ich hier.«

»Aber sehen Sie: Selbst wenn wir vorne im Laden ältere Rijtmans-Modelle verkaufen, fällt das nicht unbedingt besonders auf. Irgendwann sind auch die teuersten Figuren alt und zerschlissen, dann müssen Sie raus. Manchmal holen sich auch Theatergruppen oder Museen etwas hier ab. Wann soll Ihr Unbekannter die Figuren denn gekauft haben?«

»Eigentlich wissen wir nicht einmal das.«

»Das ist dann Pech, würde ich sagen. Ich habe nach Ihrem Anruf auch gleich mal mit meinen beiden Kolleginnen gesprochen, die den Verkauf mit mir zusammen machen – aber denen ist nichts Besonderes eingefallen. Wir hatten seit längerer Zeit nur Kunden, die einzelne Figuren kauften. Daran erinnert man sich nicht lange. Nur eine Theatergruppe hat ein paar Figuren auf einmal abgeholt, aber das war erst jetzt vor zwei Wochen, und dabei handelte es sich auch um ganz andere Modelle als die von Rijtmans. Außerdem kenne ich die Leute und habe gestern Abend eine ihrer Proben besucht: Die Figuren stehen dort noch alle.«

Ernst seufzte: Da war er wohl in eine Sackgasse geraten. Er steckte seinen Notizblock weg und sah sich noch einmal um. Im nächsten Rollwagen stand ein Unterleib herum, der kopflose Oberkörper auf dem Boden daneben und dahinter sah Ernst eine Puppe, wie sie auch das Schorndorfer Revier hatte: mit sichtbaren metallischen Gelenken, die diese Puppe beweglicher machte als die meisten ihrer Kolleginnen.

»Ach, da fällt mir doch noch etwas ein«, fragte er Frau Eckes. »Wie zieht man diese Schaufensterpuppen oder Figuren, wie Sie sagen, eigentlich an?«

»Gute Frage, Herr Ernst. Kommen Sie einfach mit nach vorn, ich zeig's Ihnen.«

Im Verkaufsraum standen die beiden wenig später vor einer weiblichen Figur, die eine silberfarbene Kurzhaarperücke trug.

»Die Figuren sind ja nicht sehr beweglich, aber Sie können sie auseinandernehmen – und das ist auch schon der wichtigste Trick fürs Anziehen der Modelle. Zuerst einmal machen Sie den Oberkörper ab« – sie drehte kurz an der Figur und stellte dann die obere Hälfte der Plastikfrau zur

Seite – »und nun könnten Sie einen Rock von oben über die Hüfte stülpen. Und für eine Hose heben Sie die Figur von ihrer Standplatte und ziehen sie ihr dann wie üblich von unten an.«

»Aha«, machte Ernst und versuchte sich alles zu merken, während Frau Eckes den Unterkörper wieder auf der Standplatte fixierte und danach mit schnellem Griff auch den Oberkörper wieder aufsetzte und festdrehte.

»So, nun die Bluse. Dazu heben Sie die Arme nach oben aus ihrer Verankerung«, sagte sie und nahm der Figur beide Arme ab. »Nun können Sie die Bluse über den Torso ziehen, stecken hinterher die Arme durch die Ärmel und hängen sie wieder ein. Sie sehen: Es ist ganz einfach, wenn man weiß, wie es geht.«

»Und woher weiß man das?«

»Na ja, wer hier Figuren kauft, bekommt es natürlich von uns erklärt. Und ich nehme an, das halten alle anderen Läden auch so.«

Ernst betrachtete die Figur, an der Frau Eckes ihm gerade die richtigen Handgriffe demonstriert hatte: das Modell einer schlanken, jungen Frau, die grazil beide Hände auf die Hüften legte und wie sinnierend zur Seite blickte. Schmale blaugrüne Augen, eine geschwungene Nase, volle Lippen und ein nicht zu markantes Kinn.

»Gefällt sie Ihnen?«

»Wie?«, schreckte Ernst aus seinen Gedanken hoch.

»Na, die Figur: Gefällt sie Ihnen?«

»Ja, sehr schön.«

»Die wertvolleren Figuren werden übrigens nach echten Fotomodellen gefertigt«, erklärte Frau Eckes und behielt Ernst lächelnd im Blick. »Vor allem junge Russinnen sind da sehr beliebt. Das sind aber auch wirklich schöne Frauen.«

Ernst sah an der Seite der Figur ein Preisschild. Das hatte er sich teurer vorgestellt.

»Auf einer Messe habe ich mal ein solches Fotomodell gesehen, wie es da zwischen den Figuren posierte, die nach ihrem Vorbild entstanden. Das sah vielleicht seltsam aus, sage ich Ihnen!«

Ernst hörte kaum zu. Kurz überlegte er noch, dann zückte er die Brieftasche: »Wissen Sie was? Ich nehme diese da einfach mal mit.«

Mittwoch, 20.00 Uhr

Als im Fernsehen das Wetter für Donnerstag als sonnig und warm vorhergesagt wurde, knöpfte Rainer Ernst sorgfältig das weiße Hemd zu, das er für die Schaufensterpuppe aus dem Schrank geholt hatte. Während der neuesten Börsendaten rückte er die Figur näher an sein großes Wohnzimmerfenster und verschob sie ein paar Mal, bis er endlich mit der Position der Figur zufrieden war. Pünktlich zum Gong der Tagesschau ließ er sich in sein Sofa sinken und klaubte einige Kissen zusammen, die er zu einer weichen Stütze für seinen rechten Ellbogen auftürmte.

Die Sprecherin brachte vor allem Themen aus dem Inland. Politisches Geschachere, dazwischen ein ungewöhnlich starker Wind irgendwo im Norden und ein, zwei Unternehmen meldeten wieder Rekordgewinne – und versicherten gönnerhaft, dass sie nun möglicherweise ein paar Leute weniger entlassen wollten.

Immer wieder ertappte sich Ernst dabei, dass er nicht richtig zuhörte und zu der Schaufensterpuppe hinüberlinste. »Eigenartig«, dachte er, »wie so ein Stück Kunststoff ein Zimmer verändern kann.«

Schließlich wuchtete er sich hoch und holte aus der Küche die angebrochene Flasche Trollinger herüber. Schorndorfer Grafenberg, trocken – einer seiner liebsten Tropfen. Unten im Keller hatte er an einer Wand Tonröhren zu einem Weinregal gestapelt. Und bis auf ein paar Flaschen, die er geschenkt bekommen hatte, war dort ausschließlich deutscher

Wein zu finden. Zwei Flaschen hatte ihm der Wirt seiner Lieblingspizzeria mitgegeben, weil er für sich und ein paar Freunde Essen für mehr als 40 Euro mitgenommen hatte. Ernst hatte eine der Flaschen aufgemacht – und seither achtete er darauf, dass er mit seinen Bestellungen möglichst unter 40 Euro blieb.

Er hielt das gefüllte Glas prüfend hoch, roch dann ausgiebig an dem Trollinger und nahm schließlich einen ordentlichen Schluck. Vor ihm öffnete sich durch die großzügige Glasfront der Dachgaube der Blick auf eine Wiese, die hinter dem großen Garten, der zum Haus gehörte, abfiel und schließlich am Waldrand endete. Der Wald war an einigen Stellen noch in das Licht der bald untergehenden Sonne getaucht, andere lagen schon im Schatten.

Ernsts große Fensterfront ging nach Westen und die Abendsonne betonte mit ihren Strahlen die Gesichtskonturen seiner neuen »Mitbewohnerin«. Er betrachtete die Figur nachdenklich. Sie war ein paar Zentimeter größer als seine Freundin Sabine, natürlich auch etwas dünner, und Sabine trug ihr platinblond gefärbtes Haar meist zu einem Pferdeschwanz gebunden. Ernst nahm noch einen Schluck und fragte sich, warum er hier saß und eine Schaufensterpuppe mit seiner Freundin verglich.

Die ausgediente Puppe im Revier, die inzwischen in der vollen Montur eines Streifenbeamten im Verhörraum stand, wurde von den Kollegen oft als der ideale Kollege bespöttelt: »sagt nichts und kann zuhören«. Das galt auch für Ernsts Neuerwerbung – nicht allerdings für Sabine. Da hörte meistens er zu und sie redete. Zuletzt hatte sie auffallend oft erwähnt, dass sie noch immer nicht zusammenwohnten – obwohl sie schon eine Weile befreundet waren. Ernst ahnte schon, worauf das hinauslief. Seufzend trank er das Glas leer und schenkte sich nach.

»Sitzt gleich dort hinten«, antwortete ihm der Mann am ersten Schreibtisch nach der Eingangstür und beugte sich wieder über den großformatigen Plan, den er gerade bearbeitete. So etwas wie einen Empfang schien es hier nicht zu geben. Auf zwei halbhohen Aktenschränken entlang der Wand waren Briefbögen mit dem Firmennamen Haber & Sohn gestapelt. Schneider ging durch eine geöffnete Tür in den nächsten Büroraum mit vier großen Schreibtischen. Ein einzelner Mann holte gerade eine Tupperdose aus der Schublade und eilte an ihm vorbei nach draußen. Sonst war niemand im Raum. Ernst sah auf seine Uhr: Offenbar war gerade Vesperpause.

Er ging durch die nächste offene Tür und sah Willi Haber hinter einem ausladenden Schreibtisch thronen, der um ihn herum ein großzügiges U bildete. Haber telefonierte lautstark, sah den Kommissar und deutete mit einer Hand auf eine Art Besucherecke.

»Jetzt schwätz koin Scheiß raus. Der kriegt koin Pfennig meh, ond fertig.« Haber lächelte ihm kurz zu.

»Noi. Ond wenn's ihm net passt, sagsch ihm: No schaffat mir mit dem Nächschta, der bei ons Schlange schtoht. Des wird scho wirka. Ond Ende!« Der Hörer flog krachend auf das Tischgerät, und Haber – plötzlich wieder aufgeräumt und bester Dinge – wandte sich seinem Gast zu.

»Na, Probleme?«, versuchte Schneider einen versöhnlichen Einstieg.

»Irgendwas isch emmr. Sie sind kein Schwabe, oder?« Haber schaltete übergangslos auf ein nur noch leicht dialektgefärbtes Hochdeutsch um, nachdem ihm Schneiders Aussprache aufgefallen war. »Im Moment haben wir eigentlich nur das eine Problem: Wir finden kaum Handwerker, die uns zuarbeiten. Derzeit gibt es einfach zu viele Großbaustellen in der Gegend, die von einem Bauträger durchgezogen werden, der sich dann eben die Subunternehmer ranholt. Na ja, und weil es bei dem terminlich eng zugeht und vielleicht auch, weil die Gewinnspanne groß genug ist, bekommen unsere Handwerker dort auch mehr Geld. Da fallen wir dann ganz schnell hinten runter.«

»Aber haben Sie am Telefon nicht gerade …«

»Ja, aber Herr Kommissar! In Verhandlungen muss man Geschäft und Realität schon auch einmal trennen können.«

»Stimmt«, meinte Schneider etwas schnippisch. »Herr Feulner hat etwas in dieser Richtung angedeutet.«

Nur für einen kurzen Moment starrte ihn Haber verblüfft an, dann hatte er sich wieder gefangen. »Geschäft und Realität trennen« – darüber würde Schneider heute Abend noch einmal ein wenig nachdenken müssen.

»Haben Sie denn eine Ahnung, wer Sepp Knaur so sehr gehasst haben könnte, dass er ihn umbrachte?«

»Hören Sie mal: Knaur machte den Aushub und fuhr ihn weg. Das sind wahrscheinlich mit die Verhasstesten auf einer Baustelle.«

»Wegen der Abfuhrkosten?«, fragte Schneider, dem einfiel, was Ernst von seiner gestrigen Unterhaltung mit Marina Weinmann erzählt hatte.

»Ja. Stellen Sie sich vor, jemand will bauen.« Schneider konnte sich das sehr gut vorstellen. »Dann schaut er nach dem passenden Grundstück und sucht sich einen bestehenden Grundriss für ein Haus aus, entwirft selbst einen oder lässt sich einen entwerfen. Dann nimmt er den Grundstückspreis und addiert den vorab geschätzten Baupreis für das Haus. Wenn er sich gut vorbereitet hat, rechnet er noch die Notarkosten für den Grundstückskauf dazu, vielleicht noch ein paar Gebühren, die bei der Bank anfallen – und fertig. Damit geht er dann zur Bank und macht seinen Kredit klar. Die Bank empfiehlt ihm, Reserven einzurechnen – dahinter vermutet der Bauherr wahrscheinlich den Trick, ihm mehr Darlehen aufzuschwatzen, als er eigentlich braucht. Nehmen wir aber trotzdem mal an, er hat zum Schluss zehn Prozent mehr an Kredit aufgenommen, als er glaubt, im Moment zu brauchen. So weit klar?«

Schneider nickte und schrieb in Gedanken mit – schließlich gab ihm hier ein Insider wertvolle Tipps für das größte Projekt, das er und seine Frau in den nächsten Jahren oder Jahrzehnten anpacken wollten.

»So«, fuhr Haber fort. »Nun nehmen Sie mal eine Lage in einem nicht allzu großen und allzu zentral gelegenen Ort, aber schön und so weiter. Wir reden also über etwa 400 Euro pro Quadratmeter. Wenn Sie ein kleines Gärtchen hinter dem Haus wollen und wenn Sie möchten, dass Sie um Ihr Gebäude herumlaufen können, kommen Sie mit etwas Glück mit vier Ar hin, also mit 400 Quadratmetern. Das wären in unserem Beispiel schon einmal die ersten 160 000 Euro.«

Schneider rechnete insgeheim mit.

»Kaufnebenkosten – also Notar, Grunderwerbsteuer und so weiter – können Sie locker mit sechs Prozent einrechnen, gerne auch mehr. Und, zack: Wieder sind 10 000 Euro weg.«

Schneider schluckte.

»So, nun wollen Sie ja nicht auf der Wiese wohnen. Also: ein schönes Wohnhaus mit, sagen wir, 200 Quadratmeter Wohnfläche. Sie wissen schon: zwei Kinderzimmer, begehbarer Kleiderschrank, Gästezimmer, vielleicht ein repräsentatives Wohnzimmer mit Kamin und so. Das Bad sollte auch etwas größer sein – also peilen Sie da über den Daumen mal 250 000 Euro an. Oder 300 000, wenn Sie die Ausstattung etwas wertiger haben wollen. Wie viel haben wir jetzt?«

»470 000 Euro«, murmelte Schneider mit trockenem Mund.

»Genau. So: Nun steht das Haus. Sie haben meinetwegen selbst tapeziert und ein paar Böden verlegt und können den Preis zunächst mal halbwegs halten. An das alles haben Sie gedacht, und nach dem Gespräch mit der Bank haben Sie sicherheitshalber mit einem Gesamtpreis von 510 000 Euro gerechnet, haben Ihr vorhandenes Vermögen abgezogen und den Rest als Darlehen aufgenommen.«

»Was soll denn nun noch kommen?«, dachte Schneider, denn Haber hatte ziemlich genau das aufgezählt, was Schneider selbst schon insgeheim kalkuliert hatte – und er hatte dabei mehr Sicherheiten eingerechnet als Schneider selbst.

»Genau in diesem Moment erfahren Sie, dass die Rohplanie Ihres Grundstücks noch nicht enthalten ist. Und dass die 2000 Euro für die Rohplanie noch lange nicht bedeuten, dass Sie wirklich so etwas wie einen Garten haben. Hat das Grundstück Gefälle, müssen Sie wahrscheinlich Flussbausteine als Stütze für das Erdreich setzen lassen – 10 000 Euro sind da ganz schnell weg. Hat Ihre Stadt oder Gemeinde vielleicht eine Zisterne für das Wasser aus der Dachrinne vorgeschrieben? 4000 Euro. Oder müssen Sie für die Stellplätze Pflastersteine verwenden, die Drainage-Nasen haben? Das sind kleine Abstandhalter, damit zwischen den Steinen genug Lücken bleiben, um das Oberflächenwasser versickern zu lassen? Dieses Pflaster ist natürlich etwas teurer als das normale. Und hat Ihr Bauunternehmer ausreichend Spülkästen für die Drainage eingeplant? Kostet der Baustrom extra?«

Schneider schwirrte der Kopf.

»Sie sehen also: Ein Bauherr ist vom ersten Spatenstich oder Baggerbiss an im Dauerstress. Und immer hat er das Gefühl, dass ihm irgendjemand schon wieder zusätzliches Geld aus der Tasche ziehen will.«

»Trügt ihn das Gefühl denn?«

»Nein, nicht allzu sehr, um ehrlich zu sein«, lachte Haber herzhaft. »Wir alle, die wir an einem Hausbau mitarbeiten, wollen möglichst viel daran verdienen. Die Zeiten sind hart, und wir haben auch Familien zu ernähren. Da ist der Bauherr, auch weil er oft keinen blassen Schimmer davon hat, was er hier eigentlich losgetreten hat, meistens das schwächste Glied. Den trifft es dann halt.«

»Klingt ja sehr ermunternd«, merkte Schneider tonlos an.

»Jetzt haben Sie ungefähr ein Bild der Situation, in der sich der Bauherr befindet. Nun nehmen Sie noch die Bank dazu: Immer argwöhnisch auf der Suche nach faulen Krediten im eigenen Bestand und immer alarmiert, wenn ein Kreditnehmer plötzlich mehr Geld braucht oder seine Raten nicht bezahlen kann. Dann ist der Bauherr noch verheiratet, das heißt: Die geplante neue Designer-Küche, das Ankleidezimmer und der große Garten stehen natürlich auf gar keinen Fall zur Diskussion. Na ja, und er selbst hat sich vielleicht vor Kollegen auch schon aus dem Fenster gehängt: Doppelgarage, ein trockener Platz für das 3000-Euro-Rennrad, ein Raum für die Modelleisenbahn und eine Ecke für das Weinregal. Das läppert sich dann recht schnell, und alles ist ja unverzichtbar.«

Haber fixierte Schneider und wollte offenbar herausfinden, ob sein Zuhörer bereit war für den entscheidenden Satz.

»Und in dieser ganzen unguten Situation kommt immer wieder der Aushubunternehmer ins Spiel. Der Dreck muss weg, das kostet Geld – ein paar Tausend Euro, mit denen keiner gerechnet hat. Die Straßenkante muss abgestützt werden, was den Kauf von ein paar Kubikmeter Extramaterial mit sich bringt – die zufällig der Aushubunternehmer parat hat und teuer in Rechnung stellt. Und schließlich stellt sich heraus, dass der Abfuhrunternehmer zu viel Erde abgefahren hat. Aber das bringt er Ihnen nicht etwa umsonst wieder und entschuldigt sich. Nein, er beharrt auf der Rechnung fürs Wegfahren – und berechnet Ihnen die Anfahrt der fehlenden Erdmengen erneut.«

»Das klingt ja reizend«, stöhnte Schneider.

»Sehen Sie. Also, wenn ich mal auf einer Baustelle einen erschlagen wollte, wäre ein Aushubunternehmer ziemlich sicher mit unter meinen liebsten Kandidaten. Natürlich nur, wenn ich Bauherr wäre.«

»Aha«, machte Schneider. »Und warum haben Sie als Bauunternehmer keine Mordlüste?«

»Der Hebel, an dem ich sitze, ist einfach zu lang. Für Leute wie Knaur geht es immer nur um 5000 oder 10 000 Euro pro Baustelle. Das ergibt mit der Zeit eine hübsche Summe, aber ich habe pro Hausbau mit 250 000 oder 300 000 Euro zu tun – das ist einfach eine andere Liga. Und in der Baubranche ist es ganz einfach: Der Umsatz, den du machst, bestimmt die Bedeutung, die du hast.«

»Und wenn Sie von allen hängengelassen werden, haben aber auch Sie das größere Problem, oder?«

»Das würde mir gegenüber keiner wagen. Zumindest nicht, solange ich fest im Sattel sitze. Wenn es in meiner Firma kriseln würde, wenn ich nicht immer pünktlich bezahlen könnte, wenn ich auf dem absteigenden Ast wäre – ja, dann würden sie wahrscheinlich alle über mich herfallen wie die Aasgeier. Und Handwerker, die auf meine Baustellen kommen, könnte ich mir dann abschminken – da haben Sie Recht. Na ja, das werde ich schon zu verhindern wissen.«

Donnerstag, 10.00 Uhr

Das dreistöckige Gebäude hatte eine helle Fassade, auf der sich riesige Buchstaben in edlem Grau zum Firmennamen Praatzbau formierten. Über die breite Eingangstreppe erreichte Ernst ein Foyer, das links von einer Sitzgruppe aus schweren Sesseln und einem Tisch aus Glas und Betonelementen beherrscht war. Rechts von ihm wartete ein junger Mann in dezent grauem Anzug hinter einer Empfangstheke, die sich in kühnem Bogen in den Raum hineinschwang.

»Kann ich Ihnen helfen?«, säuselte der Mann.

»Das will ich hoffen«, plauderte Ernst gutmütig los. »Ich habe einen Termin mit Herrn Praatz. Jetzt.«

»Moment, bitte.« Er sah kurz auf einem Display nach. »Ja, Herr Dr. Praatz erwartet Sie. Wenn Sie mir bitte folgen möchten?«

Kommissar Ernst war es aufgefallen, dass der Portier, oder wie das hier hieß, den akademischen Titel seines Chefs betont und dabei nachsichtig gelächelt hatte. Entsprechend fröhlich federnd ging ihm der Mann dann auch zum Aufzug voraus.

»Wahrscheinlich sind überall im Gebäude spitzblättrige Pflanzen verboten«, dachte Ernst, »und Bilder sind streng nach den Regeln des Feng Shui ausgewählt.« Hier unten im Foyer jedenfalls herrschten rahmenlose Leinwände mit einfarbigen Flächen in Erdtönen vor, die an den Wänden verteilt hingen.

Der Aufzug kündigte sich mit einem leisen Gong an, die Türen schwangen auf und Ernst sah sich im Spiegel, der die Rückwand das Aufzugs bildete. Der Portier bat ihn in den Aufzug, drückte außen neben der Tür einen dreistelligen Code und trat wieder zurück ins Foyer.

Fast lautlos und keineswegs unangenehm beschleunigt fuhr der Aufzug mit Ernst nach oben, wo sich kurz danach die Türen auf einen weiteren Flur öffneten, der mit glänzendem schwarzen Stein ausgelegt war. Sandfarbene Wände, hellgraue Türen und geschickt platzierte Fensterelemente tauchten den Flur in eine freundliche, zugleich seriöse und auf konzentriertes Arbeiten hin ausgerichtete Atmosphäre.

Eine junge Frau kam lächelnd auf ihn zu und navigierte ihn freundlich plaudernd in ein großes Eckzimmer. Ein innerhalb der Außenmauern liegender Dachbalkon, von dem sie durch eine Reihe von verschiebbaren Fensterelementen getrennt waren, schnitt in einem ungewöhnlichen Winkel in den Raum hinein.

Einige ziemlich große Pflanzen waren in einer Ecke aufgestellt, und Ernst musste grinsen: Es waren tatsächlich keine spitzen Blätter zu sehen. Sehr zurückhaltend schmückten drei abstrakte Gemälde eine der Wände, an der zweiten waren Plakate mit Aufschriften wie »Toskana«, »Burgenland« oder »Leben wie in der Camargue« auf Bilderrahmen gezogen. Vor der dritten Wand waren eine gemütlich wirkende

Sitzgruppe und eine hohe, alt aussehende Wohnzimmervitrine gruppiert.

Daneben öffnete sich eine Tür, und die junge Frau wies den eintretenden Mann auf seinen Besucher hin. Mit großen Schritten ging Dr. Fred Praatz auf Ernst zu, schüttelte ihm energisch die Hand und bat ihn freundlich zur Sitzgruppe.

Praatz trug einen sportlich sitzenden, zugleich aber elegant wirkenden Anzug, den Ernst für maßgeschneidert hielt. Unter den Hosenbeinen ragten blitzblank geputzte Lederschuhe hervor. Das Hemd war dezent auf das Jackett und die Krawatte abgestimmt und aus der Brusttasche des Jacketts ragte der Rand eines ebenfalls passenden Einstecktuchs.

Die junge Frau war zwischenzeitlich kurz hinausgehuscht, stellte nun Kaffee und Kekse vor den beiden Männern auf den Tisch und schenkte ein, bevor sie aus dem Zimmer huschte.

»Sie nehmen doch?«, fragte Praatz aufmunternd. Ernst nahm einen Keks.

»Wie kann ich Ihnen helfen, Herr Kommissar?«

»Am besten erzählen Sie mir, was Sie von Josef Knaur wissen«, meinte Ernst und versuchte dabei, keine Kekskrümel auf seinen Gesprächspartner zu pusten.

»Tragischer Todesfall …«, murmelte Praatz.

Ernst kam der Bauunternehmer mit seinem smarten Auftreten und den stilsicher gesetzten Gesten und Gesichtsausdrücken ein bisschen wie ein geübter Berufspolitiker vor.

»Mit Knaurs Firma arbeiten wir schon seit Jahren. Es gibt eigentlich hier in der Gegend auch keine richtige Alternative. Die Firma Weinmann hat eine gut gelegene Erddeponie, es wird zufriedenstellend gearbeitet, und Knaur ist … Knaur war ein echtes Ass mit seinem Bagger.«

»Ist es denn so schwer, mit einer Maschine Löcher in den Boden zu buddeln?«, fragte Ernst und erntete von Praatz ein lässiges Lächeln.

»Die Baugruben an sich sind nicht das Problem. Da muss man halt ungefähr die Maße einhalten und darf die Nachbargrundstücke oder die Straße nicht beschädigen. Aber wenn Sie die Grube fast fertig haben, geht es schon los: Der Boden sollte natürlich waagrecht sein und sauber geglättet. Das Heikelste aber sind die Versorgungsleitungen.«

Ernst nahm sich einen zweiten Keks, der ihm allerdings zerkrümelte, bevor er ihn zum Mund führen konnte.

»Auf jeder Baustelle«, fuhr Praatz fort, »gibt es einen Punkt, an dem alle Leitungen zum Haus hin enden und an dem zum Beispiel das Abwasser ins öffentliche Netz eingespeist wird. Dieser Punkt liegt oft dort, wo später mal eine Garageneinfahrt oder so etwas hinkommt. Markiert ist die Stelle mit einem Holzpfahl, der oben farbig gekennzeichnet ist. Hier liegen nun alle diese Leitungen in verschiedenen Tiefen untereinander.«

Ernst sammelte umständlich die Keksstücke ein, die sich zwischen seinen Füßen auf dem Boden verteilt hatten. Als er wieder auftauchte, fiel ihm auf, dass Praatz seine Erklärungen unterbrochen hatte. Ernst fing den irritierten Blick des Bauunternehmers auf, lächelte kurz entschuldigend, dann sprach Praatz weiter.

»Also muss der Bagger nach und nach die Erde an dieser Stelle wegschaufeln, bis er auf die jeweiligen Leitungen trifft – und dabei darf er natürlich keine Leitung und kein Rohr beschädigen. Das ist weniger leicht, als Sie sich das vielleicht vorstellen.«

»Das glaube ich gerne«, sagte Ernst und warf einen letzten kurzen, prüfenden Blick zur Sitzfläche seines Sessels hinunter. »Waren denn alle so zufrieden mit Herrn Knaur?«

»Das weiß ich natürlich nicht so genau, aber mir ist jedenfalls nichts Gegenteiliges zu Ohren gekommen.«

»Hatten Sie mal Ärger wegen Knaur? Oder mit ihm?«

»Nein, wieso sollte ich?«

»Na, wenn er für Sie baggerte und für Ihren Konkurrenten Haber – das kann doch schon mal zu Unstimmigkeiten geführt haben. Was weiß ich, vielleicht kamen sich ja mal zwei Termine ins Gehege?«

»Nein, das hat Knaur immer ganz gut gedeichselt. Wenn es nicht gerade tagelang aus Kübeln schüttet, kann der Aushubunternehmer seine Termine eigentlich relativ gut hin und her schieben. Wir sagen eben, wann wir mit dem Bau beginnen wollen – und Knaur sieht zu, dass bis dahin fertig gebaggert ist. Den genauen Tag müssen wir nicht kennen.«

»Das klingt ja ganz danach, als wäre rund um Schorndorf in der Baubranche alles Friede, Freude, Eierkuchen.«

»Nein, das nicht gerade«, lachte Praatz. »Bauen ist schon ein eher hartes Geschäft. Da kann es auch mal ruppig werden, klar. Schließlich sind die meisten draußen auf den Baustellen keine Schreibtisch-Leute. Die wollen anpacken, nicht lange Reden schwingen. Da hätten sie heute auch gar keine Zeit mehr dazu.«

»Wurde es auch zwischen Ihnen und Haber ruppig?«

Praatz sah Ernst nachdenklich an und nahm dann einen Schluck Kaffee. »Ich glaube, Sie schätzen das falsch ein.«

»Was denn?«

»Na ja, das Verhältnis zwischen Haber & Sohn und der Praatzbau.«

»Stimmt schon: So besonders harmonisch stelle ich mir das nicht vor. Schließlich sind Sie die beiden Hauptkonkurrenten hier am Ort.«

»Das sehe ich anders. Willi Haber ist ein Bauarbeiter, der die Firma seines Vaters weiterführt, der in der Firma auch früher schon mitgearbeitet hat und der auch heute noch wie ein Arbeiter denkt. Wenn Haber sieht, dass ein Termin eng wird, dann zieht der die Latzhose an und steht mit seinen Leuten oben auf dem Gerüst.«

»Sie nicht?«

Praatz lachte und hob die Arme an, als wolle er den Blick seines Gastes auf seine Kleidung lenken.

»Wenn mir auffällt, dass wir spät dran sind, schicke ich mehr Leute raus – und weiß, dass ich diesmal falsch kalkuliert habe. Daraus versuche ich zu lernen.«

Ernst sah ihn abwartend an.

»Wissen Sie, Herr Kommissar: Haber & Sohn sehe ich nicht als meinen Konkurrenten. Haber steht für die Vergangenheit in unserer Branche. Wie der seinen Laden zusammenhält, obwohl er eigentlich mit Kelle und Mauersteinen mehr anfangen kann – davor habe ich schon Respekt. Ich kenne das noch von meinem Vater Ernst, der die Vorgängerfirma der Praatzbau gegründet und groß gemacht hat. Er war gelernter Maurer, die Baufirma hat sich nach und nach ergeben und ist gewachsen. Diese Art zu arbeiten war nichts für mich. Ich wollte an die Uni.«

»Und nun sitzen Sie doch wieder hier«, warf Ernst ein.

»Das ist ja wohl doch etwas Anderes!«, wehrte sich Praatz kurz und fuhr dann ruhiger fort: »In Stuttgart habe ich BWL studiert, also Betriebswirtschaft, habe mein Diplom bestanden, mit Auszeichnung übrigens, und habe meinem Vater dann angeboten, in den Betrieb einzutreten. Die Zeit damals war nicht leicht für meinen alten Herrn. Meine Mutter starb recht früh an Krebs, mein älterer Bruder, der hier in der Firma eine Maurerlehre gemacht hatte, kam durch einen Autounfall ums Leben. Na ja, und ich wollte ins Management statt auf den Bau.«

Praatz schaute zum Fenster hinaus, und seine Augen schimmerten einen Moment lang.

»Der große Traum meines Vaters war eine Firma mit dem schönen Namen Praatz & Söhne. Das hat nun leider nicht geklappt. Willi Haber hat bei uns seine Lehre als Maurer gemacht, weil der alte Haber der Meinung war, dass man in einer fremden Baufirma besser lernt als in der eigenen. Das war eine seltsame Zeit damals: Willi Haber in unserer Firma, und mein Bruder und ich noch in der Schule. Mein Vater und Habers Vater waren richtige Konkurrenten. Knallhart haben die sich auszubooten versucht – und dabei hatten die trotzdem immer Respekt voreinander. Wenn ich das jetzt so erzähle, glaube ich gar nicht, dass Sie das richtig verstehen können. Für meinen Vater war Gotthilf Haber so etwas wie ein ehrenvoller Gegner – ja, ich glaube, das trifft es ganz gut.

Und ich hatte den Eindruck, dem alten Haber erging es im Gegenzug nicht anders.«

»Und heute?«

»Haber & Sohn sind ganz anders positioniert als mein Unternehmen. Schauen Sie ...« Praatz stand auf und ging zu der Wand hinüber, an der die Plakate hingen. »Wir haben uns für unsere Bauprojekte Themen ausgedacht. Wir bauen zwar auch einzelne Häuser, aber wichtiger sind Gesamtprojekte. Nehmen Sie das hier ...« Er deutete auf das »Burgenland«-Plakat. »Wir wählen eine Landschaft, die für den Kunden einen gewissen Zauber hat. Im Burgenland gibt es Weinbau wie bei uns, und durch eine Fernsehserie um einen Winzer im Burgenland, die immer wieder mal ein paar Folgen lang im ersten Programm gesendet wird, hat die Gegend auch sehr an Popularität gewonnen. Das schmeckt nach Urlaub und nach Lebensqualität. Diese Aspekte greifen wir auf, planen ein Wohngebiet und setzen das passend zum Themen-Image um. Kommt prima an, nützt unserem Ruf und bringt Geld in die Kasse – ideal also.«

»Ah, genau ... Toskana sagt mir was«, merkte Ernst an. »Vor kurzem habe ich in Winnenden mal entsprechende Plakate gesehen. Ist das von Ihnen?«

»Nein«, verzog Praatz ein wenig das Gesicht und kam zurück zur Sitzgruppe. »Wir haben zwar schon einen großen Radius, gerade für diese größeren Projekte. Aber in Winnenden kamen wir nicht zum Zug.«

»Und so etwas macht Haber nicht?«

»Nein, nicht im Ansatz. Haber baut einzelne Gebäude, da hat er seine Stärken. Und da zieht er immer wieder einmal auch größere Aufträge an Land. Mal setzt er einige Wohnhäuser für einen Investor um, mal bekommt er den Zuschlag für ein kleineres Hochhaus oder für eine Ladenpassage. Kennen Sie die Baustelle in der Stadtmitte, zwischen Bahnhof und Marktplatz?«

Kriminalhauptkommissar Ernst nickte.

»Das ist die Kragenweite von Haber, das macht er gut – und damit steht er, soweit ich weiß, geschäftlich auch sehr gut da.«

»Sie haben also keine Probleme miteinander?«

»Na ja, Freunde sind wir nicht gerade. Aber wir können gut nebeneinander existieren. Dass es keine Feindschaft zwischen uns gibt, zeigen auch die Spitznamen, die uns die Leute in der Branche geben: Da ist Haber der dicke Baulöwe, und ich bin der dünne.«

»Das wissen Sie?«

»Ja, klar«, lachte Praatz. »Nur weil ich hier mit Anzug im Büro sitze, bin ich ja nicht völlig ohne Kontakt zu draußen. Außerdem bin ich natürlich lieber der dünne Baulöwe als der dicke. Das ist ja auch alles nicht böse gemeint.«

»Sieht das Haber auch so?«

»Aber ja, warum auch nicht?«

Donnerstag, 10.45 Uhr

Als Ernst das Firmengebäude der Praatzbau verließ, wandte er sich zu seinem Wagen, ohne sich noch einmal umzusehen. Er stieg ein, fuhr aus der Parklücke und fädelte sich zügig in den Verkehr in Richtung Stadtmitte ein.

Oben im dritten Stock, hinter einem raumhohen Fenster neben dem Dachbalkon, stand währenddessen Dr. Fred Praatz und sah dem Kommissar nach. Er ließ sich einige von Ernsts Fragen noch einmal durch den Kopf gehen und überlegte, ob der Kriminalbeamte damit hatte andeuten wollen, dass er bestimmte Spuren verfolgte.

Als sich Praatz ein paar Minuten später wieder an seinen Schreibtisch setzte und versuchte, sich auf einige Akten zu konzentrieren, wirkte er nervös.

Hätte er den Mann entdeckt, der zwei Häuser weiter hinter einer Mauerecke hervorlugte und dabei erst den wegfahrenden Ernst und dann den unruhigen Praatz beobachtete, wäre er wohl noch nervöser gewesen.

Donnerstag, 11.00 Uhr

Die Sonderkommission Baugrube traf sich wieder im großen Besprechungsraum. Es war trotz der frühen Tageszeit düster geworden, draußen waren dunkle Wolken aufgezogen, und inzwischen prasselte der Regen laut auf Schorndorf nieder.

»Wir haben nach Verbindungen gesucht, sind aber bisher noch nicht allzu weit gekommen«, berichtete Manfred Dettwar über die Ergebnisse, die der Innendienst bislang vorzuweisen hatte. »Die beiden von den Puppen-Gags betroffenen Bauherren und auch der Bauherr des Hauses, in dessen Grube der tote Knaur lag, haben – abgesehen davon, dass sie halt Bauherren sind – nichts miteinander gemeinsam. Die sind nicht im selben Verein, haben verschiedene Arbeitgeber und Berufe, nicht einmal die Hobbys scheinen sich zu überschneiden.«

»Und die beteiligten Baufirmen?«, hakte Ernst nach.

»Einmal Praatz, zweimal Haber, aber das ist ja angesichts der Verhältnisse hier rund um Schorndorf keine Überraschung. Den Aushub hat in zwei Fällen die Firma Weinmann abgewickelt und einmal ein Landschaftsgärtner aus Welzheim – aber auch der hat die Erde auf die Deponie von Weinmann gebracht.«

»Und wie sieht es mit den anderen Sachen aus, mit den Sabotage-Aktionen?«

»Da sind wir noch dabei, die Liste zusammenzustellen. Das ist alles sehr aufwendig und umfangreich. Und wir müssen ja überall noch einmal konkret nachfragen, weil viele dieser Aktionen nie der Polizei gemeldet wurden. Das dauert noch ein paar Tage, fürchte ich.«

Danach erzählten Schneider und Ernst von ihren Besuchen in den Büros von Haber und Praatz.

»Ich fand vor allem eigenartig, wie gut und friedlich die anscheinend miteinander auskommen«, merkte Ernst abschließend noch an.

»Na ja, offensichtlich hat da jede Firma ihre eigene Ausrichtung. Vielleicht ist genug Arbeit da, und es reicht für beide«, meinte Schneider.

»Meiner Meinung nach wurde Ihnen da etwas vorgespielt«, warf Maigerle ein. Ernst und Schneider schauten ihn verwundert an. »Hat denn Haber wirklich gesagt, er habe mit Praatz keine Probleme?«

»Nein«, sagte Schneider nach kurzem Nachdenken. »Haber hat Praatz überhaupt nicht erwähnt.«

»Das hätte mich auch gewundert. Ich hatte bisher den Eindruck, Haber und Praatz seien eher wie Katz und Hund. Da gönnt der eine dem anderen nicht die Wurst auf dem Brot. Sie müssen sich mal vorstellen: Die nennen sich auch ganz offiziell Willi und Fred, obwohl eigentlich beide Wilfried heißen. Wie sehr mag man sich wohl, wenn man nicht einmal den Vornamen miteinander teilen will?«

»Aber Praatz hat mir gegenüber sogar Respekt vor Haber durchblicken lassen.«

»Auf das, was Praatz sagt, sollten Sie nicht so viel geben. Der ist wie ein Politiker und sagt meistens, was ihm nützlich erscheint. Nur ein Beispiel: Haben Sie ihn mit Dr. Praatz angeredet?«

»Nein.«

»Und hat er Sie korrigiert oder getadelt?«

»Nein.«

»Da haben Sie's! Als Fred Praatz sein BWL-Diplom in der Tasche hatte und in der Firma seines Vaters anfing, setzte er sich abends und am Wochenende noch hin und tüftelte an seiner Doktorarbeit. Dem war das viel wichtiger, als mit den Kumpels wegzugehen. Und als er den Titel endlich hatte, ritt er in manchen Gesprächen schon ziemlich darauf herum, dass er jetzt ja schließlich der Doktor Praatz sei.«

»Woher wissen Sie das denn alles?«

»Wir sind etwa gleich alt, kommen beide aus Schorndorf – da überschneiden sich die Freundeskreise eben. Wenn er Ihnen gegenüber also kein Aufhebens gemacht hat um den

Doktortitel, obwohl ihn das Weglassen sicher gewurmt hat: Warum sollte dann der Rest stimmen, den er Ihnen erzählt hat?«

Donnerstag, 11.45 Uhr

Maigerle und die anderen Kollegen aus der SoKo hatten sich nach der Besprechung wieder an die Arbeit gemacht. Auch Ernst und Schneider trennten sich: Ernst wollte sich auf einigen Baustellen umsehen, in der vagen Hoffnung, dem einen oder anderen Bauarbeiter sozusagen inoffiziell ein paar zusätzliche Infos zu den Streichen zu entlocken. Schneider wiederum wollte Herbert Meier besuchen, auf dessen Baustelle im April die erste der präparierten Schaufensterpuppen gefunden worden war – und über den ihm Ernst berichtet hatte, dass er gerade im Schorndorfer Krankenhaus lag.

Schneider sah auf die Uhr: Meiers Stationsschwester hatte ihm mitgeteilt, dass gegen 11.30 Uhr das Mittagessen ausgeteilt wurde – also hatte er noch ein wenig Zeit, wenn er Meier nicht beim Essen stören wollte.

Deshalb fuhr er nicht direkt zum Krankenhaus, sondern wandte sich an der Ausfahrt des Sommer-Areals, auf dem die Kripo und das Polizeirevier gemeinsam mit einigen Firmen untergebracht waren, nach rechts und bog kurz darauf von der Stuttgarter Straße aus in den Parkplatz eines Baumarkts ein.

Für einen Wochentag war recht viel los, das Publikum wirkte wie eine Mischung aus Handwerkern, Vertretern und Bauherren, wie er einer werden wollte. Er hielt auf den Eingang zu und zog seinen Zettel aus der Tasche, auf dem er sich notiert hatte, was er zunächst einmal alles brauchen würde. Es hielt sich noch in Grenzen: Lineale, Tuschestifte und das richtige Papier für erste Planentwürfe hatte er sich schon vor einer Woche im Schreibwarengeschäft besorgt, den Besuch im Baumarkt hatte er allerdings bisher aufschieben müssen – zuletzt wegen des neuen Falls.

Fast war Schneider ein wenig aufgeregt, als er den riesigen Innenraum betrat: Hier also würde er in den kommenden Monaten ein- und ausgehen, und hier würde er zu den Stammkunden zählen. Hier würde er wie im Schlaf auf Anhieb alles finden, was er suchte – und müsste nicht wie früher plan- und ziellos durch die Gänge irren und schließlich doch jemanden fragen, wo dies oder jenes zu finden sei. Er gönnte sich ein Lächeln. Dann schaute er sich um, und das Lächeln erstarb. Bis er sich hier auskannte, würde wohl noch ein wenig Zeit vergehen.

Er folgte den Regalreihen mit den Augen, las die Aufschriften der großen Schilder, die mit Begriffen wie »Eisenwaren« oder »Elektro« einzelne Bereiche des Markts benannten. Heute suchte er zunächst einmal ein Maßband, mit dem er Grundstücke oder Hausgrundrisse abmessen konnte. Nur: ein Schild mit der Aufschrift »Maßbänder« war nirgendwo zu sehen.

Schneider seufzte und wandte sich auf gut Glück nach rechts. Er kam an Toilettenschüsseln vorbei, an Fliesen und Stapeln mit Laminat und Parkett. Im Hintergrund hörte er eine Säge kreischen. Am Ende der Halle hatte er noch immer kein Maßband entdeckt. Schneider drehte um.

Als er wieder am Eingang vorbeikam, sah er einen Mann mittleren Alters in Anzug und Krawatte an der Informationstheke stehen und auf die Mitarbeiterin hinter der Theke einreden. Der Mann schien etwas ungehalten, Schneider schnappte Fetzen auf wie »Aber wir haben einen Termin« und »Dann holen Sie ihn doch bitte kurz«.

Schneider suchte weiter die Regalreihen ab und sah nebenbei, dass die Mitarbeiterin nun die Theke verließ. Schlagartig schien der Mann, der gerade noch so aufgebracht gewirkt hatte, wieder bester Stimmung zu sein. Er schaute sich kurz um, zog dann einen Aktenordner hervor, der hinter der Blende der Infotheke lag, und blätterte die dort abgehefteten Seiten interessiert durch. Dabei machte er sich einige Notizen und sah sich zwischendurch immer wieder kurz um.

Dabei fiel ihm auch Schneider auf, der stehen geblieben war und den Mann ganz in Gedanken beobachtete. Schnell wandte sich Schneider ab und suchte weiter nach dem Maßband.

Als er zehn Minuten später immer noch suchte, kam er an einem Regal vorbei, in dem Schrauben, Muttern und Winkel gestapelt waren. Daran machte sich gerade der Mann von vorhin zu schaffen: Er etikettierte einige Päckchen um, rückte andere gerade, zählte, schien Lücken im Angebot zu suchen und machte sich Notizen.

Er sah auf, als hätte er Schneiders Anwesenheit gespürt.

»Ja? Kann ich Ihnen irgendwie helfen?«

»Was machen Sie denn hier?«, fragte Schneider irritiert.

»Ich etikettiere, zähle, sortiere.«

»Aha. Ich hatte vorhin nicht den Eindruck, als würden Sie hier zum Baumarkt gehören.«

»Vorhin?« Dann huschte ein Lächeln über das Gesicht des Mannes. »Ach so, haben Sie mich vorhin doch ein wenig beobachtet?«

Schneider räusperte sich und wollte schon weitergehen.

»Das muss Ihnen nicht peinlich sein – so wenig wie mir. Geschäft ist Geschäft, und die Preise der Konkurrenz sind immer interessant«, zwinkerte er Schneider grinsend zu. »Ich bin Vertreter und beliefere diesen Laden hier mit Schrauben und allem, was Sie sonst zum Befestigen auf einer Baustelle brauchen.«

»Aha«, machte Schneider. Dabei musste er ein ziemlich dämliches Gesicht gemacht haben, denn der Mann grinste noch breiter.

»Und Sie … lassen Sie mich raten: Sie sind Bauherr? Nein: Sie wollen einer werden.«

»Woher wissen Sie das denn?« Schneider war völlig überrumpelt.

»Sie sind, soweit ich das nebenbei mitbekommen habe, achtlos an Toiletten, Bodenbelägen, Elektroabteilung und Gartenartikeln vorbeigegangen – allzu weit kann ihr Haus also noch nicht gediehen sein. Wie ein Hobby-Handwerker sehen Sie für mich nicht aus: so ganz ohne Schwielen und Kratzer an den Händen. Und außerdem scheinen Sie nicht den blassesten Schimmer zu haben, wo hier was zu finden ist.«

»Gut beobachtet«, gab Schneider zu und grinste nun auch.

»Was suchen Sie denn eigentlich? Ein Maßband vielleicht, für die ersten Grundstücke oder um sich die Wirkung eines Grundrisses besser vorstellen zu können?«

»Stimmt. Können Sie hellsehen?«

»Nein«, lachte der Mann. »Dann müsste ich ja wohl kaum in fremden Ordnern blättern ... Aber Spaß beiseite: Das Maßband finden Sie dort« – er deutete auf ein Regal, das nicht besonders weit entfernt stand – »und daneben auch Meterstäbe. Nehmen Sie da lieber einen teureren, und das Maßband sollte nicht unter 30 Meter lang sein, okay?«

Schneider nickte und ging, noch immer verblüfft, zu dem Regal, das der Mann gemeint hatte.

Donnerstag, 12.00 Uhr

Kommissar Ernst steuerte seinen Dienstwagen an den Straßenrand. In einem Punkt hatte der Wetterdienst Recht behalten: Es war verhältnismäßig warm, zumindest jetzt gegen Mittag.

Er kletterte aus dem Auto, schlug den Kragen hoch und stapfte durch den nachlassenden Regen die Straße entlang. Überall um ihn herum wurde gehämmert und gesägt, Kräne wurden gesteuert und Balken balanciert. Dann aber wurde es auf einigen Baustellen plötzlich etwas leiser.

Einige Arbeiter gingen in die Rohbauten hinein, einige andere setzten sich in die Bauwagen, die auch hier auf fast jeder Baustelle standen. Ernst sah auf seine Uhr: zwölf Uhr, Mittagspause. Er musste grinsen.

Ein einzelner Mann kam in seine Richtung, steuerte auf einen Anhänger zu, über dessen Heck eine Ladung Dachsparren hinaushing, und setzte sich im Schutz der Holzbretter auf die Bordsteinkante. Kurz darauf rollte eine Mercedes-Limousine die Straße entlang und blieb nahe bei dem Mann stehen. Eine Frau mit schwarzem Kopftuch stieg aus und brachte ihm zwei Tupperdosen. Die beiden schwatzten einen Moment lang freundlich miteinander, dann stieg sie wieder in die Limousine und fuhr weg.

Ernst musterte den Mann, der nun gemächlich beide Dosen öffnete und abwechselnd aus der einen eingelegte Peperoni, aus der anderen Brocken von trockenem Käse aß. Er war gekleidet wie ein gewöhnlicher Bauarbeiter. Seine dichten schwarzen Haare und sein wuchtiger Schnurrbart passten so sehr auf das Klischee vom türkischen Macho, dass es Ernst schon wieder peinlich war.

Seufzend setzte sich Ernst in Gang und hielt auf den Mann zu. Als er vor ihm stand, hob der Mann den Blick und sah Ernst abwartend an. Der Kommissar wappnete sich für ein anstrengendes Gespräch und begann auf den Mann vor ihm einzustammeln.

»Äh ... Sprechen Sie ...« Ernst hasste solche Situationen, aber es half ja nichts. »Sprechen Sie Deutsch?«

Der Mann sah ihn ratlos an, ein Grinsen schien durch seine Miene schimmern zu wollen. Ernst stöhnte innerlich: Das würde wohl kein Spaziergang werden.

»Haben Sie von den Schaufensterpuppen gehört, die auf den Baustellen...?«

Keine Reaktion. Der Mann sah ihn weiterhin ungerührt an.

»Sprechen Sie... äh... Almanca?« Ernst lief rot an, weil er sich an die Übersetzung der Frage »Sprechen Sie Deutsch?« nicht mehr erinnern konnte – nur »Almanca« für »Deutsch« war aus dem letzten Türkei-Urlaub hängen geblieben.

Das raue Lachen, das dem Mann entfuhr, irritierte Ernst.

»Almanca biliyor musunuz? Ob i Deutsch schwätz? I scho – aber Sie net, gell?«, fragte ihn der Bauarbeiter in astreinem Schwäbisch. Dann lachte er noch lauter. »Sorry, des war jetzt a Schpäßle … Aber des kann i mir meischtens net verkneifa, wenn oiner so vor mir romschtackst.«

»Oh, entschuldigen Sie bitte …«

»Noi, noi – i kann Sie sogar a Schtück weit verschtanda. I säh net bloß aus wie en Ahmet, i hoiß au so: Ahmet Erdogan. Mir sen Moslems ond älles – aber trotzdem ben i bisher en dr Türkei bloß em Urlaub gwä, ond meh wellt i au nemme.«

»Das ist mir jetzt richtig peinlich«, schluckte Ernst.

»Okay, des isch koin Fehler, dät i saga. Aber jetzt mol raus mit dr Sproch: Kann i Ihne irgendwie helfa? Ond: Wer send Sie überhaupt?«

»Vielleicht könnat Sie mir tatsächlich helfa«, erwiderte Ernst und verfiel schnell in seine »Freizeitsprache«. »Ond i ben von dr Kripo Schorndorf. Sie hen doch sicher von dem Witzbold g'hört, der uff de Bauschtella Ofug treibt.«

»Ha, freilich! I ben au a paar Nächt Schtroife glaufa – hätt i Ihne des jetzt vielleicht lieber net verrota?«

»Doch, isch okay. Mir wissat von eure Extratoura.«

»No isch Recht. Aber dann hen a paar jonge Fraua Angscht kriegt – vielleicht hot ihne mein Schnurrbart net gfalla, was woiß i. Ond bis i hätt Schwäbisch schwätza könna, waret die scho lang oms Eck. Uff jeden Fall ben i jetzt bloß no ondrwägs, wenn's hell isch.«

»Ond? Hen Sie was mitkriegt? Hen Sie en Verdacht, wer do dahentrschteckt?«

»Do frogat Se lieber mein Bauleiter, dr Hannes Wurschter. Der isch drüba em Bauwaga. Do gang i en dr Pause nemme nei. Die mögat mein Knoblauch net, ond i han Probleme mit dene ihre alte Socka.« Er lachte wieder und deutete mit der freien rechten Hand über die Schulter nach hinten, während er sich mit der linken ein Stück Käse in den Mund schob.

Ernst ging auf den Bauwagen zu, der auf einem Stück schmutziger Wiese am Rand des Bauplatzes stand. Die Tür war geschlossen. Ernst klopfte an, öffnete und kletterte über die drei, vier Stufen ins Innere. Ahmet Erdogan hatte Recht: Draußen roch es wirklich besser, obwohl die Bauarbeiter trotz des Regens die kleinen Fenster geöffnet hatten. Gleich neben der Eingangstür standen die verdreckten Stiefel der Arbeiter, die Arbeiter selbst saßen um einen Tisch herum auf Bänken, die auf dem Boden festgeschraubt waren.

Die vier Männer im Raum sahen kurz hoch, drei kümmerten sich nicht weiter um ihn und aßen und tranken weiter. Der vierte aber behielt Ernst im Blick und sah ihn fragend an.

»Herr Wurster?«, fragte Ernst.

»Ja, warum?«

»Ich bin Kommissar Rainer Ernst von der Kripo Schorndorf. Darf ich mich einen Moment zu Ihnen setzen?«

Wurster rückte ein Stück zur Seite, und Ernst setzte sich auf die Holzbank. Auf dem Tisch standen Sprudel- und Colaflaschen, Ernst sah sich nach Bier um, konnte aber im Bauwagen keines entdecken.

»Trinken Sie kein Bier hier?«

»Nein«, seufzte Wurster genervt. »Das ist auf dem Bau schon lange nicht mehr drin. Und wenn Sie morgen noch einmal kommen, werden Sie auch feststellen, dass wir nicht schon um die Mittagszeit ins Wochenende gehen. Aber manche Klischees sind einfach nicht totzukriegen.«

»Ja«, grinste Ernst, »geht uns von der Polizei ähnlich.«

»Und? Was wollen Sie wissen?«

»Wie sehr sind Sie denn von dem Unfug betroffen, der seit einiger Zeit auf den Baustellen hier in der Gegend getrieben wird?«

»Es geht, aber die Stimmung ist halt mies. Wenn Sie jeden Morgen damit rechnen müssen, dass Ihnen einer vor die

Bautür geschissen hat, gehen Sie längst nicht mehr so gern an die Arbeit.«

»He, Chef, hier wird gegessen!«, maulte einer der Arbeiter am Tisch und schob sich missmutig noch ein Stück Schwartenmagen in den Mund.

»Ist das denn vorgekommen?«

»Einmal, aber das war jetzt auch eher beispielhaft gemeint, wenn Sie verstehen …«

»Ja, verstehe ich. Und was kam alles vor?«

»Alles Mögliche. Auf den Baustellen werden zum Beispiel mit Holzpflöcken die Abmessungen von Baugruben oder die Anschlussstellen für Gas, Strom und Kanal markiert – solche Pflöcke lagen dann morgens schon ab und zu einfach auf der Straße rum. An zwei Bauwagen gab es zerdepperte Fensterläden, einmal war keine Luft mehr in den Reifen, und eine Tür war mit Farbe beschmiert. Pflastersteine, die für eine Einfahrt bereitlagen, waren mal mit Farbe überschüttet, und in einem Rohbau war mal eine Bautreppe angesägt – aber das haben wir rechtzeitig bemerkt, passiert ist nichts.«

»Das ist ja eine ganze Menge.«

»Ja, schon. Da kommen die Schweinereien dazu, die in den Baufirmen selbst angerichtet wurden. In ein paar Maschinenhallen wurde eingebrochen, dort wurde dann Radladern die Luft rausgelassen, solche Dinge eben. Einmal traf es Bauherren direkt. Die hatten an einem Abend in einem Zimmereibetrieb angefangen, ihr Dachholz selbst zu streichen, und wollten am nächsten Morgen die zweite Schicht auftragen. In der Nacht dazwischen war die Farbe noch nicht ganz trocken, und der Unbekannte hat Sägemehl darübergestreut. Das soll eine ziemliche Sauerei gewesen sein, und die ganze Arbeit war natürlich umsonst.«

»Haben Sie denn einen Verdacht, wer hinter den Aktionen stecken könnte?«

»Wir vermuten halt, dass es jemand ist, der sich in der Branche auskennt.«

»Ein Kollege also? Oder könnte das auch ein Bauherr sein?«

»Ich würde eher auf einen tippen, der selbst in der Branche arbeitet. Aber das bietet vom Bauarbeiter über den Handwerker bis hin zum Architekten natürlich auch schon eine ganze Palette.«

»Ich sehe schon: Sie sind auch noch nicht weiter als wir. Wie lange geht das denn schon so?«

»Seit ein paar Wochen. Mir kommt es jedenfalls schon viel zu lange vor.«

»Und, haben Ihre Leute auf ›Streife‹, wie Sie das nennen, schon etwas bewirkt?«

»Na ja, erwischt haben wir noch keinen. Aber vielleicht haben wir ja den einen oder anderen Quatsch durch unsere Anwesenheit verhindert, wer weiß das schon?«

»Übertreiben Sie's nicht.«

»Nein, nein, wir passen schon auf. Wir haben diesen Blödmann und seine dämlichen Späße einfach satt, das werden Sie wahrscheinlich verstehen. Das nervt nur noch. Obwohl ... einmal mussten wir alle ordentlich lachen. Da hat er sich wohl an einem Klohäuschen zu schaffen gemacht, und als einer der Bauleiter von Haber & Sohn mal musste ...«

»Danke, die Geschichte kenne ich schon.«

»Schade«, grinste Wurster. »Die hätte ich Ihnen gerne noch einmal erzählt.«

Donnerstag, 12.30 Uhr

Schneider klopfte an die Tür und wartete kurz. Dann schob er die Tür langsam auf und betrat das Krankenzimmer. Der Raum war hell, und rechter Hand standen zwei Betten mit dem Kopfende zur Wand hin. Im rechten Bett schlief ein jüngerer Mann, dessen eingegipstes linkes Bein unter der Bettdecke hervorlugte. Im linken Bett blickte ein Mann mittleren Alters von seiner Zeitung auf und sah Schneider interessiert entgegen.

»Herr Meier?«, fragte Schneider und erschrak, wie laut seine Stimme in diesem sonst so ruhigen Zimmer wirkte. Der Mann nickte und legte die Zeitung beiseite. Schneider zog sich einen Hocker heran und setzte sich neben Meiers Bett.

»Mein Name ist Schneider, Klaus Schneider. Ich leite die Kripo in Schorndorf und wollte Sie noch einmal sprechen wegen der Schaufensterpuppe auf Ihrer Baustelle.«

Meier stöhnte leise auf, und Schneider nahm sofort seinen Arm weg, den er kurz auf das Bett gestützt hatte. Aber Meier hatte wohl nicht wegen seines Arms gestöhnt.

»Oh, diese verdammte Puppe ...«, stöhnte Meier erneut.

Maigerle hatte Schneider erzählt, wo Meier zu finden war – und warum er dort war. Aber besonders plausibel war ihm Maigerles Geschichte nicht vorgekommen: Im Krankenhaus, nur weil einer sich einen üblen Scherz auf einer Baustelle erlaubt hatte ...

»Wenn man's genau nimmt, bin ich deswegen auch hier«, meinte Meier. Er war an Brust, Kopf und der linken Schulter mit Verbänden versehen und auf einer Seite wölbte sich die Bettdecke nach unten hin so auf, als liege darunter ein Gipsbein.

»Klingt verrückt, was?«, fragte Meier, der Schneiders musternde Blicke bemerkt hatte.

»Was?«, meinte Schneider abwesend, dann fing er Meiers Blick auf. »Ja, verrückt. Wie kam's denn dazu?«

»Haben Sie etwas Zeit? Na ja, Sie wollen ja ohnehin etwas von mir wissen. Da können Sie sich genauso gut meine kleine Geschichte anhören. Ich entdecke also diese Schaufensterfigur in meinem Haus und erfahre noch am selben Abend, dass es nicht – wie ich befürchtet hatte – eine menschliche Leiche ist. Darauf habe ich mit meiner Frau natürlich gleich angestoßen. Am nächsten Morgen allerdings war die gute Laune ratzfatz wieder verflogen: Ihre Kollegen gaben die Baustelle nicht frei und sicherten Spuren. Der Heizungsinstallateur, der sich für diesen Tag zu weiteren Arbeiten angesagt hatte, sah das und ist aus seinem Firmenwagen nicht einmal mehr ausgestiegen. Ich habe den Verdacht, das war ihm gerade recht – aber so konnte er mir vorwerfen, er hätte nicht weiterarbeiten können, obwohl er pünktlich dagewesen sei.«

Schneider langweilte sich ein wenig, aber er wollte Meiers Redefluss nicht stören. Vielleicht kam ja noch etwas Nützliches dabei rüber.

»So ging das dann weiter. Innerhalb der beiden Tage, an denen Ihre Kollegen niemanden auf die Baustelle ließen, platzten mir fünf Termine. Zum Schluss hatte ich schon den Eindruck, die Handwerker würden absichtlich bei mir vorbeifahren, um mir dann ›notgedrungen‹ abzusagen – ohne dass sie Zeit gehabt hätten, ihre Arbeiten auch wirklich auszuführen. Das fiel mir am Fensterbauer auf: Der kam, als die Baustelle gerade freigegeben worden war. Als er sah, dass ihm die Ausrede abhandengekommen war, fiel ihm ein, dass er irgendwelches Kleinmaterial vergessen hatte – weg war er.«

Meier lachte rau auf, was gleich wieder in ein Stöhnen überging. Mit schmerzverzerrtem Gesicht hielt er sich die Brust.

»Und wie sind Sie nun im Krankenhaus gelandet?«

»Nun, als auf der Baustelle nichts mehr voranging, begann der geplante Umzugstermin zu wackeln.«

»Wegen einer Verzögerung von zwei Tagen?«

»Schön wär's ja. Nein: Alle Handwerker, die innerhalb dieser zwei Tage auf die Baustelle kamen, hatten danach natürlich nicht gleich wieder Zeit. Alles in allem summiert sich die Verzögerung nach heutigem Stand auf drei bis vier Wochen – vorsichtig geschätzt.«

»Oh«, machte Schneider und dachte dabei an seine eigenen Pläne.

»Ja: ›oh‹ … Ich habe dann mit den Käufern meiner jetzigen Eigentumswohnung gesprochen, weil die sich ja darauf verlassen, dass meine Frau und ich zum vereinbarten Termin ausziehen. Die sind dann wohl nervös geworden – und haben über Bekannte in meiner Bank nachgehakt, ob eventuell finanzielle Probleme ein Grund für die Verzögerung sein könnten.«

»Diese Info dürfen die ja gar nicht weitergeben.«

»Genau, und so war auch die Auskunft aus der Bank. Alles korrekt, so weit. Nur ist nun auch die Bank nervös geworden und hat herumgefragt. Natürlich haben sie erfahren, dass die Puppe, über die in der Zeitung berichtet worden war, auf meiner Baustelle platziert war. Na ja, diese Art von Publicity schätzt die Bank wohl nicht so sehr, also wurde ich zum Gespräch gebeten.«

»Und?«

»Tja, angenehm war das nicht. Angenehm ist ein solches Gespräch ohnehin nur dann, wenn Sie selbst genügend Geld haben – aber dann brauchen Sie ja eigentlich auch keine Bank. Kennen Sie das geflügelte Wort von der Bank und dem Regenschirm?«

»Nein.«

»Also: Eine Bank ist ein Unternehmen, das Ihnen bei Sonnenschein einen Regenschirm aufschwatzt – und wenn es regnet, wollen sie ihn zurück.«

»Wollte Ihre Bank ihn auch zurück?«

»Nicht so ganz. Sie ließen nur durchblicken, dass es kein guter Zeitpunkt wäre, noch einmal einen zusätzlichen Kredit draufzusatteln.«

»Warum sollten Sie das tun?«

»Ganz einfach: weil man sich mit Baukosten oft vertut, und es ist durchaus üblich, dass man gegen Ende der Bauphase noch einmal 20 000 oder 30 000 Euro nachfinanziert. Ich konnte auch schon absehen, dass das auch für mein Haus nötig werden würde. Tja … und das war nun schon mal abgelehnt, bevor ich auch nur darum bitten konnte.«

»Bitten? Wieso bitten? Sie wollen den Kredit ja nicht geschenkt, Sie bezahlen doch Zinsen dafür – und davon leben die Banken doch!«

»Das wissen Sie, und das weiß ich. Aber ich bin mir nicht mehr sicher, dass das auch alle Banken wissen.«

»Aber wie sind Sie denn nun im Krankenhaus gelandet?«

»Nach dem Gespräch mit der Bank bin ich noch etwas trinken gegangen. Es waren wohl ein paar Gläser zu viel, und in der zweiten Kurve bin ich von der Straße abgekommen.«

»Und nun?«

»Gute Frage. Meinen Umzugstermin werde ich nicht halten können. Für die Nachfinanzierung muss ich wohl mit guten Freunden reden, die ein paar Tausender auf der Seite haben, und einstweilen kaue ich Fingernägel.«

Er hielt Schneider seine linke Hand hin. Fast an jedem Finger waren die Nägel abgekaut, an einigen Stellen war sogar das Nagelbett entzündet.

Heute Abend würde Schneider endlich ernsthaft mit seiner Frau Sybille reden müssen, ob der Plan, ein eigenes Haus zu bauen, wirklich all diese Aufregung wert sein würde.

Donnerstag, 14.00 Uhr

»Also, was haben wir?« Schneider zog einen DIN A4-Block aus der Schublade und legte ihn vor sich auf den Schreibtisch.

»Wenn wir es weiterhin für möglich halten«, sinnierte Ernst, »dass der Todesfall und die Geschichte mit den Schaufensterpuppen zusammenhängen, dann sollten wir wohl auch in Betracht ziehen, dass der sonstige Unfug, also diese diversen Sabotage-Aktionen auf Baustellen und in Firmenhallen, ebenfalls in unseren Fall mit reinspielen.«

»Richtig«, nickte Schneider und machte sich Notizen. Oben schrieb er »Todesfall«, »Kunstaktion« und »Sabotage« hin, danach trennte er die drei Spalten mit schnellen Strichen. »Zu dem Toten in der Grube haben wir zwar Spuren, aber praktisch nichts, was wir auf einzelne Personen zurückführen können. Fußspuren auf dem Boden, Kratzer an Schrauben – das grenzt noch nicht viele aus.«

»Ja«, stimmte Ernst ihm zu. »Und ähnlich sieht es mit den Sabotage-Aktionen aus. Das dürfte jemand sein, der sich auskennt und aus der Branche ist. Aber das schließt so viele mögliche Leute ein, dass auch das noch keinen Ansatz für unsere Ermittlungen hergibt.«

»Hm«, machte Schneider und sah zum Fenster hinaus. »Immerhin klopfen die Kollegen vom SoKo-Innendienst inzwischen ab, ob die betroffenen Firmen in einem bestimmten Punkt miteinander zu tun haben. Und falls das nichts bringt, schauen wir uns im Quervergleich an, ob es einen Bauherrn gibt, für den alle betroffenen Firmen gearbeitet haben. Das wäre dann zum Beispiel ein Ansatz.«

»Das ist alles richtig«, meinte Ernst. »Aber irgendetwas in unserer Logik gefällt mir nicht. Irgendwo ist ein Denkfehler oder wir haben etwas Wichtiges übersehen. Ich komme nur gerade nicht drauf.«

»Gut, dann denken Sie weiter nach – aber bis es Ihnen wieder eingefallen ist, sollten wir schon einmal weiterermitteln, oder?«

»Klar, aber seien Sie doch nicht so bissig!« Ernst sah tatsächlich etwas eingeschnappt aus.

»'tschuldigung«, lenkte Schneider sofort ein. »War nicht böse gemeint. Mir geht das nur einfach an die Nieren, dass wir hier vor einem solchen Durcheinander stehen und dass uns der ganze Fall kaum Anhaltspunkte liefert.«

»Das macht mich auch ganz kirre, aber es hilft ja nichts.«

»Tja, nun habe ich auf meinem Zettel noch die mittlere Spalte offen: ›Kunstaktion‹. Während die Kollegen ihre Fleißarbeit mit den ganzen Baustellen abarbeiten, könnten wir ja in dieser Richtung weiterbohren. Gibt es möglicherweise sogar Künstler, die für ihre Installationen Schaufensterpuppen einsetzen? Und falls da nicht schon unser Täter drunter ist: Kennt einer dieser Künstler vielleicht jemanden, der in Frage kommt?«

»Darum sollten wir beide uns selbst kümmern«, dachte Ernst laut. »Ich tu mich leichter, wenn ich für ein Thema ein Gefühl entwickeln kann, und ich glaube, das geht Ihnen nicht anders.«

»Ja«, stimmte Schneider zu. »Gut, dann machen wir das so. Was die Kunst angeht, muss es in Schorndorf doch so eine Art erste Adresse geben, oder?«

»Galerien gibt es natürlich, Künstler auch – aber ich würde zuerst in die Galerien für Kunst und Technik gehen. Daneben hat das Schorndorfer Kulturforum sein Büro – einer dort müsste uns eigentlich weiterhelfen können.«

Donnerstag, 15.00 Uhr

Schneider und Ernst hatten einen kleinen Umweg über den Marktplatz genommen und sich vor einem Fast-Food-Schalter hinter einigen Schülern angestellt. Dass sie kurz danach drangekommen waren, tat ihnen inzwischen schon fast leid. Schneider musste in regelmäßigen Abständen aufstoßen und wedelte danach den Geschmack von Zwiebeln beiseite, und auch Ernst war es schon wohler gewesen.

Als sie vor den Galerien für Kunst und Technik anlangten, schaute Schneider kurz auf seine Armbanduhr: 15 Uhr, die Galerie war seit einer Stunde wieder geöffnet. Durch einen kleinen Vorbau mit dem Galerienamen darauf traten sie in den düsteren Vorraum, im Übergang zu einer Halle mit Oldtimern passierten sie die Kasse, und eine Ecke weiter erreichten sie in einem Durchlass zwischen Stoffbahnen die aktuelle Ausstellung. Im Dunkeln versuchten sie sich zurechtzufinden – und mussten grinsen: Gegenüber sahen sie sich selbst, gefilmt gerade eben während des Betretens der Ausstellung.

Ein zweites Objekt zeigte die Beamer-Projektion eines riesigen Auges, durch ein Linienraster in unzählige kleinere Einheiten aufgeteilt. Irritiert sah sich Ernst nach Schneider um – der stand fasziniert vor einem Glaspodest, das wohl irgendwie mit einer weiteren Projektion an der nächsten Wand in Verbindung stand. Ernst ging zu ihm und räusperte sich.

»Sollten wir nicht langsam nach jemandem vom Kulturforum fragen? Mir ist das hier dann doch zu viel Kunst, und wir suchen ja eigentlich nur nach Künstlern, die mit Schaufensterpuppen arbeiten.«

»Da muss ich wohl noch einmal allein herkommen«, seufzte Schneider und wandte sich mit seinem Kollegen wieder dem Ausgang zu. Die Frau, die sie vorher im Foyer empfangen hatte, ordnete gerade einige Prospekte.

»Könnten Sie kurz jemanden vom Kulturforum rufen?«

Als die Frau sie nur ansah und keine Anstalten machte, zum Telefon zu greifen, zückte Schneider seinen Ausweis und stellte sich vor.

»Kein Problem«, sagte die Frau, »aber gehen Sie bitte außen rum, gleich die nächste Tür rechts wieder hinein.«

Ernst zuckte mit den Schultern, und die beiden Männer gingen wieder hinaus auf den Gehweg. Ein paar Meter weiter rechts war zwar eine Tür, doch dort wurde nur auf die Volkshochschule und ähnliche Einrichtungen hingewiesen. Keine Spur vom Kulturforum. Trotzdem schob Schneider die Eingangstür auf und steuerte nach links auf eine weitere Glastür zu.

»Ist hier irgendwo das Kulturforum?«, fragte er zwei Männer mittleren Alters, die plaudernd beieinander im Foyer standen. Die Männer sahen ihn interessiert an, unterhielten sich nebenbei aber unverdrossen weiter.

Schneider und Ernst traten kopfschüttelnd durch die nächste Tür, und in einem Raum mit Computern an jedem Sitzplatz drehten sich alle Köpfe zu ihnen um.

»Kulturforum?«, stammelte Schneider, und schon wandten sich die Kursteilnehmer wieder ihrer Lehrkraft zu, die vorne an der Wand einige Funktionen gängiger Office-Programme zu erklären versuchte. Sie immerhin zeigte kurz auf die Tür hinter den beiden Kommissaren und deutete an, dass sie sich dort nach links wenden sollten.

Schließlich gelangten die beiden Männer in ein interessant gestaltetes Treppenhaus, das früher offenbar einmal ein enger Innenhof gewesen war. Große Öffnungen gingen von einem Flur auf das eigentliche, mit einem Glasdach überzogenen Treppenhaus hinaus. Die Wände waren zum Flur hin verputzt, zum Treppenhaus hin wie eine Außenmauer mit grauen Ziegeln verblendet. Stahlträger auf halber Höhe gaben dem Ganzen das Aussehen eines früheren Fabrikgebäudes – hier war früher einmal die Eisenmöbelfabrik Arnold untergebracht.

Auch die stählerne Unterkonstruktion der Treppe, die sie vor sich sahen, hatte eine eher raue Optik – allerdings mit dem wirkungsvollen Kontrast der aus hellem Holz gearbeiteten Stufen, die geradezu wohnlich wirkten.

Die beiden Kommissare wandten sich nach links und gingen den arkadenähnlichen Flur entlang. Nach wenigen Metern begrenzte eine verputzte Mauer den Innenhof, und ein Fenster gab den Blick auf ein kleines, ziemlich vollgestopftes Büro frei. Im Büro saß ein Mann Ende 40 und telefonierte lautstark. Als die beiden eintraten, sah er kurz hoch, telefonierte aber unbeeindruckt weiter.

Nach fünf Minuten – Schneider und Ernst, die wie bestellt und nicht abgeholt vor dem Schreibtisch standen, kam es deutlich länger vor – legte der Mann endlich auf.

»Ja, bitte?«

Schneider stellte sich und den Kollegen vor, zeigte den Ausweis und schilderte dem Mann ihr Anliegen.

»Schaufensterpuppen? Nein!«, schüttelte der Mann das lichte Haupt. »Da fällt mir so spontan nichts ein. Wir haben jetzt gerade drüben in der Galerie eine interessante Ausstellung. Haben Sie sie gesehen?«

Schneider nickte.

»Aber natürlich ohne Schaufensterpuppen«, lachte der Mann. »Tut mir leid.«

»Arbeiten Sie für das Kulturforum?«, fragte Ernst, dem der Mann auf die Nerven ging – und dem er auch übel nahm, dass er ihnen keinen Sitzplatz anbot.

»Ja, ich und meine neue Chefin.«

»Und Sie heißen …?«

»Oh, habe ich mich noch nicht vorgestellt?«

»Nein«, sagte Ernst und blickte fragend auf den Mann hinunter, der nicht gleich verstand.

»Ach«, lachte der Mann wieder und klatschte sich betont theatralisch an die Stirn. »Ich bin Sören Hudlika und bereite gerade unsere übernächste Ausstellung vor. Da gibt es natürlich viel zu tun, und ich muss all meine Kontakte spielen lassen, wissen Sie?«

»Hudlika?«, fragte Schneider. »Klingt ja fast wie dieser berühmte Bildhauer, aus Österreich, glaube ich.«

»Sie meinen Alfred Hrdlicka? Also bitte …«, schüttelte Hudlika tadelnd den Kopf.

»Wie auch immer«, schaltete sich Ernst wieder ein. »Wenn Sie so viele Kontakte haben, wie Sie gerade andeuteten, müssten Sie doch auch Künstler kennen, die mit Schaufensterpuppen arbeiten.«

Hudlika sah ihn aus großen Augen an. »Stimmt, Sie haben recht …«

»Also?«

»Lassen Sie mich mal nachdenken …« Er zog die Stirn kraus und sah angestrengt auf einen Punkt an der Decke. »Hm …«

Ernst seufzte und sah zu seinem Chef hinüber. Der erwiderte seinen Blick und gab ihm zu verstehen, dass er auch nicht mehr viel Sinn in diesem Besuch sah.

»Gut, Herr …«, setzte Schneider gerade an und machte Anstalten, den Raum zu verlassen – da setzte sich Hudlika auf und schnippte mit den Fingern.

»Ich hab's! Mir fallen doch zwei ein. Schräge Gestalten, auch nicht so wahnsinnig erfolgreich, aber … na ja.«

»Namen, bitte«, drängelte Ernst.

»Ja, ja, kommt gleich ... Die haben mal in Karlsruhe an der Kunstakademie studiert.«

»In Karlsruhe? Aber es gibt doch auch in Stuttgart eine Kunstakademie, oder?«

»Ja und? Auch unter unseren bekannteren Künstlern hier in Schorndorf hat der eine Teil in Stuttgart studiert, der andere in Karlsruhe. Nehmen Sie nur mal Gez Zirkelbach: Stuttgart. Übrigens« – er warf einen triumphierenden Seitenblick auf Schneider – »unter anderem bei Professor Hrdlicka.«

Ernst verdrehte die Augen.

»Und dann wiederum Christoph Traub: hat in Karlsruhe studiert, sehen Sie?«

»Meinetwegen. Und wer sind denn nun die beiden Künstler, die Sie uns nennen wollten? Sind das Zirkelbach und Traub?«

»Nein!«, lachte Hudlika auf, »Ich bitte Sie! Die beiden spielen doch in einer ganz anderen Liga, also wirklich. Nein, ich meine zwei Typen namens Pragel und Ehrens. Nicht besonders zuverlässig, nicht so wahnsinnig begabt. Die finden Sie draußen in der Laufenmühle an der Straße von Rudersberg nach Welzheim – zumindest müsste man Ihnen dort sagen können, wo sie wohnen. Die haben für das dortige ›Erfahrungsfeld der Sinne‹ ein paar Stationen gebastelt. Kunst zum Anfassen, sozusagen, wobei diese beiden und Kunst ...«

»Dann auch vielen Dank«, beeilte sich Schneider zu sagen, noch bevor Hudlika seinen Monolog fortführen konnte, zu dem er gerade angesetzt hatte.

20 Minuten später hatte Ernst mit dem Büro des Laufenmühler Parks telefoniert, und tatsächlich hatte er Glück: Die beiden gesuchten Künstler sollten morgen früh für einen Wochenendworkshop in der Laufenmühle ankommen.

Donnerstag, 19.00 Uhr

Kriminalhauptkommissar Klaus Schneider war überrascht, als er das Haus von Ernsts Eltern sah. Er bemühte sich ja redlich, aber in dem Bild, das er nach wie vor vom Remstal und noch mehr vom Schwäbischen Wald hatte, sahen Häuser von Eltern anders aus.

Er war für den ersten privaten Besuch bei seinem Kollegen der kurvigen Strecke den Berg hinauf und hinunter gefolgt, durch Wald, an Wald entlang und immer wieder zwischen Obstwiesen und den Häusern kleinerer Ortschaften hindurch. Er wusste von Ausflügen mit seiner Frau, dass die Welt hier nicht endete, sondern dass hier und weiter hinten ein paar lauschige Flecken und einige empfehlenswerte Gasthäuser versteckt waren. Aber auf das Haus der Familie Ernst war er in keiner Weise vorbereitet.

Es war nicht protzig, auch nicht übertrieben neu. Schneider schätzte, dass das Gebäude zwischen Ende der 70er und Mitte der 80er errichtet worden war. Es hatte eine helle, aber nicht fade Fassade. Die Dachziegel glänzten edel in einer dezenten dunklen Lackierung – die Ziegel sahen aus, als sei das Dach erst vor recht kurzer Zeit neu gerichtet worden. Das Holz, das die Balkone und die Unterseite des Daches dominierte, machte einen gemütlichen, aber nicht kitschigen Eindruck. Das ganze Bild des Hauses war harmonisch, ohne langweilig zu wirken.

Vor allem war es groß, und es war auf einem großzügigen Grundstück platziert. Links und rechts davon standen zwar ebenfalls Wohnhäuser, aber die Entfernung war doch beeindruckend groß. Hinter dem Haus, das konnte er schon auf der Anfahrt sehen, endete der Ort und eine Wiese fiel zum Waldrand hin ab. Der Vorgarten sah mit seinen Rabatten und Wegen und der Einfahrt zur Garage so aus, als wäre es hier auf das eine oder andere Ar wirklich nicht angekommen.

Schneider hatte von seinen bisherigen Erkundigungen und von dem Gespräch mit Willi Haber die Quadratmeterpreise ungefähr im Kopf, wie sie im Remstal und in der Umgebung üblich waren. An einem so großen Haus auf einem Grundstück dieser Größe, in Schorndorf oder Waiblingen gelegen, hätten sich wahrscheinlich auch die sehr wohlhabenden Eltern seiner Frau Sybille finanziell verhoben.

Das Garagentor stand offen, und im Schatten stand Rainer Ernst. Als Schneiders Wagen in der Einfahrt ausrollte, kam er auf ihn zu und nahm ihn am Auto in Empfang. Es war sonnig geworden im Lauf des Nachmittags, und wo die Strahlen jetzt noch trafen, spürte man auf der Haut einen angenehmen Vorgeschmack auf den kommenden Sommer.

»Hallo, Herr Schneider.« Ernst drückte ihm fest die Hand und schien sich wirklich zu freuen, dass er nun hier war. »Kommen Sie gleich hier mit durch«, sagte er und ging in die Garage voran. Sie kamen an einem praktischen, aber in keiner Weise spektakulären schwarzen Mittelklasse-Kombi vorbei, weiter hinten stand eine teure silberne Limousine. Wände und Boden waren gefliest, und zwei breite Fenster ließen viel Licht herein.

Von der Garage aus erreichten sie den Treppenflur, Ernst ging die Treppe nach unten und winkte Schneider hinter sich her. Der Raum war ungefähr so groß wie ein geräumiges Wohnzimmer, der Boden sah aus wie blanker Estrich, war aber mit irgendeiner Lasur überzogen. Die Wände waren grob verputzt und weiß getüncht. Außer ein paar Schränken und einigen Kisten mit Saft und Sprudel enthielt der Raum vor allem einen sehr massiv aussehenden Tischkicker.

»Spielen Sie noch?«, fragte Schneider und deutete zu dem Tisch hinüber.

»Ach, schon lange nicht mehr. Schade eigentlich – das waren immer prima Abende mit den Kumpels.«

Ernst sah noch kurz zu den hölzernen Spielerfiguren hinüber, dann drehte er sich um und trat auf eine Wand zu, die Schneider bisher noch nicht aufgefallen war. Hier waren Tonröhren gestapelt, und in jeder Röhre steckte eine Flasche Wein.

»Das wollte ich Ihnen zeigen«, sagte Ernst. »Schauen Sie sich ruhig ein paar an. Es wird höchste Zeit, dass Sie erfahren, dass es nicht nur in Frankreich oder Chile gute Weine gibt.«

Schneider ging vor den Tonröhren in die Knie und bestaunte die teilweise verstaubten Flaschenhälse, die aus den Röhren hervorragten. Er schaute noch einmal zu Ernst auf, aber der nickte nur ermunternd und wartete ab.

Schneider zog nacheinander einige Flaschen heraus und studierte die Etiketten. »Schorndorfer Grafenberg« konnte er zuordnen: Der Hügel im Nordwesten der Stadt war ihm von Spaziergängen inzwischen ziemlich vertraut. Aber es gab auch andere Weine, deren Namen und Lagenbezeichnungen ihm weniger sagten. Rozenberg, Lumpenloch, Pulvermächer – Schneider musste zugeben, dass ihm Scherze dieser Art völlig entgingen, wenn er französische, chilenische, südafrikanische oder kalifornische Weine kaufte.

»Hertmannsweiler Himmelreich« stand auf einem Etikett. »Hertmannsweiler?«, fragte Schneider. »Wo im Remstal liegt denn das?«

»Nicht alle Weine hier im Regal sind aus dem Remstal, und das gilt eigentlich auch für das ›Himmelreich‹. Aber meistens wird die Gegend um Winnenden, wo dieser Wein herkommt, einfach auch dem Remstal zugeschlagen.«

Auf einer anderen Flasche war ein dicker Hund mit wulstigen Fellfalten zu sehen, es gab »Gips«, »Zuckerle« und viele andere witzige Bezeichnungen. Den Vogel schoss aber die nächste Flasche ab, die Schneider aus der Röhre zog.

»Hier steht ›Kaisersbacher Rotzlöffel‹. Dahinter«, lachte Schneider laut auf, »stelle ich mir aber eine interessante Geschichte vor.«

»Die ist allerdings ziemlich kurz«, lächelte Ernst etwas gequält zurück. »Ein Freund von mir ist Wengerter in Winterbach, also Winzer, wie es bei Ihnen daheim wahrscheinlich heißt. Das Etikett hat er mir zu meinem 40. Geburtstag entworfen – ich stamme aus Ebni, das Dorf gehört zu Kaisersbach, und der Rotzlöffel soll vermutlich ich sein. Ich traue mich kaum, ihn zu trinken.«

»Wieso? Kann ihr Freund keinen guten Wein machen?«

»Doch, doch – der kann sich vor Preisen kaum retten. Aber sein Humor ist manchmal etwas anstrengend – wer weiß da schon, ob es mit dem frechen Etikett getan ist?«

»Tja, wer weiß das schon«, lachte Schneider und schnitt ein neues Thema an. »Sie hatten mich doch darauf angesprochen, dass Herr Maigerle so gerne zur Kripo wechseln würde.«

»Ja, und?«

»Sagen wir es mal so: Demnächst wird ein entsprechender Platz frei.«

»Ach? Wieso das denn?«

»Es ist noch nicht offiziell, aber Folker Hallmy möchte gerne zum LKA, und das LKA hätte Hallmy wohl auch gerne.«

»Na prima, schon wieder einer«, maulte Ernst und zog eine Flasche aus einer Röhre. »Kommen Sie bitte mit nach oben.«

»Sie wissen ja, dass wir da Pech haben«, sagte Schneider, als sein Kollege die Flasche entkorkte. »Aber für Maigerle wäre das die Chance, auf die er gewartet hat.«

»Dann hätte das ja wenigstens noch etwas Gutes.«

»Eben. Ich habe mir mal Maigerles Personalakte geben lassen. Er wird im Juni 40, er ist Polizeihauptmeister, also …«

»… also könnte er nach einem W8-Lehrgang zur Kripo wechseln.«

Da die Kripo eigentlich nur Polizeibeamten im gehobenen Dienst offenstand, mussten erfahrene Polizisten aus den Revieren einen kleinen Umweg nehmen: An der Polizeiakademie Wertheim konnte aus einem mindestens 40 Jahre alten Polizeiober- oder Polizeihauptmeister mit dem acht Wochen dauernden W8-Lehrgang ein Kommissar der Schutzpolizei werden – und damit ein Beamter im gehobenen Dienst, der anschließend zur Kripo wechseln konnte.

»Was sagt Thalmann dazu?«, fragte Ernst, denn der Revierleiter ließ gute Leute wie Maigerle natürlich auch nur ungern ziehen.

»Na ja, begeistert ist er nicht«, gab Schneider zu. »Aber dann meinte er, dass es ja kein Fehler sein könne, wenn auch in der Kripo mal ein guter Polizist arbeiten würde.«

Ernst lachte: »Na, dann Prost auf Thalmann und auf Maigerle!«

»Und auf Ihre hübsche Mitbewohnerin«, fügte Schneider grinsend hinzu und nickte zu der Schaufensterfigur hinüber, die im Wohnzimmer stand und zum Fenster hinausschaute.

Freitag, 11.00 Uhr

Nur kurz hatten Schneider und Ernst im Erdgeschoss gewartet, als auch schon ein Mann die Treppe herunter auf sie zukam.

»Kortz, grüß Gott!«

Der Mann schüttelte ihnen kräftig die Hände und winkte sie dann hinter sich her. Die beiden Kommissare nickten den beiden Frauen hinter der Glasscheibe mit der Aufschrift »Information« noch einmal freundlich zu, dann folgten sie Kortz nach oben. Ernst hatte den Mann kurz gemustert, nachdem er seinen Namen genannt hatte. Das war Schneider zwar aufgefallen, aber er dachte sich zunächst nichts dabei.

Kortz führte die beiden in das Büro des Amtsleiters, der sich von seinem Stuhl erhob, und alle vier nahmen sie nach der Begrüßung Platz auf den Stühlen, die um ein Ende des ausladenden, aber in weiten Teilen mit Papierkram bedeckten Schreibtisches aufgestellt waren.

»Meinen Mitarbeiter Herrn Kortz haben Sie ja schon kennen gelernt, mein Name ist Jörg Linburg, ich leite das Bauordnungsamt hier in Schorndorf. Herrn Ernst kenne ich bereits« – er nickte ihm kurz zu – »dann müssen Sie Herr Schneider sein.«

Schneider schmunzelte, und Ernst erklärte grinsend: »Mein Chef muss sich noch immer daran gewöhnen, dass wir uns alle schon kennen.«

»Tja«, lachte Linburg, »das ist der Vorteil in einer kleinen Stadt wie unserer. Da ist die Welt einfach überschaubarer als in ... wo kommen Sie her?«

»Karlsruhe«, sagte Schneider. »Aber ob das immer so ein großer Vorteil ist? Das muss ich erst noch für mich herausfinden.«

»Das werden Sie, das werden Sie«, beruhigte ihn Linburg. »Wie können wir Ihnen denn nun helfen?«

»Sie haben von dem Todesfall gehört? Von dem Mann, der in der Baugrube unter eine Baggerschaufel geriet?«

»Ja, schlimme Sache. Soviel ich gehört habe, war es wohl auch nicht sehr appetitlich.«

»Nein, nicht gerade. Wir würden die Baubranche hier in und um Schorndorf gerne etwas besser einschätzen können, vielleicht können Sie uns ein bisschen Hintergrund mitgeben. Wir haben gestern Herrn Haber und Herrn Praatz besucht.«

»Ach, den dicken und den –«

»... dünnen Baulöwen. Ja, das haben wir schon mitbekommen«, warf Ernst ein.

»Ja, die beiden ...«, lächelte Linburg versonnen.

»Haben die Probleme miteinander?«, hakte Schneider nach.

»Ach, Gott ... Probleme. Na ja, es sind halt Konkurrenten, mehr oder weniger.«

»Praatz meinte, jede der beiden Firmen hätte ihre eigene Art von Projekten. Er behauptet, dass sie sich eigentlich nicht wirklich ins Gehege kämen.«

»Na ja, wenn Dr. Praatz das sagt.« Linburg zuckte mit den Schultern und sah die beiden Kommissare auf eine Art an, die ihnen nicht viele Insider-Infos verhieß.

»Gibt es denn gerade Großprojekte in der Stadt oder in der näheren Umgebung, um die sich beide Firmen bewerben?«

»Kommt drauf an, was Sie unter Großprojekten verstehen. Der frühere Postturm zwischen Marktplatz und Bahnhof, das war so etwas Größeres, aber das ist entschieden und lief über einen Architektenwettbewerb. Ganz lukrativ sind immer diese Umbauten von alten Gewerbekomplexen. Sie kennen doch das Arnold-Areal?«, wandte er sich an Schneider.

»Da, wo die Galerie drin ist? Die Hausbrauerei und so?«

Linburg nickte. »Das war früher eine Eisenmöbelfabrik, und dann irgendwann war Schluss mit der Firma. Blieb die Frage: was daraus machen? Alte Gebäude, teilweise marode Bausubstanz, und immer hat der Denkmalschutz oder die Zeitung oder die Bürgerschaft oder auch alle miteinander ein Auge drauf. Daraus etwas Neues zu machen, ist immer spannend. Wenn es klappt, wie in diesem Fall, ist es gut fürs Renommee und sicher nicht unbedingt schlecht für die Kasse.«

»Und? Steht in der Art demnächst etwas an?«

»Ganz konkret noch nicht. Seit Jahren wird immer mal wieder das Thema mit den alten Gerbereigebäuden diskutiert. Die Hahnsche Mühle kennen Sie?«

Schneider und Ernst nickten.

»Von der Mühle bis rüber zur Bahnlinie: Das ganze Areal zwischen Vorstadtstraße und Benzstraße ist immer wieder einmal im Gespräch, auch die Lederfabrik Bleule zum Beispiel.«

»Bleule? Wie das Kaufhaus in Stuttgart?«

»Ja. Aber bisher waren Diskussionen alles, was dabei herauskam. Immerhin: Die Wiese bei der Hahnschen Mühle hat jetzt ihren Biergarten.«

»Und sonst? Es gibt doch dieses Programm, mit dem die Stadt Schorndorf ihre Einwohnerzahl stabil halten will«, fasste Ernst nach.

»Ja. Das Programm besagt, dass wir in den kommenden Jahren Bauplätze ausweisen wollen, damit wir neue Familien nach Schorndorf locken. Aber darum könnten sich höchstens Erschließungsträger streiten, also die Firmen, die Straßen bauen oder die Kanalisation verlegen. Josef Knaur, der tote Aushubunternehmer, hatte da sicherlich jedes bevorstehende Projekt schon genau im Auge.«

Schneider seufzte.

»Aber der hatte hier praktisch keine Konkurrenz. Und Haber & Sohn oder die Praatzbau kommen erst danach ins Spiel, wenn Leute Häuser bauen oder ein paar Grundstücke auf einen Rutsch verkaufen wollen. Aber auch da kann es letztlich immer nur um einzelne Projekte gehen, praktisch nie um ein ganzes Baugebiet.«

»Aber übernimmt Praatz nicht genau solche Gesamtprojekte?«

»Ja, nur wir als Stadt haben in dieser Richtung derzeit keine Ambitionen.«

Es ging noch ein wenig hin und her, aber so richtig ergiebig wurde das Gespräch nicht mehr. Linburg zeigte sich auch zunehmend in Eile, und schließlich führte Kortz die beiden Kommissare wieder die Treppe hinunter zum Ausgang zu. Auf halbem Weg ins Erdgeschoss blieb Kortz vor einer Wappentafel aus dunklem Holz stehen, die an der Wand hing. In fünf Siebenerreihen waren hier farbenfrohe Familienwappen aufgeführt, links davon noch einmal eines, rechts davon weitere drei. Darunter stand auf einem geschwungenen Textband »Wappenführende Geschlechter der Stadt Schorndorf«.

In der Mitte des Textbandes prangte das Wappen der Stadt: Oben die Stange eines Hirschgeweihs, darunter zwei gekreuzte Schaufeln, die wie spitze Spaten aussahen. Kortz deutete auf das Wappen und lachte: »Das passt prima, dass diese Wappentafel hier bei uns im Bauamt hängt, oder? Sehen Sie hier die beiden gekreuzten goldenen Spaten? Die nannte man früher auch Schoren – daher der Name Schorndorf.«

Schneider grinste und besah sich einige der Wappen genauer. Die meisten hatten einen Ritterhelm als oberstes Motiv, darunter waren jeweils die eigentlichen Wappenschilder abgebildet. Ein Baum und ein Löwe oder Greif zierten das Wappen der Familie Arnold – vermutlich die Familie des früheren Eisenmöbelfabrikanten. Andere zeigten einen Mann, der ein Bündel Holz auf dem Rücken trug, oder ein Stück Mauer, über dem irgendein Werkzeug aufgemalt war.

Es gab eine stilisierte Lilie, allerdings rot auf weißem Grund – und nicht gelb auf blauem, wie Schneider das aus seiner Schulzeit vom Wappen des vorrevolutionären französischen Königshauses kannte. Hufeisen, Fische, Horn, Schuh, Handsichel, Birne: Die Wappen ließen fast nichts aus. Sogar eine Palme diente einer der Familien als Motiv – warum auch immer – aber immerhin war die Beziehung zum nach wie vor weithin berühmten Familiennamen Palm offensichtlich.

»Interessant, gell?« Kortz sah die Kommissare zufrieden an. »Viele der Familien gibt es noch, und viele spielen auch heute noch eine Rolle in unserer Stadt.«

Das hatte Schneider nicht anders erwartet.

»Nicht mehr alle haben ihre Firmen, mit denen sie lange Zeit noch wichtiger für die Stadt waren. Hier, sehen Sie: Arnold – darüber haben wir ja vorhin gesprochen. Und es gibt noch ein paar andere, für die das ebenso gilt.«

Die 35 sauber als Block aufmontierten Familienwappen stellten wahrscheinlich die ältesten Abbildungen dar. Sie waren alphabetisch von links oben nach rechts unten sortiert, der letzte Name in der Reihe lautete Zobel. Auf dieses Wappen deutete Kortz zuletzt: Auch hier war oben ein Helm zu sehen, das Wappenfeld darunter wurde von einer Kelle und mehreren aufeinandergetürmten Steinen gefüllt.

»Diese hier war über viele Jahrzehnte hinweg, nein, eigentlich schon seit Jahrhunderten eine bedeutende Familie bei uns in der Stadt. Die waren es, die für lange Zeit das Baugewerbe beherrschten. Schon die Ahnen waren Baumeister – ich weiß gar nicht, über wie viele Generationen das zurückgeht.«

»Der Name sagt mir was«, sinnierte Schneider. »Warten Sie mal ... Die Straße draußen in diesem neuen Gewerbegebiet, wo unser Toter in der Baugrube gefunden wurde ... Die soll doch mal Wilhelm-Zobel-Straße heißen. Ist das jemand aus dieser Familie?«

»Ja, Wilhelm Zobel hat die Firma bis vor rund 30 Jahren geleitet.«

»Und heute?«, fragte Schneider.

»Nichts mehr. Die Firma ist weg, die Familie sozusagen ausgestorben, zumindest was den Familiennamen angeht.«

»Das klingt ja tragisch.«

»Na ja, das passiert. Noch in den 50ern und 60ern kam an Zobel keiner heran. Damals konnten sich die Väter von Willi Haber und Fred Praatz kaum gegen die Marktmacht der Zobels behaupten. Wer etwas auf sich hielt, baute mit Zobel. Und wer sich das nicht leisten konnte, ging halt zu einem der anderen – da gab es neben Haber und Praatz noch eine ganze Reihe von Betrieben.«

»Und was ist mit Zobel passiert?«

»Wissen Sie, mit Tradition allein kann man keinen Tisch decken. Irgendwann in den 70ern hat sich das Blatt erstmals gewendet. Der alte Zobel hat vermutlich ein paar Veränderungen in der Baubranche nicht so richtig mitbekommen – das geht ja manchmal schnell, wenn man sich seiner Position zu sicher ist. Und schon hatte der Ruf der Firma einen ersten Kratzer. Ein paar größere Projekte konnten plötzlich andere an Land ziehen, und nach dieser ersten Entwicklung war Zobel nicht mehr der einzige Baulöwe am Ort.«

»Kamen nun Haber und Praatz ins Spiel?«

»Haber schon, Praatz erst viel später. Den alten Zobel, er ist vor ein paar Jahren gestorben, trieben aber andere Themen um. Der war seit Urzeiten immer im Stadtrat gewesen und trug selbst auf dem Wochenmarkt noch die Miene des Honoratioren, der sich seiner Wichtigkeit für die Stadt zutiefst bewusst ist.«

»Sie mochten ihn nicht?«

»Nein, nicht besonders. Meine Familie ist nun nicht gerade arm, aber wir haben kein eigenes Wappen. Wozu auch? Wenn dich als junger Mann so ein Oberbürger immer wieder spüren lässt, dass du letztendlich doch nur ein Schorndorfer zweiter Klasse bist, das wurmt einen schon. Und das werden Sie auch nicht so schnell wieder los.«

»Kortz … Hat Ihre Familie irgendeine Firma oder einen Laden hier?«

»Nein, nein, nichts dergleichen. Aber einen Neffen von mir könnten Sie kennen: Hans-Dieter Kortz arbeitete in Waiblingen für die Kripo und wurde erst vor kurzem zum LKA versetzt.«

Ernst nickte bestätigend, und nun fiel es auch Schneider wieder ein: »Genau! Kortz war in unserer SoKo, als wir wegen des Mordes in Kallental ermittelten.«

»Stimmt«, gab ihm Kortz Recht und grinste: »Sie können sich vorstellen, dass ich das nächste Familienfest danach ziemlich spannend fand.«

»Hm. Und wie ging es mit den Zobels weiter?«

»Na ja, der alte Wilhelm Zobel hätte gerne einen Sohn gehabt, der den Betrieb von ihm übernimmt – aber das hat nicht geklappt. Außer einer Tochter bekamen sie keine Kinder. Die allerdings verliebte sich in einen Architekten, der damals ein kleines Büro betrieb und allmählich ganz gut ins Geschäft kam: Fritz Traubner. Bald darauf heirateten die beiden – ich glaube, sie mussten: Ein paar Monate nach der Hochzeit kam das erste Kind zur Welt. Aber auch das hat den alten Zobel nicht gestört: Traubner war ganz nach seinem Geschmack. Ein heller Kopf, ein netter Kerl auch und durchaus einer, der sich gegen den Familienpatriarchen behaupten konnte. Zobel senior war wahnsinnig stolz auf den Schwiegersohn, das konnte man ihm richtig ansehen. Er bewies es dann auch: Gegen alle Erwartungen übergab er das Unternehmen an seine Tochter und seinen Schwiegersohn – und er ließ sie auch gewähren, obwohl sie einige alte Zöpfe aus Zobels Zeit abschnitten.«

»Respekt«, sagte Schneider. »Ist ihm vermutlich nicht leichtgefallen.«

»Eben. Und zunächst hat ja auch alles gut geklappt.«

»Zunächst?«

»Ja. Mitte der 80er stand die Firma wieder prima da, und vor allem der inzwischen größer gewordene Haber kam ein bisschen unter die Räder. Das war nicht bedrohlich für dessen Firma, aber es war halt wieder klar, wer der Platzhirsch in Schorndorf war. Als dann die Mauer fiel – also, ich meine jetzt die deutsch-deutsche Grenze – entwickelte sich das noch rasanter. Zobel eröffnete eine Niederlassung im Osten, wahrscheinlich wegen der Förderung vom Staat, und zog einige Projekte durch, die wohl ganz gut Geld einbrachten. Und in Schorndorf brummte der Laden auch. Die mussten einige Schilder neu drucken lassen, damit sie auch alle Baustellen markieren konnte, die sie hatten. Traubner hatte schon damals erkannt, dass vor allem Bauträger das große Geld mit neuen Häusern oder ganzen Baugebieten machen konnten. Also bereitete er etwa Mitte der 90er-Jahre alles vor, damit auch die Baufirma Zobel in diesem Bereich aktiv werden konnte. Er holte sich für den neuen Geschäftsbereich Investoren ins Haus, gründete eine GmbH namens ›Zobel & Traubner Projektbau‹ und sicherte sich die ersten Geschäfte. Auf dem Schurwald und in Plochingen, in Waiblingen und Backnang – überall war die neue Firma aktiv, und uns im Rathaus kam nichts Negatives darüber zu Ohren.«

»Und warum gibt es diese florierende Firma heute nicht mehr?«

»Na ja, die Achillesferse dieser Bauträger ist nun mal das Geld. Alles, was verdient wird, muss wieder investiert werden, damit noch mehr verdient wird. Und je besser die Geschäfte laufen, desto größer ist das Selbstvertrauen – und desto eher hält man es mal nicht mehr für so zwingend notwendig, genügend Reserven auf die Seite zu schaffen.«

»Und das ist Traubner und seiner Baufirma passiert?«

»Genau das, und meiner Meinung nach konnte er noch nicht einmal etwas dafür. Er hatte gerade wieder einige Projekte sehr erfolgreich zu Ende gebracht, und nun musste Geld in die Hand genommen werden, um sich Optionen oder auch gleich die Grundstücke für die nächsten Vorhaben zu sichern.«

»War das ein Problem?«

»Nein, aber es gab wohl zu viele lukrative Projekte auf einmal. Auch Willi Haber, der inzwischen die Firma des Vaters übernommen hatte und den der Erfolg des Konkurrenten wurmte, bot auf einige der Optionen mit. Und sogar Praatz, bis dahin ein eher kleines Licht in der Branche, mischte mit. Da hatte gerade der junge Praatz den Laden übernommen und wollte offenbar auch ein wenig am großen Rad drehen. Na ja, für die meisten Projekte bekam trotzdem die ›Zobel & Traubner Projektbau‹ den Zuschlag, aber es wurde eben durch die Mitbieter alles ein wenig teurer.«

»Und dann?«

»Dann war es erst einmal wie immer: Traubner packte die Projekte an, er hatte selbst viel Ahnung und außerdem einige gute Leute in der Firma, und es begann ganz gut. Dann aber kamen Gerüchte auf, Traubners Firma sei in finanziellen Schwierigkeiten. Ich weiß bis heute nicht, ob das stimmte – aber als dann noch die Nachricht durchdrang, dass irgendeine Bank ihren Kredit fällig gestellt hatte, war es eigentlich fast schon gelaufen. Es war ein kleines Darlehen, das eigentlich keine besonders große Bedeutung für das Unternehmen hatte. Aber die Tatsache an sich war wie ein Todesstoß: Plötzlich wurden die Investoren nervös und die Banken machten Ärger. In den zwei, drei Monaten danach hat sich Traubner reingehängt, wie ich das noch von keinem anderen erlebt habe. Der ging zu jedem Subunternehmer und zu jeder Handwerksklitsche, die je für ihn oder für seinen Schwiegervater gearbeitet hatte, und bekniete die, sie sollten ihm weiter vertrauen. Aber da war nichts mehr zu machen.

Dabei bewies Traubner, dass es ihm ernst war: Als ihm die Banken schon nichts mehr gaben, machte der aus dem Privatvermögen noch Geld flüssig, nur um seine Leute und seine Handwerker bezahlen zu können. Da zieht noch heute so mancher vor ihm den Hut.«

»Hat es ihm geholfen?«

»Nein, leider nicht.«

Freitag, 14.00 Uhr

Als sie mit der Fahrt unter der kleinen Eisenbahnbrücke hindurch Oberndorf hinter sich ließen, öffnete sich das Wieslauftal wieder vor ihnen. Links und rechts der Talebene zogen sich Wiesen die Abhänge hinauf, und nach kurzer Fahrt sah Schneider schon Kallental vor sich liegen. Im vergangenen Oktober war hier der Bauer Greininger ermordet worden, und seit die Kripo den Fall aufgeklärt hatte, war Schneider nicht mehr hier gewesen.

Er ging vor der kleinen Engstelle am Ortseingang vom Gas und sah nach rechts zum anderen Ufer der Wieslauf hinüber. Das kleine Häuschen der Familie Follath konnte er durch die Bäume nicht sehen, auch nicht den dahinterliegenden Greiningerhof. Aber ein Kran ragte über die Baumkronen hinaus.

»Der Bauernhof wird abgerissen«, erklärte Ernst, der dem Blick seines Chefs gefolgt war. »Greininger hatte ja niemanden mehr, gewissermaßen. Da hat er alles der einzigen Frau vermacht, die ihm etwas bedeutet hat.«

Schneider schüttelte den Kopf. »Er hatte ja eine ziemlich seltsame Art, ihr das zu zeigen …«

»Tja, deshalb hat sie wohl auch lange gezögert, bis sie das Erbe schließlich doch angenommen hat. Herr Mader hat mir erzählt, dass sie einen Teil spenden will – und nun macht sie eben alles zu Geld. Für den Hof bedeutet das: abreißen und Bauplätze für zwei, drei Wohnhäuser verkaufen.«

»Kann man auch verstehen, finde ich. Und wem will sie spenden?«

»Ach, diesem und jenem. Da kommt ja einiges an Vermögen zusammen, wenn Sie sich noch erinnern. Ein gar nicht mal so kleiner Betrag ist übrigens für die Vereinskasse der Dorfgemeinschaft vorgesehen.«

»Schön für Frau Wanner. Sie war doch die Vorsitzende, oder?«

»Ja, und sie ist es noch – und freut sich natürlich tatsächlich, wie mir Herr Mader ebenfalls berichtete. Die beiden«, grinste Ernst, »sehen sich inzwischen wohl häufiger …«

Am Sägewerk vorbei erreichten sie den Ortsausgang, und Schneider gab dem Porsche die Sporen. Die eleganten Kurven der Strecke bis hinauf nach Welzheim waren für einen Sportwagen ein gefundenes Fressen – wenn sie zufällig mal weniger befahren waren, so wie heute. Nur die Bahnübergänge störten etwas, wenn der hart gefederte Wagen über die Gleise rumpelte.

Schneider sah rechts ein großes, weißes Zelt sowie ein Haus mit einigen Nebengebäuden und einem Schild. Schneider glaubte »Laufenmühle« auf dem Schild gelesen zu haben und bremste etwas ab.

»Ist es hier?«

»Nein«, erklärte Ernst. »Noch 100, 200 Meter weiter – das hier ist nur der Bahnhof, in dem seit Jahren ein spanisches Lokal betrieben wird. Dieses ›Erfahrungsfeld der Sinne‹, das wir suchen, ist gleich in der nächsten Kurve.«

Im nächsten Moment breitete sich vor Schneider und Ernst ein kleines, aber ziemlich spektakuläres Panorama aus. Die Straße führte in eine kleine Senke hinunter und dann in einer Rechtskurve über die Wieslauf hinweg, die an dieser Stelle rauschend in die Tiefe stürzte. Gegenüber bildete ein zweiter großer Bach einen weiteren Wasserfall, und über die ganze Szenerie spannte sich ein älteres Eisenbahnviadukt.

»Hier links«, lotste Ernst seinen Vorgesetzten, und der bog, nachdem er zwei entgegenkommende Vans mit Frauen und Kindern an Bord durchgelassen hatte, in die Zufahrtsstraße ein. Der Porsche rollte in eine Lücke zwischen zwei Kombis.

Neben einem Zirkuswagen stand ein Schild mit der knallroten Aufschrift »Kasse«, daneben befanden sich ein Spielplatz, eine hölzerne Brücke mit einem seltsamen Konstrukt aus aufgehängten farbigen Schnüren und am Hang linker Hand einige Gebäude.

Ernst und Schneider kletterten in den Zirkuswagen, zeigten der dort an einem Tisch sitzenden Frau ihre Dienstausweise und fragten nach den beiden Künstlern, die ihnen in Schorndorf genannt worden waren.

»Ah, Laurenz und Hardy«, sagte die Frau.

Schneider stutzte. »Wie? Laurel und ...?«

»Nein, Laurenz und Hardy. Aber Sie haben den kleinen Gag schon richtig erkannt. So nennen wir hier insgeheim Laurenz Pragel und Hartmut Ehrens, unsere beiden treuesten Künstler. Die meinten Sie doch, oder?«

»Pragel und Ehrens, genau. Wo finden wir die beiden?«

»Die sind tatsächlich gerade hier, da haben Sie Glück. Die veranstalten morgen und am Sonntag einen Workshop und kommen in solchen Fällen gerne einen Tag vorher, um sich mit der Stimmung auf die Umgebung einzupendeln, wie sie gerne sagen.« Die Frau beugte sich etwas vor und raunte den Kommissaren augenzwinkernd zu: »Ich persönlich glaube eher, dass sie es einfach zu schätzen wissen, hier auch schon einen Tag früher gratis zu essen und zu schlafen.«

»Bezahlen Sie die beiden denn so schlecht?«, versetzte Schneider.

Die Frau räusperte sich und nahm ein Faltblatt von einem Stapel neben sich. »Schauen Sie«, deutete sie auf den Plan, »hier sind wir gerade, und die beiden dürften Sie dort oben finden.«

Sie tippte auf eine Stelle des Blattes, die mit einer »10« beschriftet war. »Das hier ist der ›Sturzbach‹, den die beiden angelegt haben. Entweder sind sie hier oder ein Stückchen weiter beim ›Klangwald‹, der Nummer 5.«

Schneider und Ernst stiegen aus dem Zirkuswagen ins Freie, orientierten sich kurz und kletterten dann den Hang hinauf und in den lichten Wald hinein. An einem Barfußpfad vorbei erreichten sie den »Sturzbach«: Hier waren in einer nicht sehr tiefen, trockenen Bachrinne Zweige so geschickt gelegt, dass es tatsächlich so wirkte, als bildete das Holz einen reißenden Wildbach, der schäumend über die kleine Wegbrücke schwappte und weiter unten nach einigen rasanten Biegungen in einen Strudel mündete.

»Schön«, nickte Ernst anerkennend.

Schneider sah sich um: Von den beiden Gesuchten war nichts zu sehen. Nach kurzem Fußmarsch standen sie vor einem Gestell, das dem in der Brücke beim Zirkuswagen ähnelte – nur waren hier keine Schnüre aufgehängt, sondern bunt bemalte Holzstangen. Rechts vor dem Gestell saß ein Mann auf einem Baumstumpf und blickte entspannt in den Wald hinein.

»Herr Pragel?«, fragte Schneider.

Der Mann drehte sich im Sitzen langsam zu den beiden Kommissaren um und musterte sie gemächlich. Ernst musste sich ein Grinsen verkneifen, als er am Gesichtsausdruck des Mannes erkannte, was ihm zu seiner auffälligen Entspannung verholfen hatte.

»Nein«, kam es langsam und tief aus dem Mann hervor. »Dort drüben.« Er deutete mit dem Kopf eine kurze Bewegung in Richtung des Gestells hinüber. »Er ist im Klangwald.«

»Aha«, machte Schneider, dem wohl auch die Miene seines Gesprächspartners aufgefallen war. »Gut. Und Sie sind Herr Ehrens?«

»Ich glaube schon«, lachte Ehrens laut auf und war im nächsten Moment wieder todernst. »Und Sie?«

»Schneider ist mein Name, das ist mein Kollege Ernst. Wir sind von der Kripo in Schorndorf und wollten Sie beide etwas fragen.«

»Gehen Sie nur rüber zu ihm«, ermunterte ihn Ehrens und konzentrierte sich wieder auf den Wald.

Schneider schaute noch kurz irritiert auf Ehrens herunter, dann wandte er sich dem Holzgestell zu. An einer Seite drang dünner Qualm zwischen den Holzstangen hervor. Vorsichtig drängelte sich Schneider in die Stangen hinein, während Ernst neben Ehrens stehen blieb.

Schneider hörte das vielstimmige Klackern der Stäbe, und dazwischen plötzlich den Ruf: »He, Laurenz, das ist die Kripo!« Ehrens hatte wohl den Gedanken, mit wem er da gerade gesprochen hatte, zu Ende gebracht.

Vor Schneider kamen die Stäbe in Bewegung, und ein recht kleiner, hagerer Mann kam auf ihn zugestürmt, blieb kurz verdattert vor ihm stehen und schob sich dann ruppig an Schneider vorbei ins Freie.

Als Schneider ebenfalls aus dem Wald der Stäbe auftauchte, stand Laurenz Pragel vor Rainer Ernst, der ihm den Weg verstellte, und schaute etwas gehetzt zwischen Ernst und dem »Klangwald« hin und her. Schneider trat einen Schritt auf ihn zu und hielt ihm ein mehrfach gefaltetes Stückchen Alufolie hin.

»Hier«, sagte er, »Sie haben da etwas fallen lassen.«

Pragel drehte sich um, stand leicht geduckt da und musterte Schneider erschrocken, doch der lächelte ihn nur freundlich an. Schließlich näherte er sich dem Kommissar, nahm ihm mit schnellem Griff die Alufolie aus der Hand und steckte sie hastig in eine seiner Hosentaschen. »Wie ein scheues Tier«, schoss es Schneider durch den Kopf. Nur, dass unter Tieren das Kiffen wohl nicht allzu sehr verbreitet war.

Pragel und Ehrens so nebeneinander zu sehen, hatte durchaus eine gewisse Komik. Laurenz Pragel war von nicht gerade kräftiger Statur. Er trug sein Haar raspelkurz, wahrscheinlich hatte er damit begonnen, als sich seine Geheimratsecken immer deutlicher abgezeichnet hatten. Von ähnlichen Stoppeln waren auch Kinn und Wangen bedeckt. Das

Gesicht sah geradezu asketisch aus, mit markanten Zügen und einem etwas knochigen Gesamteindruck, links und rechts markiert von kerzengerade nach außen abstehenden Ohren, von denen eines mit einem Ohrring geschmückt war. Über einer schwarzen Kordhose, die an eine Zimmermannsmontur erinnerte, trug er ein beiges Hemd, darüber eine schwarze ärmellose Weste, wie sie zu dreiteiligen Anzügen üblich waren.

Ehrens wiederum, der sich inzwischen erhoben hatte, war ein Koloss von einem Mann. Er war fast zwei Meter groß, hatte breite Schultern und unter dem sehr weiten Sweatshirt, das er über der ausgewaschenen Jeans trug, vermutete Schneider einen stattlichen Bauch. Der Mann strahlte eine ausgesprochene Gemütsruhe aus, und um seinen Mund spielte ein spöttischer Zug.

»Worum geht es denn nun?« Ehrens hatte eine volltönende Stimme, die wahrscheinlich gar nicht anders konnte, als ihre Umgebung zu dominieren.

»Haben Sie es denn eilig? Haben Sie noch zu tun?«, fragte Ernst belustigt.

»Nein«, lachte Ehrens wieder laut auf. »Eigentlich nicht.«

»Wir haben Ihre Namen von Herrn Hudlika vom Schorndorfer Kulturforum bekommen. Der kennt Sie beide wohl von früher, und wir hätten Sie gerne etwas zu einem aktuellen Fall gefragt.«

»So, so … Hat uns Hudlika denn angeschwärzt?«

»Nein, könnte er denn?« Schneider fixierte Ehrens, aber der blieb ganz ruhig in seiner breitbeinigen, selbstsicheren Haltung stehen – und Pragel war ohnehin schon ein Nervenbündel. »Wie auch immer: Es geht um Schaufensterpuppen.«

»Puppen?«, fragte Ehrens nach. »Nennt man die nicht Figuren? Jedenfalls hatte mir das mal jemand so erklärt. Ich weiß nur nicht mehr so recht …«

»Egal«, schnitt Schneider ihm das Wort ab. »Jedenfalls meinte Herr Hudlika, dass Sie oder Herr Pragel mal mit solchen Puppen oder Figuren gearbeitet hätten. Irgendwie klingelte es da bei ihm, als wir uns mit ihm unterhielten.«

»Tja, das hätte er wohl gern, der Gute. Wissen Sie: Wir mögen uns nicht so wahnsinnig. Wir sollten mal eine Installation für ihn machen und hatten dafür einen Termin. Aber Termine ... Na ja, wenn die Inspiration halt nicht will, dann will sie halt nicht. Und auf Kunst muss man auch mal warten können, verstehen Sie?« Schneider sah ihn unbewegt an. »Sie verstehen also nicht. Sei's drum: Der Termin ist geplatzt, der Typ war sauer – und nun schickt er Sie hierher, damit Sie uns auf den Zahn fühlen. Da sehen Sie mal, was ein Bürostuhl aus einem machen kann.« Schneiders Augenbrauen hoben sich etwas, und Ehrens fügte lahm hinzu: »War nicht so gemeint.«

»Sie arbeiten also nicht mit Schaufensterfiguren?«

»Nein, haben wir auch nie. Also, ich nicht ... Hast du mal, Laurenz?«

»Nein«, schüttelte Pragel den Kopf.

»Und wie kommt dieser Hudlika dann auf so etwas?« Schneider war leicht gereizt. Es war ja schön hier draußen, aber mit dem Fall schienen sie bei diesen beiden Gestalten nicht so richtig weiterzukommen.

»Vielleicht wegen Feucht oder Merkert«, sinnierte Ehrens.

»Und wer ist das nun schon wieder?«

»Pragel und ich haben gemeinsam in Karlsruhe studiert, an der Kunstakademie. Dort haben vor allem zwei Leute häufiger mit Schaufensterfiguren gearbeitet. Der eine, Martin Feucht, hat Figuren in die Straßenbahn gesetzt und dann beobachtet, wie die Leute darauf reagieren. Und die andere, Natalie Merkert, hat erst vor kurzem was für das Plakat zur Jahresausstellung gemacht. Da hat sie eine Figur aufgehängt, das wurde dann zum Plakatmotiv.«

Schneider und Ernst sahen sich vielsagend an.

Freitag, 15.45 Uhr

Ernst kam in Schneiders Büro, als sein Vorgesetzter gerade telefonierte. Schneider zeigte auf den freien Stuhl und schien gerade zum Ende des Telefonats zu kommen.

»15 Uhr? Prima, das passt uns gut. Alla gut, dann bis Montag, Frau Scheffel!«

Er legte auf und grinste Ernst zufrieden an.

»Wir haben einen Termin in Karlsruhe. Am Montag, in der Kunstakademie.«

»Aha, und wer war das?«

»Die Pressefrau, sehr nett übrigens, wie ich gehört habe, und eine Bekannte von alten Freunden – ich wollte sie schon lange mal kennenlernen. Sie ist selbst aus Karlsruhe, schon seit ewigen Zeiten in der Kunstszene zugange und kann uns sicherlich einiges erzählen. Falls unser Fall etwas mit jemandem von der Karlsruher Kunstakademie zu tun hat, kann sie uns weiterhelfen. Und falls nicht, haben wir es auf jeden Fall versucht.«

»Und Sie können mal wieder nach Karlsruhe.«

Schneider musterte seinen Kollegen, aber der schien das nicht böse gemeint zu haben.

»Wir gehen natürlich beide«, fügte Schneider hinzu.

»Aha?«, staunte Ernst.

»Ja, sicher. Erstens arbeite ich sehr gerne mit Ihnen gemeinsam. Ich glaube, wir sind kein schlechtes Team. Und zweitens«, Schneider lächelte, »kann ich Ihnen ja auf gar keinen Fall die Chance verbauen, endlich mal eine Weltstadt zu erleben.«

Lachend verließ Ernst den Raum.

Freitag, 17.30 Uhr

Am späten Nachmittag zog sich Kommissar Schneider in sein Büro zurück und schloss die Tür, um in Ruhe über den

Fall nachdenken zu können. Eine Zeit lang stand er am Fenster und blickte auf Schorndorf hinaus. Dann nahm er sich einen weichen Lappen aus der Schublade, öffnete die Glasvitrine hinter der Eingangstür und wischte Auto für Auto seiner Modellsammlung ab.

Das zog sich, und es sah für einen unbedarften Beobachter auch nicht gerade danach aus, als würde hier ein Staatsbeamter für sein Gehalt wirklich arbeiten. Aber an Geld dachte Schneider in keinem Moment. Auch nicht an die nach und nach wieder auf Hochglanz polierten Modellautos, die alle Fahrzeuge von ein und demselben Hersteller abbildeten. Mechanisch wischte er mit dem Lappen über die Oberflächen eines kleinen Flitzers aus Druckguss und Plastik, stellte ihn wieder zurück an seinen Platz und griff nach dem nächsten.

Dabei gingen ihm unablässig die Details des neuen Falles durch den Kopf. Die Reste des Toten unter der Baggerschaufel. Die auf den Baustellen so seltsam drapierten Schaufensterfiguren. Die Frage, ob beides miteinander zu tun hatte.

Nach seinem Einstand in der Schorndorfer Kripo-Außenstelle im vergangenen Jahr hatte er sich schon damit abgefunden, dass er es hier eher mit Verbrechen zu tun haben würde, die er aus der Sicht des »Stadtmenschen« als typisch ländlich ansah. Ein toter Bauer, wie damals im Wieslauftal. Meinetwegen ein Müller, der erdrosselt in seinem Mühlbach liegt. Oder vielleicht ein Wanderer, erschlagen oder hinterrücks erschossen. Die Klischees gaben da ja durchaus einiges her.

Schneider, der Badener im Remstal, hatte mittlerweile mit der für ihn noch immer recht neuen Umgebung weitgehend seinen Frieden geschlossen. Hier ließ es sich gut essen und trinken, man konnte Abende und Sonntagnachmittage schön verbringen – nur manchmal wurde der Reiz übermächtig, den Kollegen Ernst ein wenig aufzuziehen mit seinen tiefgehenden Wurzeln im Schwäbischen Wald. Ernst, so schien es, nahm ihm das nicht übel – wahrscheinlich hatte er einen ähnlichen Humor wie er.

Doch zu dem neuen Fall wollten die Klischees ebenso wenig passen wie das, was Schneider von dem Landstrich zwischen Neckartal und Schurwald auf der einen und Schwäbischem Wald auf der anderen Seite inzwischen kennengelernt hatte. Gut, der Tote unter der Baggerschaufel, das ginge ja noch – aber die Schaufensterpuppen legten sich in Schneiders Gedanken quer und waren nicht zu fassen.

Hatte da jemand nur einen ausgeprägt schlechten Humor? Hatte da jemand traumatische Erinnerungen, die mit Bauarbeitern oder Handwerkern oder ganz allgemein mit dem Bauen zu tun hatten? Und warum dann so umständlich? Hätte es nicht gereicht, auf den Baustellen irgendetwas kaputtzumachen, irgendein Durcheinander oder einen Schaden anzurichten, in dem sich die aufgestaute Wut entladen hätte?

Wer machte sich eine solche Mühe? War die Spur zu Kunststudenten, zu Künstlern die richtige? Woher dann aber der Bezug zur Baubranche?

Schneiders Gedanken kreisten, gerieten in Sackgassen, fanden wieder heraus, verhedderten sich neu, suchten nach Spuren, logischen Schlüssen, Verbindungen. Schließlich drückte er die beiden Glastüren der Vitrine zu und wandte sich seinem Schreibtisch zu.

Es war düster geworden, ohne dass er es bemerkt hätte. Draußen war keine Sonne mehr zu sehen, und die Dämmerung hatte sein Büro bereits mit tiefen Schatten gefüllt. Trotzdem hatte er die Modellautos problemlos aus der Vitrine geholt und wieder zurückgestellt – Schneider schüttelte staunend den Kopf. Klar, die Vitrine war nicht anders eingerichtet als früher in Karlsruhe, aber wenn das schon so eingeschliffen war, wurde es wohl höchste Zeit, ein paar Veränderungen vorzunehmen.

Er legte das Tuch zurück in den Schreibtisch, nahm seine Windjacke vom Haken und verließ das Zimmer. Die Etage, in der die Schorndorfer Kripo-Außenstelle untergebracht war, lag schon im Dunkeln. Es war niemand mehr zu hören. Schneider schaute auf seine Armbanduhr: Kein Wunder, es war schon kurz vor halb zehn.

Langsam ging er die Treppe hinunter. Eigentlich hatte er heute Abend mit seiner Frau einige Pläne für das neue Haus durchgehen wollen – aber das musste wohl bis Samstag oder Sonntag warten. Im Moment hatte er sicher nicht den Nerv, die Größe und Ausrichtung von Fluren, Treppen oder begehbaren Wandschränken zu diskutieren, während vor seinem geistigen Auge das unappetitliche Werk auftauchte, das diese stählerne Baggerschaufel angerichtet hatte.

Freitag, 21.00 Uhr

Ernst war tief in Gedanken versunken. So tief, dass er nicht wie sonst durch die Straßen und Gassen der Schorndorfer Innenstadt schlendern wollte. Er wollte niemandem begegnen, den er kannte. Er wollte niemandem ausweichen wollen, der ihm auf dem Bürgersteig oder in der Fußgängerzone entgegenkam. Er wollte einfach nur nachdenken und ein Stück gehen.

Sabine wiederum wollte etwas anderes, und das hatte sie ihm vorhin, als sie beide am Bahnhof kurz auf ein paar Pommes und eine Wurst vorbeigeschaut hatten, auch erzählt: Sabine wollte zu ihm ziehen.

»Du Sturkopf«, hatte sie gesagt, und es klang nicht einmal unfreundlich. »Du Sturkopf ziehst ohnehin nicht aus deiner gewohnten Umgebung weg. Und deine Wohnung ist groß genug für uns beide.«

Sabine wohnte derzeit wieder bei ihren Eltern. Erst war sie für ihr Studium nach Tübingen gezogen, dann für einen Freund nach Adelberg – und nun war sie wieder im Schorndorfer Stadtteil Weiler gelandet und drängte nach vier Jahren mit Ernst auf eine gemeinsame Wohnung.

Irgendwie konnte er sie ja verstehen: Sabines Eltern hatten mit ihrem Häuschen in Weiler direkt an der Winterbacher Straße nicht unbedingt den ruhigsten Platz im Ort erwischt, und Sabine fühlte sich in ihrem alten Jugendzimmer wohl auch recht beengt.

Aber er konnte auch sich verstehen: Plötzlich sollte er seine Wohnung mit Sabine teilen? Sollte auf sie Rücksicht nehmen? Sollte praktisch nie wieder allein sein?

Das machte ihm Sorgen, schließlich kannte er Sabine ja inzwischen ziemlich gut. Er mochte sie, keine Frage. Wahrscheinlich liebte er sie sogar. Aber Sabine hatte so ihre Probleme mit Abenden, die Ernst als gemütlich empfand: Wenn er einfach nur auf dem Sofa saß oder am Küchentisch, dazu ein Glas Wein vor sich und vielleicht noch einen Salzkuchen, plagte sie die Langeweile.

Wenn er nachts einfach mal bei einem Kumpel übernachtete, weil sich das eben so ergab, konnte sie sicher ganz schön schnippisch reagieren. Ernst stellte sich gerade vor, wie er morgens um sieben zum Kleiderwechseln in die Wohnung kam – die nicht leer war, sondern in der die Luft bis in den letzten Winkel knisterte, weil ihn eine stinksaure Freundin mit Vorwürfen empfing, dass er sich doch wenigstens hätte melden können.

Ernst seufzte.

Über die Werderstraße, die Stuttgarter Straße und die Mittlere Uferstraße war er inzwischen an der überdachten Brücke angelangt, die kurz vor der alten Bundesstraße über die Rems führte. Er folgte der Remsstraße Richtung Süden, bog in die Olgastraße ein, dann in die Wilhelmstraße und stand kurz darauf vor der Hofeinfahrt des Polizeireviers.

Auf einem der Kripo-Parkplätze stand Schneiders gelber Porsche. Ernst sah zur Kripo-Etage hoch. Das Fenster ganz rechts, das zum Büro seines Vorgesetzten gehörte, war dunkel, obwohl die Dämmerung schon weit fortgeschritten war. Wahrscheinlich war Schneider ohne seinen Wagen unterwegs.

»Schade«, dachte Ernst. Ein Gespräch mit Schneider wäre jetzt nicht schlecht gewesen. Er wandte sich wieder zum Gehen und umrundete das Polizeigebäude. Er hatte keine Lust, in der momentanen Stimmung vom Revierdienst durch die Fenster beobachtet zu werden, die auf den Innenhof hinausgingen.

Während er gemächlich die Stufen zur Bahnunterführung hinunterstieg, musste er grinsen. Es war noch kein Jahr her, dass er den frisch aus Baden eingetroffenen Schneider am liebsten auf den Mond geschossen hätte.

Freitag, 21.45 Uhr

Als Kriminalhauptkommissar Klaus Schneider schließlich den Motor abstellte und sich abschnallte, wusste er zunächst gar nicht so recht, wo er war.

Ziellos war er durch Schorndorf gefahren, hatte wahllos Abbiegungen genommen und Kreisverkehre und Kreuzungen passiert. Schneider stieg aus und sah sich um. In allen Himmelsrichtungen umgab ihn ein Neubaugebiet. Es ähnelte vage dem Gebiet, in dem sie den toten Knaur gefunden hatten – aber es war nicht dasselbe. Es lag auch nicht in Schorndorf, Schneider erinnerte sich noch, wie er auf die Bundesstraße eingebogen war.

»Egal«, dachte sich Schneider und schloss den Wagen ab. Ein paar Minuten an der frischen Luft würden ihm guttun. Er schlenderte die an manchen Stellen etwas verdreckte Straße entlang, schaute zu den Baugruben und Rohbauten hinüber, die sich hier abwechselten. In einigen Häusern, die schon weiter gediehen waren, brannten Baulampen, und Menschen, die Tapeten aufhängten, Kabel zogen, Parkett verlegten und Wände weißelten, warfen durch raumhohe Fensterelemente lange Schatten auf die umliegenden Grundstücke.

Er blieb stehen, und tatsächlich: Es war nicht nur das Plärren tragbarer Radios, das er zwischen einzelnen Hammerschlägen hören konnte. Irgendwo nicht weit von ihm schien ein kleines Fest im Gange zu sein. Er ging noch ein paar Schritte weiter, da öffnete sich für ihn der Blick auf ein paar Bierbänke, die vor einem Rohbau eine Straße weiter rechts von ihm aufgestellt waren. Er hörte Popmusik und die typische Mischung aus unbestimmtem Murmeln, aus einem Gewirr von Stimmen, gelegentlich unterbrochen von lautem Lachen und Gläsern, die aneinanderstießen.

Ein struppiger kleiner Baum war auf dem Haus befestigt, und unter den Festgästen befanden sich auch Bauarbeiter und Handwerker, soweit er es im Licht der Straßenlaternen erkennen konnte. Schneider musste lächeln: Das war also ein Richtfest – vielleicht konnte er ja kurz auf ein Glas Bier Hallo sagen. Der kürzeste Weg führte über eine Wiese, auf der sich Grasbüschel und Dreckflächen abwechselten. Er stapfte durchs Halbdunkel auf die Party zu und versuchte dabei, den Spuren auszuweichen, die Baggerketten und Lastwagenreifen auf dem unbebauten Grundstück hinterlassen hatten.

Je näher er dem Haus kam, desto dunkler wurde es. Vorsichtig tappte er immer weiter in den Schatten hinein, den der Bau warf. Dann wandte er sich nach links, ging langsam über eine gestampfte Fläche direkt am Haus entlang und konnte schon durch die Fenster einen Teil der Gäste sehen. Was er nicht sah, waren die beiden dunklen Gestalten, die hinter seinem Rücken schnell und leise auf ihn zuhuschten. Einer der beiden Männer hielt eine leere Weinflasche in der rechten Hand und holte damit aus.

Freitag, 22.00 Uhr

Der Mann, der die Szene aus dem Schatten eines etwa 50 Meter entfernten anderen Rohbaus beobachtete, zuckte regelrecht zusammen, als er sah, wie der Mann niedergeschlagen wurde, der zuvor so nah am ihm vorbei durch die sich ausbreitende Dunkelheit gegangen war.

Dann schweifte sein Blick wieder hinüber zu den Geräuschen und Lichtern des Richtfests. Früher war ein Richtfest für ihn oft lästige Pflicht gewesen. Ein Abend mehr, der nicht für das Familienleben zur Verfügung stand. Oder für die liegengebliebene Arbeit, je nachdem.

Gelächter wehte vom Fest herüber. Er hörte Flaschen klirren, und die Zapfanlage für das Fassbier klang, als müsste gleich ein neues Fass angeschlossen werden. Die Lichter der Feier verschwommen vor seinen Augen, und schließlich wischte er sich die Tränen ab.

Er ging zurück zu seinem Auto, das er zwei Straßen weiter vor einem Bauernhof geparkt hatte. Erst bog er auf den kürzesten Weg nach Hause ein, in Richtung Schorndorf-Weiler. Aber dann stoppte er den Wagen, drehte um und fuhr hinaus nach Schornbach. Unter der Brücke der Bundesstraße hindurch erreichte er das Dorf, sah in der Ortsmitte linker Hand noch Licht im Gasthaus und bog dort, wo früher die andere Wirtschaft mit angeschlossener Bäckerei gestanden hatte, von der Hauptstraße ab.

Er fuhr langsam die Beundenstraße entlang und kam an einem Haus vorbei, das schlimme Erinnerungen in ihm weckte. Dann bog er nach links in die Hohenneuffenstraße ein, stellte seinen Wagen am Straßenrand ab und sah wehmütig zu einem Wohnhaus auf der gegenüberliegenden Straßenseite hinüber.

Freitag, 22.05 Uhr

»Herr Schneider? Hallo?«

Roland Vollmer rüttelte den Kommissar, der vor ihm benommen auf einer Bierbank hockte. Hinter ihm standen zwei Zimmerleute und fixierten verlegen ihre Arbeitsschuhe.

»Herr Schneider, hören Sie mich?«

Der Kommissar öffnete seine Lider ein Stück weit und sah verständnislos zu dem vor ihm stehenden Vollmer auf.

»Vollmer, Roland Vollmer«, sagte der. »Erinnern Sie sich an mich?«

»Nn … ch … mmh«, machte Schneider und sank ein wenig nach hinten. Eifrig stützten ihn die beiden Zimmermänner ab und schoben seine Schultern wieder in eine aufrechte Position zurück.

»Was …?«, murmelte Schneider und sah Vollmer fragend an.

»Kennen Sie mich noch, Herr Schneider?«, drang Vollmer weiter auf ihn ein. »Wir haben uns vorgestern Nacht an der Baugrube getroffen, in der Sepp Knaur gelegen hatte.«

»Ich … ja, natürlich, aber …« Wie ein Messer fuhr der Schmerz Schneider erneut in den Schädel. Er fasste an seinen Hinterkopf und ertastete eine Beule, die wohl gerade noch im Begriff war anzuschwellen.

»Verdammt«, entfuhr es Schneider. »Was ist eigentlich passiert?«

»Das tut uns schrecklich leid, Herr Schneider«, beeilte sich Vollmer. »Meine Leute haben Sie wohl für jemand anderen gehalten.«

»Ach, prima. Und da schlagen sie mich gleich nieder? Schöne Sitten sind das.« Schneider wollte sich zu den beiden Männern umdrehen, die er hinter sich eher spürte als hörte. Aber schon bei der ersten Bewegung fuhr es ihm erneut den Hinterkopf hinauf und er setzte sich wieder gerade hin und sah Vollmer an.

»Für wen haben Sie mich denn gehalten?«

»Kommen Sie erst mal rüber ins Helle, da können wir es uns etwas gemütlicher machen.« Vollmer griff nach Schneiders Arm und half ihm hoch, dann gingen die beiden Männer langsam zu einer Biergarnitur am Rand des Festes. Die beiden Zimmerleute huschten auf eine Geste Vollmers hin zu der improvisierten Theke hinüber, zapften schnell zwei Bier, legten Fleischkäse und ein Brötchen auf einen Pappteller und stellten ein Bier vor Vollmer und das andere und den

Teller vor Schneider, der sich umständlich setzte, auf den Tisch.

»Wer von Ihnen beiden hat denn zugeschlagen?«, brummte Schneider. Der ältere der beiden Zimmerleute räusperte sich und schaute noch etwas verlegener drein. Der jüngere trat einen Schritt zurück.

»Und was sollte das?«

»Lassen Sie lieber mich das erklären«, schaltete sich Vollmer ein und bedeutete den Zimmerleuten, sie beide allein zu lassen – was die Männer sichtlich gerne befolgten.

»Und?«

Vollmer hob seinen Bierbecher, um Schneider zuzuprosten, aber der rührte sich nicht und behielt sein Gegenüber im Blick. Vollmer nahm einen tiefen Schluck, wischte sich den Schaum vom Mund und stellte den Bierbecher umständlich vor sich auf den Tisch.

»Vorgestern hat mein Chef Ihnen ja schon von dem oder den Unbekannten erzählt, die seit einiger Zeit Unfug auf den Baustellen hier in der Gegend treiben. Das wurde mit jedem Mal schlimmer, und eigentlich warten wir schon seit einer Weile darauf, dass die nächste Stufe erreicht wird.«

»Welche nächste Stufe?«

»Na ja, zunächst gab es kleinere Scherze, die so ganz allgemein neue Flächen für den Wohnungsbau betrafen. Da wurden Plakate beschmiert, wie sie in vielen Neubaugebieten aufgestellt werden: mal mit Plänen des Gebiets drauf und schön sattgrün eingezeichneten Bäumen und so, mal eher mit Werbung für Kabelfernsehen oder Erdgas. Irgendwann wurde mal so eine Plakatwand umgesägt, das gab dann die erste Anzeige – da können Ihnen sicherlich Ihre Kollegen vom Revier in Schorndorf einiges erzählen.«

»Haben sie schon. Und weiter?«

»Dann ging es gegen Baufirmen, Handwerker und so weiter. Da hingen mal morgens leere alte Zementsäcke an den Firmeneingängen oder es wurden an den Transportern die Planen aufgeschnitten. Auch diesmal waren wieder

Schilder beschmiert, auch Wegweiser für die Gewerbegebiete, in denen die Firmen ansässig sind, wurden übermalt und beschädigt. Na ja, die Gemeinden und manchmal auch die Firmen haben immer wieder Anzeige erstattet – aber dabei kam natürlich nichts heraus.«

»Natürlich?«

»Ja, natürlich: Die Gewerbegebiete sind ja von Wohnhäusern aus oft gar nicht richtig zu sehen und zu hören – und so ist es ja auch gewollt. Wenn sich da also einer nachts zu schaffen macht, bekommt das zunächst einmal gar niemand mit. Und ohne Zeugen gibt es kaum Spuren. Es wurden ja keine speziellen Farben verwendet, und Ihre Kollegen können wegen solcher Lappalien auch nicht tagelang Spuren sichern, die dann letztendlich zu nichts führen würden. Wir fahren alle beruflich Transporter, Kombis, Geländewagen und kleinere und größere Lastwagen, wir tragen alle Sicherheitsschuhe oder zumindest Schuhe mit festen Sohlen – da können Sie weder aus den Schuhabdrücken noch aus den Reifenspuren viel herauslesen.«

»Gab es denn Spuren?«

»Ja, sicher. Aber die könnten fast immer auch von den Mitarbeitern der Firmen selbst stammen, zumindest waren immer nur Fuß- und Reifenspuren zu sehen, wie sie auch von uns selbst hinterlassen werden.«

»Sie tippen also auf jemanden aus Ihrer eigenen Branche?«

»Ja, alles andere halte ich nicht für sehr wahrscheinlich – auch wenn ich mir ums Verrecken nicht vorstellen kann, warum einer von uns einen solchen Blödsinn anstellen sollte. Da weiß doch jeder, was er anrichtet.«

»Und warum sind Sie trotzdem so überzeugt davon, dass es ein Bauarbeiter ist oder einer, der sonst wie zu Ihrer Branche gehört?«

»Dieser Unbekannte – gehen wir jetzt einfach mal von einem Einzelnen aus – sucht in den Maschinen- und Lagerhallen ganz offensichtlich nicht lange herum, sondern bricht zielstrebig ein Tor auf und stellt dann seinen Unfug an.«

»Mein Kollege hat mir davon erzählt. Aber im Polizeirevier gibt es zu aufgebrochenen Türen keine Unterlagen.«

»Natürlich nicht: Von unseren Firmen erstattet inzwischen schon längst keiner mehr Anzeige. Das bringt ja eh nichts.«

Schneider wollte schon protestieren, aber er wusste ja, dass Vollmer Recht hatte. Die Kollegen würden die Anzeigen sammeln, würden den spärlichen Hinweisen so lange nachgehen, wie es sinnvoll war, und den oder die Übeltäter würden sie nach Lage der Dinge vermutlich nicht zu fassen bekommen.

»Und so kamen Sie also auf die Schnapsidee, Streife zu laufen oder wie Sie das nennen.«

Vollmer grinste: »Ja, so kam das. Mir ist schon klar, dass Ihnen das nicht gefällt. Aber wir fühlen uns eben wohler, wenn wir die Augen offenhalten und …«

»… und Leute niederschlagen?«

»Na ja, Sie waren der erste.«

»Soll ich mich darüber nun auch noch freuen?«

»Ach, Herr Kommissar«, seufzte Vollmer und hielt Schneider erneut den Becher hin. »Trinken Sie einfach mal einen Schluck, und vielleicht kann ich mich ja mal irgendwie für den Fehler von heute Abend revanchieren.«

Schneider zögerte.

»Ich kann Ihnen sicherlich die meisten Fragen beantworten, die mit dem Bauen oder unserer Branche zu tun haben. Wenn Ihnen also wegen des Todes von Knaur etwas komisch vorkommt oder wenn Sie Hintergrundwissen brauchen: Ich helfe Ihnen gerne und jederzeit.«

»Wenn mich in den nächsten paar Tagen niemand mehr niederschlägt, bin ich, glaube ich, schon ganz zufrieden. Könnten Sie das einrichten?«

Vollmer lachte, und auch die beiden Zimmermänner, die weiter hinten am Bierfass standen und die ganze Zeit auffällig unauffällig zu Schneider herübergesehen hatten, schienen aufzuatmen.

»Prost!«, sagte Schneider und trank einen Schluck. Den Kopf versuchte er dabei möglichst still zu halten.

Samstag, 10.00 Uhr

»Warum nehmt ihr eigentlich nicht den Aufzug?«

Sybille Schneider hatte keine Mühe mit den Treppen, dazu war sie viel zu sportlich. Aber sie war, wie viele Menschen mit idealer Figur, einfach zu faul, um sich außerhalb von Squashcourts oder Fitnesscentern gerne anzustrengen.

Nach seinem Erlebnis auf dem Richtfest hatte er den Porsche in dem Neubaugebiet stehen lassen. Einer der beiden Zimmerleute hatte ihn heimgefahren, und gerade hatte er ihn mit seiner Frau abgeholt. Die wollte die Gelegenheit nutzen und mal wieder das Büro ihres Mannes ansehen.

»Der Aufzug geht nur bis zum zweiten Stock«, erklärte Schneider. »Außerdem veranstaltet der Antrieb des Aufzugs einen Höllenlärm – und der Antrieb ist direkt neben meinem Büro eingebaut.«

Er öffnete die Tür zu seiner Abteilung und ging seiner Frau voraus den Flur entlang. Aus Ernsts Büro hörte er leise Radiomusik. Im Aufenthaltsraum röchelte die Kaffeemaschine.

»Arbeiten samstags viele?«, wunderte sich Frau Schneider.

»Na ja, wenn ein größerer Fall ansteht, kommt das schon vor. Ich bin ja auch hier.«

Die beiden hielten auf Ernsts Büro zu. Schneider klopfte kurz an die halb offene Tür und drückte sie ganz auf. Ernst saß am Schreibtisch und gab ein Bild des Jammers ab. Unrasiert und müde schaute er zu seinen beiden überraschenden Besuchern hoch. »Derangiert« dachte seine Frau vermutlich gerade – Schneiders eigenes Elternhaus hatte ihm kein solches Faible für geschliffene Ausdrücke mitgegeben.

»Hallo, Herr Ernst«, flötete Sybille Schneider. Ihr Blick, mit dem sie das Büro, Ernsts Zustand und einige herumliegende Gegenstände taxierte, war nicht halb so freundlich wie ihre Begrüßung.

»Ah, Frau Schneider. Guten Morgen.« Er erhob sich lahm und gab ihr die Hand. »Herr Schneider«, nickte er seinem Chef zu. »Wollen Sie einen Kaffee mittrinken? Läuft gerade durch.«

»Nein, danke«, wehrte Frau Schneider ab. »Ich muss dann auch gleich wieder. Besuchen Sie uns doch mal, ja? Sag mal, Klaus«, wandte sie sich an ihren Mann, »willst du deinen Kollegen nicht vielleicht für morgen Abend einladen? Vielleicht hat ja auch seine Freundin Zeit. Wie hieß sie noch mal, Herr Ernst?«

»Sabine«, antwortete Ernst, und in dem einen Wort lag erstaunlich viel Schmerz. Schneider hob die Augenbrauen, aber seine Frau tat, als wäre ihr nichts aufgefallen.

»Und? Haben Sie Zeit?«

»Ich frage Sabine mal, aber ich glaube schon.«

Irgendwie wirkte Ernst überrumpelt. Schneider verstand ihn gut, seine Frau wusste auch ihn zu steuern und zu überraschen.

»Gut, Herr Ernst, dann bis morgen. Ich freu mich schon«, und damit war Sybille Schneider schon wieder aus dem Büro geweht. Die beiden Männer hörten ihre Schritte, das Geräusch der zuschnappenden Eingangstür und dann das flotte Trippeln die Treppenstufen hinunter.

»Alles klar, Herr Ernst?«, fragte Schneider schließlich.

»Na ja, etwas überraschend kam diese Einladung schon«, grinste Ernst.

»Ach, das hat meine Frau schon länger vor. Und nun hat es sich eben ergeben. Aber ich meine etwas anderes.«

Ernst schaute fragend, und Schneider nickte zu einer Ecke des Büros hinüber, in der Linus lag. So nannte Ernst im Scherz seine Wolldecke, die er im Büroschrank aufbewahrte, damit er sich zudecken konnte, falls er mal im Büro übernachtete.

»Ach, Linus meinen Sie?« Ernst lachte rau. »Ja, ich habe heute Nacht hier geschlafen.« So roch das Büro auch, Strümpfe und eine schwache Weinfahne inklusive.

»Ist bei Ihnen alles in Ordnung, Herr Ernst?«

»Wie man's nimmt, würde ich sagen. Wollen wir uns zu Ihnen rübersetzen? Ich vermute, hier riecht es nicht sehr frisch, oder? Ich würde jedenfalls gerne mal lüften.«

Schneider nickte und ging in sein Büro hinüber. Ernst kam zwei Minuten später nach, in jeder Hand einen Kaffeepott.

»Etwas Zucker, etwas Milch, richtig?«

»Ja, wie Sie, ich weiß. Und, was ist nun los mit Ihnen?«

»Meine Freundin Sabine will bei mir einziehen.«

»Ist das so schlimm?«

»Nein, aber es hat mich gestern Abend schon beschäftigt. Das bringt schließlich schon einige Veränderungen mit sich.« Schneider nickte wissend, und Ernst fügte grinsend hinzu: »Ich sehe schon, Sie haben damit auch Ihre Erfahrungen gemacht.«

»Das schon, aber ...«

»Aber was?«

»Darf ich mal etwas privater werden? Ich meine, wir kennen uns ja sozusagen nur beruflich, da will ich natürlich nicht aufdringlich werden.«

»Machen Sie nur. Ich bin ja richtig gespannt, was nun kommt.« Ernst setzte sich etwas aufrechter hin und schien sich regelrecht zu wappnen.

»Hm«, druckste Schneider noch etwas herum.

»Na los. Immer raus damit«, ermunterte ihn Ernst.

»Also ... Mir macht Ihr ... na ja ... Absturz gestern Nacht zu schaffen.«

»Welcher Absturz?«

»Sie übernachten im Büro, es riecht nach Wein – das wirkt auf mich nicht so, als hätten Sie den gestrigen Abend mit süßem Sprudel verbracht.«

Ernst sah Schneider bestürzt an, und der wiegelte sofort ab: »Entschuldigen Sie bitte, ich bin wohl doch zu weit gegangen.«

»Nein«, wehrte Ernst ab. »Ich bin nur … etwas verblüfft? So etwas sagt einem ein Kollege oder ein Vorgesetzter ja nun auch nicht alle Tage.«

»Ich mache mir halt Sorgen, Herr Ernst.«

Ernst nahm einen Schluck Kaffee und sah Schneider über den Rand des Potts hinweg nachdenklich an.

»Wenn ich alkoholkrank wäre, müsste ich jetzt empört sein, mich verteidigen – etwas in der Art. Das habe ich jedenfalls gelesen. So gesehen, müssen Sie sich keine Sorgen um mich machen, Herr Schneider.«

Schneider schien erleichtert, aber so ganz traute er dem Frieden noch nicht. Steif blieb er auf seinem Stuhl sitzen, nippte am Kaffee und behielt den Kollegen im Auge.

»Das Thema hat mich tatsächlich eine Zeitlang beschäftigt«, fuhr Ernst nach einer kleinen Pause fort. »Aber nicht meinetwegen: Ein Schulfreund hat sich regelrecht totgesoffen. Ich hatte in seinen letzten Monaten als einer von wenigen noch recht engen Kontakt zu ihm. Ich sah, wie er langsam vor die Hunde ging, wie er sich selbst dann noch geradezu wütend gegen Vorwürfe wehrte, er sei süchtig, als er schon längst kaum mehr genug aß und die körperlichen Zusammenbrüche immer schneller aufeinander folgten. Das ist heute rund 20 Jahre her, und es hat mich noch immer nicht ganz losgelassen.«

Schneider saß ganz still und lauschte.

»Ein paar Jahre lang habe ich selbst keinen Tropfen Alkohol mehr getrunken, bis ich zu der Überzeugung kam, dass ich das auch nicht wollte. Danach habe ich anfangs sehr genau beobachtet, was und wann und wie viel ich trinke – schließlich hat sich das so eingependelt, dass ich eigentlich ganz zufrieden bin. Es gibt immer mal ein paar Tage, an denen ich nichts trinke – ich vergesse es schlichtweg oder es ergibt sich nicht, was weiß ich. Oft aber trinke ich gern ein

Viertele, am liebsten Württemberger Rotwein. Na ja, und dann gibt es schon mal Abende, an denen es etwas weniger hätte sein dürfen – so wie gestern.«

»Und wie vor eineinhalb Wochen, als Sie bei Ihrem Kumpel in Schorndorf übernachtet haben.«

»Ja, und Sie haben sich von Ihrer Frau abholen lassen«, schmunzelte Ernst.

Schneider musste lachen, und fast augenblicklich war die bedrückte Stimmung im Raum wie weggeblasen.

»Aber das Thema ist schon präsent«, fuhr Ernst fort. »Irgendwie für jeden von uns, glaube ich. Wein in der Soße oder im Salat – wenn ich mich noch recht an die Infos von damals erinnere, darf ein trockener Alkoholiker nicht einmal so etwas riskieren. Das müssen Sie sich mal vorstellen! Und das in unserer Gesellschaft, wo jeder schräg angeschaut wird, wenn er abends mit einer Apfelschorle am Stammtisch sitzt. Trifft aber einer dieser Stammtischbrüder draußen unsere beiden Künstler mit einem Joint an, fährt ruckzuck der Zeigefinger nach oben.«

»Na ja, ich fand, wir haben uns mit … – wie hießen die? Laurenz und Hardy? Wir haben uns, finde ich, nicht schlecht geschlagen für die Spießbürger, als die sie uns sehen.«

»Stimmt. Wären wir nicht bei der uncoolen Kripo, wäre das wahrscheinlich als cool durchgegangen.«

Die beiden Männer lachten, und dann begann Schneider, seinem Kollegen vom gestrigen Abend zu erzählen.

»Da haben Sie wenigstens Kopfweh auf eine Art, die völlig unverdächtig ist«, meinte Ernst schließlich.

»Na, vielen Dank auch …«

Samstag, 23.00 Uhr

Der Wagen rollte mit ausgeschaltetem Motor in der Einfahrt der Lagerhalle aus. Das Grundstück lag etwas außerhalb, und rund um die Halle waren Paletten mit Pflastersteinen abgestellt. Zwischen den Ritzen eines hölzernen Anbaus, der von der Straßenlaterne hell ausgeleuchtet wurde, waren die Deckaufbauten eines Motorboots zu sehen, das dort auf einem Anhänger abgestellt war.

Das Auto aber stand zum großen Teil im Dunkeln. Der Schatten der Lagerhalle schützte es vor dem Licht der Laternen, nur das runde VW-Emblem vorne auf dem Kühlergrill blitzte matt im Restlicht auf.

Der Mann stieg aus und wandte dem Gewerbegebiet den Rücken zu. Er huschte zwischen Obstbäumen hindurch auf das Baugebiet zu, mit dem das Dorf neuerdings tief in die Felder und Wiesen hineinragte.

Alles lag still. Gasthäuser und auch die Hauptstraße befanden sich in der anderen Hälfte des Ortes und für Partys auf Terrassen und Balkonen der angrenzenden Wohnhäuser waren die Temperaturen nicht hoch genug.

Aus dem alten Dorf kam ein Kombi mit Firmenaufschrift an den Seitentüren herangefahren. Mal langsam, dann sogar im Schritttempo kurvte der Wagen auf den Straßen durch das Baugebiet. Immer wieder blieb das Auto vor einem Rohbau fast stehen, fuhr dann wieder einige Meter etwas flotter, tauchte zwischen den Straßenlaternen immer wieder ins Halbdunkel ein, bevor das Licht der nächsten Laterne den Wagen und den Schriftzug »Haber & Sohn« wieder etwas mehr beleuchtete.

Der Mann, der sich zwischen Büschen geduckt versteckt hielt, wartete, bis der Wagen wieder im Dorf verschwunden war. Er wartete noch weitere fünf Minuten und wandte sich dann, als noch immer kein ungewöhnliches Geräusch zu hören war, einem der Rohbauten zu, die sich an der ersten Straße vor ihm zwischen Haufen von Sand und Kies und Erde erhoben.

Sonntag, 9.00 Uhr

Roland Vollmer stapfte stinksauer über den Dreck zum Eingang des Rohbaus hin. In der Maueröffnung, die später einmal die Haustür aufnehmen würde, wartete Horst Kahlert auf ihn. Kahlert war einer der älteren Maurer von Haber & Sohn, ein guter und zuverlässiger Arbeiter, aber immer wieder mal mit den Vorgaben von Bauplänen und den Anweisungen von Bauleitern überfordert.

Rechts des Gebäudes stand der Container von Habers Baufirma, in dem die Bauarbeiter ihre Schaufeln und andere Gerätschaften über Nacht und übers Wochenende verwahrten. Die Tür stand offen, daneben lag auf dem Boden einer der Eisenpfähle, mit denen das Absperrband an einer Seite der Baugrube befestigt gewesen war. Ihn hatte der Unbekannte vermutlich benutzt, um die verschlossene Containertür aufzuhebeln.

»Dohanna«, wies Kahlert seinem Bauleiter den Weg nach innen. Kahlert hatte eine Fahne, und Vollmer hielt kurz den Atem an, um auf der anderen Seite der Wolke aus schalem Biergeruch und altem Zigarettenrauch unbeschadet wieder frischere Luft zu erreichen.

Der kleine Raum, vor dem Vollmer schließlich stehen blieb, würde später einmal die Gästetoilette des Hauses darstellen. Jetzt war es ein fürchterliches Durcheinander aus Werkzeug, Sand, Dreck und Holzbrocken, die der Unbekannte offenbar um den Rohbau herum eingesammelt und hier übereinandergeworfen und -geschüttet hatte.

Das meiste bildete einen Haufen, aus dem überall die unterschiedlichsten Gerätschaften und Baumaterialien herausragten. Oben auf der Spitze der Erhebung thronte eine inzwischen angetrocknete dunkelbraune Masse in Form dreier dickerer, übereinanderliegender Finger. Daneben lag ein Fäustel, der unten am Griff mit grüner Farbe markiert war – das Erkennungszeichen, das die Arbeiter von Haber & Sohn für ihr Werkzeug verwendeten. Das obere Ende des Griffs steckte in einem der braunen »Finger«. Links und rechts davon waren Schuhabdrücke am Rand des Haufens zu sehen, wobei die Absätze der Schuhe der dunkelbraunen Masse zugewandt waren.

»So eine Drecksau!«, schimpfte Vollmer, der froh war, dass diese Hinterlassenschaft des Unbekannten offenbar schon ein paar Stunden alt war und nun nicht mehr stank. Rundherum deuteten gelbliche Verfärbungen und Schwemmspuren auf den kleineren Sandflächen darauf hin, dass sich der Unbekannte auch anderweitig erleichtert hatte.

»Mir hen von draußa heut Morga bloß gsäh, dass vor dem Haus Werkzeug romliegt. No semmr nei ond hen die Sauerei gfonda.« Kahlert war neben ihn getreten, und fast war Vollmer froh, dass dessen Bierfahne den Eindruck dieser unappetitlichen Szenerie verwischte.

»Und wo ist das andere?«, fragte Vollmer, dem seine Leute am Telefon noch von einer anderen Hinterlassenschaft des Unbekannten erzählt hatten.

»Do henda«, brummte Kahlert und ging Vollmer durch die an der Seite des Hauses vorbereitete Terrassentür zur späteren Garageneinfahrt voraus. Dort war der Baukran platziert, und etwa in Brusthöhe sah Vollmer die ganze Schweinerei.

»Verdammt!«, entfuhr es Vollmer.

Der Unbekannte hatte mit einer Schaufel, die zuvor im Container weggesperrt gewesen war, Sand und Dreck in einige Öffnungen unten am Kran geschippt. Dorthin, wo mit Öl und Fett die Seile und der Drehkranz des Krans geschmiert werden. Vermengt mit Sand und Erde waren diese Schmiermittel eine ziemlich Pampe, und das wieder zu säubern und neu einzufetten war eine Schweinearbeit – die einigen seiner Leute entweder den Sonntag oder seinem Chef die Stundenzettel für Montag verderben würde.

Damit nicht genug: Auch einige Grasbüschel hatte der Unbekannte in die Öffnungen gestopft. Das machte den Schaden zwar nicht größer, aber die verdreckten Stellen mussten auf die Arbeiter damit noch deprimierender wirken.

»Jetzt reicht's aber wirklich«, polterte Vollmer schließlich los. »Kahlert, du und Saliagic« – er nickte zu einem weiteren Mann hinüber, der am Straßenrand stand und erregt in sein Handy sprach – »ihr hängt euch jetzt ans Handy und trommelt mir alle zusammen. Ich werde mich mit den Leuten von Praatz kurzschließen.« Er sah kurz auf seine Armbanduhr. »Sagen wir um 14 Uhr bei uns in der Halle, ja?«

Damit stapfte er wieder auf die Straße zu und riss die Fahrertür seines Firmenwagens auf.

»Ach, und Kahlert«, rief er noch zum Rohbau hinüber. »Lass Saliagic fahren. Du stinkst wie ein altes Bierfass.«

Sonntag, 13.00 Uhr

Im Zimmer standen zwei unbekleidete Schaufensterfiguren, und auf dem Tisch lagen unterschiedliche Werkzeuge bereit. Der Mann saß mit dem Gesicht zum Fenster und vernähte gerade den Saum einer in Hüfthöhe abgeschnittenen Latzhose.

In einem Karton, der neben ihm auf dem Boden stand, lagen Metallrohre bereit, gerade und gebogene. An einer Wand lehnten zwei Teile einer Glasscheibe, die jeweils an einem Rand seltsam ungerade abgeschnitten waren.

Neben der wie stets verschlossenen Tür zum Flur hing eine Pinnwand, auf die Computerausdrucke von Satellitenfotos, Planzeichnungen von Neubaugebieten und eine große Karte von Schorndorf und Umgebung geheftet waren. Einzelne Stellen auf dieser Karte waren mit rotem Marker gekennzeichnet, an zwei Stellen steckten bunte Fähnchen.

Sonntag, 14.00 Uhr

In der Halle hatten einige Arbeiter eilig Biergarnituren aufgestellt, und am Kopfende des so improvisierten Besprechungsraums waren zwei Tische und Bänke quer zur Ausrichtung der anderen platziert.

Zwei junge Männer schleppten Bierkästen heran, Sprudelflaschen waren schon auf den Tischen verteilt, und eine korpulente Frau Mitte 50 stellte scheppernd Aschenbecher auf die Tischplatten.

»Danke, Erna«, sagte Willi Haber zu ihr und wuchtete sich auf eine der vorne quergestellten Bierbänke. Neben ihn setzte sich Vollmer, und eben kam Dr. Fred Praatz mit Bauleiter Hannes Wurster durch das Hallentor herein. Haber winkte die beiden zu sich heran, und sie setzten sich auf die zweite Bierbank.

Innerhalb weniger Minuten hatten sich alle anderen Bänke mit Männern und einigen wenigen Frauen gefüllt. In der Halle stieg Gemurmel auf, und immer wieder waren dazwischen unterdrückte Flüche zu hören.

»So, Leut«, donnerte Habers Stimme durch den großen Raum. Die letzten Arbeiter huschten zu den letzten freien Plätzen, dann kehrte Ruhe ein.

»Mir hen uns hier versammelt, weil mir – also au Fred Praatz und seine Leut – moinat, dass mir dem Idiota, der ons seit Wocha des Leba schwer macht, etzat mol langsam s'Handwerk lega solltat.«

Aus den Reihen vor ihm drang zustimmendes Gemurmel, einer rief »Dem reißa mr dr Arsch uff!«, und einige lachten daraufhin finster.

»Scho recht, Männer«, wiegelte Haber ab.

»… und Frauen«, warf Praatz ein.

»Wega mir«, brummte Haber. »Aber erscht amol müssa mir wissa, wem mir dr Arsch uffreißat. Schtemmt's?«

Es stimmte, und die Geräuschkulisse zeigte, dass Haber wieder einmal den richtigen Ton getroffen hatte. Selbst die

Arbeiter der Praatzbau hatten insgeheim vor dem Chef der Konkurrenz mehr Respekt als vor ihrem eigenen Boss. Das geschickte und erfolgreiche Jonglieren mit Zahlen machte wenig Eindruck auf Leute mit Schwielen an den Händen und der Gicht im Kniegelenk.

»Vollmer ond Wurschter, ihr boide fassat jetzt amol zamma, was bis heut älles vorkomma isch.«

Vollmer erzählte von den Sabotage-Aktionen, die Baustellen von Haber & Sohn betroffen hatten, und sah dabei immer wieder auf die Notizen, die er sich dazu gemacht hatte. Dann gab Wurster einen Überblick über alles, was die Praatzbau betraf. Im Wechsel ergänzten die beiden ihre Zusammenfassung mit einigen Aktionen, die sich eher gegen einzelne Handwerker oder auch gegen Bauherren gerichtet hatten.

»Fehlt do net ebbas?«, rief Kahlert zu Vollmer hinüber. Der Mann hatte offensichtlich schon wieder zwei, drei neue Flaschen Bier intus. Seine Bemerkung wurde von den meisten Anwesenden mit Gelächter quittiert, und die meisten sahen feixend zu Vollmer hin.

»Ja, schon recht«, meinte der etwas gequält. »Mein Abenteuer mit dem Klohäuschen fehlt noch in der Liste. Aber ich sehe ja, dass das ohnehin keiner von euch vergessen hat.«

Das Gelächter in der Halle klang nun etwas gutmütiger, und widerwillig musste auch Vollmer lächeln.

»Tja, mit dem Thema Toilette hat es unser Unbekannter ganz offensichtlich«, fuhr er fort. »Heute Nacht hat er wieder einiges angerichtet, und als kleinen ... nein, eigentlich nicht sehr kleinen Gruß an uns alle hat er schon einmal das Gästeklo eingeweiht.«

»Des isch jo echt beschissa!«, rief Ahmet Erdogan grinsend, und alle lachten und johlten und prosteten dem Kollegen aufgekratzt zu.

»Aber jetzt mol em Ernscht!«, warf Haber ein. »Wellat mir ons des no länger gfalla lassa?«

Schlagartig war es aus mit der Heiterkeit in der Halle. Die Arbeiter schimpften und wetterten wild durcheinander, und natürlich wollten sie sich das nicht länger gefallen lassen.

»Also müssat mir no gründlicher Schtroife fahra. Sen ihr dabei?«

Zustimmung brandete auf, und keiner der Anwesenden dachte mehr darüber nach, dass ja eigentlich Sonntag war und damit Freizeit.

»Ond: Gangat mir jetzt älle do naus ond guckat ons no genauer om?«

Wütend stimmten sie Haber zu, und allmählich brodelte die Stimmung gefährlich auf.

»Also, Leut: Naus mit euch, ond schtroifat über älle Baugebiete ond vorbei an älle Bauplätz en dr Schorndorfer Gegend. Mir sen gnuag, om heut ond en di nächschte paar Täg älles em Blick z'han. Der Lomp goht ons net naus, oder?«

Das Durcheinander der »Jawoll!«- und »Auf goht's«- und »Der soll ons kenna lerna!«-Rufe waren ohrenbetäubend und wurde von den kahlen Wänden der Lagerhalle noch verstärkt zurückgeworfen. Die ersten standen auf und strebten dem Ausgang zu.

»So isch's«, setzte Haber noch einmal nach. »Ond wenn mir oin zum Fassa kriegat, goht's rond. Dann nämlich könnat mir dem – was, Leut?«

»Dr Arsch uffreißa!«, schallte es donnernd durch die Halle.

Haber nickte den Arbeitern zufrieden zu. Praatz dagegen schien sich in der aufgeheizten Atmosphäre nicht sehr wohl zu fühlen. Und Vollmer und Wurster sahen sich nachdenklich an.

Sonntag, 19.30 Uhr

»Das ist ja ein Jammer, dass Sie hier ausziehen müssen«, meinte Ernsts Freundin Sabine Henreid nach der Führung durch das Haus, und ihr Bedauern klang aufrichtig. Aber

Sybille Schneider hakte sie nur unter und führte sie zurück ins Wohnzimmer. Dort saßen Schneider und Ernst am Esstisch und fachsimpelten. Sie hatten sich aus dem Rundgang verabschiedet, als es um Details der Küchenausstattung ging.

»Ach, wissen Sie: Wir finden schon wieder was Schönes.« Sie zwinkerte ihrem Mann zu: »Nicht wahr, Klaus?«

»Du kannst es ihr ruhig erzählen, Sybille. Herr Ernst weiß schon Bescheid.«

Schneider schenkte Ernst, der neben ihm saß, noch einen Schluck Bordeaux nach und bemerkte deshalb nicht die eisigen Blicke, die ihn aus den Augen seiner Frau trafen. Doch Sybille Schneider fing sich schnell wieder.

»Tja, wenn mein Mann schon alles ausgeplaudert hat ... Wir wollen bauen. Ein kleines Häuschen, vielleicht im Grünen.«

Schneider wusste schon, was sich seine Frau unter einem »kleinen Häuschen« vorstellte. In Gedanken ging er noch einmal das bevorstehende Gespräch mit dem Bankberater durch. Die Familie seiner Frau war wohlhabend, aber Schneider legte durchaus Wert darauf, für den Hausbau ganz oder weitgehend auf eigenen Füßen zu stehen.

»Ein behagliches Heim«, fuhr Sybille Schneider währenddessen fort, »ganz für uns und mit ein bisschen Platz drumherum.«

»Platz? Für Kinder?«, fragte Sabine Henreid. Es klang zufällig, aber Ernst lief es bei dieser Bemerkung unwillkürlich eiskalt den Rücken hinunter.

»Wer weiß?«, flötete Sybille Schneider, und ihr Mann starrte sie einen Moment lang irritiert an.

Ernst bemerkte die aufkommende Spannung und hob das Glas: »Ein Toast auf unsere Gastgeber!«, sagte er laut, und alle prosteten sich zu. Danach ging es um weniger verfängliche Themen, um Kochen und Wein, um die schönsten Gegenden im Umkreis und um alle Orte, die noch aus anderen Gründen für das neue Heim der Familie Schneider geeignet wären.

Es wurde ein entspannter und unterhaltsamer, ein schöner Abend, und die Stunden vergingen wie im Flug. Plötzlich klingelte das Telefon.

»Ja? Schneider?« Kommissar Schneider hörte kurz zu, und Ernst erkannte schon an seiner etwas steifer werdenden Körperhaltung, dass es um etwas Dienstliches ging.

»Hm ...«, machte Schneider, dann noch ein paar Mal »Ja« und »Verstehe«. Das Gespräch im Wohnzimmer war verebbt.

»Tja, da müssen wir wohl etwas unternehmen«, sagte Schneider schließlich. »Rufen Sie doch bitte Haber und Praatz an, die sollen mir morgen früh gleich nach der Montagsbesprechung jeder einen Mitarbeiter in mein Büro schicken, der unter seinen Kollegen das Sagen hat. Bauleiter oder so etwas, ja? Dafür brauchen wir die Firmenchefs nicht, die lavieren dann doch nur rum. So kann das ja nicht weitergehen. Alles klar? Gut, dann bis morgen.«

Schneider steckte den Hörer zurück in die Basisstation und sah die fragenden Blicke der drei anderen.

»Das war ein Kollege aus dem Schorndorfer Revier. Ein Spaziergänger ist nahe einer Baustelle in Miedelsbach von Bauarbeitern angesprochen worden. Na ja: Der Spaziergänger spricht von ›anpöbeln‹ – es ist anscheinend zum Streit gekommen, da hat er die Männer angezeigt. Die waren da wohl fünf Mann hoch unterwegs und offenbar auch nicht mehr so wahnsinnig nüchtern. Zwei von ihnen kannte er wohl, je einer arbeitet für die Praatzbau und einer für Haber & Sohn.«

»Schön, dass die so gut zusammenarbeiten«, sagte Ernst mit beißendem Unterton.

Die dritte Woche im Mai

Montag, 7.00 Uhr

Die Luft war noch frisch, aber es versprach ein schöner Tag zu werden. Fritz Traubner atmete tief ein, und er genoss die Erinnerungen, die der Mix aus Abgas und rohem Holz in ihm wachriefen.

Das Tor zum Gelände der Baufirma Haber & Sohn stand schon weit offen. Aus verschiedenen Winkeln des Areals drangen Geräusche an seine Ohren, und immer wieder rollten Lastwagen aus einer Halle heraus oder rückwärts an eine Palette mit Baumaterial heran.

Traubner kannte sich gut aus hier. Die Baufirma Haber hatte schon zu Zeiten, als er selbst noch in der Baubranche das große Rad drehte, einen ordentlichen Ruf, und immer wieder hatte er selbst für seine Firma Zobel & Traubner Unteraufträge an Haber vergeben. Und auch nach dem Ende seines Unternehmens war er ab und zu hier gewesen. Die älteren Mitarbeiter und auch Haber selbst begrüßten den alten Konkurrenten immer mit großem Hallo, und alle zogen in Gedanken den Hut, wenn sie daran dachten, wie sich Traubner letztlich mit erhobenem Haupt und ohne krumme Dinger aus der Branche verabschiedet hatte.

Langsam schlenderte Traubner ein Stück weit ins Gelände hinein. Hinter einer der Türen, die zu Habers Büroräumen führte, hörte er einen Wachhund anschlagen, aber es kam niemand heraus, um sich nach dem Grund für das Bellen umzusehen.

Linker Hand rangierte ein junger Mann mit einem Gabelstapler zwischen den Regalen und stellte offenbar die Ladung für einen Lastwagen zusammen, der in der Nähe stand und an dessen Vorderrad ein zweiter junger Mann lehnte. Rechts hinüber öffnete sich der Blick auf einige Bauarbeiter, die gerade Werkzeug auf die Ladefläche eines offenen Transporters warfen und sich danach noch schnell eine Zigarette anzündeten, bevor der Bauleiter mit seinen Anweisungen für den Tag kommen würde.

Fritz Traubner ging auf die mittlere Halle zu. Sie war leer, und so konnte er in aller Ruhe zwischen den Hochregalen mit Holzstapeln, Zementsäcken und den verschiedensten Materialien hindurchgehen. Überall lag Staub, und in der Ecke standen zwei Eimer mit Holzresten und anderem Kram. Traubner schmunzelte wehmütig: Auch in seiner Firma hatten einst die Lehrlinge am Freitag die Halle fegen müssen – und auch in seiner Firma hatten sie das mit Blick auf das herbeigesehnte Wochenende oft so schnell und schlampig gemacht, dass nur die gröberen Stücke auch wirklich im Abfalleimer gelandet waren.

Traubner schaute immer noch versonnen lächelnd auf die Eimer, als ihn zwei Männer grob von hinten packten, ihm die Arme verdrehten und ihn nicht sehr sanft zur Haupthalle hinüberbugsierten. Dort standen immer noch die Arbeiter von vorhin. Sie traten nun ihre Kippen aus und kamen auf Traubner und seine beiden »Begleiter« zu. Zwei ältere Arbeiter stutzten, als sie das Gesicht Traubners sahen – aber noch bevor sie etwas sagen konnten, rief schon Bauleiter Roland Vollmer aus dem Hintergrund aus vollem Hals: »Mensch, lasst den Mann los! Aber dalli!«

Verblüfft lockerten die beiden Männer ihren Griff. »Aber der isch dort henda romgschtroift – ond zur Firma ghört er net.«

»Ja, klasse! Aber der Mann hier hat schon Häuser gebaut, da hattest du Hemd und Hose noch an einem Stück!« Der Arbeiter wollte gerade aufbegehren, da hob Vollmer nur abwehrend die Hand: »Das ist Fritz Traubner. Jetzt entschuldige dich bei ihm, und dann schau zu, dass du den Laster voll bekommst.«

Der Arbeiter hielt Traubner zögernd die rechte Hand hin, die Traubner auch kräftig ergriff. »Seien Sie nicht so streng zu dem Kollegen, Herr Vollmer«, beschwichtigte Traubner den Bauleiter und rieb sich die Oberarme. »Er hat mitgedacht, das verdient eher Lob als Tadel.«

»Auf jetzt«, herrschte Vollmer die beiden Arbeiter nun etwas weniger heftig an, und die trollten sich dann auch zurück zum Gabelstapler. »Und Sie, Herr Traubner, verderben mir hier mal nicht meine Leute mit Ihrer freundlichen Art«, raunte Vollmer und zwinkerte seinem Gast zu.

»Was isch denn hier – ah, dr Herr Traubner!« Willi Haber hatte den kleinen Tumult offenbar mitbekommen und walzte nun mit seiner imposanten Statur auf Vollmer und Traubner zu. Er drückte die Hand Traubners und strahlte herzlich: »Arg schee, dass mr Sie mol wieder sieht.«

»Ja, geht mir auch so«, erwiderte Traubner mit wehmütigem Lächeln. »Wissen Sie, diese Gerüche und Geräusche fehlen mir schon.«

»Scho klar«, brummelte Haber und sah etwas verlegen zu Boden.

»Aber deshalb bin ich nicht hier.« Haber und Vollmer sahen Traubner interessiert an. »Ich habe ja inzwischen auch mitbekommen, dass auf einigen Baustellen Unfug getrieben wird, und dass ihr euch regelmäßig nachts und am Wochenende draußen umseht, um den oder die Unbekannten vielleicht zu erwischen.«

»Ja«, sagte Vollmer. »Wir fahren richtiggehend Streife. Wir hier und die Leute von der Praatzbau.«

»Tja«, seufzte Traubner und schaute etwas gequält drein. »Manchmal muss man die Helfer halt nehmen, wo man sie finden kann ...«

Vollmer und Haber kannten die alten Geschichten zwischen Traubner und Praatz, und sie wussten, dass Fritz Traubner wohl kein Freund mehr vom schneidigen Chef der Praatzbau werden würde.

»Ich habe mir gedacht«, fuhr er nach einer kurzen, peinlichen Pause fort, »dass ihr vielleicht auch mich als Helfer brauchen könntet. Ich habe ja Zeit, inzwischen.«

»Ha, freilich«, beeilte sich Haber zu versichern, auch um eine weitere peinliche Pause zu vermeiden. »Des wär prima, wenn Sie als alter Hase ons helfa könntat.« Damit drehte er sich zu Vollmer um und sagte: »Ond die boide Bachel putzat heut obend dr Radlader, verschtanda?«

Vollmer sah ihn fragend an, und Haber erklärte: »I han durch mei Bürofenschter gsäh, wie se oin en d'Halle gschloift hen. Des macht mr net mit onserm Herrn Traubner.«

»Gerne, Herr Haber, sehr gerne«, lachte Vollmer. Auch wenn sein Chef meist recht grob wirkte, sein Herz schlug irgendwo unter der dicken Fettschicht schon am rechten Fleck.

Montag, 11.00 Uhr

Gerade war die montägliche Besprechung zu Ende gegangen, mit der sich Kripo, Revier und alle zugehörigen Polizeiposten gegenseitig auf den neuesten Stand brachten. Schneider und Revierchef Thalmann hatten sich bereits in Schneiders Büro an den kleinen Besprechungstisch gesetzt, Ernst und Maigerle holten noch zusätzliche Stühle aus dem Aufenthaltsraum herüber. Kurz danach kam ein Beamter aus dem Revier mit den beiden Besuchern ins Zimmer und verabschiedete sich danach wieder.

Haber und Praatz hatten zwei alte Bekannte geschickt: Roland Vollmer, der in der Firma Haber & Sohn als einer der Bauleiter arbeitete, und Hannes Wurster, der in derselben Funktion für die Praatzbau tätig war.

Die Polizisten blickten streng drein, die beiden Bauleiter wirkten etwas verlegen, Vollmer mehr und Wurster etwas weniger.

»Sie wissen, warum wir Sie hergebeten haben?«, fragte Schneider, und sein Tonfall ließ keinen Zweifel daran, dass »hergebeten« doch sehr freundlich ausgedrückt war.

»Ja, wissen wir.« Wurster schien als Wortführer der beiden aufzutreten.

»Wie können Sie uns den Zwischenfall von gestern Abend erklären?«

»Nun ja, die Nerven liegen inzwischen halt blank bei unseren Leuten.«

»Und wenn sie mal richtig schlecht drauf sind, müssen wir mit Lynchjustiz rechnen? Oder wie darf ich das verstehen?«

Nun wirkte auch Wurster etwas besorgter. »Nein, wir ...« Er schaute in die Runde und senkte schließlich den Blick. »Das war Mist, das wissen wir natürlich.«

»Das ist gut. Und wie können wir, nein: Wie werden Sie dafür sorgen, dass so etwas nicht mehr vorkommt?«

»Wir haben mit unseren Leuten gesprochen, gleich heute früh, als wir kurz vor sieben die Gruppen für die verschiedenen Baustellen verteilt haben. Wir haben ihnen ordentlich ins Gewissen geredet. Ich glaube nicht, dass wir einen zweiten Zwischenfall befürchten müssen.«

»Bei uns«, meldete sich Vollmer zu Wort, »war es heute früh nicht anders. Unser Chef hat ordentlich den Rauch reingelassen – Sie können sich vorstellen, dass das Eindruck gemacht hat.«

»Und nun?«, hakte Schneider nach.

»Was meinen Sie?«

»Was gedenken Sie künftig anders zu machen, Herr Vollmer? Sie erinnern sich, dass ich seit Freitag etwas bei Ihnen gut habe?« Vollmer nickte und lächelte dazu säuerlich. »Davon habe ich bisher noch nichts bemerkt, wenn ich ehrlich bin. Es wäre an der Zeit, dass Sie uns helfen.«

Wurster sah Vollmer fragend an, der nickte und zuckte mit den Schultern, worauf sich Wurster nur mit Mühe ein Grinsen verkneifen konnte.

»Ah«, machte Schneider. »Ich sehe, die Geschichte meines Besuchs auf dem Richtfest hat schon die Runde gemacht in der Branche?«

»Tut mir leid«, beeilte sich Wurster, »ich wollte nicht ...«

»Papperlapapp!«, schnitt ihm Schneider das Wort ab. »Wir werden zusammenarbeiten – oder Sie lassen die Finger komplett aus der Sache. So wird das laufen. Richtig, Herr Thalmann?«

Der Revierleiter nickte mit ernster Miene. »Ich kann mir beim besten Willen nicht vorstellen, dass eure Leute wirklich Ärger mit der Polizei haben wollen. Wir können künftig durchaus häufiger Streife in Baugebieten fahren. Da gibt es ja immer allerhand aufzuschreiben und anzuzeigen, nicht wahr?«

»Warum sollten Sie uns denn das Leben schwermachen wollen?«, fragte Wurster. »Was haben Sie denn davon?«

»Mehr Arbeit«, antwortete Thalmann ungerührt. »Aber die haben wir jetzt gerade auch – weil ihr uns das Leben schwermacht. Wollt ihr es nicht einfach sein lassen?«

Stille breitete sich im Zimmer aus. Auf dem Flur waren Schritte zu hören, die Tür zum Treppenhaus wurde geöffnet und fiel ins Schloss, danach polterten Schritte die Treppe hinunter.

Wurster und Vollmer sahen sich an, schließlich nickte Wurster und Vollmer sagte: »Okay, aber wie lösen wir das Problem, dass ja irgendjemand die Baugebiete im Auge behalten muss? Dafür, nehme ich an, hat die Polizei gar nicht genug Leute.«

»Stimmt«, übernahm Schneider wieder. Thalmann grinste zufrieden. »Nun erklären wir euch mal, wie unsere Zusammenarbeit ab sofort funktionieren kann.«

Montag, 15.00 Uhr

Klaus Schneider war sichtlich in seinem Element. Er wechselte mit seinem Wagen die Fahrspuren und ordnete sich entsprechend ein, ohne auch nur einmal auf ein Schild zu achten. Karlsruhe war ganz offenbar noch immer sein Revier.

Rainer Ernst dagegen entkrampfte sich erst langsam. Die schleppende Fahrt über die vollgestopfte A8 von Stuttgart her hatte ihn reichlich Nerven gekostet – und auch Schneider hatte es wohl nicht genossen, mit seinem Sportwagen im dichten Verkehr zu stecken.

Nachdem sie eine Zeitlang geradeaus gefahren waren – Ernst hatte an einer Ecke ein Schild mit der Aufschrift »Reinhold-Frank-Straße« erspäht –, überquerten sie erneut eine breite Straße, und durch sein Seitenfenster konnte Ernst sehen, wie sich rechts von ihm ein Platz öffnete.

»Das ist der Kaiserplatz«, erklärte Schneider, der Ernsts Blick aus den Augenwinkeln bemerkt hatte. »Von links kommt die Kaiserallee, und nach rechts wird das dann zur Kaiserstraße, unserer großen Einkaufsmeile.«

»Oh, Kaiserstraße!«, lachte Ernst. »In Stuttgart heißt die nur Königstraße.«

»Da können Sie mal sehen«, feixte Schneider zurück und hielt auf der linken Seite nach Hausnummern Ausschau.

»Schauen Sie: Da kamen meine männlichen Kunden hin, als ich noch in Karlsruhe ermittelt habe.«

Am Ende einer Querstraße, die nach links abging, war ein altmodischer Bau zu sehen, in der Mitte mit sandfarbener Fassade, links und rechts gingen Gebäudeteile ab, die ziegelrot aussahen.

»Schönes Gefängnis«, sagte Ernst. »Aber sicher nur von außen.«

Plötzlich bremste Schneider ab, rollte noch ein wenig weiter und bog dann nach links in eine Einfahrt ein. Zwischen den Blättern eines mächtigen Baums rechts der Einfahrt lugten in schwindelerregender Höhe die bunt lackierten Sitzbretter von Kinderschaukeln hervor – hier mussten sie richtig sein.

Nach ein paar Metern rumpelten sie über Kopfsteinpflaster an einem Gebäude vorbei, das mit seiner aufwendigen Steinfassade sehr nach einem alten Gymnasium oder einer Uni aussah. Schneider kurvte an einem weiteren, zweiflügligen Gebäude vorbei noch eine Ecke weiter, fand einen freien Parkplatz neben einem alten silberfarbenen Passat, und die beiden Kommissare stiegen aus.

Ein wenig ratlos sahen sich Ernst und Schneider auf dem Hof um und hielten schließlich auf die Eingangstür des ersten Hauses zu. Da hörten sie Schritte, und eine Frau im Businesskostüm lief auf der Einfahrt winkend auf sie zu.

»Herr Schneider?«, fragte sie schließlich, als sie die beiden Männer erreicht hatte. Ernst deutete auf den Kollegen.

»Ich bin Charlotte Scheffel, guten Tag. Ich habe Sie im anderen Gebäude erwartet, und als ich dann Ihren Wagen vorbeifahren hörte, bin ich los, um Sie einzufangen.«

Ernst musterte die Frau. »Sie ist schon seit ewigen Zeiten in der Kunstszene zugange«, hatte Schneider sie ihm am Freitag beschrieben. Dann musste die Kunstszene in Karlsruhe aber ein wahrer Jungbrunnen sein: Charlotte Scheffel war fit genug, um auch im Kostüm durch den kleinen Dauerlauf vom anderen Gebäude herüber nicht außer Atem zu kommen. Sie war schlank, sah sehr elegant aus in ihrem Outfit und hielt sich gerade wie ein Fotomodell – nicht selbstverständlich für eine Frau von geschätzten 1,80 Metern. Weizenblond, angenehmes Gesicht und eine Stimme, die Wärme und Kompetenz gleichermaßen ausstrahlte. Keine Frage: Ernst war beeindruckt.

»Sie haben meinen Wagen gehört?«, wunderte sich Schneider. »Woher wissen Sie denn, welchen Wagen ich fahre?«

»Wir haben doch gemeinsame Freunde – Franz und Lotta. Die haben mir erzählt, dass Sie diesen Fim… – ich meine, dieses Faible für Porsche haben.«

»Hm«, machte Schneider und sah zum Eingang des Gebäudes hinüber, vor dem sie standen.

»Wissen Sie was?«, brach Charlotte Scheffel das Schweigen. »Ich führe Sie jetzt mal durch unsere beiden Gebäude hier, und danach sagen Sie mir, was Sie sonst noch wissen müssen. Ja?«

Die Antwort wartete sie nicht ab, sondern federte sofort die wenigen Stufen zur Eingangstür hinauf. Schneider und Ernst beeilten sich ihr zu folgen. Sie führte sie durch das ganze Haus, zeigte ihnen den Lichthof, in dem die Ausstellungen der Akademie üblicherweise stattfanden – im Moment standen hier nur eine übergroße Klappleiter und zwei Holzstühle. Schließlich öffnete sie nach kurzem Klopfen eine der Türen, die vom Lichthof abgingen.

»Schauen Sie, so sieht ein Klassenzimmer bei uns aus.«

Der hohe Raum lag in einer Ecke des Gebäudes und war leer bis auf allerlei Arbeitskram, ein paar Staffeleien und Stühle und einige Sperrholz-Arbeitsplatten, die auf Tischbeine montiert waren. Durch große Fenster kam viel Licht herein, aber es war niemand hier.

»Wir haben hier keinen Stundenplan und kein Vorlesungsverzeichnis«, erklärte sie. »Das ist fast schon das Wichtigste, was Sie über unsere Akademie wissen müssen. Jeder Professor hat zwei, drei solcher Zimmer zur Verfügung und in der Gruppe, mit der er arbeitet, sind vom Erst- bis zum Zehntsemester alle Studenten bunt gemischt. Und mit den Studenten arbeiten heißt: Er muss im besten Fall erkennen, wo die Studenten selbst hinwollen – und sollte ihnen dabei helfen oder sie sonst wie anstacheln oder provozieren.«

»Dann sind die Beziehungen zwischen Studenten und Professor eher eng?«, fragte Schneider.

»Das ist ganz unterschiedlich – je nach Professor, je nach Student. Nur eins ist klar: Der Professor ist für seine Studenten die prägende Figur. Und je nachdem, wie sie mit ihm klarkommen oder von ihm gefördert oder gefordert werden, bringt das Studium mehr oder eben weniger.«

»Und wie viele Studenten haben Sie insgesamt?«

»Etwa 300. Das ist also recht familiär, wenn Sie das mit anderen Einrichtungen vergleichen.«

»Kennen sich die Leute untereinander?«

»Ja, würde ich schon sagen.«

Charlotte Scheffel schloss die Tür wieder und ging mit den beiden Kommissaren auf dem Flur zurück in Richtung Ausgang. Dabei kamen sie an einer halb geöffneten Tür vorbei. Ernst erhaschte einen Blick auf einen Typen in Baggy-Jeans und Anzugweste, der wie besessen mit einem Vorschlaghammer einen Meißel durch den Fußboden des Zimmers trieb. Ernst war staunend stehen geblieben, und Charlotte Scheffel zupfte ihn leicht am Ärmel.

»Wie Sie sehen«, lächelte sie, »habe ich nicht übertrieben: Hier muss jeder seinen eigenen Weg finden.«

20 Minuten später hatten die Kommissare auch das Werkstattgebäude besichtigt, mit langen, eigenartig düsteren Fluren und einer sehr imposanten eisernen Treppe. Als sie wieder im Hof standen, kam ein schlaksiger junger Mann aus dem Vordereingang, stieg in den alten Passat, der neben Schneiders Porsche stand, und fuhr ruckelnd auf die Straße hinaus. Dass der junge Mann kurz gestutzt hatte, als ihm am Kennzeichen des Sportwagens das »WN« aufgefallen war, hatten weder Charlotte Scheffel noch ihre beiden Gäste bemerkt.

Montag, 15.40 Uhr

Noch Minuten später, als er seinen Passat nicht weit entfernt vom Gutenbergplatz im Karlsruher Westen am Straßenrand abstellte, hatte er weiche Knie. Er schaute sich nervös um, bevor er die Straße überquerte, und beeilte sich dann, im Treppenhaus zu seiner WG hinaufzusteigen.

Ende des vorigen Semesters war eine Mitbewohnerin ausgezogen, und er hatte ihr Zimmer zusätzlich übernommen, um sich ein kleines privates Atelier zu gönnen. Inzwischen hatten sich die anderen daran gewöhnt, dass er das Atelier grundsätzlich abgeschlossen hielt. Dort hatten seine Mitbewohner nun wirklich nichts zu suchen.

Für die höhere Miete jobbte er anfangs ein paar Stunden länger im Monat, bis er das zuletzt nicht mehr so richtig in seinem Terminplan unterbrachte – bald würde er dazu wieder mehr Zeit haben.

Im Moment war niemand da, und in der Spüle in der Wohnküche stapelte sich das schmutzige Geschirr. Eilig schlüpfte er aus dem muffig riechenden Flur in sein Atelier, nahm sich den Kalender, studierte die Pläne an der Pinnwand vor sich, machte sich Notizen und plante seinen nächsten Schritt.

Montag, 15.45 Uhr

»Ach, und da kamen Sie auf die Idee, dass ein Kunststudent Ihr Täter sein könnte?« So, wie Charlotte Scheffel die Frage aussprach, schien für Schneider die ganze Logik dieses Teils ihrer Ermittlungen wie ein Kartenhaus in sich zusammenzufallen. »Glauben Sie denn eigentlich, alle Künstler haben einen Sprung in der Schüssel, nur weil Ihnen vielleicht das Talent dazu fehlt?«

»Nehmen Sie das doch nicht so persönlich«, schaltete sich Ernst ein, während sein Vorgesetzter fast vor Verlegenheit zu vergehen schien. »Wir glauben natürlich nicht, dass alle Künstler spinnen – aber wir haben Ihnen ja von den Hinweisen erzählt, die uns zu Ihnen geführt haben.«

»Na ja ...« Charlotte Scheffel lenkte etwas ein.

»Und wenn wir in einem Fall ein Muster erkennen, müssen wir dem schon auf den Grund gehen. Wer sind denn nun die beiden, von denen uns erzählt wurde? Ein Martin Feucht und eine Natalie Merkert arbeiten wohl auch mit Schaufensterfiguren.«

»Und Sie verdächtigen ...?«, Charlotte Scheffel lachte auf, aber es klang nicht sehr fröhlich.

»Nein, wir wollen nur dieser Spur nachgehen. Sie haben vorher selbst erzählt, dass die Beziehungen zwischen Professoren und Studenten hier eher eng sind – das könnte ja auch für die Studenten untereinander gelten. Kennen Sie Feucht und Merkert?«

»Natürlich kenne ich die beiden.«

»Und?«

Charlotte Scheffel sah die beiden Kommissare nachdenklich an, dann seufzte sie. »Meinetwegen. Aber das erzähle ich

Ihnen am besten auf dem Weg hinüber zu den Ateliers der Bildhauer. Dort können Sie sich vor Ort ein Bild machen.«

Damit marschierte sie los, Schneider und Ernst im Schlepptau. Sie schien sich wieder beruhigt zu haben. Jedenfalls deutete sie auf dieses und jenes Gebäude und redete auf Ernst mit allerlei geschichtlichen Anekdoten ein. Vor einem der Häuser sagte sie: »Das ist das Gästehaus der Stadt, dort heiraten viele Karlsruher.«

»Stimmt«, sagte Schneider. »Meine Frau und ich auch. War ein sehr schöner Rahmen.«

Ansonsten erzählte sie den beiden Männern von Feucht und Merkert. Die jüngere der beiden war Natalie Merkert. Sie hatte erst vor wenigen Monaten für die Jahresausstellung der Kunststudenten das Plakatmotiv beigesteuert: eine in Mull und Stoff gehüllte Schaufensterpuppe mit schwarzen Haaren und Gummistiefeln, die in zwei, drei Metern Höhe an die beiden Wände eines schmalen Flurs montiert war. Die Stiefel hätten noch zur Baustellenserie gepasst, aber es fehlte offenbar jede räumliche Beziehung zum Rems-Murr-Kreis: Merkert stammte aus Freiburg und lebte inzwischen auch wieder dort.

Interessanter fanden die beiden Kommissare Feucht – allerdings auch nicht im Zusammenhang mit ihrem Fall. Martin Feucht nämlich hatte die Akademie schon vor ein paar Jahren mit einem Examen als Kunsterzieher verlassen und lebte in Karlsruhe. Seine Arbeit mit Schaufensterpuppen erregte immer wieder einmal Aufsehen in der Stadt: Er kleidete seine Figuren ein, setzte sie in die Straßenbahn und beobachtete, wie die anderen Fahrgäste auf die stillen Sitznachbarn reagierten. Aber auch Feucht hatte scheinbar keine Verbindungen in den Rems-Murr-Kreis – und vor allem: Er tat seinen Figuren nie »weh«, er ließ sie also unversehrt und nutzte sie eher als Auslöser seiner Kunstaktion, nicht als Opfer oder Objekt.

Mittlerweile waren die Kommissare und ihre Begleitung vor den Ateliers angekommen. Linker Hand öffnete sich der

Scheffelplatz, in dessen Mitte ziemlich protzig eine Büste von Joseph Victor von Scheffel auf einer Säule thronte.

»Ein Verwandter von Ihnen?«, fragte Ernst, als er das Denkmal und das Straßenschild mit der Aufschrift »Scheffelplatz« erspähte.

»Ich glaube nicht, zumindest kein naher Verwandter«, lachte Charlotte Scheffel. »Und ich will es ihm auch nicht geraten haben: Der hat mich in der Schule schon genug genervt.«

»Scheffel war im 19. Jahrhundert ein populärer Schriftsteller«, erklärte Schneider dem fragend dreinblickenden Ernst. »Er hat über den Trompeter von Säckingen geschrieben, und die Floskel ›es hat nicht sollen sein‹ geht angeblich auf eines seiner Gedichte zurück.«

»Bravo, Herr Schneider«, lobte Charlotte Scheffel überrascht. »Sie sind ja für die Kunst doch noch nicht ganz verloren.«

Schneider wurde rot. Ernst konnte es kaum glauben, als er es bemerkte.

Montag, 16.30 Uhr

Fritz Traubner stieg aus seinem Wagen und ging gemächlich zur Baustelle hinüber. Das würde ein schönes Haus werden, mit Gauben, vielen Fenstern, einem Erker und einem großen Dachbalkon nach Südwesten hin.

Rechts und links des Rohbaus waren die Bauplätze noch gewöhnliche Wiesen, und die Apfelbäume trugen wegen der in diesem Jahr späteren Blüte noch die meisten ihrer weißen und rosafarbenen Büschel auf den Ästen, die sich später im Jahr unter der Last der rot-, gelb- und grünbackigen Früchte biegen würden.

Durch eine Lücke zwischen den Bäumen konnte Traubner auf ein Feld sehen, das in etwa fünfzig Metern Entfernung später einmal den neuen Ortsrand bilden würde. Auf dem Boden saß ein Vogel: ein junger Mäusebussard, der den Boden musterte – vielleicht hatte er eine Maus anvisiert und sie war ihm im letzten Moment entwischt.

Plötzlich näherte sich dem noch immer am Boden hockenden Bussard im Tiefflug ein Habicht von hinten. Der Bussard hörte das Rauschen der fremden Flügel im letzten Moment und schnellte hoch – aber da fuhren ihm schon die scharfen Krallen des Habichts in den Leib, und sein Blick wurde trüb, noch bevor ihn der Habicht in den nahen Wald getragen hatte.

Traubner stand wie gefesselt von dem kurzen, brutalen Schauspiel. Er musste sich schütteln, um sich wieder von dem stechenden Gefühl zu lösen, selbst vor ein paar Jahren eher in der Rolle des Mäusebussards gewesen zu sein.

Auf einer provisorischen Einfahrt wurde nun ein Transporter beladen, und das Arbeitsmaterial, das in hohem Bogen auf die Ladefläche geschleudert wurde, veranstaltete einen unglaublichen Lärm.

Aus dem halbfertigen Gebäude trat ein Mann mit dunklem Schnauzer und kräftigem Haupthaar, und über sein Gesicht ging ein strahlendes Lächeln, als er Traubner erkannte.

»He, arkadas!«, polterte Traubner gutmütig und ging auf den Mann zu.

»He, Schwobaseckel!«, rief Ahmet Erdogan lachend zurück.

Die beiden kannten sich über die Schule: Traubners älteste Enkelin und Ahmets jüngste Tochter gingen gemeinsam in die erste Klasse. Nach einem Elternabend waren sie auf dem Heimweg ins Plaudern über die Baubranche gekommen, und nach einem zweiten Treffen mit Raki und Most waren aus Herrn Traubner und Herrn Erdogan einfach Fritz und Ahmet geworden. Seither trafen sich die ungleichen Freunde immer wieder einmal, und natürlich kannte Ahmet Erdogan auch die unangenehme Geschichte um das Ende von Traubners Baufirma.

Heute Abend wollten die beiden gemeinsam einige der Baugebiete im Osten von Schorndorf abfahren. Danach würde Zeit sein für ein Kartenspiel im »Löwen«, und danach wollten sie eine zweite Runde drehen.

Erdogan rief etwas zu seinen Kollegen hinüber, die winkten zurück, und kurz darauf fuhren Traubner und Erdogan in Traubners altem VW-Pickup auf das erste Baugebiet zu, das sie heute kontrollieren wollten.

Montag, 17.00 Uhr

Das Ateliergebäude der Karlsruher Kunstakademie mit seiner betongrauen Fassade stand an der Bismarckstraße. Sie gingen durch einen hohen, schmalen und ziemlich dunklen Gang und standen im Hinterhof des Gebäudes – der eine echte Überraschung war. Auf zwei Seiten war er begrenzt durch die beiden Flügel des Hauptgebäudes, die dritte Seite führte zu größeren und kleineren Ateliergebäuden aus Backstein. Und nach Süden hin erstreckte sich ein unglaublich großer und unglaublich chaotischer Garten bis ganz hinüber zur etwa 150 Meter entfernten Stephanienstraße.

»Nicht schlecht, was?«, fragte Charlotte Scheffel, die den Blicken ihrer beiden Gäste gefolgt war.

Schneider nickte, obwohl er die Frage nur halb verstanden hatte: Der Lärm, der die friedliche Szenerie im Moment dominierte, war nämlich unglaublich. Überall standen Leute und hämmerten auf einen Stein oder ein Stück Holz ein. Einige junge Männer bugsierten ein Metallgestell mit einem Gabelstapler umher und versuchten offenbar, es auf einigen Steinen zu platzieren – so ungeschickt, wie sie mit dem Gerät hantierten, würde das wohl noch eine Weile dauern. Und auch aus den Ateliers im Hauptgebäude drangen die unterschiedlichsten Geräusche.

»Kommen Sie mal«, rief Charlotte Scheffel und winkte die Kommissare zu sich. Gemeinsam betraten sie den Seitenflügel und lugten in zwei leere Ateliers: beide hell, beide mit ganz verschiedenen Utensilien ausgestattet, beide chaotisch. Auch im Haupttrakt stand ein Atelier leer: Es war sehr hoch, an der Decke war eine Hebevorrichtung befestigt, die wohl auch schwere Lasten vertrug, und es reichte über die ganze Tiefe des Gebäudes, vom Hinterhof bis zur Bismarckstraße – und an beiden Enden sorgten auch hier große Fensterflächen für viel Licht.

Auf der letzten, kleinen freien Fläche einer ausladenden Werkbank lagen Reste von Camembert und ein Brötchen, das mit irgendeiner gelblichen Soße bestrichen war. An der Wand waren mehrere Objekte aus Holz zu sehen. Eines zeigte eine Art Hampelmann, allerdings in der Seitenansicht: Der Arm war mit hervorstehenden Schrauben befestigt, zwischen den Beinen ragte eine Sprungfeder hervor. Daneben hing ein Stück Holz, aus dem links und unten Schnüre hervorkamen.

»Das ist einer unserer Meisterschüler«, erklärte Charlotte Scheffel. »Er hat sein Studium 2006 abgeschlossen, nutzt das Atelier hier aber weiter. Läuft ganz gut für ihn, soweit ich weiß.«

»Kann man denn davon leben?«, fragte Schneider.

»Er hier schon, sonst aber nur die wenigsten. Vielleicht zwei Prozent aller Studenten.«

»Und die anderen?«

»Tja, gute Frage. Einige werden schließlich doch noch Kunsterzieher oder etwas in der Art. Und einige merken es nicht schnell genug, dass sie nicht davon leben können.«

»Wie bitte?«

»Na ja, die fühlen sich als Künstler, leben auch so – und irgendwann sind sie pleite. Das Rathaus West mit dem Sozialamt ist nicht weit von hier entfernt. Für mich war das noch nie ein Zufall.«

Sie schlossen die Tür zum Atelier wieder, wichen auf dem Hinterhof den nach wie vor mit dem Gabelstapler rangierenden Studenten aus und schlenderten in den Garten hinein. Überall standen Paletten mit diversen Materialien zwischen den Bäumen, einige Autos waren am Wegrand geparkt, große Metallstücke lagen herum und dazwischen immer wieder leere Ölfässer, Müllcontainer und umgesägte Baumstämme, die noch darauf warteten, zu Kunst zu werden. Auch ein ausgeschlachtetes altes Auto war ein paar Meter vom Weg entfernt aufgebockt.

»Arbeitet denn jetzt an der Akademie noch jemand mit Schaufensterfiguren?«, hakte Schneider noch einmal nach. »Oder fällt Ihnen außer Feucht und Merkert noch jemand ein?«

Charlotte Scheffel schüttelte den Kopf. »Diesen Weg haben Sie wohl umsonst gemacht.«

»Scheint so, leider.«

Frustriert verabschiedeten sich Schneider und Ernst von Charlotte Scheffel, und Schneider führte Ernst um zwei Ecken zur Kaiserstraße. In einem Café setzten sie sich in die Sonne und bestellten zwei Cappuccino.

»Und jetzt?«, fragte Ernst.

»Na, wenigstens will ich Ihnen noch ein wenig vom Karlsruher Nachtleben zeigen. Am späteren Abend ist es auch auf der Autobahn wieder ruhiger. In Ordnung?«

Ernst zuckte mit den Schultern und rührte in seiner Tasse. Noch vor dem ersten Schluck klingelte Schneiders Handy. Minuten später war das Karlsruher Nachtleben für die beiden Kommissare gestrichen: Alexander Maigerle hatte einen wütenden Anruf von Ferry Hasselmann bekommen.

Montag, 17.30 Uhr

Fritz Traubner sah den Wagen als erster.

Erdogan und er waren inzwischen ein Stück auf ihrer heutigen Runde vorangekommen. Nun waren sie in Plüderhausen von der Durchgangsstraße abgebogen und rollten langsam den Hölderlinweg entlang. Hier war die Durchfahrt zwar nur für Anlieger erlaubt, aber das hatte Traubner noch nie gestört. Privatwege, Anliegerstraßen, Forstwege: Was immer sein Pickup bewältigen konnte, nahm Traubner unter die Räder, wenn es als Abkürzung taugte.

Den Hölderlinweg allerdings nutzte er nicht als Abkürzung: Hier hatte der Unbekannte die zweite Schaufensterpuppe als gepfählten Zimmermann inszeniert. Traubner schauderte, wenn er sich die nächtliche Szenerie vorstellte.

Traubner zeigte Erdogan unauffällig den Wagen, der hinter dem Baugrundstück versteckt war, dann fuhren sie ruhig weiter, fuhren einmal um den Block und stellten den Pickup schließlich kurz vor dem Beginn des Hölderlinwegs am Straßenrand ab. Beide zückten ihre Handys und informierten Vollmer und Wurster, die beiden Bauleiter. Dann schlichen sie sich getrennt an den Rohbau heran: Traubner hielt sich auf der Straße, Erdogan machte einen Bogen nach links über die hinten an die neuen Baugrundstücke angrenzenden Obstwiesen.

Traubner arbeitete sich geduldig zum Rohbau vor, und als er schließlich im toten Winkel zwischen Toilettenfenster und Wohnzimmeraußenwand an das Gebäude herangeschlichen war, sah er auf der anderen Seite des Grundstücks Ahmet Erdogan in einem dichten Busch hocken. Sein Freund hielt bereits einen Knüppel in den Händen, vermutlich hatte er unterwegs einen dicken Ast oder etwas in der Art gefunden. Und auch Traubner griff neben sich und hob einen faustgroßen Stein als Waffe auf.

Drinnen war Ferry Hasselmann völlig davon in Beschlag genommen, die Räume des Hauses zu fotografieren. Auf dem Dach, wo von dem offenbar verrückten Unbekannten der Kunststoff-Zimmermann so wirkungsvoll inszeniert worden war, hatte Hasselmann schon alles abgeknipst. Nun wollte er noch in den Keller, um dort ein paar Fotos zu machen – »Leichen im Keller« war einfach ein zu schöner Titel, um ihn nicht für eine der nächsten Storys zu verbraten.

Als er fünf Minuten später wieder die grobe Bautreppe hinaufkraxelte, bemerkte er den Schatten, der vom Fenster her über den rohen Betonboden fiel. Allerdings bemerkte er ihn zu spät, denn Ahmet Erdogan, dessen Schatten Hasselmann gesehen hatte, packte den Reporter ohne viel Federlesens und zerrte ihn an Hals und Kragen aus dem Loch im Betonboden.

Fritz Traubner half seinem Freund, Ferry Hasselmann vom Bodenloch weg zu einer der Wände zu schieben. Dort stellten sie Hasselmann zur Rede.

Doch bevor sie erfahren konnten, wen sie da aufgegriffen hatten, krümmten sich Traubner und Erdogan schon vor Schmerzen und rieben sich im Reflex die Augen. Hasselmann dagegen steckte das Fläschchen mit dem Pfefferspray zurück in seine Jackentasche und rannte zu seinem Wagen, so schnell er konnte.

Dienstag, 10.00 Uhr

»Wir sind durch mit unserer Fleißarbeit«, begann Manfred Dettwar und blickte in die Runde. Zur heutigen SoKo-Besprechung waren nur die Ermittler vom Innen- und Außendienst sowie die Schreibkräfte gekommen.

»Alle Achtung«, lobte Schneider. »Und, was haben Sie?«

»Viel – aber leider nicht viel, was so richtig zusammenpasst. Ich hatte ja schon am vergangenen Donnerstag berichtet, was wir zu dem Todesfall und zu den beiden platzierten Puppen herausgefunden haben. Ähnlich durcheinander ist das Bild, das sich zusammen mit den Sabotage-Aktionen ergibt. Alle Baustellen haben irgendwie mit der Praatzbau oder mit Haber & Sohn zu tun. Aber da die beiden ja die Platzhirsche hier sind, ist das keine Überraschung. Ein paar Baustellen und auch betroffene Firmengebäude waren direkt Haber oder Praatz zuzuordnen, die anderen Zulieferer-Firmen oder Subunternehmern der beiden.«

»Na, prima«, seufzte Schneider. »Also nichts, was uns weiterhilft?«

»Mal sehen. Wir haben daraufhin weitergebohrt und haben mal nachgeschaut, für wen die betroffenen Firmen früher gearbeitet haben. Dabei kam heraus, dass alle Firmen früher für die Baufirma Zobel tätig waren.«

»Auch das ist ja noch nichts Besonderes: Früher, so wurde uns im Rathaus erzählt, war eben Zobel der Platzhirsch – also werden auch die meisten Firmen und Handwerker irgendwann versucht haben, mit Zobel ins Geschäft zu kommen.«

»Das stimmt schon, aber wir haben noch eine Gemeinsamkeit der Firmen herausgefunden.«

»Ach? Welche denn?«

»Es handelt sich ausschließlich um Firmen, die auch zu der Zeit noch für Zobel gearbeitet haben, als Zobel Konkurs anmelden musste.«

»Das ist ja interessant«, sinnierte Schneider. »Eine Frage noch: Haben diese Firmen für die Baufirma Zobel gearbeitet oder für die Bauträgerfirma Zobel & Traubner?«

»Manche für beide, aber alle mindestens für Zobel & Traubner.«

»Macht das nun Fritz Traubner verdächtig?«, fragte Ernst. »Der musste ja damals immerhin miterleben, wie sein Berufsleben den Bach runterging.«

»Das wäre eine Möglichkeit«, meinte Schneider. »Aber auf den Baustellen hier in der Gegend reden alle, die ihn kennen, nur mit Hochachtung von Traubner. Und seit kurzem hilft er sogar mit, die Baustellen zu überwachen, damit sie den oder die Unbekannten erwischen.«

»Na ja, klingt nicht so, als wäre er der Unbekannte, der hinter all dem Unfug steckt. Ich schau aber zur Sicherheit trotzdem mal, was ich über Traubner rausfinden kann.«

Dienstag, 17.30 Uhr

Dr. Ludwig Thomann fuhr langsamer, als er sich der Baustelle seines Hauses näherte. Seitdem er und seine Frau symbolisch den ersten Spatenstich vorgenommen hatten – und er im Gegensatz zu seiner Frau wegen einer versteckten Baumwurzel im Boden schmählich gescheitert war –, hatte er mit wachsender Sehnsucht das Haus aus der Baugrube wachsen sehen.

Mit jedem Fortschritt wähnte er sich näher am Ziel. Näher daran, endlich den Traum von den eigenen vier Wänden zu verwirklichen. Aber es waren natürlich mehr als vier Wände – und es waren bis heute auch mehr als vier Unklarheiten, Probleme und Missverständnisse gewesen. »Wenn nur endlich der Tag des Richtfests da wäre!« – zuletzt hatten sie zu oft nur noch diesen Gedanken, wenn wieder mal eine Arbeit zu spät ausgeführt wurde oder nicht zu genau dem Ergebnis geführt hatte, das Thomann aus den Bauplänen herausgelesen hatte.

Inzwischen hatte das Haus im Rohbau schon weitgehend die äußere Form angenommen, die sich Thomann vorstellte. Für morgen war vorgesehen, dass die Zimmerleute mit ihrer Arbeit begannen, und in einer Woche, endlich, sollte Richtfest gefeiert werden.

Als Thomann die Baustelle erreichte, sah er nur noch den Bauleiter am Haus werkeln. Vollmer räumte Werkzeug und Material zur Seite, fotografierte den Bau und machte sich Notizen.

»Hallo, Herr Vollmer«, sagte Thomann, als er den Wagen abgeschlossen hatte. »Na, noch nicht Feierabend?«

»Ah, Herr Dr. Thomann«, machte Vollmer, notierte sich noch zwei, drei Punkte und kam dann auf seinen Bauherrn zu, um ihm die Hand zu drücken. »Nein, Feierabend ist noch nicht, leider. Hier bin ich jetzt zwar fertig, und morgen kommen ja die Zimmerleute – aber ich muss noch zwei Angebote vom Chef durchsehen. Er ist ja selbst vom Fach, aber es hat schon manchmal was gebracht, wenn ich mir die Punkte auch noch einmal durchgesehen und mit den Terminen unserer anderen Projekte abgeglichen habe.«

»Da habe ich es heute besser.«

»Trotzdem: Leichen zerlegen wäre nicht unbedingt mein Ding.«

»Na, hören Sie mal!«, lachte Thomann und hob zum Schein drohend den Zeigefinger. »Leichen zerlegen ...«

»Haben Sie denn schon alles geplant für das Richtfest kommende Woche?«

»Klappt das denn?«

»Natürlich. Warum nicht?«

»Bisher sehe ich hier noch kein Holz. Ich kann mir kaum vorstellen, dass das so fix gehen soll.«

»Glauben Sie mir: An den Zimmerleuten wird es nicht scheitern. Die machen Ihnen Ihr Dach im Handumdrehen. Da müssen Sie eher zusehen, dass Ihr Metzger und Ihr Getränkehändler alles rechtzeitig parat haben.« Vollmer lachte, und Thomann lachte gerne mit. Allmählich hatte er das Gefühl, die Stimmung auf seiner Baustelle entspanne sich ein wenig.

Vom Ort her kam ein Auto heran und parkte hinter Thomanns Van. Kriminalhauptkommissar Schneider stieg aus und kam auf die beiden Männer zu.

»Das ist ja eine Überraschung, dass ich Sie beide hier zusammen treffe«, bemerkte sagte Schneider und begrüßte beide.

»Ach, hatte ich Ihnen nicht erzählt, dass Haber & Sohn unser Haus baut?«

»Nein«, antwortete Schneider und zwinkerte dem Pathologen zu: »Aber dann können Sie mir ja gleich sagen, ob Sie mir Herrn Vollmer als Bauleiter empfehlen können.«

»Sagen Sie jetzt nur nichts Falsches«, grinste Vollmer. »Ich habe die Handynummer Ihrer Zimmerleute ...«

»Oh ...«

»Na ja, wenn das Bauen eine so lustige Sache ist, wie mir das gerade vorkommt, dann können wir uns gerne morgen wegen der Verträge treffen, Herr Vollmer.«

»Da muss ich Sie leider warnen.« Vollmer hob theatralisch die Hände. »Sogar ich, und ich bin ja parteiisch.«

»Haben Sie noch fünf Minuten?«, fragte Schneider. »Moment …« Und damit war er schon am Auto, kramte aus dem Fond zwei Gläser, eine Weinflasche und einen Korkenzieher hervor und kam damit zurück zu Vollmer und Thomann. »Ich wollte Herrn Dr. Thomann ja eigentlich ein wenig löchern und dachte mir, dass ich ihn am besten mit einem Glas Bordeaux gefügig mache. Trinken Sie einfach eins mit.«

»Moment«, sagte Thomann, ging zu seinem Van hinüber und kehrte gleich darauf mit einem Plastikbecher zurück. »Ich nehme den Becher hier, den hat eines meiner Kinder im Wagen liegen lassen.«

Fünf Minuten später saßen die drei Männer auf großen Steinquadern, die Thomann schon einmal für die Außenanlagen hatte liefern lassen und die nun seitlich hinter dem Haus im Gras lagen.

»Das Bauen«, plauderte Vollmer gerade drauflos, »ist eigentlich kein Spaß, ganz ehrlich.«

»Ich weiß, ich weiß«, lachte Thomann und nahm einen Schluck.

»Ja, ja, die armen Bauherrn«, alberte Vollmer. »Nein, aber ganz ehrlich: Wenn Sie einmal gebaut haben, dann haben Sie es hinter sich. Wir bauen ja ständig wieder neue Häuser, unser ganzes Arbeitsleben lang.«

»… und werden fürstlich dafür bezahlt, soweit ich das an meinem Bankkonto ablesen kann«, maulte Thomann gespielt beleidigt.

»Das würde ich an Ihrer Stelle auch so sehen. Aber uns Bauleute kann es viel härter treffen. Da geht es nicht nur einmal im Leben um ein so großes Projekt, sondern immer wieder. Und nicht selten geht es dabei auch um die eigene Existenz.«

»So wie für Fritz Traubner damals?«, fragte Schneider, dem gerade die Geschichte in den Sinn kam, wie aus der traditionsreichen Baufirma Zobel ein Fall für den Insolvenzverwalter wurde.

»Das zum Beispiel ist eine ausgesprochen tragische Geschichte. Und so schlimm hat es, glaube ich, noch keinen Bauherrn getroffen.«

»Na, erzählen Sie schon«, ermunterte ihn Schneider und schenkte nach.

»Genau«, pflichtete ihm Thomann bei, und er klang dabei schon ein wenig undeutlich.

Also erzählte Vollmer die Geschichte, die Kommissar Schneider schon im Schorndorfer Bauamt gehört hatte: vom alten Glanz der Baufamilie Zobel und von der Freude des Seniorchefs, als sich die einzige Tochter in den fähigen jungen Architekten Fritz Traubner verliebte. Und davon, für wie wichtig sich die Zobels von alters her gehalten hatten.

»Wissen Sie«, grinste Vollmer, »wenn eine Familie ein eigenes Wappen hat …«

»Ein eigenes Wappen?«, echote Thomann und grinste Vollmer staunend an.

»Ja, ja, ein Wappen«, streute Schneider ein. »Habe ich gesehen, im Bauamt auf einer Tafel.«

»Ganz ehrlich: Besser als mit Traubner hätte es der alte Zobel wirklich nicht treffen können«, fuhr Vollmer fort. »Fritz Traubner hatte damals ein kleines Büro, und er hatte ein paar erste Häuser gebaut. Alle Firmen, die für ihn bauten, waren voll des Lobes: Traubner gab klar formulierte Aufträge. Er wusste, was er wollte. Und er ging pragmatisch ran, wenn es Probleme gab. Heute nennt man das ergebnisorientiert – damals fanden es die beteiligten Firmen einfach nur klasse, dass da einer nicht nur rummotzte und Rabatt herauszuschlagen versuchte, sondern offen und ehrlich Lösungen anstrebte. Das hat auch den alten Zobel mächtig beeindruckt, obwohl der selbst das ganz anders und viel weniger sympathisch gehandhabt hatte.«

»Und trotzdem sind Zobel und Traubner und alle mit ihnen inzwischen pleite und von der Bildfläche verschwunden«, merkte Schneider trocken an.

»Ja«, seufzte Vollmer. »Ein Jammer.«

Er trank einen Schluck, dann fuhr er fort. »Diese Geschichte mit der Bruchlandung von Zobel & Traubner, also dieser Bauträger-Firma von Traubner, das lässt mir noch immer keine Ruhe.«

»Warum das denn?«

»Ich war damals Maurergeselle, und insgeheim hatte ich davon geträumt, in Traubners Firma zu arbeiten und dort vielleicht Bauleiter oder etwas in der Art zu werden.«

»Das reicht zu einem Traum?«, staunte Schneider.

»Ja, allerdings. Traubner war etwas Besonderes. Wenn ich mir heute die Baubranche so ansehe – da geht es nur noch darum, einen Job schnell abzuhaken. Wir haben Maler, die tapezieren schlampig und schlecht, nur damit sie fertig sind.«

»Und wenn Reklamationen kommen?«

»Dann wird das auf einem anderen Stundenzettel verbucht, macht also nichts, und schon gar nicht dem einzelnen Pinselhalter. Das ist doch ein Witz, oder?«

»Und warum – bleiben wir mal bei dem Maler – warum tapeziert er es nicht gleich richtig und muss dann kein zweites Mal mehr hin?«

»Weil dann sein Chef seine Stunden und die tapezierten Quadratmeter in eine Excel-Liste einträgt, und unten steht dann: zu langsam gearbeitet.«

»Hm.«

»Und Traubner hat das anders gehandhabt. Der hatte so viel Ahnung wie der alte Zobel, aber er hatte außerdem noch die Zahlen im Blick, hatte im Hinterkopf, was ihm sein Steuerberater empfohlen hatte und so weiter.«

»Das klingt ja ganz wunderbar. Aber so jemand dürfte doch nie und nimmer pleite gehen!«

»Das sehe ich auch so. Und deshalb lässt mich diese Geschichte auch nicht los. Schauen Sie: Die Geschäfte der Baufirma Zobel liefen prima – es wollte ja jeder, der auf sich hielt, mit Zobel bauen. Mit der neuen Unterfirma Zobel & Traubner machte sich Fritz Traubner außerdem unabhängig von den Bauherren. Wenn also irgendeine politische Entscheidung, eine Steuer oder so, den potenziellen Bauherren die Lust verhagelte, dann konnte Traubner als Bauträger stattdessen eigene Projekte verwirklichen.«

»Gut, das war also ideal. Aber warum ging die Firma dann den Bach runter?«

»Irgendwann«, fuhr Vollmer fort und klang mit einem Mal recht nachdenklich, »irgendwann kam das Gerücht auf, dass eine der Banken einen Kredit von Zobel & Traubner fällig stellen wolle.«

»Das Gerücht? Stimmte das denn nicht?«

»Tja, wer weiß das schon … Ich glaube nicht so recht daran. Und als das Gerücht mal in der Welt war, ging alles ganz schnell: Eine Bank stellte ihren Kredit tatsächlich fällig, dann die nächste und so weiter.«

»Und schließlich war er pleite? Ohne eigene Schuld?«

»Ja, so sehe wenigstens ich das.«

»Das ist ja ein Ding!«

»Eben. Das hat Herrn Traubner auch das Genick gebrochen.«

Schneider sah Vollmer aufmerksam an: Der Mann, der als Bauleiter von Haber & Sohn auch einmal unwirsch gegenüber seinen Leuten werden musste, saß nun ganz sanft und empfindsam neben Schneider und nippte an seinem Weinglas.

»Sie halten große Stücke auf Traubner, oder?«

»Ja, natürlich. Ein feiner Mann. Und, wie gesagt, eine tragische Geschichte.«

»Na, dann erzählen Sie sie mal zu Ende.«

»Als die Banken ihm kein Geld mehr geben wollten und auch das verliehene Kapital zurückforderten, war die Firma am Ende. Jeder normale Geschäftsmann hätte sich höchstens entschuldigt und hätte dann zugesehen, dass er mit seinem privaten Vermögen außer Reichweite kommt. Traubner nicht: Der machte alles zu Geld, was er in die Finger bekam, und bezahlte damit seine Mitarbeiter und seine Dienstleister.«

»Also sein Haus, sein Auto und alles?«

»Nein, gerade diese beiden Dinge nicht. An das Haus kam er nicht ran: Das hatte noch der alte Zobel bauen lassen und allein seiner Tochter vermacht. Als Geschäftsmann wusste er wohl, wie schnell man auf Grund laufen kann. Und sein Auto ... na ja. Die ganzen Lastwagen und Transporter und so weiter konnte er nicht verkaufen – er hatte ja immer noch die Hoffnung, dass er nach einer Durststrecke wieder Fuß fassen könnte. Dann hätte er die ganzen Fahrzeuge ja wieder gebraucht. Und sein eigenes Auto war ein Pickup, ein VW Taro. Der Wagen wird schon lange nicht mehr gebaut, soweit ich weiß. Und Traubner fährt die alte, zerbeulte Karre noch heute.«

»Und wenn das so ein netter Kerl war und so ein guter Geschäftsmann: Wie konnte er denn dann scheitern?«

»Da hat jemand dran gedreht, da bin ich sicher.«

»Gedreht?«

»Also ... Erst kommt ein Gerücht auf, das Traubners Liquidität in Frage stellt und von dem keiner weiß, woher es kommt, ja? Dann fällt alles ein wie ein Kartenhaus. Und ganz zufällig genau in dieser Zeit bekommen alle Handwerker und Subunternehmer, die bis dahin für Zobel & Traubner gearbeitet hatten, lukrative Angebote für andere Bauvorhaben. Das stinkt doch zum Himmel, oder?«

»Das kann man wohl sagen. Wer hat denn da gezündelt? Ihr Chef Haber?«

»Das würde Willi Haber nie machen. Der wirkt zwar wie ein Raubein und poltert auch gerne mal wüst drauflos. Aber gegen Fritz Zobel dürfen Sie in seiner Gegenwart nichts Schlechtes sagen – das ist für Haber so eine Art Heiliger. Ein falsches Wort, und Haber schmeißt Sie achtkant raus.«

»Dann bleibt ja nur noch einer.«

»Genau: Praatz, unser promovierter Zahlendreher.«

»Na klar, Sie sind parteiisch.«

»Der Verdacht ist nicht mir zuerst gekommen, sondern Hannes Wurster, der als Bauleiter für die Praatzbau arbeitet.«

»Oh«, machte Schneider, dann fiel sein Blick auf Thomann. Der Pathologe und Bauherr war zur Seite gesunken und ruhte, leise schnarchend, auf einem in Folie verpackten Ballen Isolationsmaterial.

Mittwoch, 10.50 Uhr

Langsam fuhr Kriminalhauptkommissar Rainer Ernst die Hohenneuffenstraße in Schornbach entlang. Als er die gesuchte Nummer in der rechten Häuserreihe entdeckt hatte, stellte er seinen Wagen ab und ging zum Gartentor hinüber.

Das Haus vor ihm war ein schöner Bau. Nicht klein, aber auch nicht zu protzig. Erbaut vermutlich irgendwann in den 80ern, soweit Ernst das am Stil des Hauses erkennen konnte. Der Garten zur Straße hin wirkte sehr gepflegt, und auch auf der Treppe, die zur Haustür hinaufführte, konnte Ernst keinen Schmutz oder abgefallenes Laub entdecken.

Der Klingelknopf war neben dem Briefkastenschlitz in einen der steinernen Pfosten eingearbeitet, die das Gartentor flankierten. Ernst drückte und wartete, aber es öffnete niemand. Er klingelte erneut, wieder nichts.

Als er sich zu seinem Auto umwandte, bemerkte er, dass ihn ein älterer Herr beobachtete, der offenbar gerade spazieren ging und ein paar Meter entfernt von ihm stehen geblieben war.

»Kennen Sie die Familie Traubner?«, fragte Ernst den Mann und ging einige Schritte auf ihn zu.

»Natürlich«, antwortete der. »Das sollte ein Alt-Bürgermeister schon, finden Sie nicht auch?«

»Alt-Bürgermeister? Hier von Schornbach?«

»Ja, ganz früher mal. Dann anderswo, und bis zu meiner Pensionierung war ich OB drüben in Schorndorf.«

Endlich fiel der Groschen, und Ernst erkannte den Mann, den er jahrelang auf Fotos in der Zeitung gesehen hatte – und noch immer sah, weil Ex-OB Werner Böttcher ab und zu eine Kolumne für die Lokalzeitung schrieb, die mit einem kleinen Foto von ihm illustriert wurde.

»Ach, Herr Böttcher«, sagte Ernst. »Ich hatte Sie nicht gleich erkannt.«

»Hm«, machte Böttcher. »Und wer sind Sie, wenn ich fragen darf?«

»Kriminalhauptkommissar Rainer Ernst, ich arbeite in Schorndorf bei der Kripo.«

»Tut mir leid, da kenne ich nur Ihren Chef, den Herrn Möller.«

»Der ist nicht mehr da. Wir haben seit vergangenem Jahr einen Neuen: Klaus Schneider aus Karlsruhe.«

»Aus Karlsruhe? Na ja, meinetwegen. Was wollten Sie denn von Frau Traubner?«

»Nichts. Ich würde gerne mit Herrn Traubner sprechen.«

»Den finden Sie hier nicht mehr. Ist ausgezogen, schon vor einer Weile.«

»Oh, gab's Probleme?«

»Das sollten Sie Frau Traubner selbst fragen. Aber die ist im Moment wahrscheinlich im Büro. Seit die Firma ihres Vaters nicht mehr existiert, arbeitet sie drei oder vier Tage die Woche für einen Architekten drüben in Plüderhausen.«

»Und das alles wegen der in Konkurs gegangenen Firma? Wie hat denn Herr Traubner diesen Schlag verkraftet? Er scheint ja noch heute sehr beliebt zu sein in der Branche.«

»Und das zu Recht. Das war noch ein Geschäftsmann vom alten Schlag. Wo ein Wort noch etwas gilt und ein Handschlag reicht.« Böttcher schaute versonnen drein und hielt inne.

»Aber trotzdem ist er pleitegegangen.«

»Und nicht nur das«, fuhr Böttcher daraufhin fort. »Fritz Traubner war damals im Gemeinderat, er war in Vereinen aktiv und engagierte sich sehr auch für soziale Projekte in Schorndorf. Das war so richtig seine Stadt, und er war ein bisschen wie einer dieser Patrizier, die früher als reiche Bürger aus ihrem Wohlstand auch eine gewisse Verantwortung für das große Ganze abgeleitet haben, wissen Sie?«

»Und heute?«

»Traubner hat alles verloren. Erst die Firma, dann gingen einige sogenannte Freunde auf Abstand. Und sogar seine Ehrenämter … Stellen Sie sich vor: Sie sind immer gefragt und begehrt und können sich kaum retten vor Anfragen, wenn ein Gesangverein oder eine historische Vereinigung oder sonst etwas einen Vorsitzenden oder einen Kassenwart sucht. Und dann geht es Ihnen schlechter und Sie stellen fest: Die wollten gar nicht Sie, sondern Ihr Geld und Ihre Möglichkeiten als Sponsor.«

»Das stelle ich mir deprimierend vor.«

»Eben. Und so erging es Fritz Traubner. Stadtrat war er dann bald auch nicht mehr, und das hat ihm wohl den Rest gegeben. Er hat zu trinken angefangen, wurde zunehmend verbittert und auch die Ehe ist deswegen …« Böttcher stoppte, als habe er sich gerade selbst bei etwas ertappt. »Aber das ist privat und sollte nicht hier am Straßenrand zum Thema werden, finde ich.«

»Wissen Sie denn, wo Herr Traubner inzwischen wohnt?«

»Natürlich weiß ich das«, entrüstete sich Böttcher. Ernst notierte sich die Adresse und schaute Böttcher, der nun wieder gemächlich weiterging, verblüfft nach. Die Straße, in der Traubner nun wohnte, kannte er. Die kannte er sogar gut.

Mittwoch, 11.00 Uhr

Am liebsten wäre Kriminalhauptkommissar Schneider unruhig auf seinem Stuhl hin- und hergerutscht, aber eine solche Blöße wollte er sich im Moment wirklich nicht geben. Und schon gar nicht vor diesem unangenehmen Reporter.

Kriminaldirektor Binnig hatte ihn heute früh angerufen und ihn dazu verdonnert, diesem Ferry Hasselmann ein Interview zu geben. Ausgerechnet Hasselmann, der in der heutigen Ausgabe seines Revolverblatts einen vermeintlichen Skandal aufgedeckt hatte.

»Ausflug nach Karlsruhe«, hatte die Schlagzeile gelautet, und darunter hatte Hasselmann seiner Abneigung der Polizei gegenüber freien Lauf gelassen. »Kriminalhauptkommissar Klaus Schneider, der eigentlich die Sonderkommission zum Mord auf der Baustelle in Schorndorf leiten sollte, fuhr am Montag nach Karlsruhe, um sich die dortige Kunstakademie anzusehen. Während dieses nachmittäglichen Ausflugs in seine badische Heimatstadt musste ein Polizeihauptmeister vom Revier Schorndorf die Leitung der Sonderkommission stellvertretend für ihn übernehmen. Bald zeigte es sich, dass dieser Beamte als Stellvertreter überfordert war: Er konnte nicht verhindern, dass es auf einer Baustelle in Plüderhausen zu neuen Übergriffen durch aufgebrachte Bauarbeiter kam.«

Staatsanwalt Feulner hatte geschäumt, als er die Meldung zum Frühstück las. Und natürlich hatte er sich die Gelegenheit, sich deswegen wieder einmal bei Binnig über Schneider beschweren zu können, nicht verstreichen lassen. Auch Binnig war sauer, und er hatte das am Telefon auch durchklingen lassen – aber er war auch fair genug, die Fahrt nach Karlsruhe als Versuch gelten zu lassen, der durchaus auch hätte Erfolg haben können. Binnigs einzige Bedingung: Schneider musste die Suppe selbst auslöffeln.

Das stand ihm nun bevor. Hasselmann war in Schneiders Augen eine echte Ratte. Zum ersten Mal hatte er ihm

Schwierigkeiten bereitet, als sie wegen des toten Bauern in Kallental ermittelt hatten. Danach kam es immer wieder zu unschönen Begegnungen, und Schneider brachte vor allem Hasselmanns Angewohnheit auf die Palme, seine Recherchen gnadenlos auf griffige Schlagzeilen hin auszuschlachten.

»Ausflug nach Karlsruhe« ... Dieser böswillige Idiot!

»Also, Herr Schneider – oder soll ich Sie mit Ihrem Dienstrang anreden?«

»Lassen Sie den Quatsch, Herr Hasselmann«, versetzte Schneider barsch. »Wenn Sie mich hinterher halbwegs korrekt zitieren, muss ich wohl schon zufrieden sein.«

»Sie sind ja ordentlich auf Krawall gebürstet, Herr Schneider, das muss ich schon sagen.« Hasselmann grinste durchtrieben und schien sein momentanes Oberwasser sehr zu genießen.

»Ich sitze hier nicht freiwillig, wie Sie sich denken können. Also stellen Sie mir Ihre Fragen, und ich versuche mit meinen Antworten, ein paar von Ihren ... sagen wir: missverständlichen Formulierungen wieder gerade zu rücken.«

»Ich bin gespannt.«

Schneider sah an Hasselmann vorbei durchs Fenster. Die technischen Dachaufbauten der neuen Gebäude am Alten Postplatz störten das ansonsten recht hübsche Panorama. Kriminaldirektor Binnig hatte ihm diesen Besprechungsraum reservieren lassen, da Schneider es abgelehnt hatte, den Reporter in seinem Schorndorfer Büro oder im SoKo-Raum zu empfangen.

»Was wollten Sie denn in Karlsruhe?«, begann Hasselmann schließlich den offiziellen Teil des Interviews.

»Wissen Sie das denn nicht? In Ihrer Meldung ließen Sie ja keinen Zweifel daran, dass ich nur mal wieder in der alten Heimat vorbeischauen wollte.«

»Aber, Herr Schneider! Vielleicht können wir etwas sachlicher werden – ich mache auch nur meinen Job. Also?«

»Über laufende Ermittlungen darf ich Ihnen aus polizeitaktischen Gründen nichts erzählen.«

»Kein Problem, Herr Schneider. In meinem nächsten Artikel liest sich das dann ungefähr so: ›Auch auf Nachfragen unserer Zeitung konnte Kriminalhauptkommissar Klaus Schneider keinen Grund für seine Fahrt nach Karlsruhe nennen.‹ Ist das so weit richtig?«

»Sie sind echt ein …«

»Ja?«, fragte Hasselmann und zückte den Stift. »Ich notiere das gerade mal.«

»… ein hartnäckiger Reporter.«

»Oh, danke. Und, was ist nun Ihre Antwort?«

»Ich nehme an, im Vertrauen kann ich Ihnen nichts sagen?«

»Ich bin meinen Lesern verpflichtet. Ich darf meine Informationen nicht für mich behalten, das verstehen Sie sicher.«

»Ach, Hasselmann … meinetwegen müssen Sie hier nicht den Erfinder des Journalismus spielen. Ich lese Ihr Blatt nicht, wenn es nicht unbedingt sein muss.«

»Und? Karlsruhe?« Hasselmann war ganz offensichtlich hart im Nehmen. Immerhin konnte er nicht nur austeilen.

»Wir vermuten«, begann Schneider und setzte eine Kunstpause, in der er tief durchatmete, »dass die Schaufensterfiguren auf den Baustellen mit dem toten Baggerfahrer in Zusammenhang stehen.«

»Aha. Und?«

»Diese Schaufensterfiguren waren so auf den Baustellen drapiert, dass es durchaus etwas … na ja: Künstlerisches hatte. Jedenfalls weist einer unserer Ermittlungsansätze in die Kunstszene.«

»Schön, danke. Und warum dann nicht Schorndorf oder Stuttgart? Haben Sie nicht ein Kulturforum hier in der Stadt? Schöne Location, rührige neue Chefin und so was alles?«

»Das war deshalb auch unsere erste Anlaufstelle. Über Hinweise und Recherchen kamen wir auf Künstler, die in Karlsruhe studieren oder studiert haben.«

»An der Staatlichen Akademie für Künste in der Reinhold-Frank-Straße, ja?«

»Genau. Also sind wir da hingefahren und haben nachgefragt.«

»Sie und Kriminalhauptkommissar Rainer Ernst. Und, haben Sie etwas herausgefunden?«

»Leider nichts, was uns in unserem Fall entscheidend weiterbringt. Es gibt beziehungsweise gab an der Karlsruher Akademie zwar zwei Künstler, die mit Schaufensterfiguren arbeiten – aber die haben ganz offensichtlich keinerlei Verbindung hierher, damit fallen sie zunächst mal aus jedem denkbaren Raster.«

»Gut. Und die Namen der beiden Künstler?«

»Das tut ja nun nichts mehr zur Sache. Leider hat sich auch sonst in Karlsruhe kein brauchbarer Ansatz ergeben – ich muss zugeben: Letztlich war die Fahrt wirklich umsonst.«

»Umsonst nicht«, lachte Hasselmann meckernd, »aber vergeblich.«

»Mensch, Hasselmann. Sollen wir denn irgendeinen verhaften, nur damit wir nicht ohne Ergebnis aus Karlsruhe zurückkommen? Als wir zwischendurch auf den Hof kamen, ging ein junger Mann an uns vorbei. Wahrscheinlich ein Student. Der hatte seinen alten Passat neben uns geparkt, stieg ein und fuhr fort. Hätte ich den einfach mal anhalten sollen, rausziehen und verhaften?«

»Warum nicht? Wenn es der Täter gewesen wäre, hätte ich Sie als Helden der Intuition feiern können.«

»Klar. Und wenn nicht, hätten Sie mich geschlachtet.«

»So ist das Geschäft, Herr Schneider. Übrigens: Mich hätte der alte Passat stutzig gemacht.«

»Warum das denn?«

»Mir haben Augenzeugen der Puppen-Gags von einem alten Passat erzählt, der von der betreffenden Baustelle weggefahren sein soll.«

»Welche Augenzeugen?« Schneider war fassungslos. Wo hatte dieser Schmierfink die Informationen her?

»Ich kann Ihnen das alles erzählen, Adressen und Namen inklusive. Aber wir müssten halt ins Geschäft kommen.«

»Ins Geschäft?«

»Ja. Ich erzähle Ihnen, was ich weiß. Und Sie garantieren mir, dass ich von Ihren Ergebnissen als erster Journalist erfahre.«

»Sie können mich mal! Den Teufel werde ich tun! Ausgerechnet Ihnen …«

»Na, gut. Dann tappen Sie mal schön weiter im Dunkeln. Aus dem Interview lässt sich schon mal was machen, vielen Dank. Und wenn ich den Mörder vor Ihnen finde, kann ich Ihnen ja in meiner Aufmacher-Story einen heißen Tipp geben.« Hasselmann grinste breit.

»Nein, das machen wir anders.« Schneider fixierte den Reporter und klang plötzlich eiskalt. Das verdarb auch Hasselmann das Grinsen. »Sie sagen mir nichts, ich informiere Herrn Staatsanwalt Feulner – und der wird sich dann nett mit Ihnen unterhalten. Oder auch nicht so nett, da möchte ich dem Gespräch jetzt noch nicht vorgreifen.«

»Feulner?«

»Ja. Kennen Sie ihn?«

»Ja, wir hatten schon … hm … Vielleicht könnte ich Ihnen ja trotzdem einen Tipp geben – und Sie …?«

»Vergessen Sie es! Ich mache keine Deals mit Ihnen. Und Feulner vermutlich auch nicht, so wie ich ihn kenne.«

Hasselmann rang sichtlich mit sich. Staatsanwalt Feulner musste ordentlich Eindruck auf den Reporter gemacht haben – allmählich wuchs in Schneider der Wunsch, Feulner etwas näher kennenzulernen. Baulöwe Willi Haber, Reporter Ferry Hasselmann: Sie alle hatten offenbar einen Heidenrespekt vor dem Mann, der auch Schneider immer wieder das Leben schwer machte.

»Also«, platzte Hasselmann schließlich heraus. »Die Info mit dem alten Passat habe ich von einem Bauarbeiter. Der lief damals Streife in dem Baugebiet, in dem die erste Puppe platziert wurde.«

»Aber das war doch bereits im April. Geht das schon so lange mit dieser Bauarbeiter-Bürgerwehr?«

»Anscheinend. Der jedenfalls hatte an dem Tag etwas später Feierabend gemacht und stromerte noch ein wenig durch das Baugebiet. Ich weiß gar nicht, warum da schon vor 17 Uhr Schluss war an allen Baustellen – normalerweise geht das schon etwas länger. Aber wie auch immer: Der Bauarbeiter sah den Bauherrn heranfahren. Der stieg dann aus, schaute durch die Fenster nach seinem Estrich und entdeckte die Puppe. Und dabei verpasste er den Täter wohl nur ganz knapp, denn mein Zeuge sah ein paar Minuten später einen Mann hinter einem Stapel Baumaterial hervorkommen und in einen alten VW Passat einsteigen. Dann fuhr der Mann weg, und mein Zeuge schaute ihm nach. Aber das Kennzeichen hat er sich wohl nicht gemerkt. Ihm fiel nur auf, dass es keine Waiblinger Nummer hatte – es musste also ein auswärtiges Auto gewesen sein.«

Schneider hatte sich ein paar Notizen gemacht und stand auf.

»Und, was bekomme ich nun für meine Info? Was tun Sie für mich?«

»Ich zeige Ihnen den Weg nach draußen«, versetzte Schneider und komplimentierte den Reporter zum Flur hinaus.

Mittwoch, 11.15 Uhr

Traurig klappte der Mann das Fotoalbum zu, strich noch einmal über den speckig gewordenen Einband und stellte das Album zurück ins Regal.

Durch die geschlossenen Vorhänge kam das Tageslicht nur gedämpft ins Zimmer. Er schaltete das Radio aus, zog Hemd und Hose aus und legte sich ins Bett. Draußen hörte er die Autos vorbeifahren, daran würde er sich wohl nie gewöhnen.

Ein Lastwagen brummte durch den Ort und ließ das alte Haus leicht erzittern. Dann schien ein Auto unten vor dem Fenster anzuhalten. Er hörte das Schlagen einer Wagentür, Schritte und danach das krächzende Scheppern seiner Türklingel.

Nach ein paar Minuten klingelte es erneut, aber der Mann drehte sich nur zur Wand hin und zog sich die Decke über den Kopf.

Mittwoch, 23.00 Uhr

Der alte Passat bog in Urbach von der Mühlstraße in den Hohbergweg ein und rollte dann langsam aus. Der Mann am Steuer sah sich nervös um, aber alles schien ruhig. Links von ihm war eine größere Gartenfläche zu sehen, rechts standen die ersten Rohbauten des Baugebiets »Urbacher Mitte«. Zwischen zwei der halbfertigen Gebäude rumpelte der Wagen in Schrittgeschwindigkeit über den Dreck, bis er im tiefen Schatten stehen blieb. Der Motor erstarb, der Mann kurbelte das Seitenfenster herunter und lauschte aufmerksam in die Nacht.

Schließlich stieg er aus, öffnete die linke Hintertür des Wagens und huschte mit einigen Gerätschaften, die in der Dunkelheit nicht richtig zu erkennen waren, zu einer der Baustellen hinüber. Nach einigen Minuten kam er wieder aus dem Gebäude, holte noch mehr Einzelteile aus seinem Wagen und verschwand wieder. Schließlich kehrte er ein drittes Mal zum Passat zurück, öffnete den Kofferraum und holte sehr vorsichtig zwei Teile einer Fensterscheibe hervor.

Sachte drückte er die Hintertür und den Kofferraumdeckel des Wagens zu und verschwand erneut in dem Rohbau. Lange blieb es ruhig, nur gelegentlich drangen einzelne gedämpfte Geräusche aus dem Gebäude. Auf der Hohbergstraße rollte ein weiteres Fahrzeug heran. Es hatte die Lichter abgeblendet und fuhr im Schritttempo an den Rohbauten entlang. Auf der Höhe des im Schatten versteckten Passats wurde das Auto noch etwas langsamer, bis es schließlich wieder beschleunigte und den Hohbergweg verließ. Dass es in die Bildackerstraße einbog und dort schließlich an der nächsten Einmündung wendete und stehen blieb, war vom Hohbergweg aus nicht zu sehen.

Nach etwa 15 Minuten kam der Unbekannte wieder aus dem Rohbau hervor. Er hatte nur noch eine Werkzeugtasche unter dem Arm und sah sich vorsichtig nach allen Seiten um. Dann schlüpfte er in sein Auto, startete den Motor des Passats und stieß langsam rückwärts aus dem Schatten auf die Straße hinaus. Ohne Licht folgte er dem Hohbergweg, bog nach rechts in die Bildackerstraße ein. Dort schaltete er das Abblendlicht ein und nahm kurz darauf schon etwas beschleunigt die Einmündung in den Größenwiesenweg.

Er wollte sich gerade ein erleichtertes Lächeln leisten, da fiel ihm auf, dass ihm ein Auto folgte, das wie er aus der Bildackerstraße gekommen war. Als er wieder nach vorne sah, konnte er einem Zusammenstoß mit einem verdreckten Lieferwagen nur knapp vermeiden.

»Pass doch auf, du Arsch!«, rief er – doch der Beinahe-Crash war kein Zufall: Der Lieferwagen wendete mit quietschenden Reifen und nahm ebenfalls die Verfolgung des alten Passat auf.

Nun bekam es der Fahrer doch mit der Angst zu tun. Er wich schleudernd nach links aus, gab Vollgas und flitzte die schmaler werdende Straße entlang, bis sich vor ihm ein enger Durchlass zur Hauptstraße hin öffnete. Den Transporter hatte er abgehängt, aber das andere Fahrzeug war noch hinter ihm. Als er nach rechts in die Hauptstraße einbog, sah er ein drittes Auto starten, das gegenüber vor der griechischen Taverne gewartet hatte.

Rasend schnell ging es in den Ort hinein. Am Kreisverkehr, der mit seinem seltsam unebenen Verlauf auf den schlingernden Wagen wie eine übergroße Bodenwelle wirkte, stießen zwei weitere PKW zu der schnellen Kolonne – der letzte der beiden konnte einem der anderen Verfolger zunächst noch ausweichen, kollidierte aber ein paar Meter weiter doch noch mit ihm.

Den nächsten Kreisverkehr quittierte der Passat mit ächzenden Stoßdämpfern, danach ging es mit heulendem Motor auf die B 29 in Richtung Schorndorf. Nur noch zwei Wagen konnten folgen.

Mittwoch, 23.30 Uhr

»Alles klar!«, rief der Beamte in der Notrufzentrale in Waiblingen ins Mikrofon und trennte die Verbindung. Danach informierte er die Kollegen im Revier Schorndorf und rief gleich danach der aktuellen Anweisung folgend das Handy von Kriminalhauptkommissar Klaus Schneider an.

Der Anruf erreichte Schneider in seinem Büro in der Grabenstraße, wo er mit Ernst darauf gewartet hatte, ob sich der Unbekannte erneut an einem Mittwoch auf einer Baustelle zu schaffen machen würde.

Als sie unten aus der Tür traten, zischte schon ein Streifenwagen mit eingeschaltetem Martinshorn durch die Ausfahrt zur Grabenstraße hinaus und drängelte sich in den spätabendlichen Verkehr. Kurz danach röhrte auch Schneiders Porsche vom Gelände und nahm ordentlich Fahrt auf in Richtung Urbach.

Als sie den Ort erreicht hatten, beschrieb Ernst den weiteren Weg zum Baugebiet »Urbacher Mitte«. Doch schon vor dem Kreisverkehr, in den die Schorndorfer Straße mündete und in dem sie nach links hätten abbiegen müssen, sahen sie zwei Autos stehen, die offensichtlich zusammengestoßen waren. Zwei Männer standen wild gestikulierend vor den Fahrzeugen, und es sah ganz danach aus, als würden sie gleich handgreiflich werden. Eines der Autos trug an der Seite die Aufschrift »Haber & Sohn«.

Schneider fuhr rechts ran, und die beiden Kommissare gingen auf die Streithähne zu.

»Was ist denn hier los?«

»Wer will das wissen?«, schnauzte einer der Männer zurück, sah dabei zu Schneider herüber und wurde blass: »Oh, Herr Kommissar … Sie sind das …« Er war der ältere der beiden Zimmerleute, die Schneider am vergangenen Freitag während des Richtfests kennengelernt hatte.

»Ja, ich bin das. Und was veranstalten Sie hier?«

»Heute Abend war dieser Spaßvogel wieder unterwegs. Hier, in Urbach im Neubaugebiet.«

»Ich weiß, Herr Vollmer hat mich anrufen lassen.«

»Na ja, der Typ war wohl schneller fertig mit seiner Aktion und ist mit seinem Auto wieder weggefahren. Inzwischen waren schon ein paar unserer Leute mit dem Wagen hier, für alle Fälle. Und als er losgefahren ist, sind wir hinterher. Wir beide hatten halt Pech«, nickte er zu seinem Kontrahenten hinüber.

»Wunderbar, die Herrschaften! Wir haben also einen Flüchtigen, eine Verfolgungsjagd und zwei kollidierte Autos – klasse, wie im Kino …«

Mittwoch, 23.45 Uhr

Jens Jahoschek wischte sich den Schweiß von der Stirn und sah im Rückspiegel die Scheinwerfer seiner beiden Verfolger ein Stück weit hinter sich. So schwer hatte er sich den Abschluss seiner Aktion nicht vorgestellt.

Westlich von Schorndorf schaltete er kurz vor der dortigen Ausfahrt sein Licht ab, bog in die Ausfahrt ein und schlitterte gleich danach wieder auf die Auffahrt und zurück auf die B 29. Einer seiner Verfolger fiel auf den Trick herein und raste nun in Richtung Siechenfeld wieder nach Schorndorf zurück. Das andere Auto konnte er nicht mehr sehen – vielleicht hatte er es ja auch abgeschüttelt.

In Winterbach verließ er die Bundesstraße tatsächlich und fuhr über die Fabrikstraße zum Parkplatz des dortigen Fitnessclubs. Dort parkte er den Wagen auf einem schlecht beleuchteten Stellplatz zwischen mehreren anderen Fahrzeugen, verließ das Auto und beobachtete Parkplatz und Einfahrt aus einer dunklen Ecke.

Nach zehn Minuten kam er zu dem Schluss, dass er alle Verfolger abgeschüttelt haben musste. Vorsichtig kehrte er zum Auto zurück und fuhr schließlich auf der B 29 wieder in Richtung Schorndorf. Er passierte die Stadt und fuhr nach dem zweiten Tunnel wieder von der Bundesstraße ab. Auf der Waiblinger Straße, wo früher die B 29 verlief, fuhr er zurück nach Westen, bog nach links ab, überquerte die Rems, und schließlich führte ihn die Gmünder Straße wieder in Richtung Osten.

Jahoschek war peinlich darum bemüht, nicht zu schnell und nicht zu langsam zu fahren. Ständig suchten seine Blicke beide Straßenränder ab und forschten in alle Seitenstraßen hinein, die er passierte. An einer Tankstelle in der Gmünder Straße stand ein Streifenwagen mit dem Heck zur Straße. Jahoschek erschrak, aber selbst im Rückspiegel konnte er in dem dunklen Inneren des Streifenwagens keine Bewegung erkennen. Da hatte er wohl Glück gehabt.

Am Ortsende nahm er den Fuß vom Gas und bog in die Hegelstraße ab. Er fuhr an einigen Neubauten vorbei und erreichte über den Friedrich-Glauser-Weg den Rand des Baugebiets »Obere Straßenäcker II«. Wieder schaltete er die Scheinwerfer aus, rumpelte über eines der Baugrundstücke und näherte sich dann dem äußeren Rand des Neubaugebiets.

Im Schatten eines Rohbaus ließ er den Passat ausrollen und musterte währenddessen die Umgebung. Alles schien menschenleer und ruhig, und nun musste er sich beeilen – denn es war gut möglich, dass einige seiner Verfolger von vorhin noch immer durch die Gegend streiften. Und auf dem Weg von oder nach Urbach konnte man durchaus auch zufällig in der Nähe dieses Baugebiets vorbeikommen. Dann noch ein Geistesblitz zur rechten Zeit, und schon hatte er wieder jemanden auf dem Hals.

Zum Glück war diese Station zeitlich nicht sehr aufwendig. Er hatte schon alles vorbereitet und wollte gerade den präparierten Oberkörper einer weiteren Schaufensterpuppe aus dem Kofferraum zerren, da bemerkte er, wie sich von der Hegelstraße her langsam zwei Fahrzeuge näherten, eines davon ein Streifenwagen. Beide Fahrzeuge löschten das Licht, aber in der ruhigen Nacht konnte er trotzdem die Fahrgeräusche der beiden Autos recht deutlich hören.

Sofort sprang er zurück in den Wagen und drehte den Zündschlüssel, doch der Anlasser streikte. »Nicht jetzt!«, dachte Jahoschek.

Donnerstag, 0.00 Uhr

Schneider und Ernst gingen zu dem Rohbau, in dem bereits einige Leute mit Taschenlampen umherliefen. Frieder Rau war mit zwei Mitarbeitern hier und sicherte Spuren, auch Alexander Maigerle und ein Kollege vom Revier in Schorndorf waren eingetroffen und gingen Rau und den anderen zur Hand.

Die Streifenwagen des Schorndorfer Reviers waren ausgeschwärmt und hatten sich an einigen Einfallstraßen in Schorndorf postiert. Auch Kollegen aus Lorch und Schwäbisch Gmünd sowie aus Waiblingen und Fellbach waren ausgefahren und behielten vor allem die B 29 als schnellsten Fluchtweg für den Unbekannten im Blick.

Wieder klingelte Schneiders Handy.

»Ja?«

»Einer unserer Streifenwagen hat gerade einen alten Passat gesichtet«, meldete der Beamte, der im Schorndorfer Revier Telefondienst hatte. »Der fuhr auf der Gmünder Straße Richtung Osten.«

»Richtung Osten?«, fragte Schneider verblüfft. »Kommt der wieder hierher zu uns?«

»Keine Ahnung, aber ich habe ihm auf jeden Fall mal den Streifenwagen hinterhergeschickt. Er hat aber im Moment wohl keinen Sichtkontakt mehr.«

»Sehr gut. Wenn Sie jemanden verfügbar haben, sollten wir den Kreis nun etwas enger ziehen. Legen Sie die Positionen am besten selbst fest – ich nehme mal an, die wichtigsten Stellen haben Sie eher parat als ich.«

Ernst hatte das Gespräch mitbekommen, nun winkte er Maigerle zu sich heran. Der sagte kurz seinem Kollegen Bescheid, drückte ihm das Absperrband in die Hand und kam zu Ernst und Schneider herübergelaufen.

»Maigerle, der Unbekannte kommt uns wieder näher.«

»Wie? Näher?«

»Eine Streife hat ihn wohl in Schorndorf auf der Gmünder Straße gesehen, Fahrtrichtung stadtauswärts.«

»Aber so blöd kann der doch nicht sein!«

»Könnte er glauben, dass hier die Luft schon wieder rein ist?«, fragte Schneider.

»Hm ... Da würde er aber ganz schön hoch pokern, finde ich.«

»Oder er wohnt in Urbach oder Plüderhausen.«

»Da würde ich aber im großen Bogen nach Hause fahren, wenn überhaupt. Irgendwo muss er sich ja in der vergangenen Stunde herumgetrieben haben. Wenn er jetzt Richtung Osten fährt, ist er vorher wohl remsabwärts geflüchtet. Also ich würde, wenn ich schon nach Urbach müsste, einen weiten Umweg über den Schurwald oder über die Berglen machen und dann gewissermaßen von hinten nach Hause kommen.«

»So clever ist unser Unbekannter vielleicht ja auch gar nicht.«

»Das soll uns recht sein. Also auf ins Auto, wir fahren dem Typen entgegen. Der Streifenwagen ist wohl hinter ihm. Da müssten wir ihn eigentlich erwischen können.«

Schneider ging auf seinen Wagen zu, Ernst folgte ihm, aber Maigerle blieb unschlüssig stehen. Da klappte Schneider seinen Fahrersitz nach vorn und rief: »Auf, Maigerle, kommen Sie schon!«

Maigerle zwängte sich in den Fond des Wagens und versuchte, seine Beine so unterzubekommen, dass er sie möglichst nach dem Aussteigen noch benutzen konnte. Ernst und Schneider knallten ihre Türen zu, und schon schoss der Sportwagen in Richtung Schorndorfer Straße aus dem Baugebiet.

Sie fuhren unter der B 29 hindurch und trafen kurz vor dem Ortsausgang auf den entgegenkommenden Streifenwagen. Offenbar war der Unbekannte irgendwo zwischen hier und Schorndorf abgebogen.

Maigerle zog aus seiner Jackentasche ein gefaltetes Blatt Papier und reichte es Ernst und Schneider nach vorne.

»Schauen Sie mal auf diese Karte. Ich habe da die Neubaugebiete markiert, die es gerade in der Schorndorfer Umgebung gibt. Wenn wir davon ausgehen, dass der Unbekannte noch nicht durch Urbach gefahren sein kann, würde dieses Gebiet ganz gut passen.«

Maigerle tippte auf eine Stelle am östlichen Stadtrand von Schorndorf, nicht weit von der Gmünder Straße entfernt.

»Das sind die ›Oberen Straßenäcker II‹. Falls er heute Nacht noch einen seiner Streiche durchziehen will, könnte er es vielleicht dort versuchen.«

Der Beifahrer des Streifenwagens war inzwischen an Schneiders Porsche herangetreten und hatte Maigerle zugehört.

»Meiner Meinung nach«, sagte der Uniformierte nun, »hat der Unbekannte nicht mitbekommen, dass wir ihn bemerkt und gemeldet haben. Wir standen neben der Einfahrt einer Tankstelle, hatten im Wagen kein Licht an und haben auch noch kurz gewartet, bis wir ihm gefolgt sind.«

»Gut«, sagte Schneider. »Dann versuchen wir unser Glück doch mal. Wissen Sie und Ihr Kollege, wo dieses Baugebiet ist?«

Der Streifenbeamte nickte, und die beiden Fahrzeuge machten sich auf den Weg zum Neubaugebiet »Obere Straßenäcker II« in Schorndorf.

Donnerstag, 0.20 Uhr

Der Streifenwagen rollte auf dem Astrid-Lindgren-Weg weiter, während das andere Auto auf den Friedrich-Glauser-Weg abbog und auf die Häuserreihe zuhielt, in deren Nähe der alte Passat versteckt stand. Jahoschek konnte spüren, wie ihm der Schweiß aus den Poren drang, mit feuchten Händen rutschte sein Griff vom Zündschlüssel ab.

Der Streifenwagen war stehen geblieben, beide Türen öffneten sich leise und zwei Uniformierte gingen auf das Neubaugebiet zu. Von der anderen Seite her hörte er das Knirschen von Autoreifen auf Kies. Noch einmal drehte er den Zündschlüssel, und endlich sprang der alte Motor heiser an.

Die beiden uniformierten Polizisten hatten das Geräusch offenbar gehört, denn sofort fielen sie in Laufschritt und rannten auf ihn zu. Sehen konnten sie sein Auto aber von ihrer jetzigen Position noch nicht. Aus den Augenwinkel sah er, wie sich hinter einem der benachbarten Rohbauten der Kühler eines Sportwagens hervorschob. Doch der Wagen blieb stehen, bevor dessen Insassen ihn sehen konnten – offenbar musterte dort jemand einen Rohbau nach dem anderen.

Der Passat rollte langsam nach hinten, tiefer ins Dunkel hinein. Durch das heruntergedrehte Seitenfenster konnte er die Schritte der herbeieilenden Polizisten hören, einer von ihnen rief den Insassen des anderen Wagens etwas zu. Als der erste Uniformierte den Rohbau erreichte, an dem Jahoschek gerade noch gestanden hatte, war der Passat schon außer Reichweite und nur noch schemenhaft in der Dunkelheit zu sehen.

Über ein Wiesenstück holperte der Wagen eine leichte Steigung hinauf, folgte kurz einer Fahrspur, bog wieder ab und erreichte zwischen dicht beieinanderstehenden Obstbäumen hindurch einen asphaltierten Weg. Dort wandte er sich Richtung Osten, fuhr durch den Hegnauhof und kreuzte Bahnlinie und Rems. Wenige Minuten später war er bereits wieder mit Vollgas auf der B 29 das Remstal hinab unterwegs.

Ferry Hasselmann dagegen konnte sein Glück kaum fassen. Er war nach der Flucht des Unbekannten aus Urbach in Richtung Waiblingen als letzter von dem Unbekannten abgehängt worden und hatte ihn weder in Winterbach noch in Geradstetten aufstöbern können. Nun war er frustriert zurück nach Urbach gefahren, um dort auf der Baustelle ein paar Fotos vom neuen »Puppenmord« zu machen. Für die Donnerstagsausgabe würde die Geschichte nicht mehr rechtzeitig kommen – aber das war, auch wenn sich Hasselmann insgeheim ärgerte, nicht so schlimm: Am Donnerstag hatte er ja schon einen anderen Knaller zum Thema im Blatt.

In Gedanken versunken fuhr er gerade auf der Wasenstraße nach Urbach hinein, als aus einer Seitenstraße rechts ein alter Passat herauskam und ebenfalls nach Urbach fuhr. Sofort nahm Hasselmann den Fuß vom Gas und hielt möglichst viel Abstand zu dem Passat, der vor ihm wieder auf die Bundesstraße auffuhr.

Trotz der späten Stunde war die B 29 nicht leer. Jahoschek und sein Verfolger passierten Winterbach und Geradstetten. In Grunbach verließ der Passat die Bundesstraße, überquerte die Rems und blieb schließlich gegenüber einer Firmeneinfahrt in der Eisenbahnstraße stehen.

Jahoschek musste nachdenken. Sollte er die Aktion nun abblasen? Aber dann wäre sie unvollendet und würde in seinen Augen nicht das erwünschte Bild abgeben. Sollte er seine letzte Aktion auch noch durchziehen? Aber dann riskierte er es, doch noch erwischt zu werden, nachdem er heute Nacht bereits mehrfach Glück gehabt hatte.

Er zog eine dunkle Aktentasche aus dem Fußraum des Beifahrersitzes zu sich heran und kramte einige Kopien hervor. Immer zwei Blatt waren zusammengeheftet: Eine Seite zeigte Lagepläne von Baugebieten, die andere stellte Screenshots einer inzwischen sehr populären Online-Seite dar, die Satellitenfotos unter anderem mit Straßennamen kombiniert anzeigte.

»Grunbach, Beutelsbach«, murmelte Jahoschek vor sich hin. »Nein, zu nahe für heute.« Das nächste Gebiet musste weiter weg sein, möglichst außerhalb des Bereichs, in dem die Schorndorfer Polizei zuständig war. Er blätterte weiter. Winnenden, Schwaikheim und Nellmersbach hatten größere Neubaugebiete – aber in dort wohnten schon zu viele der Bauherren, da war das Risiko zu groß, von Anwohnern bemerkt zu werden. Leutenbach war mit dem Gebiet »Mühlefeld« geeigneter – allerdings lagen hier die Rohbauten so, dass sie von der Straße zu gut einsehbar waren. Schließlich fiel seine Wahl auf Korb.

Donnerstag, 1.00 Uhr

Schneider hatte die Rufe des Streifenbeamten gehört und hatte gesehen, wie der Uniformierte wild gestikulierend ins Dunkle deutete. Es schien ihm, als rolle dort gerade ein Auto außer Sichtweite. Er gab Gas, und sein Wagen machte auf dem unsicheren Untergrund einen Satz nach vorne. Erst dachte er, es sollte kein Problem sein, mit seinem schnelleren Wagen den alten Passat einzuholen, den er irgendwo dort in der Dunkelheit vermutlich vor sich hatte. Dann aber hörte er die dumpfen Schläge, mit denen die Räder des Sportwagens Dreckklumpen und Steine gegen den Unterboden schleuderten. Als er einmal nur mit Mühe den Wagen wieder aus einer tiefen Traktorspur herauslenken konnte und der Unterboden dabei schwer über das Gras scheuerte, gab er auf und lenkte vorsichtig wieder zurück.

Als er die Straße wieder erreicht hatte, schaute er kurz in den Rückspiegel: Alexander Maigerle hockte mit schmerzverzerrtem Gesicht auf der engen Rückbank und massierte sich die Beine.

Über Funk verabredeten sie sich mit dem Streifenwagen, der die Verfolgung inzwischen ebenfalls aufgegeben hatte, und ein paar Minuten später standen sie neben ihren Fahrzeugen am Rand einer kleinen Seitenstraße, die in der Nähe der alten Porzellanmanufaktur von der Gmünder Straße abging.

»Konnten Sie denn vorhin an der Tankstelle das Kennzeichen des Passat erkennen?«, fragte Schneider den Beifahrer des Streifenwagens.

»Leider nicht. Das Nummernschild war total verdreckt.«

»Na, prima. Und nun?«

Die Uniformierten zuckten mit den Schultern.

»Herr Maigerle?« Schneider drehte sich um, Ernst grinste – und die beiden sahen zu, wie sich der Kollege aus dem Fond des Sportwagens schälte und danach seine Beine rieb. Er hatte wohl nicht sehr kommod gesessen.

»Herr Maigerle, kommen Sie doch mal.«

Maigerle setzte vorsichtig einen Fuß vor den anderen und kam allmählich wieder in Gang.

»Entschuldigen Sie, aber ich hatte es nicht so bequem dahinten«, meinte er mit gequältem Blick. »Und die Wiese hat mir, ehrlich gesagt, den Rest gegeben.«

Die Beamten feixten, und Schneider nahm es ihnen nicht krumm: Er wusste ja, dass sein Lieblingsauto andere Stärken hatte als das entspannte Unterbringen möglichst vieler Mitfahrer.

»Das wird schon wieder, Herr Maigerle«, meinte er, klopfte ihm auf die Schultern und lächelte. »Aber jetzt wüsste ich gerne, ob Sie sich vorstellen könnten, was unser Unbekannter als Nächstes anstellt. Schließlich sind Sie ja durch Ihre Vorarbeiten mit diesem Fall am besten vertraut.«

»Das wüsste ich auch gerne …« Maigerle kratzte sich am Hinterkopf und dachte sichtlich angestrengt nach. »Ich glaube, dass der Typ es heute Nacht noch einmal versucht.«

»Obwohl wir ihn fast geschnappt hätten?«, fragte Ernst. »Warum sollte er denn dieses Risiko eingehen?«

»Ich vermute, er hat sich irgendeinen Plan gemacht, und den will er zu Ende bringen. Nachdem er schon aus Urbach nur noch mit knapper Not entkommen konnte, hat er es hier in Schorndorf gleich noch einmal versucht. Für mich deutet das darauf hin, dass er nur noch ein einziges Mal erfolgreich sein muss, um seine Aktion abzuschließen. Und was das Risiko angeht: Das wird ja in den kommenden Nächten nicht kleiner.«

Schneider gab Maigerle insgeheim Recht. Wenn der Mittwoch für den Unbekannten ein so wichtiger Punkt war, würde er es am nächsten oder übernächsten Mittwoch erneut versuchen. Da er diesmal aber verfolgt worden war, dürfte ihm klar sein, dass auch die Polizei wusste, dass er unbedingt an einem Mittwoch zuschlagen wollte – warum auch immer. Und wahrscheinlich ging der Unbekannte davon aus, dass sich die Polizei und auch die Bauarbeiter künftig noch besser vorbereiten könnten – und damit lag er sicher nicht falsch.

»Aber der kann doch nicht so irre sein und gleich wieder irgendwo in der Gegend auf einer Baustelle auftauchen.« Ernst schüttelte den Kopf. »Der muss doch wissen, dass wir überall Streife fahren und nach ihm und seiner Karre Ausschau halten. Und davon, dass auch die Bauarbeiter weiterhin auf der Suche sind, wird er wohl auch ausgehen.«

»Aber ich glaube fest daran, dass der seine Aktion noch abschließen will. Und ich an seiner Stelle würde das noch heute Nacht hinter mich bringen.«

»Gut, gehen wir davon mal aus«, fasste Schneider zusammen. »Aber ganz ehrlich: In Urbach oder Schorndorf wird er das meiner Meinung nach nicht mehr riskieren. Wo gibt es denn sonst noch Baugebiete? Herr Maigerle, kann ich Ihren Zettel noch einmal haben?«

Maigerle reichte ihm den gefalteten Ausdruck.

»Sie haben hier Gebiete in Pfahlbronn und Welzheim markiert, auch hier noch was in Kaisersbach und in Althütte. Könnte eines dieser Gebiete sein nächstes Ziel sein?«

»Eher nicht«, schüttelte Maigerle den Kopf. »Der scheint sehr aufs Remstal fixiert zu sein. Plüderhausen, Urbach, Schorndorf – wahrscheinlich hat er die Gegend um Welzheim gar nicht auf Neubaugebiete abgeklopft, sonst hätte er ja seine bisherigen Aktionen vermutlich weiter gestreut.«

»Stimmt. Mit der Häufung um Schorndorf herum macht er sich berechenbarer für uns. Und dass er damit freiwillig ein höheres Risiko eingeht, muss irgendeinen Grund haben, den er selbst für zwingend hält.«

Schneider besah sich weitere Kreuze auf Maigerles Zettel.

»Ist er dann also nach Grunbach oder Beutelsbach gefahren?« Er deutete auf zwei Markierungen im Remstal.

»Das würde ich an seiner Stelle bleiben lassen«, gab Maigerle zu bedenken. »Für uns sind diese Gebiete über die B 29 auch in ein paar Minuten zu erreichen. Wahrscheinlich wird er zumindest mal darauf achten, dass er aus dem Bereich unseres Reviers herauskommt.«

»Aber hatten Sie nicht vorhin gesagt, er habe wohl einen Grund, sich auf die Umgebung von Schorndorf zu konzentrieren?«

»Ja, schon. Aber wenn er nun unbedingt heute Nacht fertig werden will, nimmt er vielleicht in Kauf, dass die Position der letzten Baustelle nicht mehr so perfekt in sein Konzept passt – wenn er damit verhindern kann, geschnappt zu werden.«

»Gut, und wo wäre das dann? Sie haben außerhalb unseres Einzugsbereichs keine Kreuze auf die Karte gezeichnet.«

»Na ja, als ich wegen der ersten beiden Schaufensterpuppen ermittelt habe, ergaben Nachfragen überall im Großraum Stuttgart keine anderen Fälle dieser Art. Also bin ich davon ausgegangen, dass sich das nur auf unser Gebiet bezieht.«

»Das war sicher richtig«, nickte Ernst, »und wäre auch richtig geblieben, wenn wir ihm nicht so auf die Pelle gerückt wären.«

»Und nun?«, fragte Schneider in die Runde.

»Wir sollten herausbekommen, wo weitere Baugebiete sind«, schlug Maigerle vor. »Fellbach, Waiblingen, Winnenden – das kommt mir am wahrscheinlichsten vor.«

»Gute Idee«, nickte Schneider.

»Dann wollen wir mal telefonisch die umliegenden Reviere abklopfen«, sagte einer der Uniformierten. »Die Kollegen wissen ja von ihren Streifen, wo gerade Neubaugebiete sind.« Ernst nickte, und der Beamte ging zum Streifenwagen, um seinen Rundruf zu starten.

Ein Klingeln riss Schneider aus seinen Gedanken. Er zog sein Handy aus der Tasche und meldete sich. Dann schnippte er mit den Fingern und bedeutete seinen Kollegen, kurz abzuwarten. Hasselmann war dran und gab ihm die aktuelle Position des Unbekannten durch.

Donnerstag, 1.20 Uhr

Noch vorsichtiger als die vorigen Male sah sich Jahoschek im Dunkeln um. »Jungen und Vogel Gaisberg« nannte sich dieses Korber Baugebiet umständlich, das eine größere Baulücke zwischen Matreier Straße und Rosenstraße füllte. Die Lage unterhalb der Weinberge und trotzdem nicht allzu weit vom Ortskern entfernt war wohl recht beliebt, denn auf den meisten Parzellen standen Häuser in unterschiedlichen Stadien der Fertigstellung.

Jahoschek wählte das mittlere von drei Gebäuden, die schon mit Dach, aber noch ohne Fenster im Dunkeln standen. Langsam rollte der Passat an das Gebäude heran. Jahoschek parkte den Wagen sicherheitshalber so rückwärts ein, dass die Motorhaube leicht abwärts zeigte. Der Anlasser konnte ja jederzeit wieder streiken, vielleicht würde dann im

Notfall ein leichtes Anrollen dem Motor genügend Schwung geben.

Erneut schaute er sich um und horchte – alles wirkte friedlich. Er hörte, wie nicht weit von ihm ein Motor abgestellt wurde. Leise wurde eine Autotür geschlossen, aber dann war nichts mehr zu hören. Anscheinend war ein Bewohner des Schwalben- oder Drosselwegs etwas spät nach Hause gekommen.

Jahoschek ging um den Wagen herum, öffnete den Kofferraum und zog den Oberkörper der letzten Schaufensterpuppe hervor. Leise drückte er den Kofferraum zu, abschließen wollte er sein Auto lieber nicht – im vergangenen Winter war das Türschloss einige Male eingefroren, seither ließ es sich manchmal nur mit einiger Mühe öffnen. Auf dieses Risiko wollte er sich jetzt nicht einlassen. Wer wusste schon, ob er nachher wieder Zeit genug haben würde?

Die Konturen der Schaufensterfigur und ihres Kopfes wurden von einigen Rohren verwischt, die er zuvor angebracht hatte. Dadurch sparte er Zeit, allerdings wurde die Figur durch die Rohre auch schwerer. Ächzend schaffte er den Oberkörper in den Rohbau und verschwand im Inneren des Gebäudes.

Ferry Hasselmann näherte sich dem Bau von der anderen Seite. Immer wieder hatte er aus sicherer Deckung heraus den Mann fotografiert, der sich mit der halben Schaufensterpuppe zu schaffen machte. Dabei kam Hasselmann zugute, dass er an seiner Kamera nicht gespart hatte: Ohne Blitzlicht, mit praktisch lautlosem Verschluss und einem recht leistungsfähigen Restlichtverstärker erzielte er hier ganz gute Ergebnisse. Natürlich würden die Fotos in der Zeitung ziemlich grobkörnig wirken, aber das verstärkte oft noch den Eindruck einer bildgewordenen Sensation.

Schon vorhin hatte er über sein Handy die Polizei informiert – nicht ohne kurz durchzurechnen, ob ihm bis zum Eintreffen der Beamten auch wirklich noch genügend Zeit für einige nützliche Fotos bleiben würde. Als er am Rand des

Baugebiets die erste Bewegung bemerkte, war er auch tatsächlich mit den wichtigsten Aufnahmen fertig.

»Perfektes Timing«, grinste Hasselmann.

Links und rechts neben sich sah er, wie Polizisten geduckt in Position schlichen. Und er vermutete, dass überall rund um die Baustelle dasselbe geschah. Plötzlich hörte er direkt hinter sich Schritte und Kriminalhauptkommissar Schneider huschte auf ihn zu.

»Und? Wo ist er?«

»Da drin.« Hasselmann zeigte auf den Rohbau und gönnte sich ein zufriedenes Grinsen. Es fühlte sich gut an, wenn dieser Kripo-Schnösel auf ihn angewiesen war.

»Sie gehen jetzt nach hinten«, kommandierte Schneider leise und fügte noch ein gezischtes »Auf geht's!« hinzu, als Hasselmann keine Anstalten machte, seinen Beobachtungsposten zu verlassen.

»Aber ich …«

»Keine Widerrede«, schnitt ihm Schneider das Wort ab. »Hier behindern Sie die Polizeiarbeit. Und die Story haben Sie trotzdem als Erster. Ich fürchte, Sie werden uns nicht von der Pelle rücken, bis wir hier fertig sind, oder?« Hasselmann grinste wieder. »Also, gehen Sie geradeaus nach hinten und seien Sie leise. An der Straße drüben steht ein Kollege, bei dem im Wagen können Sie auf uns warten.«

Hasselmann duckte sich und schlich weg, so leise er konnte. Schneider schaute ihm zur Sicherheit noch kurz nach, dann gab er dem Beamten links von sich ein Zeichen. Der Kollege sprach leise in ein Funkgerät, und kurz danach rückten alle miteinander langsam zum Haus vor.

Donnerstag, 1.25 Uhr

Jens Jahoschek war fertig und betrachtete sein Werk noch kurz. Es sah perfekt aus, und damit war seine Aktion abgeschlossen. Das würdige Finale … Ein Jammer, dass er das

Lob für diese Arbeit nicht in der Öffentlichkeit würde genießen können. Aber manchmal forderte die Kunst eben auch Opfer.

Noch einmal sah sich Jahoschek in dem Raum um, hob ein letztes Werkzeug auf und steckte es in die mitgebrachte Tasche. Er tastete sich durchs Dunkel dem Ausgang entgegen und musterte aufmerksam die Umgebung des Rohbaus. Ein, zwei Minuten lang konnte er nichts Ungewöhnliches erkennen, und er wollte schon ins Freie treten, als ihm aus dem Augenwinkel eine Bewegung auffiel.

Er schaute zu der Stelle hinüber, aber es war wieder alles still. Jahoschek lauschte und schnupperte dann mit geschlossenen Augen in die Nacht. Das war Quatsch und das wusste er – denn trotz seines gut ausgeprägten Geruchssinns war er kein Hund, der eine Fährte oder Gefahr wittern konnte. Aber manche Angewohnheiten fragen nicht nach Logik.

Schließlich öffnete er die Augen wieder, sah sich noch einmal um, atmete tief durch und machte sich auf den Weg zu seinem Auto. Ständig achtete er darauf, ob zwischen dem Knirschen, das seine eigenen Stiefel auf dem mit Kies vermischten Dreck der Baustelle verursachten, noch andere Geräusche zu hören waren.

Plötzlich hörte er ein Schaben, als würde eine Holzpalette an einer Mauer entlang herunterrutschen, und danach einen unterdrückten Fluch. Jahoschek drehte sich schnell um und sah auf beiden Seiten des Rohbaus mehrere Männer auf sich zuhuschen. Als sie ihn sahen, gaben sie alle Vorsicht auf und rannten über die Baustelle, so schnell sie konnten.

Jahoschek warf sich herum und stürzte zu seinem Auto hinüber. Hinter sich hörte er einen Schmerzensschrei und es klang, als würde ein Mann der Länge nach auf den Boden fallen – doch Jahoschek nahm sich nicht die Zeit, sich umzusehen. Schon hatte er seinen Wagen erreicht, riss die Tür auf und steckte den Zündschlüssel ein.

Die Männer waren nur noch ein paar Meter von ihm entfernt, aber immerhin sprang der Motor seines Wagens sofort an. Er griff nach der Gangschaltung, als kaltes Metall von rechts hinten gegen seinen Kopf gedrückt wurde.

»So«, sagte eine Männerstimme ganz ruhig zu ihm, »und nun machen Sie den Motor wieder aus und legen die Hände oben aufs Lenkrad.«

Donnerstag, 1.50 Uhr

Das Telefon klingelte und klingelte und wollte nicht aufhören. Schließlich erbarmte sich Kurt Feulner und schlappte gähnend durch die dunkle Wohnung bis zur Kommode im Flur, wo er nach einigem Herumtasten das Mobilteil aufstöberte.

»Hm?«, brummte er verschlafen.

»Maigerle hier«, kam es munter aus dem Hörer. »Entschuldigen Sie bitte die späte Störung, aber Sie wollten unbedingt Bescheid wissen, wenn sich etwas Wichtiges tut.«

»Hm.«

»Wir haben gerade den Mann verhaftet, der die Schaufensterpuppen auf den Baustellen postiert hat, und wir wollen ihn gleich im Revier in Schorndorf verhören.«

»Danke«, machte Feulner, nun schon etwas wacher. »Bis gleich.«

Er schlurfte ins Bad, legte dann seiner Frau einen Zettel auf den Küchentisch und huschte schließlich zur Haustür hinaus.

»Scheiße«, brummte er, als er in seinen Wagen stieg, »können wir solche Leute nicht einfach tagsüber verhaften?«

Donnerstag, 2.00 Uhr

Jens Jahoschek saß in einem Raum im Schorndorfer Polizeirevier. Ihm gegenüber saß Klaus Schneider, neben und hinter ihm standen Alexander Maigerle und Rainer Ernst.

»Wollen Sie einen Kaffee?«, fragte Schneider.

»Ja, meinetwegen«, brummte Jahoschek.

»Milch? Zucker?«

»Am liebsten würde ich wieder gehen – aber ich nehme an, das liegt nicht drin. Also bitte etwas Milch und etwas Zucker.«

Schneider stand auf und wandte sich zur Tür. Direkt daneben nahm ein hoher Spiegel einen Teil der Wand ein. Als Schneider auf den Flur kam, sah er dort Revierleiter Thalmann stehen. Er sah durch eine große Scheibe in das Zimmer hinein – durch die Rückseite des »Spiegels«.

»Und?«, meinte Schneider zu seinem Kollegen. »Haben Sie sich den Burschen so vorgestellt?«

»Nein«, lachte Thalmann freudlos auf. »So ein halbes Hemd hält uns wochenlang auf Trab – das ist wirklich kaum zu glauben.«

Sie sahen vor sich einen hageren, schlaksig wirkenden Burschen, knapp 1,80 Meter groß, mit struppigem Haar und knochigen Händen, an denen ältere und neuere Schrammen zu sehen waren. Unterhalb seiner Wangen standen am Kieferknochen einige dünne Büschel Bartflaum ab, am Kinn hatte er sich so etwas Ähnliches wie den Anfang zu einem Ziegenbärtchen stehen lassen.

Thalmann musterte den jungen Mann noch einmal und schüttelte erneut den Kopf. »Hier, nehmen Sie meinen Kaffee für den Witzbold, ich hole mir einen neuen.«

Schneider nahm den Pott und ging wieder zurück ins Zimmer.

»Bitteschön: etwas Milch, etwas Zucker«, sagte er und stellte die Tasse auf den Tisch vor Jahoschek.

Jens Jahoschek war 29 Jahre alt, ledig und studierte Kunst an der Karlsruher Akademie. Gemeldet war er mit einem Wohnsitz in der Gabelsbergerstraße in Karlsruhe. Schneider kannte die Ecke: nur ein paar Meter entfernt vom Gutenbergplatz im Westen der Stadt, zur Akademie waren es mit dem Fahrrad nur ein paar Minuten.

Jahoschek trank vorsichtig und nahm dann, als er festgestellt hatte, dass der Kaffee nicht mehr zu heiß war, einen großen Schluck. Er hatte ihnen bereitwillig Auskunft zu seiner Person gegeben und hatte sofort gestanden, dass er die Schaufensterpuppen auf den vier Baustellen drapiert hatte, war aber insgesamt ziemlich mürrisch – kein Wunder eigentlich: Es war spät in der Nacht, und die Polizei hatte ihn in flagranti erwischt.

»Was wollten Sie denn nun mit Ihrer Aktion bezwecken?«

»Ich studiere Kunst, das wissen Sie ja schon. Und da möchte man gegen Ende des Studiums eben eine Arbeit abliefern, die eine eigene Handschrift aufweist.«

»Eine Arbeit?«, polterte Ernst los. »Mensch! Sie haben Schaden angerichtet und viel Ärger verursacht!«

Jahoschek schaute ganz erschrocken zu Kommissar Ernst hinüber, der ihn mit finsterer Miene fixierte. Schneider, den er dadurch kurz aus dem Blick verlor, lächelte Ernst kurz zu. Die Rollen der beiden Kommissare schienen verteilt.

»Also«, wiederholte Schneider, »warum diese Aktion?«

»Das habe ich doch gerade ...«

»Nein«, unterbrach ihn Schneider geduldig. »Nicht den Quatsch mit Ihren künstlerischen Ambitionen. Wir sind hier nicht an Ihrer Akademie, und Sie werden von uns auch keinen Beifall bekommen, so viel ist sicher.«

»Ja, das glaube ich. Übrigens ist mir dieses Problem erst nach meiner ... Auftaktveranstaltung aufgefallen.«

»Welches Problem?«

»Na ja, dass ich dafür keinen Beifall bekommen werde.«

»Das haben Sie auch noch erwartet?«, erregte sich Ernst, diesmal ohne es zu spielen. »Mann, Sie haben doch ein Rad ab!«

»Normalerweise schließt man als Künstler seine Arbeit ab, die ja auch durchaus mal provokativ sein kann oder gegen Tabus aufbegehrt – und danach gibt es Kritik oder Lob.

Und mutig fand ich meine Aktionen schon, da hätte ich mich gegen Lob aus der Kunstszene nicht gewehrt.«

»Also ...« Ernst schnaubte und drehte sich entnervt zum Spiegel um.

»Sie haben Recht«, meldete sich Schneider wieder zu Wort. »Öffentlich durften Sie Ihre ... Aktionen nicht machen, sonst wären Sie natürlich sofort dafür verhaftet worden. Nun gut, das ist jetzt ja auch so passiert – da müssten Sie uns, was Ihre öffentliche Anerkennung angeht, eigentlich sogar dankbar sein.«

»Danke!«, brummte Jahoschek und sah frustriert auf die Tischplatte.

»Aber ich frage noch einmal – und mache das bis morgen früh, wenn es sein muss: Warum musste Ihre Aktion so ablaufen? Warum Baustellen, warum Schaufensterpuppen?«

»Die nennt man nicht Puppen. Mädchen spielen mit Puppen.«

»Ich weiß. Also gut: Figuren. Und?«

»In Karlsruhe hat das mit den Schaufensterfiguren schon fast eine kleine Tradition. Eine Studentin hatte zum Beispiel mal in einer Ausstellung eine Figur über den Köpfen der Besucher zwischen zwei Wänden montiert.«

»Ja, wissen wir. Das war auch auf dem Plakat der Jahresausstellung der Studenten zu sehen.«

Jahoschek stutzte kurz, dann fiel es ihm wieder ein: »Ach so, das haben Sie sicher in Karlsruhe erfahren, als Sie sich an der Akademie umgehört haben.«

»Genau.«

»Da sind wir uns sogar über den Weg gelaufen. Jetzt erst, am vergangenen Montag.«

Schneider nickte missmutig.

»Und hatten Sie nicht Ihr Auto direkt neben meinem Passat geparkt? Ich bin dann noch weggefahren, während Sie mit der Pressetante der Akademie geplaudert haben.«

»Eine gute Idee wäre es jetzt«, knurrte Schneider gefährlich, »wenn Sie sich Ihr Grinsen verkneifen würden.«

»Und sonst? Wollen Sie mich schlagen?«

»Nein, das dürfen wir nicht.«

»Eben. Und deshalb lassen Sie mich jetzt am besten auch wieder laufen. Ich habe alles zugegeben, Sie haben meine Adresse – und wegen dieser vier Streiche dürfen Sie mich sicher nicht noch länger hier festhalten.«

»Doch, das dürften wir schon. Aber uns geht es noch um etwas anderes.«

»Ach? Und was soll das sein?«

»Mord. Oder Totschlag, wenn es gut für Sie läuft.«

Jahoschek ließ die Tasse, die er gerade an den Mund heben wollte, langsam sinken. Der junge Mann war blass geworden.

Donnerstag, 2.10 Uhr

In der Winterbacher Straße in Weiler war inzwischen Ruhe eingekehrt. In dem alten Haus am Straßenrand allerdings nicht. Schweißnass schreckte der Mann von seinem Bett hoch und rieb sich die Augen, als könne er damit die allnächtlichen Bilder des immer wiederkehrenden Alptraums verscheuchen.

Schließlich stand er seufzend auf, trank ein Glas Wasser, ging zur Toilette und setzte sich wieder aufs Bett. Ein paar Minuten später war klar: An Schlafen war vorerst nicht mehr zu denken.

Also zog er sich an, ging hinunter und fuhr langsam mit dem Wagen rückwärts in die Winterbacher Straße ein.

Donnerstag, 2.15 Uhr

»Wie? Wer ist tot?«, stammelte Jahoschek.

Schneider ließ ihn ein wenig schmoren und holte sich draußen selbst einen Kaffee. Vor der Glasscheibe im Flur stand neben Bernd Thalmann inzwischen auch Staatsanwalt Kurt Feulner, leidlich wach, allerdings mit schief sitzender Krawatte.

Die Männer nickten sich zu, und als Schneider auf dem Rückweg mit einer Tasse dampfenden Kaffees wieder an den beiden vorbeikam, stellte er sich kurz zu ihnen.

»Wie macht er sich denn, unser großer Künstler?« Feulner und Thalmann konnten über einen kleinen Lautsprecher mithören, was drinnen gesprochen wurde.

»Der nervt. Und von dem Toten will er offenbar nichts gewusst haben.«

»Kaufen Sie ihm das ab?«

»Niemals«, erwiderte Schneider. »Der ist so scharf auf Publicity und hätte so gerne Lob und Anerkennung für seine Aktion – ich glaube, der hat von Karlsruhe aus sehr genau die Presseberichte über seine Streiche verfolgt. Also muss er auch mitbekommen haben, dass es auf einer Baustelle einen Toten gab.«

»Und, was glauben Sie?« Feulner nickte zu Jahoschek hinüber. »Ist das unser Mann?«

»Für den Toten unter der Schaufel? Keine Ahnung … Aber für möglich halten sollten wir es wohl – laufen lassen können wir ihn auf keinen Fall.«

»Müssen Sie ja auch nicht. Sie haben ihn heute Nacht verhaftet, also am Donnerstag. Bis morgen gegen Mitternacht können Sie ihn auf jeden Fall hierbehalten. Und wenn Sie einen Haftbefehl brauchen, kümmere ich mich gerne darum.«

Schneider schaute den Staatsanwalt erstaunt an: Er war es nicht gewöhnt, dass ihm Feulner half, statt ihm Steine in den Weg zu legen.

»Jetzt schauen Sie nicht so«, murrte Feulner. »Wenn er schuld ist am Tod von Knaur, gehört er ohnehin hinter Gitter. Und falls er nur diesen Kunstquatsch veranstaltet hat, wird ihm eine kleine Lektion nicht schaden.«

»Klingt gut«, grinste Schneider.

Donnerstag, 2.45 Uhr

Die Tanknadel neigte sich allmählich dem Reservebereich zu. Waldhausen, Urbach, Winterbach, Remshalden: Überall war er herumgekurvt. Und schließlich war er wieder im Wald zwischen Schorndorf und Mannshaupten angelangt, hatte den Obelisken, dann den Waldspielplatz Jägergarten und kurz danach auch Mannshaupten hinter sich gelassen.

Langsam rollte der Pickup den Berg hinunter, auf das nächtliche Schornbach zu. Auf den Straßen war alles still, und so schien es dem Mann am Steuer, dass der alte Motor des Pickups mit seinem Dröhnen alle aufwecken musste. Aber nirgendwo ging ein Licht an.

Auch nicht in der Hohenneuffenstraße, wo der Wagen bald darauf stehen blieb. Unter der Haube knackte von Zeit zu Zeit der Motor, der sich allmählich abkühlte. Ein Eichhörnchen huschte aus einem Garten hervor, um gleich danach jenseits der Beundenstraße zwischen den Bäumen zu verschwinden. Ein dicke Katze schlich gemächlich die Gartenzäune entlang, musterte kurz das Auto, roch an einem Reifen und ging dann gelangweilt weiter.

Der Mann am Steuer hatte dafür keinen Blick. Unverwandt starrte er hinauf zu dem Wohnhaus, das er so gut kannte.

Donnerstag, 3.00 Uhr

Ernst hatte für sich und Maigerle einen Kaffee geholt und stellte das Tablett auf ein halbhohes Schränkchen an der Wand. Über seinem Handgelenk hatte er einen kleinen Eimer hängen, den er nun abnahm und neben Jahoschek auf den Tisch stellte.

»Was soll das denn?«, fragte Jahoschek, aber Ernst nahm kommentarlos wieder seinen alten Platz an der Wand ein, seitlich hinter dem Verdächtigen.

»Fassen wir mal zusammen«, sagte Schneider, und seine Stimme klang müde. »Sie haben also immer mittwochs auf Baustellen in der Schorndorfer Umgebung Schaufensterfiguren platziert. Sie haben sie ausstaffiert wie Bauarbeiter oder Handwerker und haben versucht, sie in Posen zu inszenieren, die zu ihrem Beruf passen.«

»Was heißt hier, ich habe es versucht? Ist mir das nicht gelungen?«

»Und inzwischen geben Sie auch zu, von dem Toten auf der anderen Baustelle aus der Zeitung erfahren zu haben«, fuhr Schneider fort. Der Kommissar hatte nicht die geringste Lust, auf Jahoscheks übersteigertes Verlangen nach Lob und Anerkennung für seine »Kunstaktion« einzugehen. »Und genau dieser Tote, so behaupten Sie, habe Sie dazu veranlasst, heute Nacht gleich zwei weitere Schaufensterfiguren zu platzieren und damit Ihre ›Aktion‹ abzuschließen. Habe ich das so weit richtig verstanden?«

Jahoschek nickte.

»Hier«, sagte Schneider, zog einen Packen Fotos aus der Tasche und ließ sie aufgefächert vor Jahoschek auf den Tisch fallen.

»Was ist das?«

»Sie wollten doch wissen, wer tot ist. Hier sehen Sie ihn: Sepp Knaur – oder besser das, was von ihm nach seinem Tod noch übrig war.«

Die besonders drastischen Aufnahmen, die sich Schneider von Dr. Thomann hatte geben lassen, verfehlten nicht ihre Wirkung: Jahoschek wurde bleich, würgte und beugte sich über den Eimer, den Ernst vor ihn auf den Tisch gestellt hatte.

Die Beamten warteten geduldig, bis sich Jahoschek fertig übergeben hatte, dann reichte ihm Ernst einen kleinen Packen Papiertaschentücher und trug den Eimer aus dem Zimmer. Kurz darauf war Ernst wieder zurück.

»Gut«, sagte Schneider, der auf den Kollegen gewartet hatte. »Sie wollen also nicht schuld sein am Tod von Knaur?«

Jahoschek schüttelte den Kopf und hielt sich noch immer eines der Papiertücher vor den Mund.

»Dann erklären Sie mir bitte mal, warum Ihre Aktionen immer an einem Mittwoch stattfinden mussten.«

Jahoschek legte das Tuch beiseite und räusperte sich. »Das ist ... sehr persönlich.«

»Wir werden auch gleich persönlich«, polterte Ernst aus dem Hintergrund, und Schneider staunte, wie verlässlich Jahoschek nach solchen Einwürfen von Ernst zusammenzuckte. Konnte ein solches Weichei wirklich ein Mörder sein? Schneiders Zweifel daran waren während des Verhörs immer größer geworden. Vor allem die Reaktion auf die Fotos des Toten hatte ihn stutzen lassen.

»Wir sitzen hier ja nicht zusammen, weil wir heute Nacht nichts anderes zu tun hätten«, redete Schneider auf ihn ein. »Wir haben einen Fall aufzuklären – und Sie stehen unter Verdacht. Da können wir auf Ihre Befindlichkeiten nun wirklich keine Rücksicht nehmen. Also: Was hat es mit dem Wochentag auf sich?«

»Mein Vater ... starb an einem Mittwoch.«

»Und? Das geht statistisch gesehen jedem siebten so.« Ernst konnte sehr kaltschnäuzig wirken. Jahoschek senkte den Kopf, und als er wieder zu Schneider aufsah, wirkten seine Augen feucht.

»Mein Vater hat sich umgebracht. Ich war 18, und als ich von der Schule heimkam, war unser Hund ganz durcheinander. Ich habe was gegessen, bin auf mein Zimmer – aber der Hund hat keine Ruhe gegeben. Also bin ich mit ihm durchs Haus gegangen. Es hätte ja sein können, dass ein Einbrecher da war. Es war aber keiner da, nur mein Vater. Er hing im Heizungsraum, an einem Rohr, das unter der Decke verlief. Ich konnte nicht weinen, ich konnte ihn nicht abmachen – ich habe ständig nur darüber nachgedacht, warum dieses verdammte Rohr das Gewicht meines Vaters aushalten konnte.«

Ernst und Schneider schluckten, Maigerle nippte an seinem Kaffeebecher.

»Später habe ich verstanden, dass mir das wohl geholfen hat, den Tod meines Vaters zu verarbeiten – aber damals machte ich mir Vorwürfe, weil ich mich selbst so herzlos und gefühlskalt fand. Meine Mutter hätte meine Hilfe gebraucht, aber ich war zu sehr mit mir selbst beschäftigt.«

»Warum hat sich Ihr Vater denn umgebracht?«

»Das Haus. Dieses verfluchte Haus ... Wissen Sie, meine Eltern hatten immer in Miete gewohnt, und ab und zu hatten sie mal Pech mit einem Vermieter. Es gab Ärger, man musste raus, musste noch renovieren – solche Sachen eben. Irgendwann hatten sie die Nase voll davon und wollten etwas Eigenes. Ein Häuschen im Grünen, ein bisschen Garten drumherum. Also haben sie gebaut. Erst ging alles gut, dann kam der Streit mit einigen der Bauarbeiter und Handwerker. Da wurde gepfuscht, und immer wollte es hinterher niemand gewesen sein. Na ja: Das Haus war irgendwann fertig, aber die Streitereien mit ein paar der beteiligten Firmen nahmen kein Ende, und schließlich landeten die Sachen vor Gericht.«

»Aber das ist doch kein Grund für einen Selbstmord.«

»Das war ja auch noch nicht alles. Meine Eltern – vor allem mein Vater – haben sich regelrecht verbissen in diese Auseinandersetzungen. Abendelang wurden Briefe formuliert, mit dem Anwalt musste man sich beraten und jedes Mal, wenn es vor Gericht zu einem Vergleich kommen sollte, beharrte mein Vater darauf, Recht zu haben und Recht zu bekommen. Der ist da richtig halsstarrig geworden und daran ist er letztlich auch zerbrochen.«

»Klingt nach einer schweren Zeit, auch für Sie.«

»Das können Sie laut sagen. Mein Vater ist immer verbitterter geworden, und schließlich war wohl auch die Ehe meiner Eltern nicht mehr so ganz in Ordnung. Na ja, und dann hing er da ... im Heizraum.«

Schneider, Ernst und Maigerle warteten einige Minuten still, um Jahoschek die Gelegenheit zu geben, seine Geschichte ungestört weiterzuerzählen.

»Wie gesagt«, fuhr er schließlich fort, »ich war damals 18. Als ich 20 war, starb auch meine Mutter. Die hatte nach dem Tod meines Vaters zu trinken angefangen. Und eines Nachts kam der Anruf, sie sei mit dem Wagen auf einen Baum gerast. Es dauerte vier Tage, bis sie starb – die Ärzte haben mir versichert, dass sie keine Schmerzen mehr spürte. Aber das kann man glauben oder nicht.«

»Glauben Sie es ruhig«, beruhigte Schneider den Mann, der während seiner Erzählung zunehmend aufgewühlt gewirkt hatte.

»Ich würde es gerne glauben. Was ich aber sicher weiß, ist der Tag, an dem meine Mutter gegen den Baum raste: Es war ein Mittwoch.«

»Oh«, machte Schneider und sah zu Ernst hinüber. Der war ganz nachdenklich geworden.

Donnerstag, 4.15 Uhr

Fritz Traubner war müde. Er stellte den Wagen in der Garage ab und schleppte sich deprimiert die Treppe zu seiner Wohnung hinauf. Nebenbei streifte er an der Wohnungstür seine Stiefel ab und ließ sie unordentlich liegen.

Drinnen holte er sich ein Bier aus dem Kühlschrank, schaltete den Fernseher ein und nahm einen Schluck. Aus dem Gerät schwappte aufdringliche Werbung, doch Traubner bekam die mal streng, mal lasziv aufgesagten Telefonnummern gar nicht mit. Er starrte am Bildschirm vorbei auf eines der kleinen Fenster.

Hinter dem Vorhang schien es schon etwas heller zu werden. Die Morgendämmerung zog herauf und bald würde es draußen auf der Straße wieder geschäftig und laut werden. Menschen würden zu ihrer Arbeit eilen oder zum Einkaufen. Sie würden sich auf Begegnungen freuen oder auf die Dinge, die sie sich für den Abend vorgenommen hatten.

Auch Fritz Traubner hatte sich immer auf den neuen Tag gefreut. Früher, als alles noch in Ordnung war. Dann aber hatte er seine Firma, seine Freunde, seine Familie verloren. Zuletzt auch seine Selbstachtung. Wochenlang hatte er sich hier in diesem Loch verkrochen, sich betrunken, seinen Rausch ausgeschlafen und sich wieder betrunken. Doch nichts wurde besser, nichts konnte er vergessen.

Bis er seinen Plan fasste, um wieder Halt zu finden. Kein Plan, wie er ihn früher gutgeheißen hätte – aber früher war lange her, und dieser Plan schien Traubner besser als keiner.

Sein Plan ... Schmerzlich lächelte Traubner. Und dann schlief er ein.

Donnerstag, 8.30 Uhr

Ein eigenartiges Geräusch hatte Ernst aufgeschreckt. Er ging auf den Flur hinaus und hörte seinen Vorgesetzten fluchen. Als er in Schneiders Büro trat, tigerte der in seinem Zimmer auf und ab. Auf dem Boden lag eine zerknüllte Seite, auf dem Schreibtisch lag der Rest der Boulevard-Zeitung.

»Was ist denn, Herr Schneider?«

»Dieser ... Dieser ...«

»Hasselmann? Hab ich schon gelesen. Wenn Sie mich fragen: Der hat sie nicht mehr alle.«

»Ja, und? Was hilft uns das? Der Typ wildert hier in unserem Fall, läuft mit seinen Meldungen gewissermaßen Amok – und wir können zusehen, wie wir all diese Falschmeldungen wieder aus der Welt schaffen!«

Ernst hob die Seite auf und strich sie leidlich glatt. Mit seinem neuen Bericht hatte Hasselmann den Aufmacher des Stuttgarter Teils beisteuern dürfen.

»Karlsruher Aktionskünstler in Mordfall verwickelt?«

Die Schlagzeile verdiente ihren Namen: Schneider hatte sie wirklich einen schweren Haken verpasst. Hasselmann hatte auf Grund seiner vagen Andeutungen doch tatsächlich die Namen der beiden Künstler herausgefunden, die Schneider ihm nicht hatte nennen wollen. Und da Feucht der prominentere war, wurde er nun als Trittbrett für die Story benutzt. Schneider hätte sich ohrfeigen können. Und wenn er daran dachte, was ihm nun vielleicht in einem Telefonat mit der charmanten Charlotte Scheffel bevorstand, wurde ihm regelrecht mulmig zumute.

Donnerstag, 10.00 Uhr

»So, Leute«, begann Frieder Rau und ging mit Jutta Kerzlinger von der Schorndorfer und Florian Schöll von der Waiblinger Kripo nach vorne, wo heute zwei Schaufensterfiguren aufgebaut waren. »Diesmal brauche ich Hilfe, damit ich euch auch alles halbwegs richtig zeigen kann.«

Die Tische im Besprechungsraum waren fast so voll wie während des ersten SoKo-Treffens: Die nächtliche Verhaftung hatte wieder Tempo in den Fall gebracht, und natürlich mussten sich nun auch der Staatsanwalt und die Pressestelle auf den aktuellen Stand bringen lassen. Der Pathologe Dr. Thomann wurde zum Glück heute nicht gebraucht.

Schneider und Ernst hatten die Runde über die Umstände der Verhaftung von Jens Jahoschek und über die bisherigen Ergebnisse der nächtlichen Vernehmung informiert.

»Jahoschek hat ja heute Nacht, wie wir vorhin gehört haben, alle vier Aktionen mit Schaufensterfiguren gestanden – und er wurde ja auch nach der letzten direkt an der Baustelle erwischt. Trotzdem hilft es uns vielleicht weiter, wenn wir uns genau ansehen, was er heute Nacht angestellt hat. Vor allem im Hinblick auf die Frage, ob er auch als Mörder des toten Aushubunternehmers in Frage kommt.«

Schneider nickte, und Rau machte sich an zwei Teilen einer Glasscheibe zu schaffen. »Wir mussten«, erzählte er, »die Installation unseres jungen Kunstliebhabers ja vor Ort leider auseinandernehmen, Fotos könnt ihr hinten an der Wand sehen. Aber so ungefähr sah das aus.« Er rückte die Schaufensterpuppe ein wenig seitwärts, und Maigerle und Schöll hielten die beiden Glasstücke an die Seite der Figur.

»Seht ihr?«, fragte Rau. »Das ist die Figur, die in Urbach platziert war. Hier wurde ein Glaser gewissermaßen in seine eigene Fensterscheibe eingebaut.« Es sah trotz des Tageslichts etwas gespenstisch aus, wie die Puppe fast wie ein Ertrinkender nach oben griff, während quer über den Hals und ein Stück des Brustkorbs die Glasscheibe verlief. »Unser Künstler hat sich die Mühe gemacht, die beiden Teile der Glasscheibe mit einem speziellen Kleber zu verbinden. Als wir auf die Baustelle kamen, stand diese Figur samt Scheibe in einer Türöffnung – das sah ziemlich schräg aus, das kann ich euch sagen.«

»So war aber unser Glaser damals nicht angezogen«, meldete sich Manfred Dettwar zu Wort. »Ich habe euch doch erzählt, dass wir vor vier Jahren in Buhlbronn gebaut haben. Eine solche Latzhose hatte damals unser Landschaftsgärtner an, nicht der Glaser.«

»Das war ursprünglich auch anders geplant«, schaltete sich Henning Brams ein. »Jutta und ich waren doch in Schlichten in diesem Laden für Arbeitskleidung und haben einen Einkauf gefunden, der auf unsere Serie passt. Die Verkäuferin hatte sich noch gewundert, dass der Kunde zuerst nach Kleidung für einen Glaser gefragt und dann doch eine Hose für einen Landschaftsgärtner gekauft hatte – für Glaser war gerade nichts vorrätig, und vermutlich wollte er nicht am nächsten Tag noch einmal in den Laden, um nicht noch mehr aufzufallen.«

»Das passt ja«, sagte Rau zufrieden. »Grün sind beide Hosen, wenn ich mich nicht irre. Die Glaser haben halt einen anderen Farbton. Nun aber zur zweiten Aktion von Jahoschek.«

Kerzlinger, Schöll und er räumten die erste Anordnung zur Seite, und Raus Helfer stellten nun den Oberkörper der zweiten Schaufensterfigur auf einen Tisch, den sie vor der Besprechung neben Schneiders Platz gerückt hatten.

»Diese halbe Schaufensterpuppe hat Jahoschek in Korb aufgestellt. Das Baugebiet liegt unterhalb der Weinberge am Ortsrand. Ihr seht hier eine richtige Fleißarbeit. Und ich vermute, er hat sich auf die obere Hälfte der Figur beschränkt, weil es schnell gehen musste.«

»Jahoschek hat heute Nacht auch zugegeben, dass er von dem Toten in der Baugrube gelesen hatte«, warf Schneider ein. »Deshalb wollte er unbedingt seine beiden letzten geplanten Aktionen noch durchziehen, und er konnte sich wohl schon denken, dass er dafür nur sehr wenig Zeit haben würde, wenn er nicht entdeckt werden wollte.«

»Na, also – auch das passt«, nickte Rau. »So, wir haben hier also einen männlichen Oberkörper, der mit dem oberen Teil einer Latzhose bekleidet ist, wie sie für Sanitärhandwerker verwendet wird. Ihr seht hier vorne auf der Brust das Innungszeichen, und etwas unterhalb der Hüfte hat er die Hose abgeschnitten. Übrigens: Damit das nach etwas aussieht und damit die Latzhose, an der ja die Beine und dadurch das meiste vom Stoffgewicht fehlen, trotzdem sauber unten anliegt, hat Jahoschek an der Schnittstelle einen Saum fabriziert und dort sogar noch einen Gummizug eingenäht.«

»Wie durchgeknallt muss man denn für so etwas sein?«, stöhnte Pressesprecher Markus Berner.

»Ziemlich, würde ich sagen«, meinte Rau und fuhr fort. »In die Kleider und auch in die Figur wurden Löcher geschnitten und gebohrt, durch die hinterher Rohrstücke gezogen wurden. Auch das wieder mit viel Liebe zum Detail. Wenn ihr euch das mal genauer anschaut: Da könnte man theoretisch oben Wasser reinfüllen, und es würde erst unten an der Hüfte wieder rauslaufen. Alles sauber mit Eckstücken verlegt.«

»Fehlt ja nur noch, dass er den Oberkörper in eine Wasserpfütze gestellt hat …«, warf Staatsanwalt Feulner ein.

»Fast richtig geraten, Herr Feulner«, lachte Rau. »Die Figur stand auf dem Fußboden des Rohbaus und war so geschickt neben einem Schacht platziert, dass es wirklich so aussah, als stecke hier ein Arbeiter halb im Loch fest.«

»Ach, du meine Güte«, stöhnte Feulner.

Ein Handy klingelte, und alle in der Runde blickten strafend zu Maigerle hinüber, der sich davon aber nicht beirren ließ.

»Ja«, machte er. Und: »Ja? Ach was … So … Hm … Okay. Sag' ich ihnen. Und vielen Dank auch, ja? Tschüs!«

»Grüße aus Karlsruhe soll ich Ihnen sagen«, plauderte Maigerle frohgemut zu Schneider hinüber. »Ein Polizeihauptmeister Karl Schillinger, mit dem Sie früher wohl häufiger gearbeitet haben.«

»Ach?« Schneider war überrascht. »Karl! Schön, danke. Das ist ein richtiges Schlitzohr. Wenn wir eine SoKo zusammengestellt haben, schaute immer jeder drauf, dass sein Revierleiter ihn uns gewissermaßen ›borgte‹. Was wollte er denn?«

»Die Kollegen in Karlsruhe haben sich die Wohnung von Jahoschek angesehen. Auf diesen Anruf hatte ich gewartet – sonst hätte ich das Handy natürlich ausgeschaltet.«

»Und? Was haben sie für uns rausgefunden?«

»In Jahoscheks Wohnzimmer sah es aus, als hätte er die Schaufensterfiguren dort präpariert. Die Spurensicherung macht sich jetzt gerade an die Feinarbeit, aber das scheint schon so weit festzustehen. An der Wand waren übrigens Pläne und Luftbilder aufgehängt, so Satellitenfotos, wie man sie inzwischen im Internet aufrufen kann. Und auf einer Karte waren vier Stellen markiert: Fähnchen steckten dort, wo wir die ersten beiden Schaufensterpuppen gefunden haben – und rote Kreuze waren in Urbach, wo heute Nacht die erste Figur platziert war, und in Schorndorf, wo er ursprünglich die zweite inszenieren wollte.«

»Sonst nichts?«

»Sonst nichts.«

Schneider seufzte. »Wenn Jahoschek so penibel geplant hat, wie wir glauben, dürfte er mit dem Mord und den Sabotage-Aktionen wohl eher nichts zu tun haben.«

Donnerstag, 10.30 Uhr

Martin Feucht atmete tief durch, dann schlug er die Zeitung wieder zu und strich das Titelblatt glatt. Er las jeden Morgen die Badischen Neuesten Nachrichten aus Interesse und das große Boulevard-Blatt aus beruflicher Notwendigkeit. In seinen Kunstaktionen war Feucht auf die Reaktion seiner Mitmenschen angewiesen. Und um herauszufinden, wie die getaktet waren, musste er sich allmorgendlich auf ihre Standard-Lektüre einlassen. Also überflog er die Schlagzeilen, las – wenn keiner hinsah – das Tageshoroskop und schaute sich dann genüsslich das Seite-3-Mädchen an. Schließlich klappte er an jedem Morgen das Blatt angemessen angewidert zusammen und schleuderte es mit einer geschmeidigen Bewegung in den Papierkorb, der in seiner großen Wohnküche neben dem Kühlschrank stand.

Heute aber lag die Zeitung unbeschädigt und unzerknittert mitten auf dem Esstisch. Feucht dachte nach. Die Meldung, die ihn ziemlich frech in die Nähe eines Mordfalls irgendwo bei Stuttgart rückte, hatte ja nicht nur Nachteile. Promotion war Promotion, und in den ersten Jahren, als er die Miete nur mühsam zusammenkratzen konnte, hatte er gelernt, dass auch schlechte Kritiken letztlich Werbung waren. Sollte er die Sache also einfach weiterlaufen lassen und sich vielleicht eine passende Kunstaktion dazu überlegen?

Zu befürchten hatte er ja nichts. Zumindest nicht direkt. Was aber, wenn nun die Polizei wirklich auf ihn ansprang? Wenn sich die Akademie von ihm abwandte, um nicht kompromittiert zu werden? Die Kontakte zur Akademie, zum Rektor und zu seinem alten Professor waren sehr nützlich gewesen in den vergangenen Jahren. Darauf wollte er künftig nicht unbedingt verzichten müssen.

Eine Stunde lang machte sich Martin Feucht an einer seiner Schaufensterfiguren zu schaffen, kleidete sie an, zupfte einen Wollschal in eine lässigere Position, rückte eine Mütze gerade. Dann ging er zurück in die Küche und schenkte sich einen Maracujasaft ein.

»Warum«, dachte er sich, »soll ich diesen undankbaren Typen eigentlich noch länger decken?«

Er trank das Glas in einem Zug aus. Dann griff er zum Telefon.

Donnerstag, 11.30 Uhr

Nach der langen Nacht, die ihm schließlich in Korb tolle Fotos und Futter für die nächste knackige Geschichte eingebracht hatte, war Ferry Hasselmann in seine Wohnung in der Stuttgarter Landhausstraße gefahren und hatte gleich erste Notizen zu seinem Artikel in den Laptop gehackt. Danach hatte er noch die Bilder aus der Kamera auf den Rechner überspielt und eine erste Vorauswahl für die Veröffentlichung getroffen. Ein Glas Cognac später war er ins Bett gegangen.

Gegen zehn Uhr hatte er geduscht und in der Redaktion angerufen, um seine neue Story für die Mittagszeit anzukündigen. Danach absolvierte er die übliche Routine: kurz zum Kiosk, um das Blatt von heute mit seiner Geschichte zu kaufen, dann schnell einen Espresso im Stehen und dazu den Artikel überfliegen, um sich ein Gefühl für den richtigen Übergang zur nächsten Folge über den mysteriösen Baustellen-Killer zu holen – da hatte das Telefon geklingelt, und am anderen Ende hatte der Chef seiner Zeitung nicht halb so begeistert geklungen, wie Hasselmann das eigentlich erwartet hatte.

Nun saß er im Auto, hatte Esslingen schon fast ganz passiert und fuhr gerade von der B 10 ab. Während er dem weit geschwungenen Bogen der Ausfahrt folgte, sah er vor sich kurz die große, kräftig blau getünchte Fassade des Supermarkts. Auf der Sirnauer Brücke wehte ein kräftiger Hauch von der Nymphaea herüber, einem Kleintierzoo auf einer langgezogenen Insel mitten im Neckar. Der Hauch bewies, dass Kleinvieh tatsächlich Mist machte – und das nicht zu knapp.

Schließlich fand er in Sichtweite des Verlagshauses einen Parkplatz am Straßenrand. Hasselmann rechnete nach: Seit elf Jahren war er nun schon dabei, und noch immer war er über den Status eines einfachen Reporters nicht hinausgekommen.

Sicher, er genoss den Ruf eines Windhundes, der noch aus der kleinsten Fährte eine Riesengeschichte machen konnte – aber längst war er sich nicht mehr ganz sicher, ob das nun uneingeschränkt als Lob verstanden werden konnte.

Über die Zeppelinstraße ging er auf das Verlagsgebäude zu. Hier residierte die *Eßlinger Zeitung* und sein Blatt hatte sich schon vor langer Zeit eingemietet. Neben der sicheren Miete hatte das dem Verleger der Lokalzeitung auch schon einigen Ärger eingebracht. Vor allem in den 60ern, als das Boulevardblatt das Hassobjekt aller demonstrierenden Studenten war, musste es hier vor dem Gebäude hoch hergegangen sein.

Das war lange her, und es war lange vor Hasselmanns Zeit gewesen. Als Hasselmann die Journalistenschule absolviert und danach ein Volontariat begonnen hatte, waren die Fronten längst aufgeweicht. Aber die Trennlinie zwischen Boulevard und dem Journalismus der Lokalzeitungen hatte er schon am eigenen Leib erlebt: Ausgerechnet nach Winnenden hatte ihn seine Ausbildung verschlagen, und als er dort einige Interna aus der Bankenszene aufstöberte und daraus ziemlich hemdsärmelig eine Geschichte schnitzte, die viel Staub aufwirbelte, noch bevor klar war, dass hinter all den Andeutungen und Gerüchten tatsächlich etwas Handfestes steckte, erklärten ihm seine Vorgesetzten, dass er sich auf der falschen Seite dieser Trennlinie bewegte. Also zog er die Konsequenzen, kündigte, wurde freier Reporter für das größte Boulevardblatt, und zumindest finanziell war er damit bisher nicht schlecht gefahren.

Dass ihn die Redakteure der Tageszeitungen im Rems-Murr-Kreis seither keines Blickes würdigten, wenn sie gemeinsam zu Pressekonferenzen gingen, konnte er leicht verschmerzen. Diese faden Käseblätter und ihre Textbeamten konnten ihm gestohlen bleiben, und wahrscheinlich waren sie ohnehin nur neidisch auf ihn.

Er zeigte seinen Ausweis und fuhr im Aufzug hinauf zur Redaktion. Die Sekretärin sah auf, als er ihr Zimmer betrat und kündigte ihn sofort über die Gegensprechanlage an. Die Tür zum Chefbüro schwang auf und die Sekretärin winkte ihn durch.

Dieser Raum machte jedes Mal wieder von neuem Eindruck auf ihn. Durch die Fenster des Eckbüros kam viel Licht herein und der Blick schweifte vom Industriegebiet über die Kamine des Altbacher Kraftwerks bis hinüber über den Neckar, zu den bewaldeten Hängen in Richtung Fildercbene hinauf, hinter denen sich das Körschtal verbarg.

Doch am imposantesten fand Hasselmann immer die Aura der Macht, die von dem ausladenden Schreibtisch ausging – und von dem Mann, der dahinter saß: Heinz-Günther Sebering, seit ein paar Jahren Chef der Stuttgarter Ausgabe und davor als Reporter und Kolumnist verschiedener Zeitschriften zu einer Legende des Boulevardjournalismus avanciert. Zumindest in Hasselmanns Augen. Vor dem gerade mal 1,65 Meter großen Sebering hatte Hasselmann, den sonst Autoritäten nicht allzu sehr beeindruckten, einen Mordsrespekt.

Und so, wie Sebering ihn gerade musterte, schien Hasselmann das auch durchaus empfehlenswert. Der Chef wies fahrig auf einen unbequemen Besucherstuhl vor seinem Tisch, schob sich die Lesebrille über das schüttere Haar nach hinten und ließ sich gegen die Lehne seines gepolsterten Bürostuhls sinken. Er thronte geradezu auf seinem Sitz, während Hasselmann Mühe hatte, auf dem Stahlrohr-Stuhl, bespannt mit schwarzen Kunststoffbahnen, einigermaßen würdevoll die Balance zu halten.

»So, Hasselmann«, knurrte Sebering. »Sie wollen uns heute also in einem neuen Teil Ihrer Baustellen-Killer-Serie eine Kehrtwendung texten?«

Das klang nicht gut, fand Hasselmann, und er musste sich kurz räuspern, bevor er genug Stimme für ein knappes »Ja« hatte.

»Ich habe gehört, dass Sie heute Nacht mit dem Auto unterwegs waren?«

»Stimmt. Ich war diesem Baustellen-Typen auf den Fersen. Und der ist dann auch prompt geschnappt worden, als ich dabei war. Einige Fotos habe ich kurz durchgemailt, bevor ich hergekommen bin.«

»So so«, machte Sebering und behielt Hasselmann weiterhin fest im Blick. Der Reporter rutschte möglichst unauffällig auf dem Stuhl hin und her. »Wann wurde der Mann denn verhaftet?«

»Das muss so gegen halb zwei heute Nacht gewesen sein. Ich hab's mir genau aufgeschrieben, aber im Moment bin ich etwas müde, um mich auch ohne Notizen exakt zu erinnern.«

»Aha, um halb zwei.«

Sebering erhob sich schwerfällig aus seinem Sessel. Das gestreifte Hemd spannte bedenklich über seinem Bauch, und die Hose samt Gürtel war längst unterhalb der Wölbung verschwunden. Im Flurfunk hieß Sebering unter den Kollegen wahlweise Kugelblitz oder Napoleon, je nachdem, ob er gerade jemanden zusammengestaucht hatte oder nicht.

Sebering kam um seinen Schreibtisch herum und schlenderte zunächst Richtung Tür, bog dann aber wieder zu Hasselmanns Stuhl um. Schließlich umfasste Sebering die beiden Rohre von dessen Rückenlehne und der Stuhl senkte sich samt Hasselmann unter dem Druck. Hasselmann hatte das ungute Gefühl, dass Sebering heute eher dem Spitznamen Napoleon zuneigte.

Die Bestätigung kam prompt, und ein warmer Luftstrahl wirbelte die Haare auf Hasselmanns Hinterkopf durcheinander.

»Um halb zwei?!«, brüllte ihm Sebering in den Nacken, und ruckte den Stuhl mit seinem Mitarbeiter grob herum. Hasselmann hatte sich im Reflex an die Seitenrohre der Sitzfläche geklammert und saß nun wie ein Häuflein Elend vor seinem Chef, der mit hochrotem Kopf auf ihn herabstarrte. »Sie lassen uns diese Scheißgeschichte mit dem Karlsruher Künstler drucken, obwohl Sie schon wissen, dass das eine falsche Spur ist?«

»Aber ich dachte ...«

»Na, genau das möchte ich stark bezweifeln!«

»Um halb zwei ist doch die neue Ausgabe längst durch.«

»Und Sie glauben nicht, dass ich in der Lage wäre, noch eine Aktualisierung auf die Seite zu bringen, wenn Sie etwas wichtiges Neues haben?«

Sebering sah ihn noch kurz zwischen zusammengekniffenen Lidern an, dann richtete er sich wieder auf und ging zu seinem Chefsessel zurück. Irritiert stellte Hasselmann fest, dass Sebering nun wieder die Ruhe selbst war. Kein schweres Atmen, keine gerötete Gesichtshaut, nichts.

Sebering rückte die Lesebrille wieder auf seine Nase. »Vor mir liegt ein Fax von einer gewissen Charlotte Scheffel, die wohl die Pressearbeit für die Kunstakademie in Karlsruhe macht. Da beschwert sie sich – das war gleich heute früh gegen neun – wortreich darüber, dass wir einen renommierten Karlsruher Künstler leichtfertig in Zusammenhang mit einem Todesfall gebracht hätten, und lässt durchblicken, dass der Rektor der Akademie durchaus genug Leute kennt, um uns die nächsten Tage ordentlich zuzusetzen.«

»Na ja, was will sie sonst auch schreiben«, meinte Hasselmann lakonisch.

»Ich habe mit ihr telefoniert, sie scheint sich inzwischen wieder halbwegs beruhigt zu haben.«

»Das verstehe ich nicht: Sie haben bei dieser Pressesprecherin angerufen, wegen einer Beschwerde per Fax? Sie persönlich?«

»Ja, ich persönlich. Wir bereiten seit ein paar Wochen einen Event in Karlsruhe vor, von dem wir uns viel Publicity versprechen – und für die wir auch mit Karlsruher Künstlern und ein paar Leuten aus der Kultur-Schickeria kooperieren.«

»Und deshalb dürfen wir nichts Nachteiliges über Karlsruher Künstler bringen?«

»Hüten Sie Ihre Zunge, Sie Pfeife! Haben wir Ihre Geschichte gedruckt oder nicht? Nein, wir treten auch den Karlsruhern weiterhin vors Schienbein, wenn es der Wahrheit und unserer Auflage nützt. Aber einfach mal so danebenschießen, das sollten wir uns nach Möglichkeit verkneifen.«

»Okay, tut mir ja leid, wenn ich das falsch eingeschätzt habe. Aber ich war wirklich überzeugt, dass meine Infos heute Nacht zu spät gekommen wären.«

»Tja, schon passiert. Und welche falsche Fährte legt nun Ihr nächster Artikel?«

»Keine.«

»Ach, und da sind Sie sich sicher …?«

»Ich weiß, dass dieser Typ geschnappt wurde und wofür. Ich habe inzwischen die ersten Hintergrund-Informationen, und die Polizei gibt mir auch noch Tipps – quasi als Dankeschön für meine Hilfe heute Nacht. Ich habe denen ja überhaupt erst gesteckt, wo sie den Typ finden können.«

»Ja, schon gut, ich weiß. Das steht ja schon in Ihrer Vorabskizze. Und ist er nun der Mörder von diesem … Baggerfahrer?«

»Aushubunternehmer.«

»Okay, Aushubunternehmer. Und? Ist er der Mörder?«

»Keine Ahnung, und da werde ich so direkt auch keine Mutmaßung anstellen, schlage ich vor. Ich schätze, es wird reichen, wenn ich die Puppengeschichte noch einmal aufkoche, ihn als verhaftet beschreibe – und zum Schluss genau diese Frage stelle: Ist er der Mörder oder nicht?«

»Hm.«

»Und offenbar studiert der Typ tatsächlich Kunst in Karlsruhe – vielleicht gibt es ja eine Verbindung zu Martin Feucht, dann hätten wir heute doch nicht komplett falsch gelegen. Zumindest würde ich im Text problemlos die Kurve kriegen.«

»Das will ich Ihnen auch geraten haben, Hasselmann.« Sebering nahm die Lesebrille wieder ab und fixierte sein Gegenüber noch einmal. Dann seufzte er und wies zur Tür: »So, und jetzt raus hier!«

Hasselmann stand auf und beeilte sich, zur Tür zu kommen. Noch im Vorzimmer spürte er den bohrenden Blick Seberings in seinem Rücken. Doch erst im Aufzug lehnte er sich gegen die Wand und atmete durch. Seine Beine zitterten und er hatte weiche Knie.

Donnerstag, 12.30 Uhr

Als Fritz Traubner unten auf den Gehweg entlang der Winterbacher Straße trat, blinzelte er. Der Tag war hell und trocken und das Licht brannte ihm nach dem Morgen im dämmrigen Wohnzimmer in den Augen.

Er holte den VW-Pickup aus der Garage und machte sich auf den Weg. In der Hohenneuffenstraße angekommen, blieb er noch einige Minuten im Auto sitzen und versuchte sich zu sammeln. Schließlich nahm er all seinen Mut zusammen, holte tief Luft und ging zur Gartentür hinüber.

Die Tür war nicht verschlossen, und Traubner entschied sich, nicht unten an der Gartenpforte, sondern oben an der Haustür zu klingeln. Dass seine Frau da war, wusste er: Sie arbeitete donnerstags immer nur am Vormittag und fuhr dann schnell nach Hause, um zu kochen. Inzwischen für sich allein, aber Gewohnheiten sind starke Begleiter.

Tatsächlich hörte er kurz nach dem Klingeln Schritte im Treppenhaus, und einen Augenblick später öffnete sich die Tür und Fritz Traubner stand seiner Frau gegenüber.

»Ach …«

Mehr sagte seine Frau nicht, und er wusste schon, dass das wieder kein gutes Gespräch werden würde.

»Hallo«, begann er, und er hörte selbst, wie lahm sich seine Begrüßung anhörte.

Die Pause, die nun entstand, war lang und peinlich, aber sie bat ihn nicht herein.

»Brauchst du was?«, fragte sie schließlich.

»Ja, dich!«, hätte er schreien mögen. Und er hätte sich so gewünscht, er könnte es. Aber er konnte es nicht. Wieder einmal.

»Ich wollte nur mal …«, stammelte er stattdessen, und seine Frau musterte prüfend sein Gesicht. Er hatte sich sorgfältig gewaschen und rasiert, hatte auch außer der einen Flasche Bier heute Nacht keinen Alkohol mehr getrunken, wie er ohnehin in letzter Zeit nicht mehr viel trank. Aber so schnell wurde ein aufgedunsenes Gesicht eben nicht wieder straff, und auch die roten Äderchen an der Nase und hinter den Pupillen würden ihn noch eine Zeitlang an die jüngere Vergangenheit erinnern.

»Sind die Kinder hier?«, fragte er dann noch.

»Nein, die kommen erst heute Abend wieder. Und ich weiß auch nicht, ob sie dich …«

Die Sätze kamen bruchstückhaft, auch bei ihr. Und irgendwie kam es ihm so vor, als seien seit der Trennung nicht einmal mehr ihre Gespräche heil geblieben. Er sah seine Frau noch einmal an, sie schien sich unwohl zu fühlen.

»Tja«, dachte er sich, »da ist wohl leider nichts mehr zu machen.«

Laut sagte er: »Dann will ich mal wieder …« Er drehte sich um, ging zum Wagen hinunter und fuhr weg, ohne sich noch einmal umzusehen.

Oben vor der Haustür stand seine Frau noch lange, blickte ihm durch einen Schleier aus Tränen nach und murmelte: »Du verdammter Sturschädel. Warum kriegst du nicht ein einziges Mal das Maul auf?«

Von hinten erreichte sie der stechende Geruch von angebrannter Soße.

Donnerstag, 12.45 Uhr

Kaum hatte Schneider den Hörer aufgelegt, klingelte es schon wieder. Schneider sah kurz auf die Uhr und dachte darüber nach, ob er einfach mal Pause machen sollte. Nun hörte er sich schon den ganzen Vormittag hindurch Vorwürfe an – oder, was er fast noch schlimmer fand, Tipps von wohlmeinenden Zeitgenossen, die natürlich längst wussten, wer am Tod des Aushubunternehmers schuld war. Nicht alle Gesprächspartner wirkten gleich so durchgeknallt, dass man ihre Hinweise einfach ignorieren konnte. Das hieß: Jeder Spinner, der sich halbwegs normal aufführte, legte eine neue Spur – und das bedeutete mehr Arbeit für die Kollegen von der SoKo. Denn auch eine falsche Fährte musste erst einmal verfolgt und schließlich als falsch entlarvt werden.

»Na gut, den einen noch …«, seufzte Schneider und hob ab. Am anderen Ende meldete sich Charlotte Scheffel, und Schneider ächzte. Dieses Gespräch hätte er sich dann doch gerne erspart.

»Frau Scheffel«, setzte er zu einer lahmen Verteidigung an, »glauben Sie mir: Wir sind hier auch ganz aufgebracht wegen dieser blöden Zeitungsgeschichte.«

»Schon gut, und ja: Normalerweise hätte ich Ihnen jetzt ordentlich den Kopf gewaschen. Aber ich habe mich schon dieser Zeitung gegenüber etwas abreagiert. Es ist schließlich nicht besonders gut, wenn unsere Akademie in einem solchen Zusammenhang Publicity bekommt.« Charlotte Scheffel lachte leise auf. »Da versuche ich mit meiner Arbeit schon eine etwas andere Art von Berichten zu provozieren.«

Schneider hörte verblüfft zu. Warum war Charlotte Scheffel nicht sauer?

»Aber«, fuhr sie fort, »dieser Sensationsartikel hat nicht nur Aufregung gebracht, wie mir scheint.«

»Sondern?«

»Vor fast einer Stunde rief mich Martin Feucht an. Und seither versuche ich Sie zu erreichen, aber es war dauernd belegt.«

»Ja, hier war einiges los. Aber was ist mit Feucht?«

»Sie erinnern sich doch: Martin Feucht setzt hier in Karlsruhe Schaufensterfiguren in die Straßenbahn und ...«

»... beobachtet, wie die Leute darauf reagieren. Ja, ich weiß. Und jetzt wurde er von meinem ›Lieblingsreporter‹ mit unserem Todesfall auf der Baustelle in Verbindung gebracht.«

»Das war ihm natürlich nicht recht, wie Sie sich denken können.«

»Kann ich«, seufzte Schneider erneut und wappnete sich, dass Charlotte Scheffel nun doch noch einen Rüffel für ihn hätte.

»Vorhin hat er mich also, wie gesagt, angerufen und hat mir von einem Studenten erzählt, der wohl von seiner Arbeit ganz besonders fasziniert war.«

»Aha?«

»Der muss ihn richtig gelöchert haben mit Fragen. Wo kann man solche Schaufensterpuppen kaufen? Wie zieht man sie an? Wie schwer sind die? Und so weiter.«

»Hm.«

»Feucht war wohl geehrt und hat ihm alles erzählt, hat ihm erklärt, wie er selbst an seine Aktionen rangeht und all das. Und dann hat Feucht gewartet, was passiert. Er hat mitbekommen, dass der Student sich vier oder fünf dieser Figuren besorgt hat und dass er daheim an ihnen geübt hat.«

»Wie: ›geübt‹ ...«

»Eine solche Aktion muss manchmal schnell gehen, das wusste Feucht ja selbst. Der kann da nicht mal eben die Straßenbahn ein Weilchen anhalten. Der muss da rein, platziert seine Figur, setzt sich in Sichtweite und filmt oder fotografiert. Das muss man üben.«

»Okay, das habe ich jetzt verstanden.«

»So. Ihm, also Feucht, hat der Student wohl erzählt, er plane im weitesten Sinne etwas Ähnliches wie er, also auch eine ›Installation im öffentlichen Raum‹, wie sich Feucht vorhin ausdrückte. Natürlich nicht in der Straßenbahn wie Feucht, aber auch ausgerichtet auf die Reaktion der Leute, auf Provokation. Das hat Feucht gefallen. Dann hat er allerdings nie mehr etwas davon gehört – und das nahm Feucht ihm übel. Er hat wohl schon einige Erfahrungen mit Leuten gemacht, die viel reden und dann nichts davon verwirklichen. Und er war wohl auch der Meinung, dass ihm der Student mit seinen Fragen nur die Zeit gestohlen hatte, wenn dann doch keine Aktion dabei herauskam, für die ja Feucht als Inspiration oder Vorbild hätte genannt werden können. Na ja, Feucht war ziemlich sauer auf den Studenten, als er mich vorhin anrief.«

»Und woher wusste Feucht, dass dieser Student daheim übte?«

»Der Student hat ihm Fotos gezeigt.«

»Und was war auf denen zu sehen?«

»Schaufensterpuppen in Bauarbeitermontur.«

»Hm.«

»Passt das nicht zu diesem Unfug, von dem Sie mir erzählt haben?«

»Doch, das passt haargenau.«

»Na, also. Feucht hat mir auch die Adresse des Studenten gegeben – und den Namen. Was sagen Sie jetzt?«

»Der Name ist Jens Jahoschek, und seine Wohnung ist in der Gabelsbergerstraße, direkt neben dem Gutenbergplatz.«

»Och Mensch ...« Charlotte Scheffel klang süß, wenn sie schmollte. »Woher wissen Sie das denn schon?«

»Das hat uns Jahoschek selbst erzählt. Wir haben ihn heute Nacht auf frischer Tat ertappt, und jetzt sitzt er in Untersuchungshaft.«

»Respekt, Herr Kommissar!« Das Grinsen von Charlotte Scheffel konnte Schneider förmlich spüren. »Dann hätte ich Ihnen ja doch gleich die Leviten lesen können, wenn meine Infos nichts Neues für Sie sind. Vielleicht sind Sie ja mal wieder in Karlsruhe, dann kann ich das nachholen.«

»Wenn wir dazu nett essen gehen, könnte ich mich schon breitschlagen lassen. Wissen Sie, eine solche Standpauke muss ja auch verdaut werden.«

Lachend legte Charlotte Scheffel auf. Schneider griff sich sein Jackett und dachte im Hinausgehen darüber nach, ob er wirklich gerade am Telefon mit einer Frau geflirtet hatte, die er kaum kannte.

Donnerstag, 13.30 Uhr

»Nehmen Sie bitte Platz«, sagte Schneider. Sie hatten Jahoschek diesmal in ein Büro der Kripo geholt, das sie als Verhörzimmer in Reserve hatten. Es würde wohl nicht nötig sein, den Mann erneut so unter Druck zu setzen wie in der vergangenen Nacht – und es wäre wohl auch nicht so leicht möglich gewesen: Jahoschek hatte sich inzwischen einen Anwalt genommen, und der saß nun mit im Zimmer.

»Also ...«, machte Schneider und blätterte kurz in den Unterlagen, die er vor sich auf den alten Schreibtisch gelegt hatte. Ihm gegenüber saßen Jahoschek und sein Anwalt, Ernst lehnte neben dem Schreibtisch an der Wand, Maigerle saß im Hintergrund auf einem halbhohen Büroschrank.

»Sie hatten uns gestern Nacht erzählt, dass Ihre Eltern gebaut haben.«

»Was wollen Sie denn von meinem Mandanten wissen?«, schaltete sich der Anwalt ein. Es war ein ziemlich junger

Bursche in einem teuer aussehenden Anzug, der sich mit dem Namen Bodo Fehr vorgestellt hatte.

»Wir wollen Ihren Mandanten dahingehend befragen, dass wir die Hintergründe seiner … nun: Abneigung gegen die Baubranche etwas erhellen können.« Schneider sprach betont gestelzt, und Maigerle gönnte sich hinter dem Rücken des Anwalts ein breites Grinsen.

Der Anwalt überlegte kurz, dann nickte er seinem Mandanten zu.

»Gut«, fuhr Schneider fort. »Da Ihr Anwalt offenbar einverstanden ist, dass Sie über diesen Punkt mit uns reden, können wir ja vielleicht loslegen. Mit welcher Firma haben Ihre Eltern damals denn gebaut? Ging das über eines der hiesigen Bauunternehmen?«

»Ja. Meine Eltern hatten Zobel & Traubner beauftragt, das war damals sozusagen die erste Adresse in Schorndorf. Und außerdem kannten meine Eltern den Chef, Herrn Traubner.«

»Aha. Woher?«

»Der wohnte nicht weit weg von uns, und auch das neue Haus war nur eine Ecke von ihm entfernt.«

»In Schornbach?«

»Ja. Wir hatten zuletzt in der Schornbacher Ortsmitte eine Wohnung gemietet, und bauen wollten meine Eltern in der Beundenstraße. Traubner selbst wohnte eine Ecke weiter.«

»In der Hohenneuffenstraße, ich weiß. Aber wir haben von Traubners Geschäftspraktiken bisher nur Positives gehört. Das passt gar nicht zu den Schwierigkeiten Ihrer Eltern, die Sie heute Nacht geschildert hatten.«

»Stimmt. Hätten meine Eltern mit Traubner fertigbauen können, wäre es wohl auch nicht so weit gekommen. Aber Traubners Baufirma ging pleite. Das hat Traubner damals sehr mitgenommen. Und der hatte danach selbst so viel am Hals, da konnte er meinen Eltern kaum mehr helfen.«

»Und wer baute dann das Haus zu Ende?«

»Dieser Praatz hat sich das alles unter den Nagel gerissen. Soweit ich das damals mitbekommen habe, hat Praatz alle laufenden Bauvorhaben von Traubner übernommen und abgeschlossen – und damit stand er dann gleich gut da und hatte einen Fuß in der Tür.«

»Und warum ging das dann mit dem Haus Ihrer Eltern schief?«

»Ich vermute, dass sich Praatz damals übernommen hatte. Der konnte gar nicht alle Aufträge sauber abwickeln, die Firma wuchs erst danach. Traubner hatte meine Eltern dann bei den ersten kleineren Mängeln noch beraten, obwohl er eigentlich selbst genug Sorgen hatte. Aber dann bekam Praatz mit, woher meine Eltern ihre Tipps bezogen – und dann ging das erst richtig los. Der Praatz hat meine Eltern richtig schikaniert, hat sie hängen lassen, schickte ihnen immer die schlechtesten Handwerker und so weiter. Na ja, das Ergebnis habe ich Ihnen ja schon erzählt.«

»Und nach welchen Kriterien haben Sie die Baustellen dann ausgesucht, auf denen Sie Ihre ›Installationen‹ aufgestellt haben?«

»Ich habe mir halt den Baufortschritt angesehen, die Umgebung und so weiter. Der Rest war Zufall.«

»Aber warum haben Sie dann diese Sabotage-Aktionen ausschließlich gegen Firmen gerichtet, die für Traubner zu der Zeit arbeiteten, als seine Firma den Bach runterging?«

»Von diesen Streichen habe ich in der Zeitung gelesen. Das war ich nicht.«

»Und die Baustelle mit dem Toten?«

»Auch davon habe ich in der Zeitung gelesen. Auch das war ich nicht.«

»Herr Jahoschek! Wie lange wollen Sie uns denn noch für dumm verkaufen?«

»Mein Mandant ist nun müde«, sagte der Anwalt. »Wir möchten uns beraten. Unter vier Augen.«

Schneider nickte und ließ die beiden in einen geeigneten Raum führen.

Freitag, 10.00 Uhr

Manfred Dettwar betrat den Besprechungsraum in bester Laune. Damit war er in der SoKo Baugrube im Moment der Einzige, der nicht deprimiert wirkte: Der verhaftete Jahoschek schien nicht schuld zu sein am Tod von Sepp Knaur. Die Streiche auf den Baustellen hatten aufgehört – aber auch hier war Jahoschek vermutlich der falsche Verdächtige. Und Fritz Traubner, der zuletzt ins Visier der Kripo geraten war, konnte nirgendwo aufgetrieben werden.

»Leute, es geht voran!«, rief Dettwar und wedelte mit einem Packen Papier. Alle Anwesenden sahen ihn an. »Herr Schneider hatte doch Jahoschek gefragt, ob er noch die Handwerkerliste vom Hausbau seiner Eltern habe.«

»Genau«, murrte Schneider. »Und der hat das natürlich längst weggeworfen.«

»Nicht so schlimm«, freute sich Dettwar. »Er hat doch auch erzählt, dass die Praatzbau das Projekt damals übernommen hat, ja?«

Schneider nickte.

»Tja, und zusammen mit Bauleiter Wurster, den Sie ja auch kennen, habe ich gestern am späten Abend im Büro der Praatzbau gestöbert.«

»Sie? Mit Wurster? Heimlich und ohne Erlaubnis von Dr. Praatz?«

Dettwar nickte strahlend. Der nächtliche Ausflug war eine willkommene Abwechslung zur öden Aktenarbeit gewesen.

»Sind Sie wahnsinnig?«, entfuhr es Schneider. »Sie können doch da nicht einfach rumstöbern!«

»Habe ich ja offiziell auch gar nicht. Wurster sah in den Schränken nach, hat diese Kopien hier gemacht, und ich war nur so dabei als Beobachter. Übrigens auf Wursters ausdrückliche Einladung hin.«

»Trotzdem!«, maulte Schneider, aber er entspannte sich etwas.

»Wie auch immer«, fuhr Dettwar gut gelaunt fort. »Wir haben nun die Handwerker und Subunternehmer beisammen, die damals am Haus der Jahoscheks gearbeitet haben. Und siehe da: Das sind alles Firmen, die von der Sabotage durch den Unbekannten betroffen waren.«

»Traubner!«

»Kann gut sein, dass er das war. Wie Sie mir ja erzählt haben, nahm Traubner der Praatzbau gerade die Schlampereien in Bezug auf seine Bekannten, auf die Familie Jahoschek, übel. Und er hat ja auch mitbekommen, was daraus geworden ist. Ich könnte mir gut vorstellen, dass er Praatz diese tragische Geschichte mit den Streichen irgendwie heimzahlen wollte.«

»Und der Mord? Unser Toter?«

»Knaur hatte auch für die Jahoscheks den Aushub gemacht – und er muss sie wohl ziemlich frech übers Ohr gehauen haben. Er hat viel zu viel Erde weggefahren, und Traubner, der zu diesem Zeitpunkt noch seine Baufirma hatte, versuchte damals mit Knaur eine einvernehmliche Lösung zu finden. Angeblich, aber das ist jetzt Hörensagen über zwei Ecken, soll es auch schon eine Vereinbarung zugunsten der Jahoscheks gegeben haben. Per Handschlag zwischen Knaur und Traubner, wie mir Wurster erzählte. Und als Traubner dann aus dem Geschäft war, wollte Knaur wohl nichts mehr davon wissen – und er berechnete die Erde, die er nun wieder anliefern musste, noch einmal. Die Rechnung lief über das Büro der Praatzbau – und eine Woche, nachdem die Rechnung an Jahoschek rausgeschickt worden war, hing der Mann in seinem Heizungsraum und war tot.«

»Mist«, brummte Schneider. »Wir sollten Traubner jetzt wohl eher schnell finden.«

Sonntag, 12.00 Uhr

Fritz Traubner roch etwas streng. Die vergangenen Nächte hatte er in seinem Pickup verbracht, den er dafür an wechselnden Stellen im Schurwald und in den Berglen versteckt hatte. Zwar konnte er sich in Bächen waschen, aber seine Kleider waren dieselben, mit denen er am Donnerstag nach dem deprimierenden Gespräch mit seiner Frau untergetaucht war.

Zuerst hatte er zwar seine aktuelle Bleibe in Schorndorf-Weiler angesteuert, doch in der Nähe des Hauses stand auffällig unauffällig eine Limousine, in der ein Mann saß und den Blick nicht vom Rückspiegel nahm. Traubner hatte den Wagen in letzter Sekunde bemerkt und bog noch weit genug entfernt von seiner Wohnung in eine Seitenstraße ab, um sich danach auf Schleichwegen möglichst schnell und weit von Weiler zu entfernen.

Auch diesmal hatte er seinen Wagen etwas weiter weg von seinem eigentlichen Ziel abgestellt. Er näherte sich dem protzigen Gebäude der Praatzbau von der Hinterseite, bewaffnet mit einem Stemmeisen und seinem digitalen Fotoapparat. Auch die Pistole hatte er eingesteckt, aber er hatte nicht vor, sie zu benutzen.

Zehn Minuten später stand Fritz Traubner im Büro von Fred Praatz und machte sich daran, gewissermaßen seinen »Plan B« umzusetzen.

Noch immer hatte Traubner nicht vergessen und schon gar nicht vergeben, wie Praatz ihn einst aus dem Geschäft geschoben und sich danach seine Projekte, Kunden und Subunternehmen unter den Nagel gerissen hatte.

Dass es Praatz gewesen war, der damals das Gerücht vom fällig gestellten Kredit in die Welt gesetzt und damit den Anfang vom Ende für Zobel & Traubner verschuldet hatte, konnte Traubner ihm zwar einmal in einem schwachen Moment unter vier Augen entlocken – beweisen aber würde er es ihm nie können. Und so wuchs über die Jahre der Hass auf diesen geschniegelten Zahlendreher, der so stolz war auf seinen Doktortitel – und so kaltherzig gegenüber allen, die von ihm abhingen.

Praatz war das Symbol für alles, worunter Traubner heute litt. Keine Familie mehr und keine Firma, Ehrenämter futsch, die Ehre selbst irgendwie auch – und sogar seine guten Bekannten, das Ehepaar Jahoschek, hatte Praatz mehr oder weniger direkt auf dem Gewissen.

Dass die Polizei bisher noch nicht herausgefunden hatte, dass er, Traubner, mit seinen Streichen nur Firmen geschädigt hatte, die ihm damals in der Endphase seines Unternehmens abgesprungen waren, machte ihm einen Strich durch die ursprüngliche Rechnung. Er wollte ja die Polizei nur auf die Schuld von Praatz stoßen – aber das war gründlich schief gegangen.

Nun blieb nur noch eines, und dazu brauchte er die Unterlagen von damals. In den Aktenschränken von Praatz und seiner Sekretärin fand er die Papiere zu den alten Bauprojekten, der Jahoschecks und anderer, die vom Ende der Firma Zobel & Traubner betroffen gewesen waren. Die Schränke ließ er offenstehen, warf noch zusätzlich Akten auf den Boden und richtete auch auf den Schreibtischen Unordnung an.

Dann steckte er alle Unterlagen, die er benötigte, in seine Hängetasche und verließ das Gebäude der Praatzbau auf demselben Weg, auf dem er es betreten hatte.

Die vierte Woche im Mai

Montag, 8.30 Uhr

Als Kommissar Schneider an diesem Morgen die Tür zum Treppenhaus öffnete, kam ihm sein Kollege Ernst mit einem Streifenbeamten aus dem Revier entgegen. Schneider grüßte und sah den beiden nach, wie sie zu Ernsts Auto gingen, das heute ganz entgegen Ernsts sonstigen Gewohnheiten direkt neben dem Eingang stand.

Ernst beugte sich in den Fond des Wagens und reichte dem uniformierten Kollegen eine große Tüte, aus der zwei Hände aus Kunststoff ragten. Ernst selbst zog die untere Hälfte einer Schaufensterpuppe aus dem Auto, klemmte sich noch eine gläserne Standplatte für die Figur unter den Arm und schob schließlich mit dem Hintern die Wagentür zu.

Schneider hielt den beiden die Tür auf und folgte ihnen an der Glasscheibe der Wache vorbei ins Revier. In einem der Büros wartete schon die obere Hälfte von Ernsts Schaufensterpuppe. Ernst lud alles ab, erklärte dem Kollegen die nötigen Handgriffe und verabschiedete sich.

Gemeinsam gingen Ernst und Schneider die Treppe hoch bis in die dritte Etage, offensichtlich war Ernst nicht zum Plaudern aufgelegt. Er marschierte schnurstracks in sein Büro und schloss die Tür hinter sich. Schneider sah ihm erst verwundert nach, dann ging er in den Aufenthaltsraum.

Ein paar Minuten später klopfte er an Ernsts Zimmertür, betrat das Büro, stellte zwei dampfende Kaffeebecher auf dem Schreibtisch ab und setzte sich.

»Hm«, brummte Ernst, kramte zwei Löffel aus einer Schublade und hielt Schneider einen hin. Schweigend rührten die beiden in der heißen Brühe. Als Ernst einen kleinen Schluck getrunken hatte, sah er Schneider nachdenklich an, dann begann er. »Meine Freundin ist bei mir eingezogen.«

»Musste deshalb Ihre andere Freundin ausziehen?«

»Sehr witzig …«

Ernst schwieg wieder, und Schneider bekam ein schlechtes Gewissen, weil er offenbar nicht sensibel genug gewesen war.

Die Tür flog auf, Nerdhaas stürmte in den Raum und feixte: »Na, Rainer – hast du Schluss gemacht mit deiner Plastikflamme? Ich war gerade unten im Revier, wo –«

Nerdhaas brach ab, als er den eisigen Blick registrierte, mit dem ihn Ernst musterte. Kurz lächelte er noch unsicher, dann trat er eilig den Rückzug an und schloss die Tür leise hinter sich.

»Nerdhaas kann schon manchmal ein Idiot sein, was?«, versuchte Schneider den Kollegen aufzumuntern.

»Ja.«

»Was ist denn nun mit Ihrer Freundin und mit der Schaufensterfigur? Mag sie so etwas nicht?«

»Schwer zu sagen ...«, murmelte Ernst. »Irgendwie ist plötzlich kein Platz mehr für so etwas.«

»Meine Güte, hat sie denn so viel Krempel mitgebracht?«

»Allerdings. Meine ganzen Wände hängen voll mit Filmplakaten. Alle von ›Casablanca‹ – ich wusste gar nicht, dass es zu einem Film so viele verschiedene Plakate geben kann.«

»Ich muss zugeben: Den Film finde ich auch nicht schlecht.«

»Ja, schon. Aber nach dem zwanzigsten Mal ...? Und wie gesagt: Die ganze Wohnung ist ein einziger Schrein für diesen Kino-Oldie und vor allem für Humphrey Bogart.«

»Der spielt da diesen Barkeeper, oder? Hieß der nicht Rick?«

»Ja, Rick. Meinetwegen.«

»Haben Sie was gegen Humphrey Bogart?«

»Bisher nicht. Aber das entwickelt sich gerade, würde ich sagen.«

»Ach? Warum das denn?«

»An der Stelle, an der bisher die Schaufensterpuppe stand, grinst jetzt Humphrey Bogart als lebensgroße Pappfigur zu mir herüber. Mit Hut und Trenchcoat, in der Hand eine Zigarette.«

»Oh.«

»Dafür sollte meine Schaufensterpuppe in den Keller kommen. Na ja, ich dachte mir, unten im Revier hat sie es schöner. Und damit haben wir nun zwei stumme Kollegen.«

»Tja, von denen hat man nie genug, da haben Sie Recht.«

Ernst sah Schneider kurz verdattert an, der ihn fröhlich anlächelte. Dann prostete er dem Kollegen mit der Tasse lachend zu.

Montag, 10.00 Uhr

»Fangen wir am besten gleich mit dem an, was unsere Kollegen von der Kripo am meisten interessieren wird«, eröffnete Revierleiter Thalmann die wöchentliche Montagsbesprechung. Schneider horchte auf.

»Am Wochenende wurde in den Büros der Praatzbau eingebrochen«, fuhr Thalmann fort.

»Ach«, machte Schneider. »Und was wurde gestohlen?«

»Akten, Bauunterlagen – und seltsamerweise kein Geld. Die Kasse mit immerhin knapp 1000 Euro stand unangetastet in einem Schrank im Vorzimmer des Chefs.«

»Da schau her. Und welche Unterlagen wurden gestohlen?«

»Das konnte Praatz noch nicht sagen. Er wollte uns bis heute Abend eine Liste machen. Aber die Kollegen, die heute früh draußen waren, um den Einbruch aufzunehmen, hatten den Eindruck, dass Praatz schon ziemlich genau wusste, was fehlte – vielleicht denkt er ja noch darüber nach, was davon er uns überhaupt melden soll.«

»Sie meinen Schwarzarbeit und so etwas?«

»Vielleicht. Das soll es auf dem Bau ja schon mal gegeben haben.«

»Bitten Sie die Kollegen doch, dass sie die Liste, die Praatz heute Abend abgeben will, vor allem auf Querverbindungen zu Zobel abklopfen, ja? Die Kollegen, die für die

SoKo den Innendienst machen, haben herausgefunden, dass von den Streichen auf den Baustellen ausschließlich Firmen betroffen waren, die für Zobel & Traubner gearbeitet haben, als dieses Unternehmen in den Konkurs steuerte.«

»Und jetzt vermuten Sie, dass Traubner dort draußen als später Rächer in eigener Sache umgeht? Ich weiß nicht recht. Ich kenne Traubner ja nicht näher, aber was ich von ihm weiß, will zu Ihrem Verdacht absolut nicht passen.«

Montag, 11.00 Uhr

Direkt im Anschluss an die Montagsbesprechung informierte Schneider die SoKo-Mitglieder von dem Einbruch im Firmengebäude der Praatzbau. Ansonsten gab es nichts Neues.

Rainer Ernst hatte seit Donnerstag immer wieder einmal versucht, Fritz Traubner daheim anzutreffen – aber der Mann schien wie vom Erdboden verschluckt. Da Traubner ein direkter Nachbar von Ernsts Freundin Sabine Henreid und ihren Eltern war, befragte er auch sie – ohne Erfolg. Sie hatten Traubner als stillen Zeitgenossen gekannt, selten gesehen und nicht viel von ihm gewusst.

Manfred Dettwar hatte noch einen Elektriker ausfindig gemacht, der ebenfalls gegen Ende von Zobel & Traubner für diese Firma gearbeitet hatte – und der als Erster aller Handwerker Traubner hatte hängen lassen. Aber dieser Elektriker hatte wegen eines unzuverlässigen und ständig betrunkenen Mitarbeiters Mitte April reichlich Ärger gehabt, worauf sein Herz vorübergehend den Dienst quittierte. Seit vier Wochen lag er nun im Krankenhaus, was ihm viele finanzielle Probleme bescherte – aber zugleich auch ein Alibi für die meisten Vorkommnisse auf den Baustellen der vergangenen Wochen.

»Wir müssen Traubner finden«, sagte Schneider abschließend. »Ohne ihn kommen wir nicht weiter. Seit Freitag hatten die Polizeistreifen schon ein Auge darauf, ob irgendwo das Auto von Traubner oder er selbst auftauchen würde – aber bisher ohne Erfolg. Länger sollten wir nun nicht mehr warten: Herr Nerdhaas, Sie und die Kollegen vom Innendienst lösen bitte die Fahndung aus, fragen in den umliegenden Revieren nach und so weiter. Der Außendienst klappert bitte alle Adressen ab, die wir mit Traubner in Verbindung bringen können: das Haus seiner Familie, der frühere Firmensitz von Zobel & Traubner, das Grab vom alten Zobel – egal was. Und Thalmann hat mir vorhin zugesichert, dass alle Streifen draußen ebenfalls nach Traubner suchen. Ich werde auch noch diese beiden Bauleiter von Praatz und Haber anrufen. Die kennen Traubner ja auch und sollen ebenfalls die Augen offenhalten. Tja, und mehr können wir im Moment nicht tun.«

Montag, 12.00 Uhr

Fritz Traubner stellte seinen Pickup an den Straßenrand und ging zu der Wurstbude hinüber, in der er früher Stammgast gewesen war. Inzwischen gab es hier Döner und Lahmacun statt fettiger Würste, und auch der Mann hinter der Theke war nicht mehr derselbe.

Traubner bestellte eine Dose Bier und einen Döner und trollte sich damit an einen der wackligen Stehtische, die vor der Bude auf dem Kiesboden standen. Am Nebentisch standen zwei Zimmerleute, einen Tisch weiter stopften sich drei Landschaftsgärtner eilig ihr Essen in den Mund. Offensichtlich war die Bude immer noch ein beliebter Anlaufpunkt für hungrige Arbeiter.

»Herr Traubner?«, fragte einer der Zimmerleute. Traubner nickte, wirkte aber abwesend, und so ließen ihn die Männer sein Mittagessen schweigend verzehren.

Schließlich warf er die Reste in den Mülleimer, nickte den Zimmerleuten noch einmal knapp zu und fuhr dann weg. Keine fünf Minuten später kam Hannes Wurster vorbei und stellte sich mit einer Dose Cola zu den beiden Zimmerleuten.

»Die Polizei hat vorhin bei mir angerufen«, erzählte er. »Die suchen den Fritz Traubner, und wir sollen ein bisschen die Augen offenhalten.«

»Traubner? Der war gerade hier. Hat was gegessen und ist vor ein paar Minuten weggefahren.«

»Oh, Mist!«, entfuhr es Wurster, und er tippte die Kurzwahltaste, unter der er seit dem etwas peinlichen Gespräch vor einer Woche die Handynummer von Kommissar Schneider abgespeichert hatte.

Montag, 13.00 Uhr

»Prima, Herr Wurster! Vielen Dank auch.«

Kommissar Schneider eilte zum Aufenthaltsraum hinüber, wo Ernst, Maigerle und Brams gerade Kaffee tranken.

»Traubner wurde gesehen. An einer Dönerbude im Schorndorfer Osten. Kommen Sie mit?«

Die Männer sprangen auf, und unten auf dem Parkplatz war Maigerle sichtlich erleichtert, als sich ihm in Brams' Dienstwagen ein geräumiger Platz auf dem Beifahrersitz bot. Schneiders Porsche voran, flitzten die Autos kurz darauf zum Imbiss. Bei laufendem Motor ließen sie sich von einem der Zimmerleute kurz schildern, in welche Richtung Traubner davongefahren war.

An der nächsten Kreuzung trennten sie sich, und nach etwa zehn Minuten sah Schneider tatsächlich vor sich den Pickup, der ihm als Wagen Traubners beschrieben worden war.

Er fuhr etwa 100 Meter vor Schneider, und der Kommissar konnte seinen Sportwagen noch rechtzeitig in eine Parklücke am Straßenrand bugsieren, bevor er Traubner aufgefallen wäre. Zwischen parkenden Autos hindurch sahen Schneider und Ernst, wie Traubner seine Fahrt verlangsamte und nach rechts in eine Seitenstraße einbog.

Langsam scherte Schneider wieder aus der Parklücke aus und folgte ihm vorsichtig. Traubner fuhr in Richtung des Neubaugebiets »Obere Straßenäcker II«, das die Kommissare schon von ihrer nächtlichen Jagd auf Jahoschek kannten. Am Rand der bestehenden Bebauung parkte Traubner und Schneider stellte sein Auto am Rand der Hegelstraße ab, so dass sie einen recht guten Blick auf den Pickup hatten. Auf keinen Fall konnte Traubner den Wagen verlassen, ohne von Schneider und Ernst gesehen zu werden.

Montag, 17.00 Uhr

Vier Stunden lang warteten Schneider und Ernst nun schon, und allmählich wurde Schneider klar, dass er demnächst mal raus musste. Ernst blieb im Wagen, während Schneider sich in einem Bogen an das Neubaugebiet heranschlich. Zunächst, um sich dort eine Toilette zu suchen – und danach wollte er von einem zweiten Beobachtungsposten aus ebenfalls Traubner im Blick behalten.

Als er über den Wilhelm-Busch-Weg die ersten Rohbauten erreichte, sah er schon das blaue Klohäuschen am Straßenrand stehen. Ein erleichtertes Lächeln huschte über sein Gesicht, dann fiel ihm Hannes Wurster auf, der sich in der Nähe der Toilette hinter einen Busch gekauert hatte und von dort aus Traubner ebenfalls beobachtete.

Schneider schlich zu Wurster, sprach sich kurz mit ihm ab und deutete dann auf die Toilette. »Ich muss da mal kurz rein, bin gleich wieder da.«

Wortlos nestelte Wurster eine Packung Zigaretten, halb leer und mit einem kleinen Feuerzeug drin, aus seiner Hemdtasche und hielt sie Schneider hin.

»Nein, danke. Ich rauche nicht.«

»Für diese Häuschen habe ich auch mal angefangen«, sagte Wurster und nickte zu der Toilette hinüber. Von irgendwoher wehte Klaviermusik herüber.

Schneider schüttelte noch einmal den Kopf und ging schnell zu der blauen Box hinüber. Er schlüpfte durch die Tür und staunte, wie blau plötzlich alles um ihn herum wirkte: Das Tageslicht drang überall getönt durch die Plastikwände. Was ihm als Nächstes auffiel, ließ ihn schnell umkehren und noch einmal zu Wurster laufen.

»Ich nehme doch eine, glaube ich«, gab er gequält klein bei. Wurster grinste nur, das Päckchen hatte er noch in der Hand.

Zwei weitere Stunden vergingen und Schneider war längst wieder in seinen Wagen zurückgekehrt, bis Traubner endlich den nächsten Schritt unternahm. Er ließ seinen Pickup durch das nun menschenleer wirkende Neubaugebiet zuckeln und blieb schließlich an einem Rohbau der äußersten Häuserreihe stehen.

Zuerst nahm er eine Hängetasche aus dem Wagen, in die er nun auch – unbemerkt von seinen Beobachtern – seine Pistole steckte. Dann griff er sich noch ein zweites Behältnis, das auf die Entfernung nicht gleich zu erkennen war. Beides schleppte er zu einem Kran hin, der dort am Rand des Gebiets aufgestellt war.

Schneider und Ernst, die ein Stück hinter Traubner hergefahren waren, stiegen nun ebenfalls aus und näherten sich vorsichtig, immer auf Deckung gegenüber Traubner bedacht. Der sah sich auch tatsächlich immer wieder nach allen Seiten um, ohne allerdings seine Verfolger zu bemerken.

Überraschend behände kletterte Traubner den Kran hinauf, legte seine Hängetasche zwischen einigen Streben ab und befestigte die Tasche mit zwei Drähten, die er aus der Jackentasche gezogen hatte. Danach kletterte er wieder hinunter und, diesmal mit dem zweiten Packen beladen, wieder hinauf. Nun konnten Schneider und Ernst es erkennen: Es war eine prall gefüllte Plastiktüte.

Etwa in Höhe der festgemachten Hängetasche streifte er die Tüte ab, und ein aufgerolltes Seil kam zum Vorschein, dessen Ende zu einer Schlinge geformt war.

»Scheiße!«, rief Schneider und zückte sein Funkgerät. »Zugriff!«, rief er hinein, und noch einmal: »Zugriff! Sofort!« Auch Ernst war klar geworden, dass Traubner offensichtlich auf spektakuläre Weise seinem Leben ein Ende setzen wollte. Die beiden Kommissare rannten auf den Kran zu und bemerkten aus den Augenwinkeln, wie Hannes Wurster sie mit ausgreifenden Schritten überholte.

Überall hinter Häusern und Büschen kamen Polizisten und auch ein paar Bauarbeiter hervor, aber keiner war so schnell wie Wurster. Scheinbar mühelos wuchtete sich der Bauleiter hinter Traubner den Kran hoch und kam dabei dem älteren Mann immer näher.

Doch Traubner hatte bereits den Kranausleger erreicht und schlüpfte zwischen den Verstrebungen hindurch immer weiter hinaus. Schließlich sah er sich nach Wurster um, der nun auch auf dem Ausleger angekommen war. Blitzschnell streckte er seinen Kopf durch die Seilschlinge und ließ einen Karabiner, der am anderen Ende des Seils befestigt war, an einer Kranstrebe einschnappen. Dann sah er traurig zu Wurster hinüber, der sich ihm schnell näherte und im Klettern noch etwas aus der Hosentasche zog.

»Die Tasche, Wurster«, rief Traubner ihm zu. »Alles ist in der Tasche! Und grüß mir meine Frau.«

Damit sprang Traubner in die Tiefe und das Seil wurde hinter ihm hergezogen. Schreckensrufe waren von unten zu hören – doch kurz, bevor sich das Seil straffen und die Schlinge Traubner das Genick brechen konnte, schnitt Wurster oben auf dem Aufleger das Seil mit seinem Taschenmesser ab. Und so stürzte Traubner weiter ab, gefolgt von dem losen Ende seines Seils.

Dienstag, 10.00 Uhr

Die Tür ging auf, und ein Krankenpfleger schob Traubner im Rollstuhl ins Vernehmungszimmer. Schneider, Ernst, Maigerle und Staatsanwalt Feulner erhoben sich und begrüßten den teils bandagierten, teils eingegipsten Traubner.

»Sie wissen schon«, begann Feulner, »dass Sie nicht hätten hierherkommen müssen? Wir hätten Sie auch genauso gut im Krankenhaus vernehmen können.«

»Papperlapapp«, winkte Traubner ab. »Ich hätte ja nicht springen müssen.«

So also benahm sich ein Bauunternehmer von altem Schrot und Korn? Zudem war er – diesmal wenigstens – ein ausgemachter Glückspilz gewesen. Sein Sturz vom Kranausleger endete ausgerechnet in einem hohen Sandhaufen, der den Aufprall genug milderte, um Traubner mit einigen unangenehmen, aber nicht lebensgefährlichen Verletzungen davonkommen zu lassen.

»Was wollen Sie denn nun wissen?«, fragte Traubner und sah in die Runde. Irgendwie wirkte er zuversichtlicher als zuvor – obwohl er dafür eigentlich nicht viel Grund hatte.

»Ihnen geht es schon wieder besser?«, fragte Schneider.

»Meine Frau hat mich im Krankenhaus besucht, sie wartet draußen.«

»Sie wissen aber schon, was Ihnen blüht?«

»Wir werden sehen, Herr Kommissar. Also, was wollen Sie wissen?«

»Alles, soweit es die Wahrheit ist.«

»Also dann …«

Fast eine Stunde lang erzählte Fritz Traubner von der Schweinerei, die Fred Praatz vor Jahren gegen ihn eingefädelt hatte. Er schilderte den schnellen und mindestens vorwiegend unverschuldeten Niedergang von Zobel & Traubner, und er fasste die Folgen zusammen, die all das für sein berufliches, privates und öffentliches Leben gehabt hatte.

»Und Sie wollten, dass die unrühmliche Rolle von Fred Praatz öffentlich wird«, stellte Schneider schließlich fest.

»Ja, aber da waren Sie für meinen Geschmack zu langsam. Ich hätte mir gewünscht, dass Ihnen und Ihren Leuten schneller auffällt, dass ich nur Bau- und Handwerksfirmen heimgesucht habe, die damals das Ende meines Unternehmens miterlebt und vielleicht ein Stück weit mit beschleunigt hatten.«

»Als wir die Verbindung fanden, waren Sie schon untergetaucht.«

»Da hatte ich schon keine andere Chance mehr gesehen, als mit meinem Selbstmord möglichst spektakulär auf die Unterlagen in der Tasche hinzuweisen, die ich auf halber Höhe am Kran befestigt habe.«

»Mit diesen Unterlagen können wir nichts anfangen. Was sich Praatz damals geleistet hat, war und ist nicht strafbar. Und selbst wenn: Mit geklauten Unterlagen macht vor Gericht kein Staatsanwalt einen Stich. Nicht wahr, Herr Feulner?«

»Tja«, seufzte Feulner, dem dabei ein Fall in den Sinn kam, den er genau aus diesem Grund verloren hatte.

»Also war Ihre ganze Aktion umsonst, die Sabotage-Geschichten ebenso wie der Mord an Knaur.«

»Ich habe Knaur nicht ermordet, das müssen Sie mir glauben.«

»Ach – warum finden sich dann im Steuerhaus des Baggers Genspuren von Ihnen? Das haben unsere Leute natürlich gleich geprüft, als Sie vergangenen Donnerstag plötzlich verschwanden. Und ein paar Haare aus Ihrem Kamm im Haus in Weiler passten genau zu den Spuren im Bagger – das Ergebnis kam heute früh aus dem Labor.«

»Genspuren? Ich hatte doch sogar Handschuhe an.«

»Das macht nichts, irgendeine Hautschuppe oder ein Haar verlieren Sie überall.«

»Was man heute alles nachweisen kann«, schüttelte Traubner verwundert den Kopf. »Aber ich will ja auch gar nicht abstreiten, dass ich Knaurs Tod verursacht habe. Bloß ermordet habe ich ihn nicht.«

»Dann erzählen Sie mal ...«

»Für die Nacht, in der Knaur starb, hatte ich mir Folgendes ausgedacht: Ich suchte nach einer Baustelle, auf der als

Nächstes der Kontrollschacht für das Abwasser und vielleicht auch eine Zisterne für das Regenwasser ausgebaggert und gesetzt werden sollten. Ich klapperte ein paar Baustellen ab, die ich deswegen schon vorher beobachtet hatte. Und die Grube in der Wilhelm-Zobel-Straße fand ich optimal. Allein schon der Name, ein besseres Symbol konnte ich mir für meine Aktion kaum wünschen. Dann die Lage: zwischen Schule und Gewerbegebiet, zwischen alter und neuer Bundesstraße – da konnte ich mit dem Bagger hantieren, ohne dass gleich Anwohner aufgeschreckt wurden. Also habe ich mich nach Einbruch der Dunkelheit ans Werk gemacht, habe den Bagger gestartet, habe einen der neben der Baugrube liegenden Betonringe an die Schaufel gekettet und habe das Ding nach unten gehievt. Als ich in die Grube geklettert war und die Kette um den Betonring gelöst hatte, hörte ich Schritte auf dem Kies hinter mir: Knaur war gekommen. Wahrscheinlich fuhr er in dieser Nacht auch Streife wie die anderen Bauleute.«

Traubner hustete und verzog das Gesicht. Der bandagierte Brustkorb schien ihm Schmerzen zu bereiten. Dann fuhr er fort.

»Knaur ist sofort auf mich los und hat mir ein paar heftige Schläge verpasst. Ich habe mich gewehrt, so gut es ging, aber der war völlig außer sich. Wir waren schon zu meinen aktiven Zeiten keine Freunde, und als er nun begriff, dass ich hinter den ganzen Streichen der vergangenen Wochen steckte, muss er völlig ausgerastet sein. Das ging dann ein paar Minuten so, und ich hatte meine liebe Not, mich auf den Beinen zu halten und ab und zu auch selbst einen Treffer zu landen. Aber dann ging er mir an die Gurgel, und als ich schon fast keine Luft mehr bekam, griff ich nach der großen Rohrzange, mit der ich die Kette losgemacht hatte. Die lag noch oben auf dem Betonring. Na ja, und da schlug ich mit dem Rücken des Werkzeugs zu, und Knaur kippte nach hinten. Ich wollte den blöden Kerl nur betäuben, und das hatte sich dann auch gleich erledigt: Er fiel rückwärts in den Betonring hinein und dabei schlug er mit dem Kopf einmal an der Kante und dann auch noch auf der flachen Innenseite sehr heftig auf den Beton. Für mich sah er aus, als sei er sofort tot gewesen.«

»Sie haben mit der Rückseite der Rohrzange zugeschlagen?«

»Ja.«

»Haben Sie Ihr Werkzeug an der Rückseite mit Farbe markiert?«

»Ja, warum?«

»Mit gelber Farbe?«

»Ja, gelb war die Farbe von Zobel. Grün nimmt Haber und rot markieren die Leute von Praatz ihr Werkzeug.«

»Wir haben ein winziges Stückchen gelber Farbe im Schädel von Knaur gefunden«, sagte Feulner.

»Aha«, machte Traubner. »Na gut, dann sehen Sie ja, dass ich die Wahrheit sage.«

»Nun war Knaur Ihrer Meinung nach also tot. Warum sind Sie dann nicht einfach weggelaufen?«

»Gute Frage. Das ging mir danach noch häufiger durch den Kopf. Wahrscheinlich ist in mir eine Sicherung durchgebrannt und wahrscheinlich wollte ich die Geschichte diesem unbekannten Puppenfreak unterschieben. Und da Knaur als Aushubunternehmer und begeisterter Baggerfahrer ja schon für eine Inszenierung bereitlag, wollte ich die Chance nutzen.«

»Tolle Chance«, brummte Schneider.

»Ich also noch einmal rauf auf den Bock des Baggers, Motor an, Schaufel hoch und dann mit den Zähnen der Schaufel voran nach unten. Damit habe ich den Betonring zerschlagen, aber Knaur lag noch da wie vorher.«

»Wegen des Stahlgeflechts im Beton«, stellte Schneider fest.

»Genau. Deshalb habe ich den Baggerarm noch einmal hoch genommen, habe die Schaufel gekippt und dann mit voller Wucht mit der runden Außenfläche der Schaufel alles platt gedrückt: das Stahlgeflecht, die Betonreste und vor allem den toten Knaur.«

Schneider seufzte, und auch die anderen schauten deprimiert drein.

»Knaur war doch tot, oder?«, fragte Traubner, und plötzlich ging sein Blick flackernd von einem zum anderen.

»Ja, war er laut Gerichtsmediziner.«

»Gott sei Dank können Sie auch das heute feststellen.« Traubner schien ehrlich erleichtert, obwohl er nach wie vor tief in der Klemme steckte.

Ein paar Minuten war Stille im Zimmer, dann fragte Traubner den Staatsanwalt: »Und was wird nun mit mir?«

»Mal sehen. Wenn wir den Streit berücksichtigen, kommen Sie vielleicht mit Totschlag davon, vielleicht sogar im Affekt – aber das wird der Richter entscheiden. Ihre seltsame Aktion mit der Baggerschaufel bringt Ihnen sicherlich keine Pluspunkte, da müssen wir abwarten, wie sehr das Gericht Ihre Vorgeschichte als mildernd wertet.«

»Hm. Und haben Sie eine ungefähre Vorstellung davon, was mich meine ... Streiche auf den Baustellen kosten werden? Da habe ich, glaube ich, auch ganz schön Schaden angerichtet.«

»Das ist schnell berechnet«, sagte Schneider. »Das kostet Sie gar nichts.«

»Wie, gar nichts?«

»Haber und all seine Subunternehmer und Handwerker haben ihre Anzeigen zurückgezogen, als sie erfahren haben, dass Sie der Unbekannte waren. Und Praatz wird das wohl auch noch tun. Haber deutete an, er werde deswegen mit ihm ›reden‹ – da kann Herr Haber, glaube ich, ziemlich überzeugend wirken.«

»Gute Jungs«, sagte Traubner mit einem wehmütigen Lächeln. »Aber da lasse ich mir noch etwas einfallen. Etwas privates Geld habe ich noch, vielleicht kann ich etwas für ältere Bauarbeiter auf die Beine stellen, mal sehen.«

»Das wäre wohl keine schlechte Idee, und Ihre früheren Kollegen würden es Ihnen sicher auch hoch anrechnen.«

»Und was ist mit Jens?«

»Jens Jahoschek? Der hat seinen Unfug mit den Schaufensterfiguren gestanden, und als sich abzeichnete, dass er wohl weder die Sabotage-Aktionen noch Knaurs Tod zu verantworten hat, haben wir ihn laufen lassen. Er wohnt in Karlsruhe und muss sich dort regelmäßig bei unseren Kollegen melden, bis das Verfahren gegen ihn abgeschlossen ist.«

»Haben Sie mir seine Adresse? Ich würde ihm gerne einen guten Anwalt vermitteln.«

»Die Adresse können Sie haben, aber einen Anwalt hat er schon.«

»So? Na ja, vielleicht kenne ich ja einen besseren. Ich fühle mich in seiner Schuld. Hat er Ihnen von seinen Eltern erzählt?« Schneider nickte. »Die kamen damals voll unter die Räder, und ich konnte ihnen nicht helfen. Das nagt seither an mir.«

Mittwoch, 18.00 Uhr

Der Zimmermann stand breitbeinig oben auf dem Dach, das aufgeschlagen, aber noch nicht ganz eingedeckt war.

»Die Feierstunde hat geschlagen, es ruhet die geübte Hand ...«

Unten auf der Straße vor Dr. Thomanns künftigem Haus standen etwa 30 Gäste, die dem Mann auf dem Dach mehr oder weniger aufmerksam zuhörten. Unter ihnen waren auch Klaus Schneider, Rainer Ernst und Alexander Maigerle.

»Stolz und froh ist jeder heute ...«, schallte es vom Dach herunter, und einige Kollegen des Zimmermanns bauten sich hinter dem Sprecher mit einer Flasche Wein und einem Glas auf. Und schließlich kam der Mann feierlich zum Ende: »Mein Trunk sei diesem Haus geweiht, es stehe fest in Ewigkeit!«

Das inzwischen mit Rotwein gefüllte Glas leerte der Zimmermann in einem Schluck, dann schaute er sich kurz um und ließ das Glas im hohen Bogen ein paar Meter neben der

Festgesellschaft auf die Straße fallen, wo es klirrend in Scherben zerbarst.

Thomann kam zu Schneider, Ernst und Maigerle herüber, seinen Bauleiter Vollmer im Schlepptau. Alle hoben ihre Gläser und prosteten dem sichtlich stolzen Bauherrn zu.

»Danke, danke, die Herren«, sagte Thomann und strahlte zu Vollmer hinüber. »Endlich Richtfest! Ich kann Ihnen gar nicht sagen, wie erleichtert ich bin, dass wir nun wohl das Gröbste hinter uns haben.«

Vollmer hob die Augenbrauen. »Da muss ich Sie enttäuschen.«

»Warum?«, fragte Thomann, und er wirkte schon eine Spur weniger erfreut.

»Um ehrlich zu sein, geht es jetzt erst richtig los. Bisher war immer schön ein Job nach dem anderen dran, ab sofort wollen alle möglichen Handwerker gleichzeitig auf Ihre Baustelle.«

»Und ... ist das nicht gut? Ich meine, dann geht doch alles auch schneller, oder?«

»Vor allem ist es ein ziemliches Durcheinander. Glauben Sie mir: Das wird noch spannend werden, und immer wieder einmal dürften Sie sich nach der seligen Zeit vor dem Richtfest sehnen.«

Thomann sah blass aus.

»Nein, so schlimm wird es schon nicht werden«, lachte Vollmer und klopfte seinem Bauherrn versöhnlich auf die Schulter. »Wir kriegen das schon hin, Herr Dr. Thomann. Wie all die Male zuvor. Ihr Haus ist ja nicht das erste, das wir bauen.«

»Aber es ist *mein* erstes.« Thomann trank sein Glas aus, verschluckte sich und hustete. »Ach, wissen Sie was: Darüber mache ich mir ab morgen Sorgen. Kommen Sie mit, das Bierfass wird gerade angezapft.«

Ernst, Maigerle und Vollmer folgten ihm zum Büffet hinüber, Schneider blieb noch kurz stehen und sah stirnrunzelnd zu dem Rohbau hinüber.

»Gut«, sagte Schneider und klappte seufzend die Mappe zu. Er nahm einen großen Schluck Kaffee und sah zum Fenster hinaus. Ernst kam zur Tür herein, und das Telefon klingelte. Schneider hob ab, schaute zu seinem Kollegen hinüber und deutete auf den Besucherstuhl an seinem Schreibtisch.

»Schneider. Ah …, grüß dich.«

Ernst setzte sich und sah seinem Vorgesetzten zu, wie er konzentriert zuhörte.

»Ja? Ach …«

Schneider schien etwas nervös zu werden.

»Hm …«

Plötzlich setzte sich Schneider kerzengerade hin und starrte Ernst verblüfft an.

»Wie … wirklich? Nein, oder?«

Schneider räusperte sich, dann wich alle Farbe aus seinem Gesicht und er legte den Hörer fahrig auf. Schließlich stand er auf und ging zum Fenster hinüber, wo er ein, zwei Minuten lang völlig starr stand und auf Schorndorf hinausblickte. Ernst wartete, bis ihm die Stille im Raum zu drückend wurde.

»Was ist denn?«, fragte er. Schneider reagierte nicht und schaute weiter aus dem Fenster. Draußen fiel aus bleigrauen Wolken feiner, kalter Regen auf die Stadt.

»Herr Schneider? Gibt es einen neuen Fall? Oder …« Ernst war gerade eingefallen, dass heute ja Donnerstag war – hatte womöglich jemand am gestrigen Mittwoch eine der Serien fortgeführt, die sie aufgelöst hatten?

Langsam drehte sich Schneider zu seinem Kollegen um und blickte sinnierend auf den sitzenden Ernst hinunter, als müsse er erst langsam begreifen, wen er da vor sich hatte.

»Haben wir einen Toten?«, fasste Ernst nach.

»Einen Toten?«, brummte Schneider. »Nein, eher im Gegenteil.«

Ernst verstand nicht, und das stand ihm im Gesicht geschrieben.

»Meine Frau«, Schneider nickte zum Telefon hinüber. »Sie war beim Arzt.«

»Oh«, machte Ernst und schaute besorgt drein. »Hoffentlich nichts Schlimmes?«

»Wie man's nimmt ... Sie ist schwanger. Ich werde Vater ...«

»Aber das ist doch großartig!«, freute sich Ernst und sprang auf, um seinem Chef zu gratulieren. Doch die Haltung von Schneider irritierte ihn: Er stand vor ihm, kraftlos und verwirrt, und wirkte wie in sich zusammengesunken. »Ja, freuen Sie sich denn gar nicht?«

»Darüber muss ich noch nachdenken«, gab Schneider zurück, ging grußlos aus dem Raum und ließ Ernst verdattert stehen.

ENDE.

Dank

Danke an alle, die sich auch seltsame Fragen gefallen ließen und die diesem Buch informative, skurrile und unappetitliche Details bescherten – die Fehler, falls Sie welche finden, kreiden Sie einfach mir an. Danke auch an Renate, Jan und Tim, die mir für all das die Zeit schenkten.

Sollte sich jemand in diesem Buch wiedererkennen, danke ich für das (unverdiente) Lob: Wie in Krimis üblich, sind Handlung und Personen frei erfunden. Für Versuche herauszufinden, was an den Schauplätzen real und was erfunden ist, wünsche ich viel Spaß.

Jürgen Seibold